U0083714

古典詩歌研究彙刊

第十一輯

龔鵬程 主編

第 3 冊

謝朓、李白山水詩比較研究

賴 淑 雯 著

國家圖書館出版品預行編目資料

謝朓、李白山水詩比較研究／賴淑雯 著 — 初版 — 新北市：
花木蘭文化出版社，2012〔民 101〕
目 4+318 面；17×24 公分
（古典詩歌研究彙刊 第十一輯；第 3 冊）
ISBN 978-986-254-721-2（精裝）
1.（南北朝）謝朓 2.（唐）李白 3. 山水詩 4. 詩評
820.91　　　　　　　　　　　　　　　　　101001255

ISBN-978-986-254-721-2

9 789862 547212

古典詩歌研究彙刊
第十一輯　第三冊　　　　　　　ISBN：978-986-254-721-2

謝朓、李白山水詩比較研究

作　　者　賴淑雯
主　　編　龔鵬程
總 編 輯　杜潔祥
出　　版　花木蘭文化出版社
發 行 所　花木蘭文化出版社
發 行 人　高小娟
聯絡地址　新北市永和區中正路五九五號七樓
　　　　　電話：02-2923-1455／傳眞：02-2923-1452
網　　址　http://www.huamulan.tw 信箱 sut81518@gmail.com
印　　刷　普羅文化出版廣告事業
初　　版　2012 年 3 月
定　　價　第十一輯 30 冊（精裝）新台幣 42,000 元
版權所有·請勿翻印

謝朓、李白山水詩比較研究

賴淑雯 著

作者簡介

賴淑雯，1979 年生於台中市，國立彰化師範大學國文學系碩士。曾任教於台北市立石牌國中、新竹縣立自強國中，現為國立科學園區實驗中學教師。

提　　要

　　謝朓、李白山水詩的創作關聯歷來引起多方討論，然而卻都散見於各單篇短文，或侷限於山水詩史的概要論述，尚未出現專著或學位論文深入統整與探討，仔細探究謝朓、李白的山水詩作，存在著密不可分的創作關係，呈現的風貌同中有異，異中有同。他們兩人因為同樣經歷仕途的蹭蹬、落寞，最後走向同一創作世界，開啟了亂世、盛世的共同話題－山水詩，揭示自然山水對於詩人心靈的感通及救贖功能。

　　謝朓、李白的山水詩開啟了許多創作的可能性，諸如擴大寫作題材、精確抉擇詩歌意象、注重音韻聲律表現、靈活錘鍊字句等方面皆展現山水詩的清氣妙境。就其山水詩作品剖析兩者創作藝術手法的運用，包含主題抉擇、意象經營、聲韻締結、辭句錘鍊、風格呈現等五大方面討論，相互必較其創作藝術的雷同、差異之處，並追蹤李白對謝朓詩藝的繼承與創新。接著闡述兩位詩人於創作山水詩之際所持之審美理想——「清」，不需麗彩錯金、濃妝豔抹，而讓山水景物保持清新自然的風貌，是謝朓、李白山水詩的一致堅持。探究他們對於山水景物的設色敷彩，均偏愛自然色系，以青、白等色系為最多，呈現自然清雅之風格。而這些色彩除了反映謝朓、李白的審美傾向外，也成為他們心理情緒的代碼，裨益情意的表達。

　　謝朓是一長於遠眺，也喜愛遠眺的詩人。凡經他所眺望之景，皆烙印其個人內心的獨白，並彩繪出鮮明的形象，表現高度的感染力，李白受到此股藝術力量的感召，也鍾情於眺望。他們兩人的眼睛是其靈魂、情感的住所，散發著閃亮的藝術光芒。李白率先疊合了謝朓眺望山水的視窗，將藝術能量凝聚於目光中，不但表達內心的情感，更穿越時空限制，改寫世界之景，也成為生命共感的重要媒介。謝朓的山水詩歌藝術由李白傳承並且發揚、創新後，串連成一條兼具清麗、雄雋風格又體現生命情感的山水詩路線，有別於山水詩主流的謝靈運、王、孟的藝術天地，沿途風景迭有驚奇，極目所見屢有感發，後人循其徑路接續著賞愛山水的觀景隊伍，綿延不絕。

目次

第一章　緒　論

　　在中國文學發展的歷史長河中，山水詩是一相當受到重視的創作流域，由魏晉南北朝至清代，各有佳景，綿延甚廣，鮮少詩人不涉獵其範疇。它洗滌了人的審美耳目，開啓人與自然親和、同化的新關係，在心凝神釋中，消解塵世的困頓，賦予生命堅韌不折的強度。其所創造的詩歌藝術，內涵極爲深刻，成就非凡。

　　山水詩由萌芽至成熟，經過漫長的蛻變過程。最早可溯源自先秦、兩漢，然而此時提及的山水詩歌皆非有意歌詠自然美景所生，而只是將其當作陪襯主題的配角。因此《詩經》、《楚辭》中相關山水的詩歌、辭賦，雖業已展露了人親近自然的契機，甚至更進一步可發現漢賦也表現出對山水勝景的喜好之情，然而大部分作品仍未將山水視爲描繪的重心，或以點綴詩篇，或以引興類比，悉淺嘗輒止，未成氣候，直至魏晉南北朝，山水詩方有實質的進展。

　　魏晉以降，政局紛擾不堪，自曹丕稱帝（西元 220 年）至陳朝滅亡（西元 589 年），歷時三百多年，然而卻只有西晉有過約莫五十年的短暫統一，加上連年天災肆虐，外族伺機侵擾，人口大量死亡與遷徙，是中國歷史上極爲不安的亂世，但它卻成爲中國山水詩發展的重要里程碑，確立了「山水審美」此課題正式登堂入室，入爲一門文學藝術。箇中原因乃在於動盪悲苦的時代裡，人們的肉體儘管飽受折

磨，然而精神卻得到史無前例的大解放，自我意識逐漸抬頭，帶動了文學自覺的高度發展。這時老、莊玄風趁勢而起，並蔚為大觀，人們藉此超越苦痛的塵俗紛擾，掙脫名教的長期束縛。而「任自然」的時代潮流所及，造成了人與政治社會的疏離，無論是隱遁避世，抑或游心太玄，均一步步地往林野丘壑歸趨。文士放眼四方，發掘了自然山水之勝；靜觀自省，覺察了自我存在的價值，這一場「自然」的文學運動於焉展開。

正式揭竿而起的山水詩人，當推謝靈運。他的山水詩會通了儒、釋、道等思想，並以出色的描景技巧，展現了高度的感染力，可謂為山水詩的鼻祖。其詩作曲盡景物之各樣姿態，生動而兼具美感；再者融入個人之情感體悟，深刻而富有哲思，奠定了中國山水詩的發展基礎。即便他的山水詩總拖著玄言的尾巴，而淪為領略玄趣的媒介，但其細膩寫實的描景模式業已成為後代山水詩人爭相仿效的目標，地位舉足輕重。

謝靈運之後，山水詩創作逐漸走向安穩的康莊大道，詩人輩出，佳作迭起，至唐代終於達到鼎盛。在此重要的發展階段中，孕育了許多成就非凡的山水詩人，例如為人所熟知的王維、孟浩然⋯⋯等人，其相關研究著作豐富，探析入微。然而山水詩壇除了這些閃耀著璀璨光芒的「超級巨星」以外，尚存在著一些足以影響山水詩發展卻未獲得高度重視的關鍵性人物，他們各擁一片天光雲影，並交織著不可切割的創作連線，無論在內容、形式抑或精神方面，都值得深入研究。他們奮力不懈地接續山水詩的創作網絡，迸發出清脆的山水清音，而今仍舊傳誦不衰。

南朝齊謝朓在山水詩壇耕耘有成，歷來雖未被埋沒，卻也未被深入認識。而唐朝李白在山水詩創作上質量俱豐，但亦鮮少學者關注其山水詩作。前後兩者的山水詩作有著特殊的創作關聯，然對此提出比較論析並且研究者均限於單篇短幅論文，未能盡述其要。或附屬在山水詩發展史中輕描淡寫，一筆帶過，殊為憾恨。基於上述之研究缺憾，又加上筆者性喜自然、酷愛山水，因此便興致盎然地研擬選執「謝朓——李白」此條既具開發價值又尚未開發殆盡的創作路線，進行多方

探索並且相互比較，希冀能夠展現其所構築的山水藝術天地，並更清晰地映照中國山水詩發展的豐富樣貌。

第一節　研究範疇與方法

涉入山水詩的研究議題，首先必須就所謂「山水詩」作一探討與界定，關於此定義，已不乏專文討論，筆者欲藉近代學者之重要論述為基礎，針對本文研究之核心問題，重新審視並且賦予一明確的定義，以釐清研究的方向與所擷取的材料。

一、山水詩義界

「山水詩」屬於中國詩歌的自然一詞最早出現在署名王昌齡的《詩格》[註1]：「欲為山水詩，則張泉石雲峰之境極麗艷秀者，神之於心，然後用思，了然境象，故得形似。」而實際上「山水詩」卻早已是約定俗成的一種創作詩體了，關於其確切誕生年代，學界普遍認為乃於魏晉南北朝，至唐宋達至鼎盛，但可惜歷代關於山水詩的研究專著並不多，因此「山水詩」此一名稱所涵蓋的內容，也未有嚴明的規範，一直到近代才興起廣泛的討論。根據早期研究山水詩的學者林文月所發表〈中國山水詩的特質〉[註2]言：「顧名思義，所謂『山水詩』，應是指『模山範水』類的而言，為取材於大自然的山山水水，乃至草木花卉鳥獸者。換言之，它的內容宜包括大自然的一切現象。」[註3]這樣的說法把山水詩的範圍無限擴大了，恐有不著邊際之疑

[註1] 《詩格》的作者是否確為王昌齡，由來仍存爭議。有關此問題詳見傅璇琮、李珍華著：〈談王昌齡詩格——一部有爭議的書〉收錄於羅宗強主編：《二十世紀中國學術文存：古代文學理論研究》（武漢：湖北教育大學，西元 2002 年），頁 297～318

[註2] 林文月著〈中國山水詩的特質〉發表於《中外文學》（第三卷第 6 期，西元 1975 年），次年收錄於《山水與古典》一書，由純文學出版社印行。而本文所引之《山水與古典》為三民書局於 1996 年出版。

[註3] 林文月：《山水與古典》，頁 25～26。

慮。因此林文月又接著加以補述：

> 不過，在我國文學史上，「山水詩」一詞卻已約定俗成，別
> 有一種特殊的涵義，而並不是泛指任何時代的一切風景詩
> 那種籠統的說法。追溯其源，應始於劉勰《文心雕龍・明
> 詩》所說：「宋初文詠，體有因革，莊老告退，而山水方滋。」
> 也就是說，在我們的觀念上，「山水詩」指南朝宋齊那一段
> 時期的風景詩而言；更具體的說，乃是指以謝靈運為代表
> 的那種模山範水的詩而言。〔註4〕

由上述可知林文月乃認為中國文學史上所謂「山水詩」存有一約定俗
成的特殊意義，而此意義肇始於劉勰之語，且把謝靈運的「山水詩」
當作遵循範帖，因此並非廣泛地容納各朝代的風景詩。然而仔細檢視
此定義，不難發現其中缺乏嚴謹的規範。例如其將「山水詩」圈圍於
南朝宋齊時代的風景詩，只標明時間斷限，而認定的條件付之闕如，
如此一來不僅對其他朝代的風景詩起了排斥作用，又無限涵括南朝宋
齊時期內的風景詩，其中矛盾可見一斑。再者縱使進一步將內容歸結
為肖像謝靈運所創作的模山範水，然而未言明其山水詩的特點，亦留
下諸多模糊空間，難以辨識。

　　宮菊芳所撰《南北朝山水詩研究》言及：「何謂山水詩？顧名思
義，乃是以大自然為素材的詩歌。山水詩重在狀繪自然景象的物
色。」〔註5〕並不出林文月論述範圍。而洪順隆〈山水詩起源與發展
新論〉道：「山水詩當是以描述山水為目的，詩人的意識是集中在山
水上的。創作是以山水景物為主題，且全詩醞釀的氣氛是純山水味道
的。」〔註6〕山水詩自當是以山水景物為描繪主題，此點是學者們的
共識，而「純山水味道」雖具有排他作用，卻語焉不詳，此「純」究
竟所指為何則有待進一步說明。

〔註4〕林文月：《山水與古典》，頁26。
〔註5〕宮菊芳：《南北朝山水詩研究》（緒言）（輔仁大學碩士論文，西元1976年）。
〔註6〕洪順隆：《六朝詩論》（台北：文津出版社，西元1985年），頁59。

對於山水詩研究有成的王國瓔於民國七十五年發表《中國山水詩研究》，其中關於「山水詩」有較深層的剖析：

> 所謂「山水詩」，是指描寫山水風景的詩。雖然詩中不一定純寫山水，亦可有其他的輔助母題，但是呈現耳目所及的山水之美，則必須為詩人創作的主要目的。在一首山水詩中，並非山和水都得同時出現，有的只寫山景，有的卻以水景為主。但不論水光或山色，必定都是未曾經過詩人知性介入或情緒干擾的山水，也就是山水必須保持其本來面目。當然，詩中的山水並不局限於荒山野外，其他經過人工點綴的著名風景區，以及城市近郊、宮苑或莊園的山水亦可入詩。〔註7〕

王國瓔對於「山水詩」的涵括內容，乃採取較開放的接納態度，將其範圍擴及各色各樣的相關景物，形成方式不論是自然造就抑或人工雕飾，地點位於荒郊抑或宮苑，專寫水光抑或山色，均網羅於內。這一點與其他學者並無不同。而在「山水詩」的創作精神及所表現的核心思想方面，則明確提出了必要成立的條件：一則詩人必須以呈現山水之美為創作主要目的，二則不以知性介入、除卻情緒干擾，這兩項原則也是許多學者在認定山水詩作上主要的指標。不過詩歌乃吟詠情性而作，要完全屏除情感因素，或個人之體悟，恐窒礙難行。王來福先生對於此問題，頗具獨到見解：

> 一首好的山水詩，初出讀來，好像是詩人在模山範水，剪裁並組合自然世界客觀自在的事物成詩，其實詩中反應的，也正是詩人的心境。他的激情，他的願望，他的想像以及他對心酸歲月，人間離合的抒寫，他對能引起美感經驗的許多事物的評價，因此，不獨能折射出他的內心世界，同時，也可窺見心靈與人格活動。山水的詩，也正是心靈的詩。〔註8〕

〔註7〕王國瓔：《中國山水詩研究》（台北：聯經出版社，西元1996年再版），頁1。
〔註8〕王來福：《謝靈運山水詩研究・前言》（東海大學碩士論文，西元1980

他正面肯定了詩人心靈的活動呈現於山水詩的積極價值，並以此來判斷其優劣。他甚至也接受了詩人的激情、願望等無法客觀的情感因素介入，這也意味著他認為山水詩是飽含作者的靈魂與生命，不應屏除在外。他所定義的山水詩絕非只停留於模山範水的僵化寫實，或者奇山異水的遊賞觀玩等表層的美感經驗。

王國瓔亦關注到其中的癥結，因而又補述：

> 當然，一首山水詩中並非完全不能有詩人的知性或者情緒活動，如果詩人將其觀照山水的美感經驗及其他人生經驗一併入詩，詩中就會出現山水描寫與情志抒發的變換歷程，詩人與山水之間的物我關係也就呈現或相融即或相分離的輪遞現象。但不論山水風景與詩人情志如何變換，物我關係如何離合，詩中的山水因為是詩人在美感經驗中所觀照者，故能以其面目自然顯現。〔註9〕

由此可見，王國瓔無意將創作者個人思維與情感因素完全排斥於山水詩之外，但也非任由其於山水詩中氾濫成災，他提出一關鍵條件，那便是要自然顯現山水面目。此條件的作用在於杜絕詩人將主觀感受過度地加諸於山水景物上而移轉了詩的焦點，讓山水景物再度淪為抒發情志的附屬品，而失去了獨立的審美意義。李元洛於《詩美學》把山水為主體的原則作了清楚的宣示：

> 所謂山水詩，即直接並主要是以山水為審美對象的詩作。……山水詩，則是山水在詩中不復處於陪襯的地位，而成為全詩獨立的美感觀照的主體對象。〔註10〕

他強調山水必須是詩中美感觀照的獨立體，這也是山水詩所以成立的重要條件。倘若山水只是情感的載體，那麼山水詩便是滯留於《詩經》、《楚辭》比興意義而無進步，甚至影響山水景物所呈現的自然樣貌。此問題也是眾學者在處理山水詩定義時最為謹慎的關注點，由來

年）。

〔註 9〕王國瓔：《中國山水詩研究》，頁 2〜3。
〔註 10〕李元洛：《詩美學》（台北：東大圖書公司，西元 1980 年），頁 693。

存在許多爭議，例如錢鍾書先生便提出其質疑：

> 先入爲主，吾心一執，不見物態萬殊。春可樂而庾信〈和
> 庾四〉則云：「無伤對春日，懷報只言秋」。秋可悲而范堅
> 乃有意作〈美秋賦〉，唐貫至〈肥州秋學亭記〉、李白〈秋
> 日魯郡堯祠亭贈別〉、劉禹錫〈秋詞〉皆言秋之可喜……良
> 以心不虛靜，挾私蔽物，則其觀物也，亦如《列子‧說符
> 篇》記亡斧者之視鄰之子矣。我既有障，物遂失眞，同感
> 淪於幻覺。〔註11〕

錢鍾書認爲主體情感介入山水景物的審美過程，將造成景觀扭曲、姿態
丕變的嚴重缺失。然而他的論點雖體現了山水詩中情感介入的盲點，但
他以爲「春可喜」而「秋可悲」，亦是人們情感的投射所積累多時的固
著概念，否則景物何來之喜，何來之悲？因此任何人們主觀判斷皆未可
成爲山水自然的美感定律。也就是說山水景物既無法自我描述姿態，也
不具備情思，而藝術美又往往需要通過情景交融的轉化，倘若僅有客觀
存在的自然物，而無欣賞者的參與，那麼自然美便無法勃發躍動的生命
力而進入你我的靈魂深處，因此主客交感、物我合一便是無可避免之過
程。雖然由審美心理層面來看，審美者情感的介入確實影響對審美對象
的掌握，但是回歸審美過程的本質，即展現審美者對審美對象的掌握程
度，無論審美者是否挾帶情感進入審美殿堂，都不會跳脫眼前審美對象
的原始姿態之範圍，而無中生有，抑或有卻化無。相同的，詩人帶著自
身情感去欣賞景態萬殊，也會針對所能對應的山水樣貌互感相應，而不
會任意強加情感於完全不相關的自然景物之上。

　　美學大師朱光潛〈山水詩與自然美〉中指出：

> 山水詩所表現的並非單純的客觀自然，而是有詩人自己在
> 內。山水詩所用的手法大半屬於中國傳統所用的「興」或
> 比喻，用自然事物的某一「鏡頭」隱喻詩人自己的情趣或
> 觀感。〔註12〕

〔註11〕錢鍾書：《談藝錄》（北京：中華書局，西元1984年），頁55～57。
〔註12〕朱光潛先生著〈山水詩與自然美〉收錄於伍蠡甫：《山水與美學》（台

有別於王國瓔「含蓄」地接納人為轉化山水的可能性，及錢鍾書先生強烈地排斥情感介入，朱光潛先生索性直截了當地承認山水詩並非「單純的客觀自然」，他覺察在「詩言志」傳統的影響下，中國山水詩難以掙脫隱含詩人情志的任務。他的看法固然道盡部分事實，但卻過於僵化地將「山水景物」在山水詩中扮演的角色限制隱諭詩人情感的工具，並未深入了解山水詩特有的藝術內涵。致力於研究山水文學的伍蠡甫先生言：「關於山水詩，一般要求描寫自然景色，進而寫實也寫人，做到借景抒情，情景合一。」〔註13〕同樣也支持山水詩理應結合創作者當下的情感，不過他提及「進而做到借景抒情」，則又折損山水景物的獨立審美地位。

　　為跳脫情與景的主從關係之爭議，陶文鵬、韋鳳娟所撰之〈山水詩概述〉已將山水詩的內容擴及「人文景觀」，直接解決了其中錯綜複雜的困窘：

> 山水詩就是以山水以及與山水緊密聯繫的其他其他自然景觀
> 和人文景觀爲主要描寫對象的詩歌。可見，山水詩並非僅僅
> 是描寫山和水，稱其爲「山水詩」，只是我國古代詩學約定俗
> 成的概念。……中國古代的山水詩，還往往和行旅、宦遊、
> 送別、隱逸、求仙、詠懷、弔古等內容結合在一起。〔註14〕

山水詩在漫長的創作史上，慣於包羅創作者內在的情感因素，要與其切割並不容易。林珍瑩著《楊萬里山水詩研究》也接受山水詩中包含「人文景觀」，並且認爲山水詩本就與情感緊密相連：「詩人描寫其經歷的自然山水，或與山水緊繫的自然景觀、人文景觀，並藉以抒發個人情感、寄託高遠襟抱的山水詩歌，皆謂之『山水詩』。」，〔註15〕兩

北：丹青圖書公司，西元 1987 年），頁 204。

〔註13〕伍蠡甫：《山水與美學》之〈序言〉（台北：丹青圖書公司，西元 1987
　　　　年），頁 3。

〔註14〕陶文鵬、韋鳳娟所著〈山水詩概述〉收錄於余冠英主編：《中國古代
　　　　山水詩鑑賞辭典》之〈附錄〉（台北：新地文學出版社，西元 1991
　　　　年），頁 1。

〔註15〕林珍瑩：《楊萬里山水詩研究》（高雄師範大學碩士論文，西元 1992

種說法大體雷同。他們把焦點置諸山水詩應涵蓋人的情志，而忽略其於詩中所蘊積的藝術能量。

　　朱德發主編之《中國山水詩論稿》：「所謂山水詩，不論是古典型的或現代型的，都是自然山水美與主體審美心靈相融的藝術載體。」〔註16〕可見山水與心靈的相融對於山水詩而言，存在著積極意義。丁成泉《中國山水詩史》從藝術角度剖析山水詩，並以精要的論述提出他對山水詩定義的看法：

> 山水詩，顧名思義，是歌詠山川景物的詩，是以山河湖海，風露花草，鳥獸蟲魚等大自然的事物為題材，描繪出他們的生動形象，藝術再現大自然的美，表現作者審美情趣的詩歌。〔註17〕

他認為以詩歌藝術呈現自然之美為山水詩的基本要求，而其所顯現的內涵包括「表現作者審美情趣」。因此山水詩是無法全然泯絕人為因素對於山水詩形象的加工，高志忠等編《山水詩歌鑑賞辭典》亦宣示了人為介入的正當性：

> 所謂「山水詩」，應該是以自然山水為審美對象，以自然山水為題材，它是寫山寫水，寫出一個比較廣闊的天地，不是只寫一花一草，一木一石的；同時它既要寫出自然景觀，又要表現與自然山水有關的人文景觀，即表現出來的不是單純的自然山水，而是「詩化了的自然風光」。〔註18〕

「人文景觀」堂而皇之地成為山水詩組成的要素之一，這已是許多學者的定見。它承認山水詩不是單純地當作客觀景色的寫真拍照，而是加入人為的詩化加工。搜羅山水資料頗為齊全的《中國古代山水詩史》為山水詩定義時，也承繼了這樣的說法：

年），頁 28。

〔註16〕朱德發：《中國山水詩論稿》（山東：山東友誼出版社，西元 1994 年），頁 7～8。

〔註17〕丁成泉：《中國山水詩史》（台北：文津出版社，西元 1995 年），頁 7。

〔註18〕高志忠等編：《山水詩歌鑑賞辭典》（江蘇：中國旅遊出版社，西元 1998 年），〈前言〉頁 1。

山水詩，就是以自然山水爲主要審美對象與表現對象的詩
歌。山水詩並不僅限於描山畫水，它還描繪與山水密切相
關的其他自然景物與人文景觀。稱之爲山水詩，只是中國
古代詩學約定俗成的概念，西方人則稱爲自然詩或風景
詩。山水詩是詩，詩的天職是抒情，許多山水詩就抒發了
詩人對山水自然美驚奇、喜愛、沉醉、讚賞之情。這種審
美型的山水詩，是典型的山水詩。〔註19〕

他與上述諸多學者有志一同地將山水詩的內容觸角伸向「人文景
觀」，並給予情感一張山水詩世界的「合法通行證」，唯須附帶的條件
是他所謂的情感乃通過欣賞山水的審美過程中所迸發出來的自然感
受，而非個人「淚眼問花花不語」的溢情表現，此間分際不易掌握，
屢成定義山水詩時無法具體規範的難題。李金影先生直言不諱地說：
「山水詩是景情兩因素的結合，包括物質內容與情感內容。……但山
水詩裡介入的情感是多種多樣的，而情感內容的多樣性和山水詩裡的
情景比例，又是山水詩界定模糊不清的原由所在。」〔註20〕有鑑於此，
他提出了山水詩的「狹義」、「廣義」之分：

所謂「狹義」的山水詩，是指詩人在親臨山水的過程中，將
山水自然作爲獨立的審美對象，寫山水之貌，發山水之情，
吟詠山水。但山水自然本是千姿百態的，所蘊含的文化基礎
是深厚的，人類賦予它們的思想精神內涵也是豐富的。這些
因素導致了山水詩裡所反映的情感絕非是單一的對山水自
然的欣賞、讚嘆之情，而是寄託更多的思鄉、念遠、流離傷
別等情感，這賦予了山水詩多種多樣的的風貌和個性美感，
這就是「廣義」上的山水詩，即以山水自然作爲主要表現對
象的基礎上，包納了詩人豐富的情感。〔註21〕

〔註19〕陶文鵬等主編：《靈境詩心——中國山水詩史》（南京：鳳凰出版社，
西元 2004 年），頁 1。
〔註20〕李金影：《論謝朓山水詩的新變》（遼寧大學碩士論文，西元 2004 年），
頁 4。
〔註21〕同上註，頁 5。

從其定義「狹義」、「廣義」山水詩，可知兩者之間的界線仍在於情感
是否介入山水審美主題之中，這樣的定義雖然消解了山水詩是否包含
情感的絕對性，但是依舊面臨情與景的主從關係。因此他又接著論述：

> 但無論狹義的山水詩還是廣義的山水詩都具有山水詩的質
> 的規定性，及山水自然處於詩歌內容的主導地位，是獨立
> 的審美對象，在全詩中佔有較大的比重，而情感的表現不
> 能影響山水自然的主導地位和作爲獨立審美對象的地位，
> 即不能影響詩成爲山水詩的質的規定性。〔註22〕

李金影的說法重申山水景物於山水詩中的主導權，須嚴守比重上的優
勢地位，這也成爲區別魏晉南北朝以前的「風景詩」與成熟後的山水
詩的重要依據。中國山水詩在無「公式」下創作了無數優秀的動人詩
篇，而在千年之後，欲將作品作一定義上的劃歸，自有其困難。

　　山水詩透顯了詩人由遊仙詩、玄言詩中掙脫虛幻渺遠而誠實面對
自我生命的堅強毅力及領略與自然冥合的美妙感受，它在本質上既是
審美也是抒情的，然而絕對以山水景物爲主體描繪對象。李遠志先生
以創作精神、藝術內涵之角度揭示山水詩應具備的兩項要件：

> 詩歌須以山水自然作爲吟詠的主體，通過自然景物形貌神態
> 深刻而豐富的傳寫，統合詩人所獲得的自然意象，具體再現
> 山川煙霧，雲林泉石之美的藝術表現。其次，詩人藉此山水
> 摹寫，能反映由歷史人文向自然世界歸返的情感意識，或表
> 達在山水天地中身心俱適、圓滿自足精神狀態。〔註23〕

其提出的要件雖然抽象，卻深入地剖析山水詩的特質，並且彰顯了它異
於他類單純的抒情詩或狀景詩之價值。而山水詩之所以能「反映由歷史
人文向自然世界歸返的情感意識，或表達在山水天地中身心俱適、圓滿
自足精神狀態」，乃源於魏晉玄學自然主義〔註24〕盛行之文化背景，自

〔註22〕同上註。
〔註23〕李遠志：《盛唐山水詩研究》（高雄師範大學博士論文，西元 2002 年），
　　　　頁 10。
〔註24〕學者李玲珠認爲：「自然山水能成爲具有獨立意義的客體，進而是被
　　　　觀照、欣賞、師法的主體，魏晉哲學由正始、竹林、元康，一層層

然山水無論是成爲體道的媒介或者心靈的寄託，皆極爲重視詩人情性的表現。山水詩經過玄學之沾漑，使得山水與詩人之間的關係出現根本性的改變，不再疏離隔絕，而可交感互通，其連結更加緊密，這也是在定義山水詩時未可輕忽的時代因素。因此筆者認爲山水詩應當注入詩人賞遊美景之際所興發的眞實情感，方能接收其釋放的藝術能量。

　　綜納以上學者所述，筆者爲求不侷限一隅又欲掌握山水詩之藝術精髓，乃採取「廣義」山水詩之角度，嘗試將山水詩定義歸結成以下幾項要點：

　　（一）就題材而言：必須以山水或其週遭相關景物，如草、樹、
　　　　　花卉、鳥獸……等（包括自然生長或人爲塑造）爲描寫的
　　　　　主軸。

　　（二）就審美對象而言：必須以山水景物爲主要審美之對象，並
　　　　　能體現自然之美感。

　　（三）就情感表現而言：必須是詩人透過對山水景物的審美經
　　　　　驗，達到主客爲一、物我交感等過程所自然流露之情感，
　　　　　展現情景冥合的詩歌藝術與深層勃發的精神內涵。

　　本論文所探討之材料即以上列三原則爲抉擇依據，雖廣納抒發情思之作品，但固守山水詩獨有的審美意義。至於有少數相關論述提及山水詩中審美經驗之親臨或想像的問題，〔註25〕則因爲作品已歷時經年，箇中虛實難以查考，加上其並非決定山水詩內涵之關鍵因素，故只要不牴觸上述原則，皆可納入山水詩範圍。

　　　　向大自然釋放、轉化，居功厥偉。」參見其博士論文《魏晉新文化
　　　　運動——自然思潮》（台北：文津出版社，西元 2004 年），頁 336。
〔註25〕黃雅歆：「山水詩終非『遊覽詩』，雖然非親臨其地，但若爲名山大澤，
　　　　多能藉由他人口傳、聽聞，或書籍記載等，掌握其形貌，而在腦中想
　　　　像描繪出心目中的場景，這一番過程亦不妨視爲詩人與山水景物的相
　　　　互對應，詩人能與古人『神交』，方可與山水『神遊』，其詩只要能合
　　　　乎『以自然山水作爲主要審美對象』的原則，便不妨入山水詩。」詳
　　　　見其《清初山水詩研究》（輔仁大學碩士論文，西元 1996 年），頁 4。

二、研究方法

　　本文研究重點在於謝朓、李白的山水詩創作，由於兩人分屬不同的時空背景，因此差異性極大，然而在衝突中仍存在許多和諧的共通點，呈現著文學的開放性與普遍性。有鑒於此，筆者首先針對兩人的差異點，如兩人所處的時代環境、文化氛圍、文學風氣、學術思想、等各方面進行探討，從中擷取交合的共同點，再聚焦於兩人對山水詩歌的愛好進入研究主軸，接著以相互比較的方式探析、賞鑑其創作藝術手法、技巧、審美理想等，在歧異處分述，在相同處合議，並以接受美學角度探討謝朓對李白的影響，如同鄔國平所言：「接受不是一種消極的文本消費行為，在其效果中帶有消費者或明或隱、或深或淺的個人印記。」〔註26〕又美國學者哈羅德・布魯姆（Harold Bloom，西元 1930 年～）：「詩的影響並非一定會影響詩人的獨創力，相反，詩的影響往往得使詩人更富有獨創精神。」〔註27〕因此本文在詩歌比較過程中亦關注李白接受謝朓詩歌理論之傳承與改變，希冀能將謝朓、李白的山水詩歌藝術作一深入分析並釐清其影響關係。

三、問題探討

　　中國自魏晉南北朝開始出現以山水景物為題材的山水詩，其豐富而又深刻的內在蘊涵，使得它的發展源遠流長，歷久不衰。在山水詩的創作史上，謝朓、李白的山水詩成就雖各自不若同時代的謝靈運與王、孟那樣為人所熟知、崇仰，然而兩者在山水詩的耕耘與影響，卻是不容忽視的。特殊的是他們看似迥然相異的創作個體，但之間存在著跨時空的緊密連結，具有傳承及創發的積極意義，不僅畫下山水詩的另一璀璨扉頁，其連鎖效應甚至擴及後世山水詩人，饒富研究價值。

　　謝朓（西元 464～499 年），字玄暉，是南朝齊梁時期的重要山水

〔註26〕鄔國平：《中國古代接受文學與理論》（哈爾濱：黑龍江人民出版社，西元 2005 年），頁 7。
〔註27〕〔美〕布魯姆著，徐文博譯：《影響的焦慮：詩歌理論》（台北：久大文化，西元 1990 年），頁 3。

詩人。他的清麗詩風，在當時巧構形似、艷章華句的詩壇可謂是一股清華，他的詩藝冠冕群倫，極受推崇，梁武帝蕭衍曾言：「三日不讀謝詩，便覺口臭。」，〔註28〕自視甚高的永明詩人沈約讚謝朓五言詩：「二百年來無此詩也。」，〔註29〕鍾嶸《詩品》：「謝朓古今獨步。」，〔註30〕無怪乎方東樹《昭昧詹言》直言：「玄暉別具一副筆墨，開齊梁而冠乎齊梁，不第獨步齊梁，直是獨步千古。」，〔註31〕可見其影響與地位。謝朓主要詩歌成就展現在出任宣城太守後的一系列山水詩作，這些作品在謝朓的創作中所佔比例並不特大，卻是後人最爲嚮慕的。

　　時至唐宋，眾詩人爭相效法，杜甫對謝朓的詩作給予高度肯定，其〈寄岑嘉州〉：「謝朓每篇堪諷誦。」，〔註32〕此外李商隱〈懷古求翁〉：「謝朓眞堪憶，多才不忌前。」〔註33〕、陸游：「高詠江練句，今人憶玄暉。」〔註34〕……等等，都顯現出謝朓的獨特魅力，已然在詩壇上發光發熱。這股崇拜謝朓的風潮在唐宋山水詩壇上持續蔓延，致使詩人每於遊賞景物之際，不禁緬懷、憑弔起謝朓，因此目遇所及之物色，皆飄散著謝朓的千古詩魂，富有清麗的淡彩之美。白居易〈窗中列遠岫〉：「天靜秋山好，窗開曉翠通。遙憐峰窈窕，不隔竹朦朧。

〔註28〕見〔唐〕姚思廉：《梁書・武帝本紀》（台北：藝文印書館，西元1958年），卷一，頁39上。

〔註29〕見〔梁〕蕭子顯：《南齊書・謝朓傳》（台北：藝文印書館，西元1958年），卷四十七，頁385。

〔註30〕見〔梁〕鍾嶸撰，呂得申校釋：《詩品・序》（北京：北京大學出版，西元2000年），頁20。

〔註31〕〔清〕方東樹撰，郭紹虞主編：《昭昧詹言》卷七，（北京：人民文學出版社，西元1961年），頁186。

〔註32〕見〔唐〕杜甫著，〔清〕仇兆鰲注：《杜詩詳注》第三冊（北京：中華書局，西元1999年），頁1262。

〔註33〕見〔唐〕李商隱著，朱懷春標點：《李商隱全集》（上海：上海古籍出版社，西元1999年），頁24。

〔註34〕〔宋〕陸游：〈舟中詠落景餘清暉弄溪渚之句蓋孟浩然耶溪泛舟詩因以其句爲韻賦詩〉，參見《陸放翁全集》下冊（台北：河洛圖書出版社，西元1975年），頁535。

萬點當虛室，千重疊遠空。……宣城郡齋在，望與古時同。」〔註35〕
便不經意地疊合了謝朓的觀景視窗。學者梁森先生：「就創作實績而
言，謝朓在齊梁詩人中無疑是最突出的，其山水詩創作及詩風特點對
唐人的影響也最大。」，〔註36〕他強調謝朓對於後世山水詩創作具有
不可輕忽的重要性。

　　在謝朓山水詩藝的追隨群中，李白可謂是他的「頭號詩迷」，李
白曾立志「詩傳謝朓清」，〔註37〕並感嘆地說：「獨酌板橋浦，古人誰
可征？玄暉難再得，灑酒氣填膺。」，〔註38〕足見其對謝朓詩藝之鍾
情。清王士禛《論詩絕句》：「青蓮才筆九州橫，六代淫蛙總廢聲。白
紵青山魂魄在，一生低首謝宣城。」〔註39〕便爲李白崇尚謝朓之情感
下了深刻的註解。李白欽仰謝朓的詩歌，並將其當成人生的知己，他
曾有感而發地說：「月下沉吟久不歸，古來相接眼中稀。解道澄江淨
如練，令人長憶謝玄暉。」，〔註40〕發自內心的眞摯追慕於字裡行間
瀉淌無遺。李白將謝朓視爲偶像般崇拜，不管是文學創作抑或人生際
遇上，都有極高的契合，因此對於他的作品多方讚揚，並承襲其獨特
的詩風。蔡振念先生於〈論李白對謝朓詩歌的接受〉言：「李白詩中
出現的歷史人物極多，……對大謝大體是賞其詩才，追述行蹤，只有
在提到謝朓時，李白有一種強烈的認同感（identity）及感情上的投射。」
〔註41〕已然注意到李白對於謝朓的特別情愫，也揭示了其中不凡的意

〔註35〕見〔唐〕白居易著，楊家駱編：《白香山詩集》，頁284。
〔註36〕梁森：《謝朓與李白管窺》（北京：人民文學出版社，西元1995年），
　　　　頁1。
〔註37〕〔唐〕李白：〈送儲邕之武昌〉，見〔唐〕李白著，〔清〕王琦注：《李
　　　　白全集》中冊（北京：中華書局，西元2003年），頁869。
〔註38〕〔唐〕李白：〈秋夜板橋浦泛月獨酌懷謝朓〉，見〔唐〕李白著，〔清〕
　　　　王琦注：《李白全集》中冊，頁1039。
〔註39〕見張健著：《王士禛論詩絕句三十二首箋註》（台北：文史哲出版社，
　　　　西元1994年），頁50。
〔註40〕出自〈金陵城西樓月下吟〉，見〔唐〕李白著，〔清〕王琦注：《李白
　　　　全集》上冊，頁403。
〔註41〕蔡振念〈論李白對謝朓詩歌的接受〉收錄於東華大學主編：《文學研

義。李白於謝朓的詩作中採擷了一顆山水詩的種子，並將之深植於創作田畝之中，汲取他的生命與精神灌溉、培育，待其生根、發芽、開花、結果，終於瓜熟地落，開創了另一山水詩創作的天地。

謝朓的詩歌成就由來受到肯定，但因其地位不及同時代之謝靈運，而總是爲後代研究者輕描淡寫，殊爲憾恨。而李白才華洋溢，集眾家之長，但不以山水詩聞名，故於山水詩研究上亦常常缺席。兩者於山水詩創作上既有關聯意義，又影響後世深遠，且研究論述明顯不足，便興起了筆者研究的濃烈興趣，乃決定深入探討。

本文所引述之謝朓、李白作品，主要分別參考自曹融南先生校注：集說的《謝宣城集校注》及李白著，王琦注《李太白全集》（北京：中華書局，西元 2003 年）。另以洪順隆先生《謝宣城集校注》（台北：中華書局，西元 1969 年）、謝朓著，郝立權注《謝宣城詩注》（台北：藝文印書館，西元 1976 年）、詹瑛主編《李白全集編年註釋》（成都：巴蜀書社，西元 2000 年）、瞿銳園《李白集校注》（台北：洪氏出版社，西元 1981 年）爲輔助參考。而本論文擬將主題分由五個部分進行研究：

（一）謝朓、李白山水詩的孕育與創生

筆者發現謝朓與李白在山水詩歌表現上清楚地對應其個性的迥異，因此首先由「時代基因的性格遺傳」分述謝朓、李白的創作背景，並以「血雨腥風的魏晉哀音」、「國力鼎盛的唐人風采」兩方面比對探究，側重於分析社會風氣、時代精神在詩人性格所遺留的顯著影響，以便更深入了解兩位詩人在山水詩創作上呈現的特殊風格。希冀透過飄散著時代氛圍的窗口，能更貼近創作者之思維，以鑑賞其山水詩藝術。末尾尚探討謝朓、李白山各自身處亂世、盛世卻因山水詩而發生交集的原因。

接著以「哲學思潮的浸濡」陳述魏晉南北朝至盛唐之哲學思想變遷，並探討在謝朓、李白山水詩藝術上所掀起的思想波瀾，以便更精

究的新進路——傳播與接受》（台北：洪葉文化事業，西元 2004 年），頁 245。

確掌握其創作思維模式及其內涵，最後再以「文學養分的汲取」，針對山水詩創作手法及其形式追本溯源，藉此了解其文學造詣的宗法準則，期盼能按圖索驥地發掘兩位詩人的創作妙訣。

（二）謝朓、李白山水詩的創作藝術比較

就其山水詩作品剖析兩者創作藝術手法的運用，包含主題抉擇、意象經營、聲韻締結、辭句錘鍊、風格呈現等五大方面討論，相互必較其創作藝術的雷同、差異之處，並追蹤李白對謝朓詩藝的繼承與創新。希冀透過作品的比較過程，既能映現兩位詩人不同的創作風格，又能更了解其對山水詩的創作態度，進而掌握其在山水詩發展上的關鍵影響。

（三）謝朓、李白山水詩審美理想

闡述兩位詩人於創作山水詩之際所持之審美理想，藉此釐清李白為何在「綺麗不足珍」的南朝詩壇，獨獨厚愛謝朓。並探討兩位詩人的美感偏好，如何展現在山水詩創作上。他們的山水詩因審美理想的趨近而塑造出獨特的風格，然而又有部分的不同堅持，筆者將從作品深入分析。

（四）謝朓、李白跨時疊合的觀景視窗——望

中國山水詩的產生，皆由觀望、欣賞景色為出發點，因此許多山水詩人在詩中不免展露「望」的視線移轉，但在謝朓的山水詩中卻大量出現「眺」、「望」……等相關字詞，具有特殊性。而盛唐之後的李白等詩人又經過謝朓之望眼，創造更多疊合的視野，彷彿接續了一條跨時的眺望隊伍，影響後世觀看山水景物的角度，筆者將由「望」在山水詩中「時間穿透」、「距離超越」、「想像馳騁」三方面加以研究箇中奧妙。

（五）結　論

將針對歷來對於謝朓、李白山水詩創作的評價進行探究並相互比較，希冀能從眾多批評者的不同角度深入地研析兩位詩人的山水詩創作藝術，進一步釐清各評價所為何來，提出一己之看法。最後歸納其對後世山水詩壇之影響，總結謝朓、李白山水詩創作的成就。

第二節 前人研究成果概述

　　山水詩在中國詩歌發展史上雖擁有長達千年的創作軌跡，但是誠如前文述及，深入開發的研究論述，多自近代才陸續出爐。王國瓔先生的《中國山水詩研究》率先揭開中國山水詩研究專著的序幕，書中指出：「歷代有關山水詩的論著，多半以善寫山水的個別詩人如謝靈運、謝朓及王維等的作品爲對象，若涉及山水詩這一文類，則以山水詩如何產生、何時起源的討論爲多，而且見仁見智，意見分歧。」〔註42〕此言概括了中國山水詩研究的情形。山水詩的發展源遠流長，「對於這份寶貴的文學遺產，歷來研究者多朝著以下幾個方向努力：一、洞察山水詩興起的內因外緣，以便掌握早期山水詩的思想內涵和藝術特質，以助於探究山水詩的流變。二、關於山水詩的藝術風格流派、詩中有畫、山水詩的美學研究等各論題的宏觀研究。三、關於各代重要山水詩人的研究。四、詩人的比較研究。」〔註43〕這四大方向已較爲完整地歸納出山水詩研究的重點分布。

　　以宏觀的發展史觀進行山水詩條疏者，已然在山水詩之荒野中開展出一片沃土，如李文初等編：《中國山水詩史》（廣東高等教育出版社，西元 1991 年）、丁成泉《中國山水詩史》（台北：文津出版社，西元 1995 年）及近年出版的陶文鵬、韋鳳娟等編《靈境仙心——中國古代山水詩史》（南京：鳳凰出版社，西元 2004 年）。而以山水詩題研究專著有：葛曉音著《山水田園詩派研究》（瀋陽：遼寧大學出版社，西元 1993 年）、朱德發主編《中國山水詩論稿》（山東友誼出版社，西元 1994 年）、林文月《山水與古典》（台北：三民書局，西元 1996 年）、王國瓔著《中國山水詩研究》（台北：聯經出版社，西元 1996 年）、朱新法著《山水風度——六朝山水田園詩論》（南京：南京出版社，西元 1998 年）、高人雄著《山水詩詞論稿》（上海：上海古籍出版社，西元 2005 年）。再者以山水文學藝術角度鑑賞山水詩

〔註42〕王國瓔：《中國山水詩研究》，頁 3。
〔註43〕見林珍瑩：《楊萬里山水詩研究》，頁 1。

者有：伍蠡甫編《山水與美學》（台北：丹青圖書公司，西元 1987 年）、
戚維熙主編《中國山水的藝術精神》（上海：學林出版社，西元 1997
年）、章尚正《中國山水文學研究》（上海：學林出版社，西元 1997
年）……等等。

在國內博士學位論文方面有金勝心《盛唐山水詩田園詩研究》（台
灣師範大學國文研究所博士論文，西元 1987 年）、張滿足《晉宋山水詩
研究》（高雄師範大學國文研究所博士論文，西元 1990 年）、黃雅歆《清
初山水詩研究》（輔仁大學中文研究所博士論文，西元 1998 年）、李遠
志《盛唐山水詩研究》（高雄師範大學國文研究所博士論文，西元 2002
年）、……等，而在碩士學位論文方面則有宮菊芳《南北朝山水詩研究》
（輔仁大學中文研究所碩士論文，西元 1976 年）……等等。以上所述
之著作多屬於長期的山水詩發展研究，眼界遼闊，籠括議題相當廣泛，
為山水詩研究領域的深耕開發者提供了質量俱豐的研究典範與成果。

除了山水詩發展的綜論研究研究外，專於個別詩人的研究也蔚為
熱潮，且多出自學位論文，如王來福《謝靈運山水詩研究》（東海大學
中文研究所碩士論文，西元 1971 年）、李海元《謝靈運與鮑照山水詩研
究》（政治大學中文所碩士論文，西元 1987 年）、鄭義雨《謝朓山水詩
研究》（東海大學中文研究所碩士論文，西元 1994 年）、林天祥《范成
大山水詩研究》（成功大學歷史語言研究所碩士論文，西元 1990 年）、
汪美月《楊萬里山水詩研究》（高雄師範大學國文研究所碩士論文，西
元 2001 年）、陳美足《謝靈運山水詩之研究》（玄奘人文社會學院中國
語文研究所碩士論文，西元 2002 年）、李及文《王維山水詩句的美學鑑
賞及研究》（彰化師範大學國文研究所碩士論文，西元 2004 年）、黃偉
正《王維山水詩之研究》（玄奘人文社會學院中國語文研究所碩士論文，
西元 2005 年）、謝迺西《蘇軾山水詩研究》（東海大學中文研究所碩士
論文，西元 2006 年）、李慧玟《劉長卿山水詩研究》（南華大學文學研
究所碩士論文，西元 2006 年）、劉明昌《謝靈運山水詩藝術美探微》（成
功大學中國文學系碩士論文，西元 2006 年）、何映涵《柳宗元山水詩研

究》(台灣大學中文究所碩士論文,西元 2006 年)、蘇心一《王維山水詩畫美學研究》(中國文化大學中文研究所碩士論文,西元 2007 年)⋯⋯等等。綜觀上述列舉之山水著述,樣類繁多,倘若再加上散見於各期刊、雜誌發表的單篇論文,則不勝枚舉,如過江之鯽,由此可見近年來的山水詩研究,在開拓速度及程度都有很大的進步。

然而就本文論題——「謝朓、李白山水詩比較研究」尚無相關學位論文發表或直接觸及,殊爲遺憾。關於山水詩的「比較研究」,由於涉及兩位山水詩人之作品探討,需關照之面向極廣,因此歷來論著不多。只見林菖山《大小謝詩之研究》(政治大學中文研究所碩士論文,西元 1974 年)、沈振奇《陶謝詩之比較》(台北:學生書局,西元 1986 年)、朱雅琪《大小謝詩之比較》(台灣大學中文研究所碩士論文,西元 1992 年)⋯⋯等,因此關於本論文直接相關的著述實無可舉。箇中原因除了比較性研究之撰寫工程較爲龐雜以外,尚因李白的山水詩一直是受到埋沒的,陳敏祥《李白山水詩研究》指出:「李白的樂府詩、絕句創作獲得極高的成就,眾所周知,唯獨對於他的山水詩而言,多數人幾乎是陌生而一無所知。」,〔註 44〕的確,比起飲酒詩、遊仙詩⋯⋯等,李白的山水詩鮮爲人論,因此在山水詩比較研究方面,以大小謝山水詩居多。

而論及謝朓、李白山水詩的著作中,與本文主題相關度最高的莫過於蘇家培、李子龍主編、王運熙等人所著《謝朓與李白研究》(北京:人民出版社,西元 1995 年),蒐集了二十七篇相關謝朓、李白的單篇研究論文,其中有四篇直擊了兩位詩人的山水詩比較之焦點,如陶道恕所著〈謝朓李白山水抒情詩合說〉先對謝朓、李白的山水詩作精闢的論述,再探討兩人的創作關係:「李白在山水抒情詩方面的造詣,便是善於借鑒繼承謝朓的創作經驗而又加以創新發展的光輝典範。」,〔註 45〕爲其

〔註44〕陳敏祥:《李白山水詩研究》(高雄師範大學國文研究所碩士論文,西元 1991 年),頁 12。
〔註45〕收錄於蘇家培、李子龍主編、王運熙等人所著《謝朓與李白研究》(北

觀察作出結論。另外蘇天緯所著〈嚶其鳴矣，求其友聲——關於李白情繫謝朓的解說〉則認為：「功業抱負，是謝朓與李白共同的人生出發點。……抱負未能實現，才有了前述的放逐感，也才有了不得已而隱棲的念頭與行為。……從根本上說，這樣的理想與壯懷，才是聯結李白與謝朓最深刻的精神通道。」〔註46〕其將焦點放置於謝朓、李白兩人契合的原因考察上，縝密地探析相關線索，但對於兩人詩歌藝術比較則未深入探究。而葛景春〈李白與謝朓的山水詩〉便對兩人山水詩比較之議題「直搗黃龍」，簡潔扼要地提出歸納：「李白其人，不論是從膽識、才學、氣魄、風度和氣度，都要比謝朓高得多。因此其風格主導方面，是雄健的陽剛之美。他的山水詩所呈現的美學風貌是壯麗，而謝朓詩所呈現的美學風格是『清麗居宗』，而『清麗』卻是一種婉約的陰柔之美。」〔註47〕已然揭示了謝朓、李白山水詩的風格差異所在，然而筆者以為兩位詩人所描繪的山水樣貌千姿百態，以「清麗」、「壯麗」為區隔，固然能凸顯其詩風特色，卻也斷然地橫絕了其相互重疊的因襲區塊。王定璋〈詩壇飄逸兩俊杰〉亦闡述了謝朓、李白山水詩的比對研究之結果，他認為謝朓詩是中國山水詩歌史上轉捩期的典型代表，而李白是山水詩歌的豐碑。謝朓仍有生澀之弊，而李白則更臻成熟了。〔註48〕如此之見，已然對其山水詩藝作出論斷。

　　縱使在「謝朓、李白山水詩比較研究」議題上，缺乏長篇巨著或學位論文加以統整、討論，但謝朓與李白在山水詩創作上的緊密關聯從未被忽視，並且常常在相關山水詩討論中提出並強調其重要性，足見此議題具有高度研究價值。而直接連結謝朓、李白山水詩並提出比較之論述多發表於期刊單篇短幅論文，或附屬於山水詩研究著作中的某章節，因此未能有較全面且完整的研究成果。

　　　京：人民出版社，西元 1995 年），頁 112。
〔註46〕同上註，頁 128。
〔註47〕同上註，頁 167。
〔註48〕同上註，頁 189。

第二章　謝朓、李白山水詩的孕育與創生

　　文學作品的誕生與創作者自身經歷有著密不可分的關聯，它表現出創作者的心理狀態與思想層次，更折射出創作者對所處時代的觀感與實際生活的種種體驗，童慶炳言：「藝術家的體驗生成多是處於兩種關係中，一是與藝術家在特定時期所處的外部社會環境的關係；一是藝術家個人經歷中早期經驗以及由教育和各種活動所形成的心理反應圖式的聯繫。」〔註1〕當藝術家從事創作的過程中，將對個人所見、所思、所感進行組合與重整，使得作品本身涵蓋所欲表達之意念，文學創作也是如此。因此欲深入探討文學作品，必須先就其創作之內外緣因素加以認識，才能更準確掌握其中精髓。

　　謝朓與李白隔絕數百年之久，生活背景歷經重大變遷，而魏晉南北朝至唐，又適為中國文學、思想史上變動極為劇烈也是成長最為迅速的時期，再加上兩人本身個性、才學造詣不同，因此影響其作品形成之因素可謂錯綜複雜，千頭萬緒。本章擬就相關其山水詩創作之要素，分別由創作的時代背景、文學淵源、思想別派等三方面，予以抽絲剝繭。

〔註 1〕童慶炳、程正民主編：《文藝心理學教程》（北京：高等教育出版社，西元 2001 年），頁 87。

第一節　時代母體的性格遺傳

詩人創作的過程中，最直接受到的影響來自於時代的背景。因為詩人生於斯，長於斯，感受特別深刻，故舉凡政治局勢、社會生活、文化精神、思想風潮……等等，都縮影於詩篇之中。《毛詩序》：「詩者，志之所之也，在心為志，發言為詩。情動於中而形於言……治世之音安以樂，其政和；亂世之音怨以怒，其政乖；亡國之音哀以思，其民困。」〔註2〕足見詩人的心志感發，直接連線至當代生活脈動，映現了社會文化的折光。時代啓迪了詩人的慧語哲思，而詩人則創造了時代的璀璨藝術，兩者之間相生共存。它們的關係如此密切，使得後人每每於詩歌詮釋之過程中，莫不傾力研究與關注。

檢視謝朓與李白的山水詩作，不難發現其中浮現著時代的印記，在探討之前必須說明的是，時代背景因素牽連著範圍廣大、成因複雜的社會各層面之問題與文化脈動，限於篇音之圍只能就影響其詩風較顯著之因素加以剖析。而謝朓與李白既生長在迴異的時代環境，又有出身貴族與布衣之差別，他們所感受的切身經驗與觀察所聞，自然產生極大的落差。因此筆者在論述謝朓所接受的時因素影響方面將偏重於魏晉南北朝世族所處之動盪世局、黑暗政治等環境概況，而李白則著重於庶民所廣泛接觸的社會文化、時代精神等方面。這將有助於了解謝朓深陷政治風暴而無可自拔、李白沉淪干謁挫折而落拓失意，最後皈依山林的原因。

一、血雨腥風的南朝哀音

謝朓生長於南朝齊，政權偏安南隅，統治階層內鬥傾軋，人民生活危阢困頓，這對於他的詩作與個性有極大的影響。然而這樣的景況並非南朝齊才開始，而是由來已久，幾乎成為整個大時代的共同特徵。

（一）世局動盪、人心惶懼

南朝的悲劇色彩可追溯至東漢末年，當時社會動盪局面空前激

〔註 2〕見郭紹虞主編：《中國歷文論選》第一冊（上海：上海古籍出版社，西元 1979 年），頁 63。

化，地主與農民的衝突愈演愈烈，而政治權力爭鬥也十分嚴重，烽火一觸即發。據史料記載，安帝統治的十九年間，一共發生了四次農民起義，順帝統治的十九年間，則爆發了十三次農民起義，而在沖、質二帝統治的短短兩年間，農民起義就爆發了四次。參加起義的人數由數千人擴增至桓、靈二帝時的數萬人，有時甚至到達十多萬人。〔註3〕西元189年，漢靈帝病逝，何太后等外戚掌握朝政，與宦官勢力幾度廝殺，政局危殆失安。不久，董卓、袁紹、呂布……等軍閥各擁兵隊，為了自己的利益，不斷發動戰爭，人民為了保命避亂，紛紛逃亡，遂使整個社會經濟遭受巨大的打擊、破壞，《三國志》記載：「自京師遭董卓之亂，人民流移東出，多依彭城閒。遇太阻至，坑殺男女數萬於泗水，水為不流。……雞犬亦盡，墟邑無復行人。」，〔註4〕飢餓無依的百姓，流離失所，「民人相食」之悲劇時有所聞，原本富庶安樂之中原地區，殘敗冷清，甚至出現了千里之內人煙滅絕的慘象。「接連不斷的屠殺飢餓瘟疫的結果，漢桓帝永壽三年，中國人口是五千六百多萬，到晉武帝太康元年，減至一千六百多萬」，〔註5〕社會民生受創之程度可見一斑。

接著，魏、蜀、吳三國鼎立，依舊四處烽火連綿不絕，直至西元265年，司馬炎代魏自立，建國號為晉，定都於洛陽，才安定下來。可惜的是此短暫統一的時期只維持約莫五十年，國家政權又繼續在風雨飄搖中更迭、分裂、腐敗、遷徙，此便是歷史上著名的亂世——魏晉南北朝。它夾處於秦漢及隋唐大一統盛世之間，顯得格外混亂與紛雜。各朝政爭頻仍，人命如芥，到了南北朝期間，政治上還分裂成南、北兩方，均陷入一場又一場的天災與人禍風暴中，載浮載沉，無由超脫。羅宗強：

〔註3〕參見王仲犖：《魏晉南北朝史》上冊（上海：上海古籍出版社，西元1979年），頁9。

〔註4〕〔晉〕陳壽：《魏書·魏志·荀彧傳》卷十注引〈曹瞞傳〉（台北：藝文印書館，西元1958年），頁132。

〔註5〕參見劉大杰〈魏晉思想論〉收錄於賀昌群、袁行霈、劉大杰著：《魏晉思想》（台北：里仁書局，西元1995年），頁17。

「在中國歷史上，這是一個戰亂不斷、國家分裂的非常不幸的時期。」，
〔註6〕它的混亂程度令人瞠目結舌，它的痛苦指數令人肺腑盡摧。

在南北朝之前，西晉的短暫統一成為此時代的絕響，其滅亡原因
在於西晉乃藉篡奪曹魏政權而建立王朝，缺乏遠大的抱負，終日荒淫
享樂，朝政極度腐敗。晉武帝司馬炎病死後由司馬衷繼位，是史上昏
愚異常的晉惠帝。惠帝既無治理國家之能力，野心勃勃的賈后便趁勢
掌握大權，屠殺異己，終於引發了「八王之亂」，汝南王司馬亮、楚
王司馬瑋、齊王司馬冏、趙王司馬倫、成都王司馬倫、成都王司馬穎、
河間王司馬顒、長沙王司馬乂、東海王司馬越等人為了爭奪王位，相
互攻擊。這一場亂事持續了十六年之久，死亡人數高達數十萬人，毀
城焚村，重創了西晉經濟民生。且當時天災接連不絕，舉凡冰雹、蝗、
螟災、地震、大水、狂風、日食、赤氣、黃霧……等等，發生得特別
頻繁，災情也特別嚴重。歷史學者黃仁宇不禁哀嘆：「這種紀錄即在
多災多難的中國，也不平常。」〔註7〕西晉自此後國勢垂危，無力回
天。而覬覦中原已久的外族趁勢崛起，率軍攻陷長安城，愍帝出降，
西晉宣告滅亡。

司馬氏及中原僑性大族在西晉滅亡後南渡，司馬睿於建業（今江
蘇南京）稱帝，建立東晉王朝，而北方則陷入五胡十六國的混戰之中，
持續了一百多年。東晉政權在群力互助之下，於短時間內獲得鞏固與
加強，還策動了幾次聞名的北伐，如祖逖、褚裒、庾亮、庾翼、殷浩、
桓溫……等人都曾戮力收復北方失土，可惜東晉內部社會日漸不安，
政爭也越來越激烈，並沒有完成北伐大業。東晉末年，天性甚為愚柔
之孝武帝，溺於酒色，崇信浮圖，將大權旁落於會稽王道子，造成政
治危機，招致孫恩作亂、桓玄篡逆，西元 420 年，北伐大將劉裕奪位

〔註 6〕 羅宗強：《魏晉南北朝文學思想史》（北京：中華書局，西元 2002 年），
　　　　頁 1。
〔註 7〕 詳見黃仁宇：《赫遜河畔談中國歷史》（台北：時報出版社，西元 1990
　　　　年），頁 106。

爲王，東晉於焉滅亡，同時也揭開南朝序幕。此時北魏滅北涼，統一北方，又形成南、北對峙的情勢。劉裕所建立的南朝宋是南朝武力最強盛的時期，疆域北端範圍直達黃河，並革除了不少東晉末期出現的苛政，社會經濟恢復地十分迅速，可惜其在位不滿兩年，即得病去世。

劉裕死後由其子繼位，爲宋少帝。少帝無心國家政事，徐羨之等大臣於是另謀宋義隆稱帝，經過一番廝鬥後，西元 424 年，劉義隆至健康稱帝，改元元嘉，爲宋文帝。宋文帝治理國政有道，頗能承繼劉裕之志，他督促地方官員勸課農桑，大力興修水利，竭力修補東晉末年戰亂的殘敗。當時吳興、丹陽、淮南……等地洪水氾濫，災民四處流散，宋文帝下令以數百斛大米賑濟災民，並且多次下詔減免賦稅，十分關心人民生活。然而其本性多疑善忌，與朝臣之間缺乏信臣，因此上下交相賊的情形日益嚴重，無法團結一心。宋文帝晚年，處死蓄意謀反之弟劉義康，王朝中便頻繁地發生父子兄弟之間相殘的悲劇，滅絕人倫。不幸的是，最後宋文帝竟被其子所弒，著名的史學家呂思勉對此感慨地說：「北伐未幾，身死逆子之手，兵端既啓，骨肉相屠，卒授異姓以篡奪之際。喪亂弘多，自不暇於外攘，不惟河南不可復，即淮北亦不能守矣。哀哉！」〔註8〕文帝死後，宋室宗親纏鬥不休，籠罩於一片腥風血雨之中，混戰末了，由劉駿殺出重圍，繼位稱帝，爲宋孝武帝，其統治過程不斷遭受諸王攻擊、叛變，迎戰多次雖順利退敵，但卻屠戮了不少人命。西元 465 年，孝武帝之子以十六歲稚齡稱帝，手段凶殘，誅殺叔祖、親叔多人，終於在湘東王劉彧起兵反擊後被殺。此後，齊宋的血腥屠殺並沒有就此終結，而成爲時常上演的戲碼。直至西元 479 年，宋順帝被蕭道成斬殺，結束爲期五十九年之劉宋王朝。

蕭道成滅劉宋而建立蕭齊，爲南齊高帝。他下令修建學校，重視人才培養與選擢，又減免百姓部份賦稅，禁止貴族侵占土地……等等措施，均可看出其用心，遺憾的是蕭道成在位僅僅四年，即因病而死。西

〔註 8〕　呂思勉：《兩晉南北朝史》（上海：上海古籍出版社，西元 2005 年），頁 350。

元 482 年太子蕭賾隨後即位，史稱南齊武帝，他統治的永明期間，南朝政治相對穩定許多，邊境晏然無險，百姓安居樂業，但這樣的景況在南朝歷史中總是不長久，齊武帝在位約莫十年病逝，南齊又陷入權位鬥爭的惡性循環裡，迅速走向衰落、滅亡之路。齊武帝死後將王位傳給蕭昭業，且命令蕭鸞總管尚書以輔佐之，使得呼聲極高的竟陵王蕭子良落寞寡歡，抑鬱而終。蕭子良去世後，蕭鸞大權在握，次年竟將蕭昭業廢爲郁林王，不久甚至將其殺害。又立蕭昭業之弟蕭昭文爲帝，再將其廢爲海陵王，隨後予以處死，自立爲南齊明帝。他爲了鞏固自己的帝位，大規模地殘殺蕭氏皇親，暴虐無道。他的兒子蕭寶卷繼承王位後變本加厲，極其荒淫，使得南齊政治更趨惡化。西元 502 年，蕭衍起兵攻打蕭寶卷，並將其帝號改爲東昏侯，結束僅歷二十三年的南齊王朝。

　　綜觀東漢末年以來，時局動盪持續了數百年之久，無疑是歷史上的黑暗時期。尤其南北朝時期政權轉更替頻繁，且夕禍福難測，人心惶惶。謝朓出身世族大家，親歷手足、骨肉相殘的權位爭霸戰，同時見證了大時代的悲慟與無奈，因此他的詩作中每每流露著悲情，時時鳴奏著哀曲。

（二）世族相殘、人倫失序

　　謝朓，字玄暉，陳郡陽夏人（今河南太康附近），生於宋孝武帝大明八年（西元 464 年），卒於東昏侯永元元年（西元 498 年），年僅三十六歲。他的先祖謝玄協助晉室南渡、立足江南有功，高祖父是晉代宰相謝安的弟弟謝據，曾祖父謝允，祖父謝述，都先後仕於東晉與劉宋，他的祖母乃范曄之姐，而父親謝緯與宋文帝第五女長城公主結爲連理，成爲當時赫赫有名的世族大家。類似謝家這樣的世族宗親，在魏晉南北朝長期掌握著政治命脈，享有社會上階層的利益與權力，可謂特殊的時代產物。蒙思明直言：「世族是這個時段的決定因素，不明了這一時段世族階級的存在及其重要地位，是不能明了這一時段的歷史的，是不明明了這一時段的政治制度、經濟結構、社會風尚得

到正確理解的。……世族的存在是魏晉南北朝時代的特徵。」〔註9〕指出影響魏晉南北朝發展的主要因素。

　　世族勢力潛在於兩漢數百年，逐漸形成一龐大的政治集團。它腐蝕了魏晉北朝的選才制度，壟斷仕進途徑，因而長期把持政柄中樞。趙翼言南北朝世族：「雖市朝革易，而我門第如故，以是世家大族，迥異於庶姓而已。」，〔註10〕加上當時朝廷普遍舉用世族，並放任其在地方非法強佔土地、操縱地方政權等乖張行為，顯現世族勢力已然達到無可收拾的地步。呂思勉：「晉、南北朝時，豪族貴人，可謂極其奢侈，問其財自何來，則地權之不均，其大端也。」〔註11〕世族除了專權土田，山川大澤佔據尤多，歷代君主或思箝制、嚴禁，可惜成效不彰，呂思勉援引史錄曰：

> 《宋書・武帝紀》：「先是山湖川澤，皆為豪彊所專，小民薪採漁釣，皆責稅直，至世禁斷之，即義熙九年事也。先一年，武帝至江陵，下書曰：『州、郡、縣屯田、池塞，諸非軍國所資，利人守、宰者，今一切罷之。』。」其整頓不為不力，然文帝元嘉十七年詔曰：「山澤之利，猶或禁斷。」則禁令等於具文矣。

世族既不受禁令之約束，其氣焰則日益高漲。尤其嚴重的是，魏晉南北朝的世族控制朝政大權，廢立帝王於股掌之間，地位幾乎凌駕國君，所以魏晉南北朝時期的忠君觀念徹底陷落，而道德也跟著淪喪無存。沈約：「晉宋以來，風衰義缺，刻身厲行，事薄膏腴。若夫孝立閨庭，忠被史冊，名發溝畎之中，非出衣簪之下，以此而言聲教，不亦卿大夫之恥乎？」〔註12〕可見當時忠孝懿行早已非主流價值。蕭子顯：

〔註 9〕蒙思明：《魏晉南北朝的社會》（上海：世紀出版集團——上海人民出版社，西元 2007 年），頁 1。

〔註10〕趙翼：《廿二史劄記》（卷十二）「江左世族無功臣條」（北京：中國書店，西元 1987 年），頁 138。

〔註11〕呂思勉：《兩晉南北朝史》下冊（上海：上海古籍出版社，西元 2005 年），頁 936。

〔註12〕〔梁〕沈約：《宋書》卷九十一〈孝義傳〉史臣曰（台北：藝文印書

自金張世族，袁楊鼎貴，委質服義，皆由漢氏，膏腴見重，事起於斯。魏氏君臨，年祚短促，服褐前代，宦成後朝，晉氏登庸，與之後事，名雖魏臣，實爲晉有。故主位雖改，臣任如初。自是世祿之盛，悉爲舊准，羽儀所隆，人懷羨慕，君臣之節，徒致虛名，貴仕素資，皆由門慶，平流進取，坐致公卿，則知殉國之感無因，保之念宜切，市朝亟革，寵貴方來。〔註13〕

在當時，世族大臣不殉舊朝寵恩，續任新朝及參與篡權奪位者不勝枚舉。忠君觀念的淪落是魏晉南北朝世族相殘的亂象之源，他們眼裡沒有國家、國君，只有自己家族的興衰。而世族相互鬥爭的結果，往往直接衝擊著彼此之間勢力消長，影響著龐大宗親的命運，因此開戰回合繁多，手段也異常激烈。

劉宋文帝元嘉十二年（西元 445 年），謝朓的舅公范曄與伯父謝綜、謝約等人陰謀擁立彭城王義康，未料消息不脛而走，謀反行動宣告失敗，范曄、謝綜、謝約等人被誅。而謝朓的父親謝緯則留放廣州，直至宋孝武帝建中年間才被釋放返回建康（今南京市），因此謝朓的少年時期，正處於謝氏一族的衰落階段，正如唐長孺所言：「士族的升降，並不僅僅取決於『冢中枯骨』的勢力，而主要取決於是否『當代軒冕』」，〔註14〕家族榮耀既已不再，宦海便浮沉難安。面對家族每況愈下的頹勢，謝朓積極仕進以求重振家聲，他才氣從橫，學識豐富，史傳言其：「少好學，有美名，文章清麗。」又「善草隸，長五言詩。」，〔註15〕頗有機會力挽狂瀾，但無奈從小目睹宗室慘烈屠殺，造成他個性怯懦膽小，敏感退縮，終究成爲血腥屠戮下的犧牲者。

館，西元 1958 年），頁 902。

〔註13〕見〔梁〕蕭子顯：《南齊書》卷二十三（褚淵、王儉傳之史臣曰），頁 177。

〔註14〕唐長孺：《魏晉南北朝史論拾遺》（北京：中華書局，西元 1983 年），頁 58。

〔註15〕見〔梁〕蕭子顯：《南齊書‧謝朓傳》，卷四十七（台北：藝文印書館，西元 1958 年），頁 385。

　　南齊時代的謝氏家族已然沒落，成為徒有虛名的文化世族，基本
生活雖不虞匱乏，卻無一日可高枕無憂，刀光劍影仍舊是揮之不去的陰
影。在如此環境下成長的謝朓，面對暗潮洶湧的官宦生涯，內心時常交
織著出仕與退隱的矛盾情緒，訴諸於文字，則成就特殊風格的詩篇。

　　齊高帝建元四年，謝朓首度出仕，解褐豫章王太尉行參軍，時十
九歲。之後歷任隨王蕭子隆東中郎參軍、王儉之衛東閣祭酒、武帝長
子蕭長懋的太子舍人。永明于年，竟陵王蕭子良於雞籠山開西邸，廣
納才學之士，謝朓、沈約、王融等人皆躬逢其盛，他們即為史上著名
的「竟陵八友」，皆西邸文學集團中的要員：

　　　竟陵王子良開西邸，招文學，高祖與沈約、謝朓、王融、
　　　蕭琛、范雲、任昉、陸倕等並遊焉，號曰八友。（《梁書·
　　　武帝紀》）〔註16〕

　　　子良少有清尚，禮才好士，居不疑之地，傾意賓客，天下
　　　才學皆游集焉。（《南齊書·齊武帝諸子傳》）〔註17〕

「竟陵八友」以文學活動相交，個個能文善筆、才華洋溢，彼此之間相
互欣賞，情誼深厚。謝朓的文學造詣在「竟陵八友」中可謂出色，沈約
曾美讚謝朓：「兩百年來無此詩也。」，〔註18〕《梁武帝·蕭衍》亦言：
「三日不讀謝朓詩，便覺口臭。」，〔註19〕劉孝綽：「唯服謝朓，常以謝
詩置几案間。」，〔註20〕因此謝朓在當時文壇，地位頗高，生活也備受
禮遇，其〈高松賦〉：「君王乃徙蘦蘭室，解佩明椒，含幽蘭於夕陰，詠
篁幹於琴朝，陵高丘以致思，御風景而逍遙。」〔註21〕這是謝朓一生中

〔註16〕〔唐〕姚思廉：《梁書·武帝本紀》，卷一（台北：藝文印書館，西
　　　　元1958年），頁10。

〔註17〕〔梁〕蕭子顯：《南齊書·竟陵王子良傳》，卷四十（台北：藝文印
　　　　書館，西元1958年），頁328。

〔註18〕〔梁〕蕭子顯：《南齊書·謝朓傳》，卷四十七，頁385。

〔註19〕〔唐〕姚思廉：《梁書·武帝本紀》（台北：藝文印書館，西元1958
　　　　年），卷一，頁39。

〔註20〕〔北齊〕顏之推：《顏氏家訓·文章篇》（台北：台灣古籍出版社，
　　　　西元1996年），頁224。

〔註21〕見〔南朝齊〕謝朓著，曹融南校注集說：《謝宣城集校注》（上海：

最為愜意的美好時光。除了「竟陵八友」之外，當時在西邸參與文學饗宴者還有劉繪、張融、柳惲、謝璟、王僧孺……等，人數眾多，一時蔚為風尚。永明九年，任隨王鎮西公曹，後轉文學侍讀，次年，與隨王赴荊州，《南齊書》：「朓以文才，尤被賞愛。流連晤對，不舍日夕。」〔註22〕可惜好景不常，謝朓雖獲得隨王青睞，卻也招致荊州官員妒忌，永明十一年，長史王秀之言：「以朓年少相動，密以啓聞。」，〔註23〕齊武帝立即勒令謝朓還都，這是謝朓宦途中的首次挫折。

　　謝朓還都之際，齊武帝蕭賾病歿，「永明之治」於焉結束，而南齊祥和之氣亦消失殆盡，謝朓陷於強烈政治惡鬥的風暴圈之中，其〈暫此下都夜發新林至京邑贈西府同僚〉：「常恐鷹隼擊，時菊委嚴霜，寄言蔚罹者，遼廓已高翔。」〔註24〕可看出他內心憂鬱不安。鬱林王在武帝死後，隨即登位，由於年紀幼小，武帝之堂弟蕭鸞便乘機輔政，順勢把持國政要權，並秘密策動篡位。次年先後廢黜鬱林王、海陵王兄弟，自登帝位。綜觀齊武帝死後短短九年期間，歷任五個帝君，其中有四個尚且年少卻死於非命：鬱林王（蕭昭業）被殺時二十二歲，海陵王（蕭昭文）被殺時十五歲，東昏侯（蕭寶卷）被殺時十九歲，和帝（蕭寶融）被殺時十五歲。西元502年，蕭衍登即帝位，並改國號梁，南齊因此滅亡。南齊自高帝蕭道成立國（西元479年）至結束，僅歷二十三年，政權更替的方式殘忍無情，變動的次數異常頻繁，朝廷之中時時刻刻醞釀著陰謀猜忌，氣氛劍拔弩張。

　　南齊統治集團內部激烈的屠戮與鬥爭，讓謝朓聞風喪膽，而禍事很快地延燒至其周圍。他的好友王融，因為投效蕭子良，於昭業即位十多天後被賜死，而竟陵王蕭子良則抑鬱以終，隨王蕭子隆也難逃一死。明帝蕭鸞為求帝位之鞏固，大肆剷除異己，更不惜血刃族，誅殺

　　　　上海古籍出版社），頁28。

〔註22〕〔梁〕蕭子顯：《南齊書・謝朓傳》卷四十七，頁385。

〔註23〕同上註。

〔註24〕見〔南朝齊〕謝朓著，曹融南校注集說：《謝宣城集校注》，頁205。

高祖、武帝之子孫，趙翼：「至齊、高子孫，則皆明帝一人所殺，其慘毒自古所未有也。」〔註25〕由此可見世族之間沒有宗親之情，而只有血腥奪位、絕義謀權。謝朓迴游於政壇激浪中，內心之恐懼如同其〈酬德賦〉所述：

> 惟風雅之未變，知雲綱之不廓。譬曾棟之將傾，必華榱之先落。翳明離以上賓，屬傳體於纖萼。周二輝而分崩，擠九鼎於重壑。誰魚鳥之欲安，駭風川而迴薄。

亂世之中，人命朝不保夕，謝朓進退維谷，方寸盡失，因此他總是在極端矛盾的困局裡苟延殘喘。值得慶幸的是雖然蕭鸞極其殘忍，卻待謝朓甚厚，屢次委以重任。因此謝朓懷著既喜且懼的心情，時時感念其賞識之恩。永泰元年，謝朓知悉丈人王敬則企圖謀反，深怕受其牽累，竟「大義滅親」地向明帝告發，王敬則及其子兵敗被殺。謝朓的妻子對於父兄遇害之事忿恨難平，時常懷刀於袖，急欲刺殺謝朓以報殺父之仇。從此以後，謝朓終身躲避其妻，不敢與之相見。直至垂死，猶言：「我不殺王公，王公由我而死。」，〔註26〕其逃避退縮之個性，可見一斑。這也反映了當時人人苦求自保，不惜僭越人倫常情之亂象。

縱使謝朓處心積慮地逃避禍患，而禍患卻始終如影隨形地黏附著他。西元 498 年，明帝駕崩，太子蕭寶卷繼位。明帝遺詔以始安王遙光為侍中、中書令，永元元年（西元 499 年，時朓三十六歲），遙光「既輔政，見少主即位（年僅十三），潛與江祏兄弟謀自樹立。」，〔註 27〕於是遣親人劉渢秘密向謝朓致意，孰料謝朓又懼遭橫禍，即告密予左興盛、劉暄。劉暄隨即回報江祏，江祏再向遙光秉告，遙光因此大怒，遂稱敕召謝朓，而夥同徐孝嗣、祏、暄等羅織其罪名，使中丞范岫奏收謝朓，致使謝朓下獄而亡，年三十六。

在人生舞台上，謝朓所扮演的角色恰似一隻弱小的飛鳥，急欲展

〔註25〕趙翼：《廿二史札記》（卷十二）「齊明帝殺高武子孫」條，（北京：中國書店，西元 1987 年），頁 154。

〔註26〕〔梁〕蕭子顯：《南齊書‧謝朓傳》卷四十七，頁 385。

〔註27〕同上註，卷四十五，頁 298。

翅翱翔，而又時時顧忌遠天未知的險難。他深陷於整個大時代的愁雲慘霧，壯志難伸，在仕隱衝突中遺落了忠心義膽；在權力惡鬥裡背棄了倫常人情。鄭義雨先生云：「謝朓周旋於朋黨之際，逡巡於利害之間，未能急流勇退，故不獲善終。」，〔註28〕為其悲劇性的一生作下精要的註解。謝朓為躲避政爭，曾一度耽於當時盛行的隱逸風潮〔註29〕而選擇歸隱山林，但卻仍頻頻回首都城朝廷，欲走還留，形成其山水詩中的仕隱衝突。雖然時代的沉重包袱，使得謝朓駝運困難，舉步維艱，幸好他富有一細察萬物的敏銳心智，得以在山容水色之中蓄積生命的力量，用另一個方式一展抱負。

二、國力鼎盛的唐人風采

穿越時空隧道——由魏晉至唐，間隔兩百多年的生活環境與政治局勢判若雲壤。唐是繼秦漢之後出現的大一統王朝，國力空前鼎盛，在當時堪為世界頭號強國，傲視群雄，盛唐時期的版圖十分遼闊，東至庫頁島，西至咸海，北至貝加爾湖，南至越南中部，而其聲威震及四海，東至日本、朝鮮和東南亞，南至印度支那、印度和阿拉伯，西至歐洲的羅馬帝國，是中國歷史發展上極為重要的朝代之一。唐朝社會經濟發達、文學藝術活躍，多元文化兼容並蓄，影響所及最為顯著的是唐朝人自信心大幅高漲，社會風氣格外開放。

李白生於武周長安元年（西元 701 年），卒於代宗寶應元年（西元 762 年），享年六十二。他經歷了唐朝的全盛景況，也目睹導致其逐漸衰落的安始亂事，因此他的詩歌裡不全然是意氣風發的傲然態度，而間雜著些許不平之憾，具有獨特的魅力與震憾力。儘管李白所居處的後半段時期已然顯現大唐頹勢，但多數的學者仍然將李白奉為

〔註28〕鄭義雨：《謝朓山水詩研究》，頁 23。
〔註29〕漢末至魏晉南北朝社會動亂，選擇出世者日多，在當時非但未引起撻伐，反而獲得清高之讚譽，形成波波隱逸熱潮。《後漢書》有〈逸民傳〉，《晉書》亦有〈隱逸傳〉都可說明山林隱逸儼然成為漢魏之際一股時勢所趨的社會風潮。

體現盛唐氣象〔註 30〕的代表人物。誠如葛景春所言：「他（李白）的詩歌是盛唐氣象和盛唐之音的典型體現。」，〔註 31〕舒蕪：「在盛唐詩人當中，具有全面的代表性的，表現出最典型的盛唐氣象的就是李白。」，〔註 32〕盛唐豐盛的文化，孕育了天才詩人李白，而李白的詩歌成就也照耀了盛唐的史頁。

　　盛唐所呈現的新氣象乃開放、積極、樂觀、自信，它賦予詩人大膽突破的改革精神及無藩籬的創作自由，並且促使其勇於表現與奮發仕進。這樣積極的態度、飽滿的信心，是魏晉南北朝詩人所缺少的。豪放浪漫的李白生長於如此的時代氛圍，自然對仕途懷抱理想，躍躍欲試。因此他與憂禍畏死的謝朓，於山水詩歌創作上所展現的氣象與企圖心相差甚遠。眾所熟知，李白一直十分景仰謝朓的詩藝，雖曾刻意仿效，但卻不落窠臼。其遮掩不住的獨特個性，如同一柱活水，在山水詩歌中迴旋著奇妙的漣漪，迸發出自由奔放的生命力。袁行霈：「在八世紀之始誕生的李白，他的一生差不多是和盛唐時代相始終的。受了時代風氣的薰陶，吸吮著營養豐富的文化乳汁，他成為為那個時代最完美的人物。」，〔註 33〕足見李白山水詩的獨特性則與盛唐特殊的時代背景息息相關。

（一）社會開放、文化多元

　　唐朝在經濟穩定、國力強盛、生活富足等有力條件的支持下，社

〔註30〕林庚先生對「盛唐氣象」一詞作了說明：「盛唐氣象所指的是詩歌中蓬勃的氣象，這蓬勃不只是由於它發展的盛況，更要的乃是一種蓬勃的思想感情所形成的時代性格。這時代性格是不能離開了那個時代而存在的。盛唐氣象因此是盛唐時代精神面貌的反映。」詳參其《唐詩綜論》（北京：清華大學出版社，西元 2006 年），頁 23～24。

〔註31〕葛景春：《李白研究管窺》（保定：河北大學出版社，西元 2003 年），頁 108。

〔註32〕引自黃霖編：《20 世紀中國古代文學研究史──詩歌卷》（上海：東方出社，西元 2006 年），頁 215。

〔註33〕袁行霈：《中國詩歌藝術研究》（北京：北京大學出版社，西元 1996 年），頁 234。

會風氣也日益開放、自由，而這樣的景象並非直接空降至唐的。其實早在魏晉南北朝時，胡、漢族人經由長期的共處，已逐步接受彼此的生活模式與政治制度，因此在文化層面上呈現多元融合的景象。加上魏晉南北朝儒學全面衰落，不再享有獨尊地位，佛教、道教、玄學等思想日漸興盛，並且相互影響、交雜滲透，所以在精神層面上已突破傳統的封閉藩籬。研究唐代社會風氣的申紅星也指出「文化融合」、「思想解放」的兩大背景，促使魏晉南北朝出現前代所不曾出現的開放、多元、自由現象，成為唐代社會開放現象的先聲，對唐代影響頗鉅。〔註34〕值得注意的是社會開放風氣雖肇始於魏晉南北朝，但因魏晉南北朝長期處於政治變動劇烈、時局動盪不安的景況，因此人民所享受的自由，缺少穩定的經濟後援，未能全面健全地發展。孫昌武直言不諱地說：

> （魏晉南北朝）連續的政治上的分裂與動亂，延緩了經濟的發展，也影響到文化的建設。這個時代人們的精神面貌，比起前面的秦漢和後面的隋唐來，顯得低迷、消沉得多。整個文化缺少那種精深博大的思想內容與恢弘昂揚的精神境界。〔註35〕

因此魏晉南北朝人民的精神儘管呈現出前所未有的自由、開放狀態，但它卻是人們在災難中所提煉的心靈妙藥，是歷經悲劇性的苦楚後才尋獲的人生出口。

而唐朝挾帶著雄厚的經濟基礎，無後顧之憂地承繼魏晉南北朝所開啟的新契機，社會出現兼容並蓄的開放風氣，並已進一步提升為專屬唐人的特有態度。事實上，如眾人所知悉，唐朝皇帝身帶鮮卑族血統，必非純然漢人。陳寅恪：「若以女系母族統言之，唐代創業及初期君主，如高祖之母為獨孤氏，太宗之母為竇氏，即紇豆陵氏，高宗

〔註34〕申紅星：《唐代社會的開放風氣研究》（西安：西北大學碩士論文，西元2005年），頁7。
〔註35〕孫昌武：《隋唐五代文化史》（上海：東方出版中心，西元2007年），頁35。

之母爲長孫氏，皆爲胡種（鮮卑族），而非漢族。」〔註36〕李唐血統本爲華夏，而後與胡夷相容，因此君主懷有胡族血統已然成爲不爭的事實，此點在社會開放風氣上具有實質的推進作用。因爲統治者的胡族血統淵源，促使其對社會各方面發展採取全然開放的政策，如廣開仕途，各地文士薈萃競試，不論胡、漢，均具仕進機會，激起人們熾熱的干謁渴望。這股干謁風潮在唐朝大肆蔓延著，士人在不受圈圍的科舉疆界中馳騁，個個都懷抱著成爲千里名駒的夢想。唐代的科舉制度打破了魏晉南北朝時期的九品中正制所設立的門第界線，庶人透過科舉得以參與政權，於是社會階層自由流動的可能性終獲落實，它不但有效地爲唐朝政壇注入新血，也遏止了魏晉以降世族壟斷仕宦的弊病。屈小強：「唐太宗壓制世族的目的是廣開才路，讓中小地主以及庶民中的優秀份子有升遷和從事政務的機會。據統計，太宗當朝二十三年，共用相二十八人，其中魏徵、馬周、戴胄出身寒微，張亮出身則是普通農夫。」〔註37〕另外，宇文所安也提及：

> 武后和她的幾個佞臣提拔了一些出身較爲寒微的詩人。其中的兩位詩人張說、張九齡成爲玄宗時期宰相，他們繼續扶持出身寒族的詩人。隨著宮廷舊文學家族讓出了批評鑑賞及伴隨的扶持特權，新的、較不嚴格的評價標準被應用於詩歌。在開元時期（西元 713～741 年）出名的詩人大多得到過張說或張九齡的扶持，而這兩位宰相的出色評判對於盛唐風格的發展起了重要的作用。〔註38〕

足見唐代新的擢才方式，庶民已然觸及政治權力之核心，不僅改變長期以來貴族專擅之仕宦陣容，其所衍生的連環效應更擴及文學的風格取向。唐朝統治者這樣的舉措，背後動機雖未必單純，但卻展現李唐

〔註36〕陳寅恪：《唐代政治史論稿》（上海：上海古籍出版社，西元 1997 年），頁 1。

〔註37〕屈小強：《盛世情懷：天漢雄風與盛唐氣象》（濟南：濟南出版社，西元 2004 年），頁 38～39。

〔註38〕〔美〕宇文所安：《盛唐詩》（北京：新華書店，西元 2005 年），頁 6。

盛世不同於前朝的大格局、新氣象，也奠定社會風氣開放、自由的基礎，庶民參與政權所帶動的嶄新氣象，對詩歌創作影響頗鉅。唐代統治者推行科舉制度以後，大舉任用少數民族爲官，包括突厥、吐番、靺鞨等，其人數之眾、族別之多、任事之廣，超過了以往任何朝代，這其中不乏位居宰相、大將軍、節度史等要職高官。〔註39〕不但消除社會階層的界線，也突破種族、性別等限制。外族既破天荒地見容於唐朝政壇，女性自也開創出一片波瀾壯闊的境地，如爲人所熟稔的武后，她干政後自行稱帝，大膽地挑戰封建制度的極限。武后是女性參政的傑出表率，流風所及唐代公主、宮廷女官也紛紛參與政事，它說明唐朝正以海納百川的氣度與包容力，開啓歷史的新紀元。

　　唐朝在政治制度上的開放性爲唐代居民創造一個可以安居樂業的生活環境，而且促進了經濟、文化等其他方面的高度發展。諸如藝術方面，便出現多元文化融合後的豐碩成果。唐朝的樂舞因吸收了少數民族、外國的元素，而開創有別以往的格調。胡樂在當時已然融入中原雅樂，並在樂壇上占有一席之地。唐太宗時確立十樂部，包括燕樂、清商、西涼、天竺、高麗、龜茲、安國、疏勒、康國、高昌。其中除了燕樂乃自創，清商爲漢魏舊樂，其餘皆爲外來之樂。唐時又把與雅樂不同的俗樂「十部樂」均稱爲燕樂，這些燕樂融合胡部曲樂，在唐代時期發展地十分興盛。因應音樂上的胡、漢交流所需，樂器與樂制也隨之改變，由西域輸入的樂器如箜篌、笛、笙、羯鼓、篳……等等，均造成一股流行之風。另外，伴隨燕樂表演的舞蹈，如健舞、軟舞、字舞、花舞、馬舞等，許多動作、題材皆源自邊疆少數民族，舉凡著名的《劍器》（健舞）、《胡旋》（康國舞蹈）、《春鶯囀》（軟舞）都呈現出有別於中原傳統雅樂（舒緩、凝重）的明快節奏、激越旋律，加上朝廷廣設教坊、梨園，提供蘊育樂舞的搖籃，使其發展更爲健全而迅速。這些因爲社會開放所萌發的藝術生命，尚包含了繪畫、書法、雕

〔註39〕詳參申紅星：《唐代社會的開放風氣研究》，頁 17。

塑……等，它們汲取各地方豐富的資源而蓬勃發展，皆在唐代大放異彩。如繪畫風格融合了南方的華美、綺麗，與北方的剛健、質樸，兼擅雙方之長。再者西域藝術大量傳入，中、外繪畫技巧交流，在畫法上展現突破以往的成果。誠如袁行霈所言：「唐人恢宏的胸懷氣度與對待不同文化的兼容心態，創造了有利於文化繁榮的環境。」〔註40〕揭示了時代背景因素對於文化發展的重要性。再者此時期的許多畫家由於社會上門第觀念的消解，不再讓貴族專美於前，而以庶族身分攻下一席之地。其中享有盛名的大畫家吳道子，便生長於貧寒之家，但此卑微的出身並不妨礙其藝術涵養，反而因爲他們來自庶微平民階層，對社會現象的體察觸角較爲敏銳，在畫作上拓展更寬廣的創作空間。

　　旺盛的創作生命力在唐代藝術文化中閃耀著璀璨光芒，其中亦涵括詩歌創作。來自不同地域的唐代詩人在社會各方面的開放、進步氛圍影響之下，踏出仄齋斗室而漫遊四方，交流頻繁，因此吸收了各地文化之精髓。並因科舉制度而薈萃一堂，相互切磋詩藝，共同締造了唐詩爲人稱頌的成就。杜曉勤：「盛唐詩人無論在士風還是詩風上都能博采各地域文化之優長，形成了以剛健、壯大、積極、樂觀爲共同特徵的盛唐文人精神。」〔註41〕這也是唐代詩人總是散發迷人魅力的原因所在。杜曉勤從文化整合的角度的角度進一步論析：

　　　　盛唐文化實際上是各地域文化在開元前期新生後的大繁
　　　　榮、大融合的產物。其所以能在此時勃發出各自文化動力、
　　　　藝術活力，又是由於其文化創作主體心靈的大自由、大開
　　　　放。因盛唐文化是兼收並蓄，吸取了各地文化最健康、最
　　　　鮮活的文化，方融合成雄渾壯大的文化精神。〔註42〕

唐代匯集諸多地域之璀璨文化，並且吸收、融合，成就開放、自由、

〔註40〕袁行霈主編：《中國文學史》第二卷（北京：高級教育出版社，西元
　　　　2004 年），頁 201。
〔註41〕杜曉勤：《初盛唐詩歌的文化闡釋》（北京：東方出版社，西元 1997
　　　　年），頁 57。
〔註42〕同上註。

包容的社會，羅聯添：「大體說來，唐代文化以接受外來文化爲主，其文化精神及動態是複雜而進取的。」〔註43〕所言或許過度強調外來文化在唐代之比重，但卻明確指出它在唐代文化發展上的特殊性及不容置疑的重要地位。

唐代文化融合之進步果實，除了使唐朝文化更加多元、豐富以外，最重要的還是在於促進人們心胸、態度上之改變，它讓整個時代氛圍都煥然一新。鄧仕梁：「唐代的立國精神，本來是恢宏兼容的，同時更是積極進取的。唐朝在文學藝術上放出異彩，與這種精神很有關係。」〔註44〕因此浪漫飄逸的李白之所以擁有卓然不群的恢宏氣度、雄健靈魂、豪放性情，除了自身渾然天成的獨特性外，便與唐代文化有著密不可分的關聯。葛景春指出李白的詩歌體現了唐代文化的自由開放、創造、包容……等精神，〔註45〕儼然將李白當成盛唐之音的代言人。儘管關於李白詩歌代表盛唐氣象的論點，歷來或存歧見，〔註46〕然其與唐朝文化精神相爲表裡的緊密關係卻是不容抹滅的。唐朝兼容並蓄的開放之風，成就了整個時代的恢宏氣度，而李白正是從中獲得滋養的成功詩人。

〔註43〕羅聯添：《唐代文學論集》上冊（台北：學生書局，西元1988年），頁231。

〔註44〕參見鄧仕梁：〈陶謝在唐代的地位初探〉，收錄於香港浸會學院中國語文學系主編：《唐代文學研討會論文集》（台北：文史哲出版社，西元1987年），頁276。

〔註45〕參見葛景春：《李白研究管窺》，頁109～111。

〔註46〕如裴斐認爲：「當李白以一個卓越的詩人姿態出現時，面對的已經不是『上升發展的現實』，而是唐帝國開始崩潰的時期了，因此，其詩歌的感情基調是憂鬱和憤怒，貫穿於他的詩歌的是懷才不遇和人生若夢這兩個主題。」（引自黃霖編：《20世紀中國古代文學研究史——詩歌卷》，上海：東方出社，西元2006年，頁215。）但筆者認爲這樣的觀點乃將李白所處的時代背景限定於天寶以後，而全盤抹煞了李白沉浸於盛唐文化所反映的積極精神，恐有偏執之弊。雖然李白在唐朝國勢中衰後，清楚地在詩歌中反映其悲憤及憂鬱，但卻不能因此否定盛唐氣象對他的影響，及其詩歌所映現的盛唐圖騰。

（二）態度積極、精神昂揚

　　大唐帝國在開元年間國勢達到巔峰狀態，威震四方，影響所及最為明顯的人民的胸襟氣度也隨之開闊，生活態度日益積極奮進。據《新唐書·食貨志》所載，盛唐時期物資充裕，經濟繁榮：

> 是時海內富實，米斗之價錢十三，青、齊間斗才三錢，絹一匹錢二百。道路列肆，具酒食以待行人。店有驛驢，行千里不持尺兵。天下歲入之物，租錢二百餘萬緡，粟千九百八十餘萬斛；庸、綢絹七百四十萬匹，綿百八十餘萬屯，布千三十五萬餘端。〔註47〕

富饒景象滿佈於唐朝街衢，杜甫〈憶昔〉：「憶昔開元全盛日，小邑猶藏萬家室。稻米流脂粟米白，公私倉廩俱豐實。」當時民生之富足，可見一斑。穩定、安樂的生活環境，為人們帶來心靈的平和，尋獲了精神上的真自由。唐朝人們的心態相較於六朝，有著巨大的改變。袁行霈：

> 由於國力強大，唐代士人有著更為恢宏的胸懷、氣度、抱負與強烈的進取精神。他們中的不少人，自信與狂傲，往往集於一身。《舊唐書·王翰傳》說王翰「神氣豪邁，⋯⋯發言立意，自比王侯」。陳子昂也有相同的氣概⋯⋯李白更是這樣一位自視甚高的人。〔註48〕

許多唐朝士人（包括李白），他們擺脫六朝以來避世遁隱的消極念頭，自信樂觀地爭取表現，造就了一波汲汲功名的時代風潮。羅聯添：「唐代士人都熱衷名利的追求，也充分表現唐人向外進取的態度。」〔註49〕他們對自己充滿信心，對未來充滿憧憬，如同羽翼甫豐的大鵬迫不及待地展翅翱翔。薛天緯：「唐代士子對於仕進的熱心是空前的，詩人更是得風氣之先，都不安分僅僅作詩人，而企圖仕途的顯達。⋯⋯從他們身上，我們可以看到唐代詩人進行干謁時的一種普遍心態，即他們

〔註47〕〔宋〕歐陽修：《新唐書·食貨志》卷五十一，（台北：德志出版社，西元1962年），頁508。
〔註48〕見袁行霈主編：《中國文學史》第二卷，頁201。
〔註49〕羅聯添：《唐代文學論集》上冊，頁232。

總是抱著很高的期望值，一方面對個人才分視之甚高，另一方面把仕進前景想像得過於美好。」﹝註50﹞所謂「水能載舟，亦能覆舟」，科舉制度雖然提供了士人晉身官爵的公平機會，但未能遂願達志者比比皆是。但他們卻仍無畏科舉競試與宦途波折之考驗，前仆後繼地參與科舉盛事，其所透顯出來的正是盛唐積極進取之精神，深信擁有才能的自己終將嶄露頭角，個個莫不摩拳擦掌，躍躍欲試。唐朝科舉制度可謂完備，《新唐書·選舉志》：

> 唐制，取士之科，多因隋舊，然其大要有三。由學館者曰生徒，由州縣者曰鄉貢，皆升於有司而進退之。其科之目，有秀才，有明經，有俊士，有進士，有明法，有明字，有明算，有一史，有三史，有開元禮，有道舉，有童子。而明經之別，有五經，有三經，有二經，有學究一經，有三禮，有三傳，有史科。此歲舉之常選也。其天子自詔者曰制舉，所以待非常之才焉。﹝註51﹞

由此可見，唐朝科舉分科極細、層面極廣，文人發揮的空間十分寬綽。李白在科舉盛行的時風之下，亦懷有強烈的仕進理想。雖然史實傳述中尚無其應舉之紀錄可考，﹝註52﹞但李白從未放棄求取功名的熱忱，即便仕途蹭蹬，時遭權臣名士冷落，也能保持高度自信與堅定的心志，闊步向前。其〈上李邕〉：

> 大鵬一日同風起，摶（一作「扶」）搖直上九萬里。假令風

﹝註50﹞ 見傅璇琮、周祖譔主編：《唐代文學研究》第五輯（桂林：廣西西範大學出版社，西元 1994 年），頁 3～4。

﹝註51﹞﹝宋﹞歐陽修：《新唐書·選舉志》，頁 440。

﹝註52﹞ 喬長阜分析道：「李白家『五代爲庶』，他當然沒有資格進館、監及國子學、太學之類。他要參加科舉，就只能由州、縣舉報，走鄉貢這條路。但這樣一來，就要『懷牒自列於州、縣』如實申報自己的家世、個人情況。這是常舉。至於制舉，《唐語林》卷八載：『舉人應及第者，閱檢無籍者，不得與第。』他認爲李白乃爲閃避「籍」「牒」問題而未參加科考。詳參其〈李白不預科舉原因淺探〉，收錄於《中國李白研究》（西元 1995～1996 年集）中國李白研究會、馬鞍山李白研究所編（合肥：安徽文藝出版社，西元 1997 年），頁 42。

歌時下來，猶能簸卻蒼溟水。時人見我恆殊調，見余大言
皆冷笑。宣父猶能畏後生，丈夫未可輕年少。〔註53〕

業已表現李白年少氣盛，壯志凌雲、自視非凡的企圖心。李志慧：
「蓬勃向上的時代精神，孕育了他建功立業的強烈嚮往。」〔註54〕
又許文雨：「帝國的強大、文明和富庶狀況，使當時的人都感到自
豪，李白的揚眉吐氣、激昂青雲的樂觀情緒，在詩歌中表現了豪放
開朗的風格……。」，〔註55〕均點出唐朝時風對文人之影響，而李
白躬逢其盛，發揮地淋漓盡致。李白與其他文人一樣，對於唐帝國
持有高度肯定的態度，積極關注朝廷國事，其政治理想頗為遠大，
對於留名青史的英雄人物多所崇拜，其〈代壽山達孟少府移文書〉
言及抱負：

申管、晏之談，謀帝王之術。奮其智能，願為輔弼，使寰
區大定，海縣清一。事君之道成，榮親之義畢，然後與陶
朱、留侯，浮五湖，繫滄州，不足為難矣。〔註56〕

李白時常於詩文之中透露其「事君」、「榮親」的積極入世思想，他嚮往
「兼濟天下」的成功典範，希望自己見用於世，待功成身退始浮五湖、
遊四方。李志慧：「沐浴著開元盛世的燦爛春陽而成長起來的李白和杜
甫，是唐代文人強烈追求『濟蒼生』、『安社稷』的政治理想，熱情嚮往
建功立業的不平凡生活的典型代表。」，〔註57〕時代環境不但激起了人
們正面向上的力量，也帶動自我意識之提高，對於未來進行更深刻的思
考。周祖譔：「他們（指盛唐詩人）不會滿足於既成的現實，他們還展
望著將來。他們富有一種積極進取的精神和熱烈追求自由，要求解放的

〔註53〕 見〔唐〕李白著，〔清〕王琦著：《李太白全集》上冊（北京：中華
書局，西元 2003 年），頁 512。
〔註54〕 參見李志慧：《唐代文苑風尚》（西安：陝西人民出版社，西元 1988
年），頁 19。
〔註55〕 見其〈詩人李白的偉大成就〉，引自黃霖編《20 世紀中國古代文學研
究史——詩歌卷》，頁 215。
〔註56〕 見〔唐〕李白著，〔清〕王琦著：《李太白全集》下冊，頁 1225。
〔註57〕 參見李志慧：《唐代文苑風尚》，頁 19。

情緒。這種思想情緒，……反映得最全面深刻的是李白。」，〔註58〕盛唐詩人來自社會各階層，所見者廣，所感者多，因此對社會富有強烈的責任感，積極地希冀窮己畢生之力而達成淑世的理想。

李白生長於盛唐，勃發的精神是昂揚不屈；展現的態度是積極不怠。李白如同一顆珍奇的種子，盛唐以豐庶安定的環境爲其灌溉之源，以璀璨多元的文化爲其養分，再以正面積極的態度爲其支架，促成他茁壯長大，枝繁葉茂、落英繽紛。除此之外，盛唐的穩定經濟還提供詩人長時間、大範圍地自由遊歷，不但增長見聞，也擴大生活體驗。在當時漫遊之風〔註59〕的洗禮之下，李白遍遊五湖四海，識見淵博，胸襟寬廣，邂逅山水之美，自然而不造作。這也使得他在日後目睹唐朝混冥衰頹局面及屢遭仕宦波折，一路顚簸跟蹌之際，尚能另鑿人生之光──投身山水詩歌創作，而發掘另一散發生命熱力的天地。

三、亂世與盛世的共同話題：山水

無論身處亂世抑或盛世，中國傳統士人對社會都懷抱著無法卸卻的使命感，現今諸多學者均指出：「仕與隱的觀念一直支配著中國古

〔註58〕周祖譔：《隋唐五代文學史》（福建：福建人民出版社，西元 1958 年），頁 34。

〔註59〕關於漫遊之風在盛唐的興盛，已引起多方學者關注。袁行霈〈中國山水詩的藝術脈絡〉：「南朝山水所歌詠的對象不過是半壁河山，主要在東南一隅。那時的詩人足未涉黃河，身未登岱岳，沒有機會領略廣袤中原的風光。他們的山水詩，胸襟、氣象、境界都受到很大的局限。到了唐代特別是盛唐時期，祖國的統一、繁榮和富強，爲詩人提供了寫作山水詩的最好條件。許多詩人在其創作的準備期或旺盛期都曾有一段漫遊生活，他們的足跡及於大江南北、黃河上下。被祖國多采多姿的山水所培育起來的這一代詩人，他們寫起山水詩來，論胸襟、論氣象、論境界，就遠非南朝人所能相比的了。」（見其《中國詩歌藝術研究》，頁 454。）又李遠志：「盛唐詩人漫遊風氣之盛，冠絕今古，……正由於詩人經常有日與山林爲伴，觸目自成錦繡的親身體會，故能因景生情而融情於景，寫就大量情景交融的山水詩。」（見其《盛唐山水詩研究》，高雄師範大學國文研究所博士論文，西元 2002 年），頁 59。均已指出漫遊風氣在盛唐山水詩創作上的關鍵影響力。

代文人對於生命形態的抉擇。」，〔註60〕絕大多數文人的人生最高目
標都是「兼善天下」，只有面臨「時不我予」的困境之際，才迫於無
奈選擇「獨善其身」。王立：「處的價值在於保全生命的同時，得到內
心倫理道德的完善；出則是在對社會群體組織擔負使命、義務時求得
後者的肯定。」〔註61〕於出仕或隱遁兩者之間作出抉擇，一向是文人
無可迴避的人生課題，它時常在文人心中形成衝突、矛盾，使其陷入
無以逃脫的泥淖。但卻因此激盪出文人更深層的生命體悟，創作出許
多曠世鉅作。

　　謝朓於南朝齊武帝永明五年正式步入詩壇，年二十四，時值年輕
有爲的黃金時段，他出身世族，思想中雖雜有佛、道，但仍以儒家入
世思想爲主。因此面對當時南北長期分裂的亂象，他多次在詩中表達
他建樹功業的政治抱負，如〈從戎曲〉：

> 選旅辭輾轅，弭節趨河源。日起霜戈照，風迴連旗翻。
> 紅塵朝夜合，黃沙萬里昏。嘹唳清笳轉，蕭條邊馬煩。
> 自勉輟耕願，征役去何言。〔註62〕

謝朓的字裡行間，充斥著強健不撓的雄心壯志，末兩句更是直接表明
自己甘心捨棄耕植而投身征役，無怨無尤的態度。其拯世濟民之理
想，自此盡覽無遺。當他憑弔孫權時，不禁流露內心對其雄韜武略、
叱吒風雲的景仰之情：「襟帶窮巖險，帷幕盡謀選。北拒溺驂驔，西
龕收組練。江海既無波，俯仰流英眄。」，〔註63〕遺憾的是潛藏在謝
朓心中的鬥志最終仍被動盪時局及黑暗政治消磨殆盡，而只能發出
「豈不思撫劍，惜哉無輕舟」〔註64〕的感慨。謝朓爲了撫平仕途不順
的愁緒，並保全個人生命，最後他選擇了隱遁山林。

〔註60〕參見李瑞騰：〈唐詩中山水〉收錄於《古典文學》第三集（台北：學
　　　　生書局，西元1981年），頁159。
〔註61〕王立：《中國古代文學十大主題——原型與流變》（台北：文史哲出
　　　　版社，西元1994年），頁104。
〔註62〕見〔南朝齊〕謝朓著，曹融南校注集說：《謝宣城集校注》，頁155。
〔註63〕同上註，頁338。
〔註64〕同上註，頁321。

　　而懷才不遇的咄嗟同樣也在李白的仕途中聲聲輕嘆。且見〈行路難〉其二：

> 大道如青天，我獨不得出。羞逐長安社中兒，赤雞白狗賭梨粟。彈劍作歌奏苦聲，曳裾王門不稱情。淮陰市井笑韓信，漢朝公卿濟賈生。君不見昔時燕家重郭隗，擁篲折節無嫌猜。劇辛、樂毅感恩分，輸肝剖膽笑英才。昭王白骨縈蔓草，誰人更掃黃金臺。行路難，歸去來！〔註65〕

他自況韓信、賈生、劇辛、樂毅等名士，對自己允文允武的能力充滿信心。因此不滿於高官顯宦、權臣王公之輕蔑，而發出心中無限悲憤。雖然干謁幾經挫折，但李白並沒有就此放棄，沉潛過後又重新出發。其〈與韓荊州書〉展現他積極表現自我，渴望受到重用的企圖心：

> 願君侯不以富貴而驕之，寒賤而忽之，則三千賓中有毛遂，使白得脫穎而出，即其人焉。白隴西布衣，流落楚、漢。十五好劍術，遍干諸侯。三十成文章，歷抵卿相。雖長不滿七尺，而心雄萬夫。王公大人，許與氣義，此疇曩心跡，安敢不盡於君侯哉？〔註66〕

此文仍存著李白一貫的自信神采，只不過似乎收斂了昔日的自矜、自傲。可惜天不從人願，李白依舊未能順利仕進，憂然神傷地作〈暮春江夏送張祖監丞東都序〉：

> 吁咄哉，僕書室坐愁，亦已久矣。每思欲遐登蓬萊，極目四海，手弄白日，頂摩青穹，揮斥幽憤，不可得也。……誤學書劍，薄遊人間。紫微九重，碧山萬里。有才無命，甘於後時。〔註67〕

宦途上接連的無情打擊，使得總是熱情洋溢的李白也消沉靜默了。他在詩中傾吐「有才無命」的悲慨，孰料竟預言了畢生的干謁困境。開元年間，李白曾被賀知章驚呼「謫仙人」，〔註68〕而引薦予玄宗，備

〔註65〕見〔唐〕李白著，〔清〕王琦著：《李太白全集》上冊，頁190。
〔註66〕同上註，下冊，頁1239～1240。
〔註67〕同上註，頁1253。
〔註68〕此稱號由來主要出自李白〈對酒憶賀監二首序〉：「太子賓客賀功於

受禮遇,甚至還有「力士脫靴」的傳說,〔註69〕一度擁有直上青雲的機會,可惜最後依舊無疾而終。時至唐玄宗天寶十四年,爆發安史之亂,李白年屆五十五,目睹社會接踵而來的禍難,詩歌題材轉趨關心民生,針砭時政,重拾往日建功立業之壯志。於唐肅宗至德年間,入永王璘幕,頗思作為,卻因時運不濟,受政治鬥爭牽連而流放夜郎。肅宗乾元二年遇赦還江夏,仍有心振作,可惜李白始終沒有如願一展抱負,這一股嚴重的失落感,形成他投身山水,縱情自然的推力。

　　無論是謝朓在亂世中逃避殺身之禍,或者李白在盛世裡消解不遇之愁,他們都以赤裸的生命承接不可排拒之困頓,而有志一同地在山水詩創作的天地裡,找回迷途之自我。日本英國文藝評論家廚川白村曾言:「文藝絕對不是俗眾的玩物,因為它是人類嚴肅而沉痛的苦悶象徵。」,〔註70〕謝朓、李白在山水詩中所激盪的是深層的生命吶喊,絕不僅止於賞遊林野皋澤之審美價值。山水林壑給予謝朓、李白心靈的棲所,提供詩歌創作的泉源,帶領他們藉此超脫苦悶、寄託情志,使他們在絕望落拓之際,仍有追尋自由的勇氣,同時強化其生命韌度。廚川白村:

> 經過「生之痛苦」而完成作品時,其喜悅正如同母親生產後一般,當完成了自己生命的自我表現欲望後,作品也有脫離壓抑作用而得到創造勝利的歡喜。〔註71〕

長安紫極宮,一見余,呼余為謫仙人。因解金龜換酒為樂。」李白對此稱號欣然接受,故於〈達湖州迦葉司馬問白是何人〉直接自稱:「青蓮居士謫仙人,酒肆藏名三十春。湖州司馬何須問,金粟如來是後身。」

〔註69〕李白命令高力士為其脫靴一事,散見中、晚唐各種官野史,最後竟被收錄為正史。可參見李肇:《唐國史補》:「李白名播海內,玄宗於便殿召見,神氣高朗,軒軒然若霞舉,上不覺亡萬乘之尊,因命納履。白遂展足與高力士曰:『去靴!』力士失勢,遽為脫之。」(台北:世界書局,西元1959年),頁16。

〔註70〕〔日〕廚川白村著,顏寧譯:《苦悶的象徵》(台中:晨星出版社,西元1987年),頁28。

〔註71〕同上註,頁40。

其所言切中謝朓、李白的創作歷程。他們皆曾汲汲追求功名利祿，希冀有朝一日實現自己的理想，卻都壯志未酬、鎩羽而歸，龐大的悲愁迫使他們壓抑自我而陷入「生之痛苦」。謝朓藉著寄情山水詩創作而暫時迴避殘酷的現實，字裡行間不難嗅出其人生苦味，而李白在謝朓的悲劇裡哭喊自己的傷痛，亦步亦趨地緊跟著他的創作腳步，終於敞開另一更寬廣的山水視野。正如亞里斯多德所言：「悲劇能使人產生『憐憫』、『恐懼』兩種感情。觀眾借戲劇的媒介物而哭泣，以洗淨自己心裡鬱結著的悲痛情感，就是悲劇所給予人的快感的基礎。」〔註72〕同樣的，李白藉著憑弔謝朓過往遊蹤，及體驗其詩作為媒介，使潛伏在靈魂深處的苦悶，瞬間被鬆綁，並激發「同是天涯淪落人」的共悲同愁，在心靈創傷上消痛止血。

他們兩人在受挫的過程中，回歸天地自然的撫慰，將生命的熱情轉往山水詩創作，在文字世界裡盡情無慮地揮灑；在審美過程中酣暢淋漓地表現，超脫凡俗紛擾。喬治・桑塔耶納：「審美的欣賞和美在藝術上的體驗是屬於我們暇時生活的活動，那時我們暫時擺脫了災難的愁雲和憂恐的奴役，隨著我們性之所好，任它引向何方。」〔註73〕徜徉於創作的殿堂裡，兩位詩人得以解放那被過度壓縮的自我影像，獲得自我實現的勝利感，因而化解仕途蹣跚的失意。

從魏晉南北朝的亂世至唐朝的盛世，時代背景迥異，然而謝朓、李白經由「不遇」的生命共悲，開啓了跨時代的共同話題——山水詩，在中國山水詩歌史上寫下璀璨的一頁。

第二節　時代思潮的浸濡

魏晉南北朝時期由於社會不安、政局動盪，原本獨尊的儒家思想

〔註72〕參見亞里斯多德著，陳中梅譯：《詩學》（台北：臺灣商務印書館，西元 2001 年），頁 227。
〔註73〕〔西班牙〕喬治・桑塔耶納：《美感》（北京：中國社會科學出版社，西元 1982 年），頁 24～25。

已然不能撫慰受創之人心，而面臨重大的衝擊。人們從苦難中覺醒，開始正視自己的存在價值，並重新省思人生的意義。而眾人被解放的有情之眼，漸漸地發現天地間的美與藝術，因此帶動文學自覺〔註74〕的高度發展。李文初：「文學的『自覺』絕不是一種孤立的現象，它是以人的個體意識的覺醒為先導的。沒有對人的自身價值的認識與肯定，沒有尊重人的個性的人格的觀念形成，就不可能有文學『自覺』時代的來臨。」〔註75〕因此「文學自覺」現象的產生乃根基於「人的覺醒」。只有人開始覺察「自我」的重要性，方得以掙脫封建社會長期施加於個人的枷鎖，打開封閉已久的感官，秉持真誠嚴肅的態度看待文藝創作，文藝的獨立價值才能獲得確立而有所突破。美學大師宗白華：

> 漢魏晉南北朝是中國政治上最混亂、社會上最苦痛的時代，然而卻是精神上極自由、極解放、最富於智慧、最濃於宗教熱情的一個時代，因此也就是最富有藝術精神的一個時代。〔註76〕

魏晉南北朝的人們經過「人的覺醒」後，甫知珍愛精神的自由。也因為長期緊箍的思想桎梏宣告解除，各宗教思想才能於此際蓬勃發展、浸滲人心，進一步指引人們省察人生的方向，並以審美角度看待萬事萬物。李澤厚：

> 從東漢末年到魏晉，這種意識形態領域的新思潮及所謂新的世界觀、人生觀，和反映在文藝美學上的特徵是什麼呢？簡單說來，這就是人的覺醒。……但這種覺醒卻是通由種種迂迴曲折錯綜複雜的途徑而出發、前進和實現。文藝和

〔註74〕學界一般認為，我國歷史上的文學自覺時代是從魏晉揭開序幕。這種說法最早見於 1927 年七月，魯迅在廣州發表〈魏晉風度及文章與藥及酒之關係〉中提及：「曹丕的一個時代，可說是『文學的自覺時代』。」詳參李文初：〈從人的覺醒到『文的自覺』一論『文學的自覺』始於魏晉〉，《漢魏六朝文學研究》（廣東：廣東人民出版社，西元 2000 年），頁 86。
〔註75〕李文初：《漢魏六朝文學研究》，頁 91。
〔註76〕宗白華：《美學的散步》（台北：洪範書店，西元 2001 年），頁 71。

> 審美心理比起其他領域，反映得更爲敏感、直接和清晰一
> 些。〔註77〕

「人的覺醒」在魏晉南北朝具有深刻的積極意義，概括而言即是個體意識的醒悟與思維能力的重建。它賦予人們探究生命意義的勇氣及追尋個人理想的自由意志，發展出不同以往的人生態度。而此時思維的新方向來自玄學，王凱：

> 體現「人的覺醒」的新哲學就是玄學，它標誌著一種眞正
> 思辨的、理性化哲學的產生，這也是中國哲學史上的一個
> 重要發展階段，對文學以及山水詩的發展也產生深遠的影
> 響。〔註78〕

可見魏晉南北朝的「覺醒」浪潮已然席捲至文學創作領域，因此中國山水詩在魏晉南北朝興起的意義，並非僅僅侷限於文學創作形式的另一開拓，而尚且蘊含哲學思潮的內化。

故探討山水詩的創作必不能忽視玄學在山水詩的影響力。除了玄學思想以外，在魏晉南北朝至盛唐時期，各方宗教文化崛起的盛況也反映在山水詩的創作上，有不少的山水詩已經結合道教的神仙思想、佛教的妙禪境界……等，因此山水詩發展過程中所摻雜的元素十分複雜，相對的，其創作內涵亦豐富多姿。

一、「任自然」的玄風吹拂

盱衡魏晉以降，經學中衰，〔註79〕名教垂危，繼承老莊思想的玄學以雄霸之姿進入了人們的思維世界，造成學術上的重大革命。因此魏晉南北朝的人們儘管在軀體上遭磨難，但在精神方面卻在玄學的

〔註77〕李澤厚：《美的歷程》（合肥：安徽文藝出版社，西元1994年），頁89。

〔註78〕王凱：《自然的神韻——道家精神與山水田園詩》（北京：人民出版社，西元2006年），頁170～171。

〔註79〕李威熊先生認爲魏晉南北朝儘管在學術、文化上是一大融合的時期，然而對於經學發展而言，卻是一較爲黯淡的時期，故指其乃「經學中衰」的時代。參見其《中國經學發展史論》（台北：文史哲出版社，西元1988年），頁199。

啓迪下獲得前所未有的自由。致力魏晉玄學研究的湯用彤先生闡述：

> 其時之思想中心不在社會而在個人，不在環境而在內心，
> 不在形神而在精神。於是魏晉人生觀之新型，其期望在超
> 世之理想，其嚮往爲精神境界，其追求者爲玄遠之絕對，
> 而遺資生之相對。從哲理上說，所在意欲探求玄遠之世界，
> 脫離塵世之苦海，探得生存之奧秘。〔註80〕

已然揭示了玄學在魏晉南北朝發展的時代意義，玄學帶領芸芸眾生超脫
苦難的人世，迎接精神的勝利。一代哲學思想乃因應時代變動而產生，
它改變了人們看待事物、創作文藝……等思考模式，影響極爲深遠。在
魏晉南北朝所強勢登陸的玄學思想，它全面攻占哲學、文學、音樂、繪
畫、科學……等領域，成爲眾所矚目的新興潮流。湯用彤先生：「所謂
魏晉思想乃玄學思想，即老莊思想之新發展。玄學因於三國、兩晉寺創
新光大，而常謂爲魏晉思想，然其精神下及南北朝（特別南朝）。……
而此一時代之新表現亦不僅於哲學理論，而其他文化活動均遵循此理論
之演進而各有新貢獻。」，〔註81〕玄學思想在魏晉南北朝各方面均造成
不小的震撼，而今就本論文之研究主題，只聚焦於其山水詩之影響。

　　沈約《宋書・謝靈運傳》論曰：「有晉中興，玄風獨扇，爲學窮
於柱下，博物只於七篇。」〔註82〕又如蕭子顯《南齊書・文學傳》：「江
左風味盛道家之言。」〔註83〕皆可看出玄風已深入地浸滲當代文學範
疇。文人走避亂世而棲身山林，當時企慕隱逸，崇尚自然，渴求心靈
解脫的風氣極盛。人們在與山林湖海朝夕相對的生活中，發現獨立於
塵俗之外的山水勝境，最能體現天道自然的妙悟，阮籍〈達莊論〉：「山
靜而谷深者，自然之道也。」〔註84〕顯示了當時山水與玄學發展的密

〔註80〕湯用彤著，湯一介主編：《魏晉玄學》（台北：佛光文化事業，西元
　　　　2001年），頁501。
〔註81〕同上註，頁498。
〔註82〕〔梁〕沈約：《宋書・謝靈運傳》，頁716。
〔註83〕〔梁〕蕭子顯：《南齊書・文學傳》，頁340。
〔註84〕阮籍著，李志鈞等校點：《阮籍集》（上海：上海古籍出版社，西元
　　　　1978年），頁34。

切關係，山水與詩人的第一類接觸乃成爲「體道」的媒介，尚未具有完整的獨立審美意義，這種情形在謝靈運的山水詩篇中表現地極爲普遍。一直到了謝朓，山水詩才免於體道悟玄的任務，眞正映現自然景物的美感，開啓盛唐山水詩的高度發展，如同劉勰《文心雕龍・明詩》所言：「莊老告退，山水方滋」。〔註85〕

雖然山水詩漸漸擺脫成爲玄學的佈道工具，卻業已與其水乳交融，處處體現玄學的重要思想及主張，其中又以崇尚「自然」之風最爲顯著。將「自然」視爲最高指導原則的審美理想，甚至在中國詩壇上蔚爲大宗。而這股源於玄學的自然潮流乃「由思想上的天道探討，引發下至人文世界的思維，從漢代經學式微，提供一個不得不變的契機，黃老道家的復興正好替代了經學的思維模式，天道自然，人文世界無爲自然，使知識分子的視角由人的價值體系、神祕經驗的天人感應向外開發，歸附到宇宙最原始的面貌。」〔註86〕以黃老復興爲基礎所發展的玄學，引發思維解放及學術主流的變遷，不僅安撫了魏晉人文社會瓦解後的焦躁、傳統價值陷落後的空虛，也激發人們質疑天命、挑戰名教的自覺意識，進而追求生命理想的完滿。

魏晉南北朝之際，相對於名教的玄學重要議題──「自然」，受到深度的開發，儼然成爲時代的新思潮，〔註87〕影響深遠。曾春海：「被稱爲『新道家』的魏晉玄學，或玄遠之學，其基本理論在窮根究柢本體論上的『無』與『有』之關係，其人間關懷則環繞著『自然』與『名

〔註85〕見范文瀾：《文心雕龍注》，頁 11。

〔註86〕引自李玲珠：《魏晉新文化運動──自然思潮》（台北：文津出版社，西元 2004 年），頁 96。

〔註87〕李玲珠：「檢視魏晉南北朝的著作與史料，『自然』一詞出現的頻率極高；時人對宇宙天道的認識、人性的理論、乃至於生命的涵養、情欲的流露、人格的典範、藝術修爲與理論……，都和自然有關，『自然』儼然成爲時代文化的重心，也是魏晉南北朝和其他時代文化不同面貌的關鍵。」進而提出「自然」乃爲魏晉時代思潮。詳參其《魏晉新文化運動──魏晉思潮》，頁 3。

教』的關係，這一涉及個體與群體的生命安頓性問題。」〔註88〕多數的玄學家均致力於調和「名教」與「自然」之衝突，以保全人之質樸本真，追求臻於逍遙自在的人生。因此眾玄學家仍不乏孔學中人，如王弼著《論語集解》、《周易注》、《周易略例》、《老子注》，何晏亦著《論語集解》、《周易解》，向秀則著《易向氏義》、《莊子注》，郭象著《論語體略》、《莊子注》……等等，均可從其對道、儒經典之詮釋角度，凸顯他們調和「名教」與「自然」的企圖心。

正始玄學家何晏（西元 207～249 年）、王弼（西元 226～249 年）皆倡導以「無」為本的哲學，強調老子「道法自然」的精神。何晏為正始玄談之先，催化研究玄學之風氣。他對於自然之道——「無」，極為推崇：

> 夫道者，惟「無所有」者也，自天地以來，皆「有所有」矣。然猶謂之道者，以其能復用「無所有」也。故雖處有名之域，而沒其無名之象。（《列子·仲尼》注引）

然而他對於「自然」之主題之探究未若王弼深入，只揭示「自然」乃形上本體之開端：

> 仁者，樂如山之安固，自然不動，而萬物生焉。（《論語·雍也》二十四章）

何晏把形上本體看作「自然不動」，它與萬物間的關係乃自然代育。然而萬物究竟如何自生並未清楚解釋。而王弼則對「自然」多所著墨：「萬物以自然為性，故可因而不可為也，可通而不可執也。……聖人達自然之至，暢萬物之情。」〔註89〕他認為「自然」是最高的境界，天地萬物唯有因任自然之道，方能和諧地共存。他認為取法自然之道，可保全人之本真。研究王弼的學者林麗真析論：

> 王弼所謂的『儀』或『法』隱含著生發、支配萬有與五情

〔註88〕曾春海：《兩漢魏晉哲學史》（台北：五南書局，西元 2002 年），頁454。

〔註89〕王弼：《老子註》第二十九章（台北：藝文印書館，西元 2001 年），頁 60。

的一種隱性的功能，就動態義講，係指一切自然的規律，
它看似靜而無爲，卻是一種『以自然爲儀』、『以自然爲法』、
『無爲於自然』的人生儀則和態度。〔註90〕

這種以自然爲本的哲學思想便是「貴無」，爲王弼的中心思想。他於《老子》四十章註解道：「天下之物，皆以有爲生。有之所始，以無爲本。將欲全有，必反於無也。」〔註91〕他一向推崇「以無爲本」，奉行自然無爲之道，然而此並非意謂「無所作爲」或全然否定人爲制度，而是反對過度人爲的限制手段，破壞天地自然之和諧秩序。王弼認爲：

明物之性，因之而已，故雖不爲，而使之成矣。（《老子註四十七章》）

不塞其源，則物自生，何功之有？不禁其性，則物自濟，何爲之恃？物自長足，不吾宰成，有德無主，非玄而何？（《老子註第十章》）

因此他把社會與自然看作一個和諧共存的體系，其「無爲」之道乃必須讓萬事萬物發揮自然調節作用，而不能妄加限制或脅迫。他將無爲之道推至政治思想：「道以無爲無形成濟萬物，故從事於道者以無爲爲君。」可見其調和「自然」與「名教」的用心。任繼愈認爲：「王弼的貴無論實質上是一種探求內聖外王之道的政治哲學，並不是專門研究抽象的有無關係的思辨哲學。在他的體系中，名教與自然的關係問題是眞正的主題。」〔註92〕因此王弼的思想存有侷限性，這也反映魏晉玄學的普遍現象，賀昌群：「夫老莊遊於方之外者也，孔子則遊於方之內者也，內聖而外王，遊外以弘內，此魏晉清談思想之全體大用。」〔註93〕玄學家們一直企圖在名教與自然之間搭築一座橋梁，以

〔註90〕林麗眞：〈王弼「性其情」說析論〉，收錄於《王叔岷先生八十大壽慶論文集》（台北：大安出版社，西元1993年），頁6。
〔註91〕王弼：《老子註》，頁85。
〔註92〕任繼愈：《中國哲學發展史》（北京：人民出版社，西元1988年），頁145。
〔註93〕賀昌群：《魏晉清談思想初論》（瀋陽：遼寧教育出版社，西元1998年），頁76。

達到「搬『有』運『無』」的工作。

　　更值得注意的是王弼的「貴無」思想衍發了崇尚自然的生命觀，他認爲萬物將依循自存之道，不恃他者而臻於圓滿。如：

　　　　天地任自然，無爲無造，萬物自相治理。(《老子註》五章)
　　　　〔註94〕

　　　　夫晦以理，物則得明；濁以靜，物則以清；安以勤，物則
　　　　得生。此自然之道也。(《老子》十五章)〔註95〕

　　　　大巧因自然以成器。(《老子註》四十五章)〔註96〕

王弼主張天地萬物乃順應自然之理而生，不假他人之手，井然有序。因此無論是何晏抑或王弼，關於「自然」之概念，皆指形上本體，其中王弼尚將「自然」關注於形下萬有的作用，朗現萬物的和諧秩序，李玲珠：「所以在『自然』思潮的發展上，何、王已積極肯定客觀存有的現象，呈現與原始道家不同的發展方向。」〔註97〕這份「客觀存在」得來不易，它是萬物獲取獨立生命的哲學依據，也是萌發山水文學的新契機。

　　而郭象之玄學思想雖崇「有」，將「道」看作實存的原始存在，然其主張萬物「獨化」、「自生」亦必須依循自然之理：

　　　　夫相因之功莫若獨化之至也，故人之所因者，天也；天之
　　　　所生者，獨化也。(〈大宗師〉注)

　　　　無爲者，因其自生，任其自成，萬物各得自爲。(〈天下〉注)

所因者天，所任爲物，乃皆順應自然。湯用彤：「郭象說天爲萬物之總名，但另一方面又說天者自然也。萬物卓爾獨化，自然而然，則萬物一然也。……故曰：『萬物莫不皆得，則天地通』。」〔註98〕郭象所謂「獨化」有「自然」之義，即「自生」，無物使其生，獨自而然。至阮籍、

〔註94〕王弼：《老子註》，頁13。
〔註95〕同上註，頁29。
〔註96〕同上註，頁94。
〔註97〕李玲珠：《魏晉新文化運動——自然思潮》，頁133。
〔註98〕詳參湯用彤著，湯一介主編：《魏晉玄學》，頁490。

嵇康更激烈地吶喊「越名教而任自然」。這樣崇尚「自然」的觀念在魏晉時代全面的發酵，人們厭棄矯柔造作，而開始欣賞純粹自然。

王凱先生對於魏晉玄學引領的「自然」風潮十分關注：「玄學家們對『自然』的看法，無論是注重大自然本身，還是注重自然而然的本性；無論是從『無』的方面論述『自然』，還是從『有』的方面論述自然，其共同點就在於對『自然』的充分肯定，這些『崇尚自然』的思想，都對魏晉時期以及後來的審美思潮產生了重大影響。」〔註99〕並且明確指出其主要體現在對自然山水的認識，因為「崇尚自然」導引人們以欣賞眼光對待自然萬物，進一步促成對山水自然美的重新發現。如同徐復觀所言：

> 魏晉以前，山水與人的情緒相融，不一定是出於以山水為美的對象，也不一定是為了滿足美的要求，但到魏晉時代，則主要是以山水為美的對象，追尋山水，主要是為了滿足追尋者美的要求。〔註100〕

魏晉時期的人們經由思索人與自然的關係之過程，漸漸走向審美自覺。而自然山水能成為具有獨立意義的審美客體，再晉升為被觀照、鑑賞甚至師法的主體，魏晉哲學由正始、竹林、元康，一層層向大自然的回歸、轉化、釋放，實居功厥偉。〔註101〕這股由玄學所引領的自然風潮在文學創作領域上發生極大的影響，其中最顯著的當推山水詩的創作。尤其山水詩創作援引了老子「玄覽」方式關照萬物的自然生滅，使心靈化入宇宙的和諧秩序之中，達到忘己的超然境界。葛曉音：

> 玄覽對於山水詩的影響，不僅是將山水景物變成了有審美價值的對象，而且賦予山水詩以前所未有的精神氣質。從晉宋到唐代，典型的山水詩都能顯示出詩人超脫、從容、

〔註99〕 王凱：《自然的神韻──道家精神與山水田園詩》（北京：人民出版社，西元 2006 年），頁 185。

〔註100〕 徐復觀：《中國藝術精神》（上海：華東師範大學出版社，西元 2001 年），頁 137～138。

〔註101〕 參見李玲珠：《魏晉新文化運動──魏晉思潮》，頁 336。

閑雅的風度。這種品味高雅的士大夫氣，便是中國山水詩
的神韻所在。〔註102〕

以玄覽觀物的山水詩作，多半都能營造不同於流俗的高妙境界，這也
是山水詩的一大特色。崇尚自然的玄思不僅影響著南朝謝朓也延及唐
朝山水詩人，使他們能以審美角度欣賞山水景物，發為山水詩句，展
現豐富多姿的物態美感。

二、道教神仙的方外奇想

　　東漢末年，道教神仙思想在民間迅速地竄起，雖然張角所帶領的
太平道幾經鎮壓，張魯的五斗米教也接受招撫，道教一度曾遭受挫
折、阻礙，但均安然渡過險阻而於魏晉南北朝形成一股強大的宗教力
量與社會思潮，堪與佛教、儒學、道家互相抗衡，至唐朝達至鼎盛。

　　道教思想包容性極大，它吸取了老莊思想、神仙方術、醫藥衛生、
陰陽五行、綱常禮教、民間巫術、佛教教義、儀規……等等，並隨時
代環境的需要而改變自己的形態與活動方式，因此在東漢末年崛起
後，受到民眾的青睞而日益壯大。道教雖擷取儒、釋、道（老莊）思
想，但並非毫無創見，它的特殊性顯現於多方面的社會功能，是儒、
釋、道所欠缺的。如煉丹成仙、符水治病、養生健身，均提供人們不
需邏輯演繹、形上思維的直接信仰方式，體現當時兵馬倥傯、民生陷
入顛沛流離之際，人們對於生死問題的普遍關注，與急需救贖的心
理。它滿足了社會上階層的貴族永享富貴的願望與下階層庶民缺少醫
藥的生活困頓，藉著冶煉丹藥可以長生不死、符水下肚可以治百病、
避世修行可以羽化登仙，道教以神祕的超自然力量給予脆弱的人心帶
來最牢不可破的信念，它根源於廣大人民心底共通的祝禱與願望。

　　道教思想滲入文學創作，最為突出的的乃非遊仙詩莫屬。而它對
於山水詩的影響雖不明顯，但亦不可小覷。在魏晉南北朝的山水詩中

〔註102〕　葛曉音：《中國山水詩派研究》（瀋陽：遼寧大學出版社，西元 1993
　　　　　年），頁 29。

多以玄、佛之思想浸濡較廣，舉凡謝靈運、謝朓均涉其中，但卻獨缺道教思想。長期研究道教思想的李豐楙也不解地說：

> 宋元嘉詩人，謝靈運、顏延之並稱，靈運自幼即送養於錢塘杜明師的道治中，惟所作多以山水見長，而較未見遊仙之作。是否因其家世奉佛，故謝莊、謝朓也未曾明顯地專詠神仙，爲遊仙詩史上的一大疑案。〔註103〕

除了家世奉佛外，筆者認爲謝朓壽命太短（36歲）也是一可能原因。謝朓正值建功立業的壯年而早逝，自當不及向道教思想找尋慰藉。因此本文論述道教對於山水詩創作的關聯，主要聚焦於李白，謝朓則是付之闕如了。李白受道教神仙思想影響極爲深遠，這與唐朝時代風氣有關。唐代以道教爲國教，神仙思想流傳四方，盛況空前，李白因爲曾經受道籙而成爲道教徒，因此他的詩歌創作也屢有仙氣神魄。其遊仙詩無論是描寫仙人、仙境，皆辭藻華綺、意象靈動，開創了不同以往的嶄新風格。這樣的神仙奇想也融匯於李白的山水詩中，因此李白所描繪的自然勝景總能跳脫俗眼所見而自闢蹊徑，並將人們的視野延展至更曠遠的山水境界，使人經歷「身在此山中」，卻「不識廬山眞面目」的審美體驗。如〈訪戴天山道士不遇〉：

> 犬吠水聲中，桃花帶露濃。樹深時見鹿，溪午不聞鍾。
> 野竹分清靄，飛泉掛壁峰。無人知所去，愁倚兩三松。
> 〔註104〕

李白早年即與道士交往甚密，時常不辭勞苦地跋山涉水，在這過程中，他每每停駐、流連於自然山水，看似平凡的景物，卻能透過他的審美之目，營造出超然塵外的氛圍，這與李白虔誠信仰道教，承襲其各重要概念息息相關。首先他了悟「道」，而道教所謂「道」揉合了道家的思想，指的是宇宙超現象的本體，是天地萬化的主宰，又稱「造化」、「太乙」。李白〈草創大還贈柳官迪〉：

〔註103〕 李豐楙：《憂與遊——六朝隋唐遊仙詩論集》（台北：台灣學生書局，西元1996年），頁47。
〔註104〕 〔唐〕李白著，〔清〕王琦注：《李太白全集》，中冊，頁1079。

天地爲橐籥，周流行太易，造化合元符，交搆勝精魄，

自然成妙用，孰知其指的。〔註 105〕

「橐籥」出自《老子》，指的是天地之根本，萬物生成之洪爐。「橐」爲「囊」，「籥」指「管」，藉由囊管吹動四方，火焰才能點燃，熔鑄萬物。李白認爲作爲宇宙主宰的「道」是運轉不止的，蘊含生命與精神的莫大力量。因此李白的宇宙觀是「動」的，萬物之死生乃大道運行的自然規律。李白時常藉由「觀化」體驗存於宇宙之間，超乎現象的「道」：

冥機發天光，獨朗謝垢氛，虛舟不繫物，觀化游江濱。(〈贈

僧崖公〉)〔註 106〕

貴道皆全眞，潛渾臥幽陵，探玄入窅默，觀化游無根。(〈送

岑征君歸鳴皋山〉)〔註 107〕

李白透過宗教信仰，覺察天地萬物內在潛藏的生化力量，李長之：「因爲李白心目中的宇宙是有精神力量在內的，所以李白對於自然的看法，也便都賦予一種人格化。」〔註 108〕所以李白的詩歌創作之中，屢見山水景物人格化的表現，構成一種獨特的妙趣。如〈待酒不至〉：

玉壺繫青絲，沽酒來何遲，山花向我笑，正好銜杯時。晚

酌東窗下，流鶯復在茲，春風與醉客，今日乃相宜。〔註 109〕

李白認爲萬物與人一樣具有蓬勃的生命力，因此有時他將自己投射於廣漠天地之中，或與之對答、或與之遙契，達到物我合一的境界。如其〈月下獨酌〉：「舉杯邀明月，對影成三人。」、〈題情深樹寄象公〉：「白雲見我去，亦爲我飛翻。」⋯⋯等等，李白此類作品甚多，不勝羅列。

除了道教的自然觀以外，以貴生愛身的概念也深深影響了李白。道教注重養生，以自我爲中心，因此任何妨害生命之因素皆應儘量屏

〔註 105〕 同上註，上冊，頁 536。

〔註 106〕 〔唐〕李白者，〔清〕王琦注：《李太白全集》，上冊，頁 542。

〔註 107〕 分別見於〔唐〕李白著，〔清〕王琦注：《李太白全集》，頁 542、831。

〔註 108〕 李長之〈道教思想之體系與李白〉，輯於吳光正、鄧紅梅、胡元翎主編：《想像力的世界——二十世紀「道教」與古代文學論叢》(哈爾濱：黑龍江人民出版社，西元 2006 年)，頁 83。

〔註 109〕 〔唐〕李白著，〔清〕王琦注：《李太白全集》中冊，頁 1068。

除，包括名利。而李白接受了這樣的思想，但不免與其積極奮進、求取功名的昂然鬥志產生衝突。其〈擬古〉將其深陷矛盾、愁苦的心情表露無遺：

> 月色不可掃，客愁不可道。玉露生秋衣，流螢飛百草。
> 日月終銷毀，天地同枯槁。蟪蛄啼青松，安見此樹老。
> 金丹寧誤俗，昧者難精討。爾非千歲翁，多恨去世早。
> 飲酒入玉壺，藏身以爲寶。〔註110〕

長壽寶身的期盼既然無法切合實際，也無法徹底拯救受困的靈魂，於是道教的另一種重要思想——神仙，便以超現實力量提供李白不同於塵俗的世界，在那裏可以縱情地馳騁千里，甚至可以羽化成仙，開啟天門與天交涉。這是儒家、道家思想所沒有的神秘力量，儒者以爲個人性命乃爲天命所統攝，是固定不移的。而道家認爲其乃依循天地自然之則生滅，亦無由掌控。唯有道教主張性命可以更移，藉著自己不斷的修練，可以成仙而保全性命之眞。不論是吐納天地陰陽之氣，或餐霞飲露、服食日丹月黃等方法，均能以己身之力，改變既定的命數。因此身爲虔誠道教徒的李白總於臨山望遠之際，羨慕起神仙長生恆存，〈寄王屋山人孟大融〉：

> 我昔東海上，勞山餐紫霞。親見安期公，食棗大和瓜。
> 中年謁漢主，不愜還歸家。朱顏謝春暉，白髮見生涯。
> 所期就金液，飛步登云車。願隨夫子天壇上，閑與仙人掃
> 落花。〔註111〕

然而值得注意的是，李白將情志寄託於遊仙的企慕、神仙勝境的鋪敘，其背後隱藏的心緒卻是悲苦、沉痛的。李白對於現實人生的企盼是熱切的，即使接受佛道思想濡染，然而潛伏於其內心的奮進波濤是從未止息的。其〈古有所思〉可看出端倪：

> 我思仙人乃在碧海之東隅，海寒多天風，白波連山倒蓬壺。
> 長鯨噴湧不可涉，撫心茫茫淚如珠。西來青鳥東飛去，願

〔註110〕 同上註，上冊，頁338。
〔註111〕 同上註，中冊，頁738。

寄一書謝麻姑。〔註112〕

李白將內心的愁緒寄託於遙遠的仙人幻境，希冀青鳥能傳達他懷才不遇的悲傷，藉此抒感遣懷。李豐楙先生於〈唐人遊仙詩的傳承與創新〉中言及：

> 唐人創作遊仙詩，在整體結構上已經擺脫了魏晉時期在結句作議論的習套，這自是表現大部分的遊仙之作，並不以理性的立場採用詩歌加以論辯，而多是以仙境表達其情緒，是將遊仙作為抒情的表現。〔註113〕

這個觀點也驗證李白創作遊仙詩，最主要目的乃宣洩其現實生活的困頓，而神仙思想也被李白或多或少地帶入山水詩的創作，成為他創作脫俗山水風貌的靈感來源。葛曉音〈從「方外十友」看道教對初唐山水詩的影響〉中提到：

> 唐前期道教對山水詩的影響是較為複雜的，雖然它不是直接導致初盛唐之交山水詩繁榮的主要原因，以『方外十友』為代表的這批文人也未在創作中體現出方外之遊的實績，但他們造成文人好尚隱逸、游於物外的風氣，並促使遊仙詩與山水詩合流，為盛唐山水詩增闢了一種新的境界。〔註114〕

「方外十友」〔註115〕簡單來說他們即是初唐一群愛好方外之游的文人代表。由於他們與眾多文人往來頻繁，時相討論仙遊方外之思，也在尋訪寺觀途中，將神仙奇想引入名山勝景之中，漸漸地助長了唐朝隱逸山水的風氣，對於山水詩的創作也產生了影響。尤其道教以入世為心，以出世為跡的宗旨改變了文人的內在思維與精神面貌，發為詩歌，更呈現出不同的意蘊。

〔註112〕　同上註，上冊，頁240。
〔註113〕　李豐楙：《憂與遊──六朝隋唐遊仙詩論集》，頁78～79。
〔註114〕　葛曉音：〈從「方外十友」看道教對初唐山水詩的影響〉，輯於朱光正、鄧紅翠、胡元翎主編：《想像力的世界──二十世紀「道教」與古代文學論叢》，頁398。
〔註115〕　「方外十友」一稱，主要見於《新唐書・陸餘慶傳》：「（陸）雅善、趙貞固、盧藏用、陳子昂、杜審言、宋之問、畢構、郭襲微、司馬承禎、釋懷一（史懷一），時號『方外十友』。」

　　葛兆光先生提出道教對於中國古典文學的影響：「第一，它刺激了人們的想像力；第二，它提供了許許多多神奇的意象……。」〔註116〕李白希冀藉著信仰道教而消解其於人世間所遭遇的挫折、不如意，而這個願望是否真正實現，也許是個懸而未解的問號，但可以確定的是在文學方面，道教賦與李白寶貴的創造力與想像力，使他獲得另一延續生命的方式。這也是造就李白山水詩不同於流俗，充滿瑰麗奇想、仙幻勝境的關鍵因素。傅紹良：

> 盛唐詩人從追求生命質量方面容受道教，以自由生命為媒介，適時調整功名和自由的關係，使得他們在應付生活挫折與人生矛盾方面存有諸多的心理優勢，這表明，道教對盛唐詩人的影響，既有外在的生活行為，又有內在的心理和思想調節，而且詩人對道教的容受，也是能動的……也使得詩人們的生活形態由一般性的退避轉向積極的參與，由此，詩人的自由人格才從靜態轉為動態。〔註117〕

道教以宗教思維為李白具體地營造一樂園景象，那是一個心靈活動的空間與世界。於此，超自然的力量安撫了現實受挫、急欲掙脫的李白，賦予他今生即可實現的神仙夢想，而不是在未知的來生，因此潛伏心底的奮進精神，又重獲新生。但我們必須注意的是，李白耽於道教神仙世界，看似跳脫苦難，但本質卻是極其痛苦的。李長之於《道教徒的詩人李白及其痛苦》直指出李白受籙於道教，正反映出內心的痛苦：

> 像李白這樣人物的求仙學道，是因為太愛現世而然的，所以他們在離去人間之際，並不能忘了人間，也不能忘了不得志於人間的寂寞的。所以他上了華山，「虛步躡太清」了，但他並沒忘了「俯視洛陽川，茫茫走胡兵，流血塗野草，豺狼盡冠纓」。……李白對於現世，是抱有極其熱心的要參

〔註116〕　葛兆光：〈想像的世界──道教與中國古典文學〉，輯於輯於吳光正、鄧紅翠、胡元翎主編：《想像力的世界──二十世紀「道教」與古代文學論叢》，頁322。

〔註117〕　傅紹良：《盛唐文化精神與詩人人格》（台北：文津出版社，西元1999年），頁205。

加，然而又有不得參加的痛苦的，他那寂寞的哀感實在太
深了，尤其在他求仙學道實表現出來。〔註 118〕

而盧明瑜研究〈李白神話詩歌主題〉時，亦發出同感：「李白神話詩
歌內容包含甚為豐富，……顯露了詩人一顆關懷人間世的熱切心靈，
而飄飄凌雲的遊仙詩中，也不只是遊仙之樂可以概括的。……它包含
著人生失意逃於仙的苦悶。」〔註 119〕因此李白並沒有從道教世界得
到真正的快樂。雖然他自幼接觸神仙之說，甚至做過道士、冶煉丹藥，
但事實上他也懷疑神仙境地的存在，還大力反對皇帝求仙。〔註 120〕
然而最後他自己卻是溺志於其中了，這的確顯現出其信奉道教的心理
矛盾及無奈的悲痛。

不過，也正是這份痛苦淬煉了李白更多采多姿的創作生命，他在
道教的世界中，可以呼吸自由的空氣，進而激發更活躍的創造靈思，
因此作品中常出現想像力十足的境地。葛景春：「道教的宗教熱情又
激發了李白的詩歌創作激情與豐富的想像力，使他創作了大量的神采
飄逸、情調浪漫的詩歌。道教為李白的詩歌提供了豐富的審美意象：
飄逸的神仙、美麗的仙女和飄渺奇麗的仙境。」〔註 121〕而觀察謝朓
因為與道教交涉不深，故未曾創作與道教思想相關之作品，他所描繪
的山水勝景便較無李白那樣濃厚的宗教氛圍及神秘色彩，也缺乏瑰麗
浪漫的語彙及幻境。

三、「三教會通」的交融互感

山水詩的興發過程較其他文學體裁複雜，因為它並非單一偶發的
文學現象，它彰顯的是跨時代思想的變動、廣大人民自我意識的生成，

〔註 118〕 李長之：《道教徒的詩人李白及其痛苦》（台北：長安出版社，西元
1982 年），頁 89～90。

〔註 119〕 盧明瑜：《三李神話詩歌之研究》（台北：國立台灣大學文學院印行，
西元 2000 年），頁 21～22。

〔註 120〕 詳參盧明瑜：《三李神話詩歌之研究》，頁 45～53。

〔註 121〕 葛景春：《李白與唐代文化》（鄭州：中州古籍版社，西元 1994 年），
頁 37。

甚至是整個民族對於萬有生命的體認。山水詩受到儒家、道家、佛教的交融互感，替山水詩注入了湧泉活水，而道教的神仙思想也開創了山水詩遊海飛天的可能性，增加了許多神祕色彩。中國山水詩之所以具備深刻的思想性，乃眾多思想薈萃之結果，因此其內蘊亦較爲豐富多元。

佛教思想源於印度，東漢末年傳入中國後，受中國文化的影響，與源於境內的儒、道思想相融合，進而發展成爲具有中國文化蘊涵之宗教。儒、釋、道三家思想夾帶各自的光芒，在魏晉以降的藝術夜空迸發出璀璨的煙火，當然在山水詩的範疇裡也造成了巨大的波瀾。

在魏晉南北朝之際，玄學所帶領的是儒家、道家思想的融合議題，許多儒學典籍之註解辯述均援引了老莊思想。無論是討論形上「有、無」本體或者「名教」與「自然」的關係，均已凸顯了儒學轉向的新思維，這對長期以來儒家當道的盛況，無疑是最嚴苛的考驗。儒家思想所肯定的個人存在價值乃根基於父兄、君國所架構的人倫綱常，落實於生活必須「言必忠信」、「行必篤敬」，並以淑世爲人生理想，以成爲仁人君子爲終極目標。儒家強調人必須具備向上積極的態度與精神，相對的也帶來無以消解的困頓、挫折，且其加諸於人們身上的是「任重道遠，死而後已」的沉重使命感，一位君子必須「無終食之間違仁，造次必於是，顛沛必於是。」因此時時刻刻不能有所懈怠，壓力之大，不難想見。雖然孔子也持有「天下有道則見，無道則隱」（《論語・泰伯》）或者「道不行，乘桴浮于海」（《論語・公冶長》）的釋然態度，但這只是儒家對現實無奈的權宜之策；對天命不從人願的讓步之計，並非其核心思想。時至魏晉，大環境的動盪不安使得人民遭受天災、人禍的無情摧殘，生命朝不保夕，儒家積極奮進的思想再也無法撫慰人心，加上繁文縟節的箝制、虛僞名教的矯作，儒家價值已然動搖根基。

必須注意的是儒家思想即便產生危機，但它深植民心的傳統人文精神卻不曾被抹滅。而此時道家以無爲自然的思想順勢利導，傾力灌注玄思於儒家典籍之註解，成功地鋪設了儒道之間的共通橋梁。在儒

家的教條規範式微之後，其人文精神破蛹重生，郭象：

> 夫仁義者，人之性也。人性有變，古今不同也。故遊寄而
> 過去則冥，若滯而繫於一方則見。見則僞生，僞生則多矣。
> 〈〈天運〉注〉

郭象認為仁義乃出自人之本性，這承襲了儒家的核心思想，正如孔子曰：「人而不仁，如禮何？人而不仁，如樂何？」，仁義是儒家所重視的善端，它發於本心，不假外求。然而為後世詬病的往往在於人們塗上仁義道德的糖衣，裡頭包裹的卻是虛僞矯情的澀果。有鑒於此，郭象便汲汲一條論證「名教即自然」的結合進路。郭象：

> 仁者，兼愛之跡；義者，成物之功。（〈大宗師〉注）

> 所以跡者，眞性也，夫任物之眞性者，其跡則六經也。況
> 今之人事，則以自然為履，六經為跡。（〈天運〉注）

從此可以清楚地了解郭象的高明之處，乃在於將形下的仁義道德，轉向形上的自然本體，使自然與名教在本體論中達至冥合。因此不論是仁義，抑或聖人施行教化之六經，皆為「跡」，也就是現象，它必須依循「所以跡」之自然律動運作。湯用彤針對此一論點，提出一歸納圖示：〔註122〕

```
有體─│冥物、應變、任自然│──聖王所以「跡」（內聖）道家▲  合

有用─│政事、仁義、禮樂│──「名」、「跡」（外王）      儒家▼  一
```

體用合一是道家、儒家的共生之道，郭象循此理而解決阮籍、嵇康等人以名教、自然為對立之窘境，因此成為融合派理論的玄學代表，也是集大成者，他還提出眞正自然要達到忘名教、忘禮儀的境界，意思就是讓人文制度回歸最自然的體現方式，不需刻意要求而自然融於生活：

〔註122〕 詳參湯用彤著，湯一介主編：《魏晉玄學》（台北：佛光文化事業，西元 2001 年），頁 586。

> 至人極乎無親，孝慈終於兼忘，禮樂復乎已能，忠信發乎
> 天光。用其光則朴自成，是以神器獨化於玄冥之境而源流
> 深長也。(《莊子注》序)

這也是名教、自然共生的永恆之道，儒家與道家思想於此得到完美的
結合。湯用彤：「名教不離自然，所以名教爲儒教所主張，自然爲道
教所主張。……主名教者不失自然，堯舜亦不失性命之情。作帝王者，
雖勞神傷心，然亦是順乎自然。」〔註123〕儒、道各有所執，只有相
互配合才能符應潮流所趨。魏晉時期的士人之所以徬徨於仕隱抉擇
中，與儒道思想的時相拉拒有極大的關聯。而玄學正在企圖消解這些
衝突，締造身心安頓的理想世界。

　　山水詩除了承接儒道合流的新生命之外，尚且加入新元素──佛
理，使得詩歌意境大爲拓展。佛學在中國西晉末葉以後，廣爲風行。
東晉的思想家不乏沙門中人，他們協同南下過江的高僧們與眾多名士
時相往來，交情甚爲篤厚。僧人依憑著對佛教義理的深刻理解和掌
握，透過清談來表達，不僅使得名士們折服，也契合了彼此之間的思
考邏輯。當時外來的印度佛教以比附老莊思想爲主要傳播方式，成功
地打進中國思想世界。東晉高僧支道林精通老莊玄學，站在佛理的角
度解《莊子·逍遙遊》，使得魏晉士人在儒道之外找到另一個信仰的
寄託。葛曉音：「士大夫的玄談到東晉中期傾向佛理，關鍵在於支遁
所注的〈逍遙遊〉。」〔註124〕依附玄學而闡述佛理佛教踏上中土的初
步計畫，一旦時機成熟便展開教儀傳播。它進入中國思想世界的方式
是漸進的，所展現的態度是至和的，因此接受度極高。它全面性地對
襲捲魏晉南北朝乃至唐朝的眾多層面，李澤厚：

> 佛教關係於中國文化者至鉅，其尤顯著者，若哲學、若文
> 學、若藝術，乃至社會風俗習慣，自六朝以迄今茲，直接

〔註123〕　湯用彤著，湯一介主編：《魏晉玄學》(台北：佛光文化事業，西元
　　　　　2001 年)，頁 584。
〔註124〕　葛曉音：《山水田園詩派研究》(瀋陽：遼寧大學出版社，西元 1999
　　　　　年)，頁 21。

間接受其影響者實多。此近世學者所公認也。〔註125〕

根據湯用彤先生考證此時期創立的般若學派有支敏度的「心無義」，道安、慧遠立的「本無義」和支遁立「即色義」等六家七宗。〔註126〕而這些佛教學派運用了「格義」的方法，也就是借中國固有的學說或術語附合解釋佛教教義，漸漸地般若學從寄生玄學的過程中吸取足夠的養分，終於破繭重生，獲得完整的生命，而與玄學有所區別。任繼愈：「般若學是一種以論證現實世界虛幻不實為目的出世間的宗教哲學，而魏晉玄學則是一種充分肯定現實世界合理性的世俗哲學。」〔註127〕玄學畢竟是源於本土的思想體系，它關心的是人心在世間的安頓，而佛教則致力於到達「彼岸世界」的理想。當現實人生的種種價值粉碎、瓦解，轉向另一西方極樂世界（淨土）的終極目標便帶給人們無窮的希望。綜合言之，佛教以出世角度關懷人生，而玄學則以世俗角度解決人生難題。這樣不同的思考方向，形諸文學創作，營造了特殊的境界及氛圍。

東晉以後，儒道合流的熱潮降溫，佛教日益興盛，各地佛寺林立，僧人眾多，於詩歌審美、藝術創作範疇亦激起了波波浪潮，它對於山水詩的創作有很大的影響。張文勛：

> 佛教以「空」為至高無上的善和美的境界，那麼要達到這種境界的途徑，既不是倫理道德的修養和社會政治的實踐，也不是靠相對主義的思辨，以達到否定一切的目的，而是通過主觀認識的「悟」去領會「空」的妙諦。〔註128〕

佛典中「拈花微笑」的故事，便啟示世人佛教所謂的「美」正是以「空」為皈依的「涅槃妙心」、「微妙法門」，強調的是不用語言文字，不假

〔註125〕 李澤厚：《華夏美學》（台北：時報文化公司，西元 1989 年），頁 178。
〔註126〕 詳參湯用彤：《漢魏兩晉南北朝佛教史》上冊（北京：中華書局，西元 1983 年），頁 194。
〔註127〕 見任繼愈主編：《中國佛教史》第二卷（北京：中國社會科學出版社，西元 1985 年），頁 214。
〔註128〕 張文勛：《儒道佛美學思想探索》（北京：中國社會科學出版社，西元 1991 年），頁 15。

思索的直感妙悟，是一種單純淨潔的心理活動。佛家的審美趣味雖與道家相同，皆在自然、虛靜、空無的意境中追求，希冀擺脫人世紛擾。不同的是道家講求「虛靜」，透過形上思辨演繹；而佛教注重「虛空」，由靜觀、直覺體悟。

　　東晉支遁揉合莊學及般若學所開創的「即色宗」，流行於南方，對於南方的文學有所啓迪。其《即色遊玄論》可曉暢其宗旨：「即色是空，非色滅空，斯言至矣。何者？夫色之性，不自有色；色不自有，雖色而空；知不自知，雖知而寂。」意指即色便能悟空，從物質性的現象領會本體的存在，非色滅方空。而「心無宗」主張般若之空，非「悟空」，也非「色空」，而是存於主體心靈的空寂虛靈的空明境界。如同僧肇云：「心無者，無心於萬物，萬物未嘗無。」〔註129〕這又接近於道家之思了，可見佛教思維在進入中土後亦受老莊學說滲透。

　　心無、即色兩宗對於山水詩內涵之形成有所牽連，李遠志：

> 心無宗與即色宗是南方佛學最爲盛行的般若言「空」學派，其「神靜」與「直觀」兩條並行的線索，結合般若空宗「色空不二」的心法，指出現象與本體相即不離的理論，內化爲士人對自然山水賞會得心理基礎，也是推動、刺激南朝山水詩繁榮與成熟的內在趨力。……即色、心無二義對諸人產生的影響反映在玄言詩中通過靜觀的認識方法，將山水與玄言會合爲一，對自然意識的提昇有一定的影響。〔註130〕

魏晉南北朝之際，士人遊覽山水風氣十分流行，而佛寺梵宇又每建於山林皋澤之間，信手拈來皆是自然美景，俯拾即是世外妙境。而引領賞遊名山大川之名士，不乏佛門名賢高僧。著名的山水詩派代表——謝靈運，本身即爲一虔誠的佛教信徒，普慧：

> （謝靈運）他的山水詩實際在一定程度上是他佛教思想的具體體現，不過，這種表現不像玄言詩那樣只藉詩歌的外在形

〔註129〕　〔晉〕僧肇：《不眞空論》見任繼愈主編：《佛教經籍選編》（北京：中國社會科學出版社，西元1985年），頁77。

〔註130〕　李遠志：《盛唐山水詩研究》，頁46。

　　　　　式直接以哲學語言來闡明佛理。而是一種審美的情思來表現

　　　　　佛理。這就把山水審美與宗教有機的融爲一體。〔註131〕

謝靈運承繼了慧遠、支遁等以般若色空觀來關照自然山水的審美實

踐，因此時常出現般若學慣用詞語：空、幽、靈、寂……等等，如：

　　　　　絕溜飛庭前，高林映窗裡。禪室棲空觀，講宇析妙理。(〈石

　　　　　壁立招提精舍〉)

從詩中我們可以嗅到濃郁的佛理，它經由謝靈運的妙筆美妙地鑲嵌在

山水詩歌裡。影響所及，緊追其後的山水詩人謝朓亦足涉佛門，筆沾

佛理。謝朓好交名僧，並從僧人怡然自得的生活態度中找到心靈的平

靜。他曾於〈永明樂〉之八闡釋自己對佛理的體悟：「實相薄五禮，

妙化開六塵。明祥以玉燭，寶瑞亦金輪。」，〔註132〕不管是「實相」、

「妙化」、「六塵」或「金輪」皆爲佛家語，可見山水詩人的思想裡一

直潛在著佛教思想。

　　佛教在魏晉南北朝山水詩壇廣爲流傳，掀起的效應是常於吟詠山

川之際托言玄理，因此山水詩在魏晉南北朝仍無法眞正脫離各方思想

的負載。而到了唐朝，佛教大盛，也將山水詩帶入更高的境界及成就。

　　唐朝時的佛教雖已開立八宗：法華（天台）、三論、唯識（法相）、

淨土、律、華嚴、禪及密宗等八宗，但是各宗薪火漸傳漸弱，唯禪宗

仍舊保持優勢而蒸蒸日上。禪宗在唐朝獨盛的原因乃在於其中國化最

深，且能融合儒、道等本土思想並加以創新，它不講求繁文縟節的平

實作風，深得寒士庶族的支持，加上它宣導「禪即生活」之宗旨，把

禪法落實於俯仰之間，與生活合而爲一，更能貼近大眾的內心世界。

馮友蘭先生《中國哲學史》提及：「禪宗盛行以後，其他宗派的影響

逐漸衰微，甚至消失，『禪』成爲佛教或佛學的同義語。」，〔註133〕

禪學可謂是中國化的佛教，因此它在唐朝發展臻於成熟後，信仰者

―――――――――――――――――――――

〔註131〕　普慧：《南朝佛教與文學》（北京：中華書局，西元2002年），頁38。

〔註132〕　見〔南朝齊〕謝朓著，曹融南校注集說：《謝宣城集校注》，頁186。

〔註133〕　馮友蘭：《中國哲學史新編》第四冊（北京：人民出版社，西元1984
　　　　　年），頁258。

眾，成爲佛教的代表宗派。禪學的「緣起性空」與詩歌美學「虛實論」有相通之處，正如心經所言：「色不異空，空不異色。色即是空，空即是色。」，「虛空」則萬物自由朗現，各有妙趣。唐僧皎然〈詩議〉曾提到：

> 夫境象非一，虛實難明，有可見而不可取，景也；可聞而不可見，風也；雖繫乎我形而妙用無體，心也；義貫眾象而無定質，色也；凡此等，可以偶虛，亦可以偶實。〔註134〕

由文藝領域的虛實相生之理，可相通於禪學「眞空妙有」，皆強調當審美主體進入美感經驗時，心境都應保持澄明，屏除塵囂，杜絕雜念。唯心境保持「虛」的狀態，才能涵納萬有，進入靈思的殿堂。錢鍾書：

> 在醞釀文思時，著重在虛心和寧靜。只有虛心，才能採納不同意見；只有專一，才能專心體察，看到問題；只有靜心，才能看得細緻。所以在醞釀文思時，重在虛心和寧靜。蘇軾在這裡提出：「欲令詩語妙，無厭空且靜」，即著重虛靜。「靜故了群動，空故納萬境。」心靜不浮躁，才能仔細觀察。瞭解了各種各樣的活動，吸收了各種各樣的境界，才能反映各種新的生活，寫出新的境界，才能使詩語妙。〔註135〕

錢鍾書強調虛心則能專心靜思，也就契合蘇軾所言「空故納萬境」，與禪宗「空觀」亦多所牽繫、相通。以虛空淨潔的審美心靈觀照萬物，在禪門中覺察了「佛」，在藝術範疇裡則發現了「美」。禪宗尚有另一具有代表性之精義，即「頓悟」，可謂禪學一大特色。「頓悟成佛」依恃的是直覺體悟，也就是「直指人心，見性成佛」的禪理。孫昌武《佛教與中國文學》提到禪學進入文學領域的影響：

> 禪宗講的「頓悟」境界有以下幾個特徵：一，既然一機一境都是法的具體顯現，認識它（例如一山一水）也就是認識法身整體，因此一切境界必然是完整渾成的；二，禪表

〔註134〕 引自郭紹虞主編：《歷代文論選》第二冊（上海：上海古籍出版社，西元 2001 年），頁 88。

〔註135〕 見周振甫、冀勤編著：《談藝錄導讀》（台北：洪葉文化事業有限公司，西元 1995 年），頁 260。

現在生活之中，體現禪趣的境界又必然是生機勃勃的，而
不是僵死枯寂的；三，外境本空，人們觀照外境不能執著，
必須除去一切塵勞妄念，達到自然靜定。在這些認識的指
引下，創造詩的境界，也必然是渾然一體的、生動活潑的，
情景交融的。〔註136〕

其清楚說明禪學中「頓悟」說造就詩歌情景相融的和諧境界，值得關
注。身為道教徒的李白也涉獵佛法，對於詩禪合一的妙境亦有所領
會，其〈贈僧崖公〉言：

昔在朗陵東，學禪白眉空。大地了鏡徹，回旋寄輪風。
攬彼造化力，持為我神通。晚謁泰山君，親見日沒雲。
中夜臥山月，拂衣逃人群。授餘金仙道，曠劫未始聞。
冥機發天光，獨朗謝垢氛。虛舟不繫物，觀化游江濆。
江濆遇同聲，道崖乃僧英。說法動海岳，游方化公卿。
手秉玉塵尾，如登白樓亭。微言注百川，娓娓信可聽。
一風鼓群有，萬籟各自鳴。啟閉八窗牖，托宿掣電霆。
自言歷天臺，搏壁躡翠屏。凌兢石橋去，恍惚入青冥。
昔往今來歸，絕景無不經。何日更攜手，乘杯向蓬瀛。

〔註137〕

李白自述曾學佛於白眉空，並從天地間的萬物變化裡參禪悟道，而有
「大地了鏡徹，回旋寄輪風。攬彼造化力，持為我神通」的體驗。因
此我們在李白山水詩中常常可以捕捉到禪風佛影。

謝朓與李白本身對於理皆曾深入鑽研，它形成詩人們思想中無法
抹滅的區塊，而造就他們詩中的不凡意境。普慧：「齊梁崇佛文人詩
歌中對『空』的大量運用，一方面，在一定的程度上擴大了佛教的影
響，使佛教更加社會化和生活化，另一方面，它將佛教「空」、「靜」
的思想與自然山水、人生感受有機的相結合。」〔註138〕因此佛教對

〔註136〕　孫昌武：《佛教與中國文學》（台北：東華書局，西元1989年），頁
　　　　　107。
〔註137〕　〔唐〕李白著，〔清〕王琦注：《李太白全集》，上冊，頁542。
〔註138〕　普慧：《南朝佛教與文學》，頁131。

於山水詩的影響在於出世絕塵的思維方式及審美態度，讓人們用不同的角度及境界重新看待世間萬事萬物。

雖然塵務經心的謝朓並無法王然以佛家「靜觀」角度領略山水之美，但卻裨益其山水審美觀的快速萌芽。而李白的思考較謝朓靈活，他幾度跳脫凡塵之圍，時常與然默然靜定的山水對觀，體悟人與自然和諧依存之關係。

總而言之，儒道合一的玄學致力於調和「名教」、「自然」之衝突，解決「本末有無」的哲學爭論，無論是正始玄學家王弼之「崇無」，主張順法自然，或郭象「崇有」，主張萬物獨化自生，甚至是阮籍、嵇康打出「越名教而任自然」的口號……等等，玄思所及之處皆吹拂著「自然」之風，帶領人們突破以往儒學掛帥的單一思考模式與僵化的體制、教條，它對於山水詩的形成最重要的便是促成人的覺醒，帶動審美自覺的迅速發展，使人們思索人與自然的關係，並能夠以純粹欣賞的眼光重新發現美。

而除了儒道思想以外，我們可以發現佛教思想也正以漸進式的方式融入中國人的學術、文化，尤其它特殊的「禪」、「頓悟」、「空」等概念及超脫凡塵苦痛，奔向西天極樂世界得出世思想，對山水詩的意境營造及思考方向的轉變有相當大的影響。山水詩是各教思想精義共同灌溉所綻放的美麗花朵，能在中國詩壇歷久彌香，成為各詩家必爭之地，其來有自。

第三節　文學養分的汲取

時代環境對於詩人人格的塑造、個性的發展、態度的養成、行為的表現……等等均產生莫大的影響。複雜而多元的環境因素，在每位詩人身上進行多重排列組合，因此每位詩人都擁有獨一無二的個人特質及魅力。然而於探究其文學作品之際，我們卻每每發現不同性格的詩人竟表現出共同的創作意念、審美理想，或者字句錘鍊的方式、繪

景抒情的技巧、謀篇布局的手法……等等，皆具有極高的相似度，若非藝出同門，當也不離其宗。因此本節首先循線追蹤謝朓、李白創作的共同源頭，從中了解詩人從事創作時所慣用之技法，藉此裨益作品內涵的掌握及分析、鑑賞。

　　謝朓、李白在山水詩歌創作方面，由各方所汲取的文學養分充足而豐富，所形成的詩風在當時詩壇皆能別開生面，延展出一幅特殊構圖的山水畫軸。謝朓與李白在山水詩創作方面主要宗法描繪山水能手——謝靈運，並運用樂府質樸無華的語言、輕快明朗的節奏鋪排詩篇。而李白因為處於山水詩創作的高峰期，各期發展條件均已趨成熟，所接觸的資源較多，因此能廣納創作的靈思，博采眾家之長。

一、山水典範的追慕——康樂之景歷歷在目

　　山水詩在魏晉南北朝之前，即已開始萌芽，而正式鑽出沃壤，甚至舒展枝葉，則要待山水大師謝靈運的出現。邢宇浩：「以文學發展的大尺度而論，山水詩的興起可以說是文學自身發展的必然，但具體於歷史的細節，謝靈運個性化的創造，實為山水詩崛起為詩壇主流注入了最初的動力。」〔註 139〕謝靈運是中國山水詩發展的奠基人，也是備受尊崇的山水詩典範，鍾嶸將其詩列為上品（也是南朝詩人唯一列為上品的作家），正凸顯他的不凡詩藝及地位。李森南直言：「謝靈運為元嘉之雄，開山水詩之祖。」，〔註 140〕謝靈運在山水詩壇上扮演關鍵性的角色，乃無庸置疑。

　　林文月：「山水詩之滋長成熟於宋初，謝靈運雖非憑空獨創，不過，以其個人之際遇、癖好與才學，他確實可居快馬加鞭之功的地位。」〔註 141〕倘若山水詩壇沒有謝靈運，其進程恐怕要晚數十年。如同李

〔註 139〕　邢宇浩：《謝靈運山水詩研究》（保定：中國河北大學博士論文，西元 2005 年），頁 1。

〔註 140〕　李森南：《山水詩人謝靈運》（台北：文史哲出版社，西元 1989 年），頁 52。

〔註 141〕　林文月：《山水與古典》，頁 60。

文初之言：「中國山水詩勃興的歷史，同謝靈運的名字分不開，他是開創山水詩新局面的劃時代的詩人。」，〔註142〕其刻劃山水的卓越成就，業已寫下文學發展史上的新頁。

而其影響力遍及當代也推展至後世，王國瓔：「謝靈運雖然在政治上失意，在文學上卻擁有一席不朽的地位，『後人刻畫山水，無不奉謝爲崑崙墟』。近如鮑照、謝朓，遠如王、孟、韋、柳等名家，大凡從事山水詩的創作，無不直接或間接承受謝靈運的影響。」〔註143〕所論雖至爲公允，但我們可以發現，其中受謝靈運影響的山水詩家卻獨漏李白，可見李白的山水詩創作之成就尚未得到普遍的肯定。其實，李白的山水詩迭有佳作，且受謝靈運影響匪淺，值得深究。

南朝承繼謝靈運山水詩藝的謝朓，其詩中所描繪的深山荒野景色及詩體、手法、語言都肖似謝靈運，足見謝朓在山水詩創作方面的確取經於謝靈運。而謝靈運在山水詩上的開拓之功與影響力除了廣被當朝，尚及後世。不但爲唐朝山水詩創作高峰奠下深厚的基礎，也啓迪了唐朝山水詩人的創作模式。而李白躬逢其盛，亦受謝靈運山水佳作之沾溉，且愈發光彩。謝朓與李白對於謝靈運山水詩的仿效，多集中於對山水勝景的描繪方式及手法，但又各自拓展不同於謝靈運的山水詩風格，皆堪稱描摹山水的能手。

謝靈運成爲後人爭相朝拜的山水詩先祖，其藝術特色在於極貌寫物，曲肖幽微。他摹山繪水十分寫實與逼眞，幾乎成爲其詩作正字標記，趙經平：「謝靈運的山水詩注重自然山水外在形式給人的感官美感，追求逼眞細膩地再現山水賞心悅目之美。」〔註144〕誠如所言，謝靈運的山水詩對於景物的刻畫極其入微，能生動地展現山容水貌，無論是枝條萌綠，抑或落英繽紛、奔流細澗均各有姿態。清朝陳祚明

〔註142〕李文初：《中國山水文化》（廣州：廣東人民出版社，西元 1996 年），頁 219。

〔註143〕詳參王國瓔：《中國山水詩研究》，頁 154。

〔註144〕趙經平：《南朝山水詩發展的歷史考察與美學闡釋》（北京：北京師範大學碩士學位論文，西元 2005 年），頁 19。

《采菽堂古詩選》：

> 謝康樂詩，如湛湛江流，源出萬山之中，穿巖激石，瀑掛
> 湍迴，千轉白折，歘爲洪濤，及其浩漾澄湖，樹影山光，
> 雲容草色，寒徹洞深。蓋緣派遠流長，時或爲小澗，亦復
> 搖曳澄瀠，波蕩不定。〔註145〕

道出謝靈運之詩變化莫測，時而氣勢萬鈞，時而靜定安默，令人嘆爲
觀止。他善於捕捉自然景物的細微動態，並以巧言美辭修辭，使山水
之姿達至絕佳的耳目享受。謝靈運筆下的山水樣貌，極其雕琢，意象
鮮明，富麗精工。且看他的山水名作〈登池上樓〉：

> 潛虯媚幽姿，飛鴻響遠音。薄霄愧雲浮，棲川怍淵沉。
> 進德智所拙，退耕力不任。徇祿反窮海，臥痾對空林。
> 衾枕昧節侯，褰開暫窺臨。傾耳聆波瀾，舉目眺嶇嶔。
> 初景革緒風，新陽改故陰。池塘生春草，園柳變鳴禽。
> 祁祁傷豳歌，萋萋感楚吟。索居易永久，離群難處心。
> 持操豈獨古，無悶徵在今。〔註146〕

此詩作於景平元年（西元 423 年）初春，首先道出進退兩難的矛盾心
理以及對謫遷海濱的不滿情緒；次寫久病登樓，見窗外春意盎然；再
次敘觸景生情，思鄉思親，最後以保持操節，避世隱居來安慰自己。
〔註147〕雖然這首詩不全然在寫景，其旨要乃在抒發一己之煩悶，然
而我們可以從字句中發現詩人對於山水勝景極其賞愛，足以讓他脫離
沉痾之苦，失意之愁。謝靈運以準確的字詞描繪殘冬餘風、新春之池
塘、水草、翠柳、鳴禽等等，一句數景，兼有視覺、聽覺、觸覺等，
靜景中含有動態之美，相合無間，這樣的良辰景致，如同工筆刻畫之
山水圖般細緻，又能自然地融合個人情思逸韻，箇中精妙非畫匠所能
達至。

〔註145〕 引自顧紹柏校注：《謝靈運集校注》（台北：里仁書局，西元 2004
　　　　 年），頁 696。
〔註146〕 同上註，頁 95。
〔註147〕 同上註，頁 95 之注一。

其中「池塘生春草，園柳變鳴禽」乃千古傳誦不衰的名句，傳說謝靈運在永嘉西堂作詩，搜索枯腸、埋案苦思不得佳句，寢寐間忽見從弟謝惠連，即成「池塘生春草」。宋朝吳可《學詩》：「學詩渾似學參禪，自古圓成有幾聯？『春草池塘』一句子，驚天動地至今傳。」，〔註148〕宋朝嚴羽《滄浪詩話》：「漢魏古詩，氣象混沌，難以句摘。晉以還方有佳句，如淵明『採菊東籬下，悠然見南山』，謝靈運『池塘生春草』之類。」〔註149〕可見其廣受推崇，而細察「池塘生春草，園柳變鳴禽」兩句並無高超的句式與修辭，亦缺乏高遠的境界與意蘊，唯妙在自然天成，詩與景渾合，無所造作。宋朝葉夢得亦提出其看法：「『池塘生春草，園柳變鳴禽』世多不解此語為工，蓋欲以奇求之耳。此語之工，正在無所用意，猝然與景相遇，借以成章，不假繩削，故非常情所能到。」〔註150〕大抵讚賞其具有「自然」之美。

然而這樣自然天成的佳句，在謝靈運的詩作中，卻是少數。如眾人所知，謝靈運的山水詩大多彷彿景物的「照相機」，先捕捉其瞬間的美感，而後加以人工修飾，戮力製造色澤鮮明，凸出生動的山水形象，並且鉅細靡遺地蒐奇探險，客觀地呈現自然樣貌。李文初：

> 謝靈運的山水詩為尋找山水意象的奇景異物，為求形似而
> 獲得審美享受，往往顧不得是否繁冗堆砌，總要將大自然
> 的形貌聲色似模似樣地呈現無遺，又要塑造出具有審美價
> 值的新境界。〔註151〕

謝靈運愛山水遊覽，已成癡如醉。他不似其他山水詩人只是一時宦途失志，託言山水而已，他曾多次親自開荒闢徑，深入無人之地尋幽訪勝，可見其對山水之熱情。因此他所描繪的山水景色總是能別開生

〔註148〕 輯於《詩人玉屑》卷一，引自顧紹柏校注：《謝靈運集校注》，頁653。

〔註149〕 見〔宋〕嚴羽著，黃景進撰述：《滄浪詩話》（台北：金楓出版社，西元1999年），頁80。

〔註150〕 〔宋〕葉夢得：《石林詩話》，見〔清〕何文煥輯：《歷代詩話》上冊（北京：中華書局，西元2006年），頁426。

〔註151〕 李文初：《中國山水文化》，頁221。

面，新奇多變，而其處於「巧構形似」的文學風氣中，也競相在用字選辭上各顯神通，如同劉勰《文心雕龍・明詩》所謂：「宋初文詠，體有因革，莊、老告退，而山水方滋。儷采百字之偶，爭價一字之奇，情必極貌以寫物，辭必窮力追新，此近世之所競也。」〔註152〕謝靈運摹景獨具慧眼，能曲盡景物千姿百態，栩栩如生，且顏色對比強烈，富麗精美：

> 初篁苞綠籜，新蒲含紫茸。(〈於南山往北山經湖中瞻眺〉)
>
> 陵隰繁綠杞，虛圃粲紅桃。(〈入東道路〉)
>
> 春晚綠野秀，巖高白雲屯。(〈入彭蠡湖口〉)
>
> 白雲抱幽石，綠篠媚清漣。(〈過始寧墅〉)
>
> 銅陵映碧潤，石磴瀉紅泉。(〈入華子崗是麻源第三谷〉)〔註153〕

無奈後人對其極其雕琢的創作方式屢爲詬病，仍偏愛其自然渾成之詩句，王國瓔：

> 大凡對謝詩的佳評，多半針對其山水詩中寫景部分而言。如與其同時的湯惠休曾說「謝詩如芙蓉出水」，根據《南史》，鮑照也嘗稱謝詩「如初發芙蓉，自然可愛」，乃是指謝靈運模擬山水巧奪天工，以至其詩中的山水，猶如山水的自然狀態。〔註154〕

正說明謝靈運的山水妙手，能極力雕琢又不露斧鑿痕跡，因而博得美名。沈德潛《古詩源》：「謝詩追琢而返於自然。」，〔註155〕蓋有此意。如：

> 雲日相輝映，空水共澄鮮。(〈登江中孤嶼〉)
>
> 石室冠林陬，飛泉發山椒。(〈石室山詩〉)
>
> 近澗涓密石，遠山映疏木。(〈過白岸亭〉)

〔註152〕　見范文瀾：《文心雕龍注》卷二，頁2。
〔註153〕　依序見於顧紹柏校注：《謝靈運集校注》，頁175.238.281.63.288。
〔註154〕　王國瓔：《中國山水詩研究》，頁165。
〔註155〕　見王蒔父箋注，劉鐵冷校刊：《古詩源箋注》（台北：華正書局，西元1999年），頁253。

崖傾光難留，林深響易奔。(〈石門新營所住四面高山迴溪石瀨茂
林修竹〉)

石淺水潺湲，日落山照耀。(〈七里瀨〉) 〔註156〕

以上所舉均爲謝靈運作品中較具清新、自然風格之詩句，細究可發現
謝靈運對自然景物觀察地十分仔細，善用對偶句營造相互對應的形式
之美，無論是雲日、空水，石室、飛泉，抑或「相輝映」、「共澄鮮」、
「發山椒」均能恰如其分地工整鋪排。且能在數句之中，伸縮遠、近
兩個鏡頭，從近澗到遠山、淺石至落日，瞬間拓展審美空間，他所展
現的寫作功力與才華，在當時「名動京師」。〔註157〕王國瓔：

> （謝靈運）爲了要表現山水畫面的立體美，在一聯中往往
> 一句寫山、一句寫水，⋯⋯或爲表現大自然間聲色交織的
> 美感，就一句寫聲、一句寫色，或以不同色彩的景物相對，
> 從視覺上來增加詩中畫境之美。而這種通過字義間的對偶
> 來構圖著色，乃是中國詩人模山範水時最慣用的修辭技
> 巧。〔註158〕

他注重山水呈現的視覺影像，一山一水，相合無隙，也強調聽覺效果，
總能適當地將風雨、懸河等自然聲響蒐羅入詩，建立了聲、色俱全的
表現方式，因此往往一應一和，猶和一場自然劇場的戶外演出，其獨
到的寫作技巧成爲後人爭相模仿的典範。

南朝謝朓、唐朝李白創作山水詩即取法謝靈運，謝朓幾首詩中尚
留有謝靈運窮水之源、探山之幽的遊賞方式，詩風亦呈現幽邃深厚之
美，明顯脫胎自謝靈運。如〈遊山〉、〈遊敬亭山〉、〈將遊湘水尋句溪〉、
〈和伏武昌〉⋯⋯等，康樂之景如在左右。茲舉〈遊山〉以爲鑑：

託養因支離，乘閒遂疲蹇。語默良未尋，得喪云誰辯。

〔註156〕 依序見於顧紹柏校注：《謝靈運集校注》，頁 123.107.111.256。
〔註157〕 語出《宋書·謝靈運列傳》：「靈運父祖並葬始寧縣，並有故宅及墅，
遂移籍會稽，修營別業，傍山帶江，盡幽居之美。與隱士王弘之、
孔淳之等縱放爲娛，有終焉之志。每有一詩至都邑，貴賤莫不競寫，
宿昔之間，士庶皆遍，遠近欽慕，名動京師。」
〔註158〕 王國瓔：《中國山水詩研究》，頁 167。

幸蒞山水都，復值清冬緬。凌崖必千仞，尋谿將萬轉。
堅嶠既峻嶒，迴流復宛澶。杳杳雲竇深，淵淵石溜淺。
傍眺鬱篥箳，還望森柟梗。荒隩被葳莎，崩壁帶苔蘚。
豰狖叫層嵁，鷗鳧戲沙衍。觸賞聊自觀，即趣咸已展。
經目惜所遇，前路欣方踐。無言蕙草歇，留垣芳可搴。
尚子時未歸，邴生思自免。永志昔所欽，勝跡今能選。
寄言賞心客，得性良為善。〔註159〕

這首詩描繪了蔚林茂竹、山峻水險、叢草荒榛……等景色，山、水相映，頗有謝靈運山水詩之深幽韻致，陳祚明《采菽堂古詩選》：「『凌崖』以下頓疊十二句，其中離奇蕭森，一山一水，句句相承，法甚密。」如康樂之景再現。而「凌崖必千仞，尋谿將萬轉」更承襲著謝靈運尋幽探險的精神及對山水景色的熱情。再者詩中所取之景物，亦多珍異奇特，也符合謝靈運銳意求新的風格，又宗法謝靈運賦化體物的方式，篇幅有加長的現象。魏耕原《謝朓詩論》中提及謝朓效法謝靈運山水詩結構，論述頗為精闢：

尤其〈遊山〉，結構安排，描寫議論，全法大謝。起六句論而敘，中十二句寫景，後十二句議論，此種布局正是大謝的常格。全詩只有末尾兩句散行，餘皆對偶，一氣鋪排，景句對仗則更精工。這裡山高水深，林深草茂，萬象羅會，描寫紛縟，蒼蔚蕭森，景象幽荒，密不透風；同樣移步換形，也同樣「一句寫山，一句寫水」，前眺後望，視聽並現。「山」、「水」、「竹」、「草」、「鳥」的同偏旁字，按部就班，排列有序，形形色色的聯綿詞、疊音詞都置於相對應的位置。〔註160〕

他一一檢視了謝朓與謝靈運創作手法雷同之處，證明謝朓的山水詩確實紹承謝靈運。除此之外，謝靈運先說理，次寫景，結尾又議論的山水詩定式，亦影響了謝朓，甚至有些詩句出現模仿之跡，如「寄言賞

〔註159〕　見〔南朝齊〕謝朓著，曹融南校注集說：《謝宣城集校注》，頁233。
〔註160〕　魏耕原：《謝朓詩論》（北京：中國社會科學出版社，西元2004年），頁190。

心客，得性良爲善」，謝靈運〈石壁精舍還湖中作〉：「寄言攝生客，試用此道推。」，〔註161〕相像程度頗高。

　　但必須澄清的是，諸如〈遊山〉深幽奇奧的長篇作品，在謝脁的集子中所佔比例並不高，他的山水詩作多取景於都邑郡齋周圍的日常所見，詹福瑞：「謝脁對山水詩的最大變革，是把謝靈運拉到塵世之外的山水詩，再拉回到塵世中來，讓山水與都邑風物、仕宦生活聯姻，創造出一種都邑山水詩。」〔註162〕因此謝脁循軌康樂之餘，仍不斷地開發屬於自己的創作之路。

　　再者比起謝靈運作詩總拖著玄言尾巴，謝脁大部分詩作已然能夠避免此弊。褪去玄思後，取而代之的是自謝脁心底油然而生的宦遊情感，這與謝靈運有很大的不同。詹福瑞道出了二謝之間最大的差別：

> 小謝詩在結構上的最大特點是打破了大謝「記遊——寫景——言理」的結構模式。他首先割掉了山水詩中玄理的尾巴。去掉了游離體，保證了山水詩結構的完整。玄暉去掉了理語，換上了情語。而景語與情語的位置安排，大都富於變化。〔註163〕

謝脁山水詩的創作結構較謝靈運爲靈活，或先描山水，後抒情，如〈觀朝雨〉、〈和江丞北戍瑯琊城〉……等等；或首尾言情，中夾描山水，如〈移病還園示親屬〉、〈遊東田〉……等等，不拘一格，皆情融於景中，這也是小謝爲後世所稱道的特色。

　　而謝靈運的影響力由南朝蔓延至盛唐，醞釀了山水詩的創作高潮。觀察李白對於謝靈運好遊名山、喜探幽境的風尚，多所感染，其遊蹤遍布名山大澤，樂此不疲。他曾自言：「五岳尋仙不辭遠，一生好入名山遊。」（〈廬山謠〉）、「名山發佳興，清賞亦何窮。」（〈下尋

〔註161〕 顧紹柏校注：《謝靈運集校注》，頁165。
〔註162〕 詹福瑞：〈試論謝脁清麗山水——兼論謝脁對謝靈運詩風的變革〉收錄於王運熙等編著：《謝脁與李白研究》（北京：人民文學出版社，西元1995年），頁30。
〔註163〕 同上註，頁36。

陽城泛彭蠡〉）、「心愛名山游，身隨名山遠。」（〈金陵江上遇蓬池隱
者〉）、「霜落荊門江樹空，布帆無恙挂秋風。此行不爲鱸魚鱠，自愛
名山入剡」……等等，均顯現其樂於訪山尋勝的高昂興致。葛景春：

> 李白和謝靈運都是中國最愛遊山覽水的旅行家，也是最傑
> 出的山水詩人。謝靈運是山水詩的開創者，其詩被評爲「如
> 芙蓉出水」（湯惠休語，引自《詩品》卷中），以清新俊美
> 著稱。李白則是中國山水詩的集大成者，他的山水詩，遠
> 紹二謝，近挹王孟，得天地之英氣，集出水之靈氣，「清水
> 出芙蓉，天然去雕飾」，把中國的山水詩，推向了光輝的峰
> 頂。李白可以說是謝靈運山水詩的最佳傳人。〔註164〕

謝靈運與李白皆酷愛遊覽山水，李白將謝靈運奉爲山水詩創作的崇高
模範，因此李白時常在詩中流露仰慕之情，如：「我乘素舸同康樂，
朗詠清川飛夜霜。」（〈勞勞亭歌〉）、「群季俊秀，皆爲惠連，吾人詠
歌，獨慚康樂。」（〈春夜宴從弟桃花園序〉），又化用其相關典故，如：
「謝公池塘上，春草颯已生。」（〈遊謝氏山亭〉）、「宮花爭笑日，池
草暗生春。」（〈宮中行樂詞〉）……等等。有趣的是，李白總藉著入
寐後與謝靈運神交，使得夢池中蔓生著謝氏獨有長新的春草。如：「夢
得池塘生春草，使我長價登樓詩。」（〈贈從弟南平太守之遙〉）、「他
日相思一夢君，應得池塘生春草。」（〈送舍弟〉）、「昨夢見惠連，朝
吟謝公詩。東風引碧草，不覺生華池。」（〈書情寄從弟邠州長史
昭〉）……等等，不論是直接徵引其名句，或者暗用其典故，都能從
中觀察出李白對於謝靈運詩藝之崇慕，主要建立在文學創作精神，而
不在形式技巧。楊義：

> 在李白心目中，謝靈運是山水詩傳統的象徵，是自然人生
> 方式的一種因素，他離自己較遠，是一個需要在夢境中尋
> 找的老前輩。而謝朓則是一個充滿活力的山水詩藝的探索
> 者，是一條可以進行情感交流的審美通道，他離自己較近，

〔註164〕 葛景春：〈李白與謝靈運的山水詩──兼論〈夢遊天姥吟留別〉詩
　　　　旨〉見《李白研究管窺》（保定：河北大學，西元2002年），頁136。

是一個可以抵掌論藝的老朋友。〔註165〕

他點出李白在山水詩方面雖以謝靈運爲宗，然由於其遺留之典範遙不可及，產生極大的距離感，加上其山水詩富麗精工，又受限於當朝盛談玄理之框架，即便成就非凡，卻不甚符合李白的山水創作理想。李浩：

李白的山水詩和廬山秀出，海日東升，體格氣度迥非常人所能比擬。……謝詩以觀照景物，精細描摩見長。盛唐詩人既能像大謝那樣模山範水，卻活脫輕鬆，不似大謝那般纖巧匠氣。〔註166〕

筆者認爲李白正是那活脫輕鬆的盛唐山水詩典型創作者，雖也與謝靈運一般對景物曲盡幽微、窮形盡相，手法卻明顯靈活、生動許多。因此可發現李白儘管對於貴爲山水詩先祖的謝靈運雖充滿敬意，並且效法其尋訪山水勝景的精神，也夢寐追求其山水詩名章迥句，然卻不落謝氏「模山範水」的創作窠臼，亦不陷溺於其時代「玄」渦，而自開局面。眞正與李白能夠跨時論詩談山水，則非謝朓莫屬，此間紹承關係留待後章研析。

二、質樸鏗鏘的妙音——樂府、民歌餘韻不絕

謝朓與李白的山水詩除了體現謝靈運的山水觀與創作精神以外，尚且還志同道合地採取了樂府及民歌輕快、活潑的節奏；爽朗、清新的語言，使得山水形象更加鮮明，而詩歌本身也充滿了質樸鏗鏘的樂音。

樂府至西晉時期，文人擬樂府創作開始出現變化，即借古題敘古事。到了永明年間，沈約、謝朓等人對樂府題目、內容、寫作手法進行革新，在借用漢魏樂府古題曲明或自制曲名之際，也學習南朝質樸婉約的民風韻味並開始注重音律的配合，使得擬樂府展現出剛強不撓的生命力。而李白在樂府詩上的創作成績更是卓越，作品數量冠於初

〔註165〕楊義：《李杜詩學》（北京：北京出版社，西元2002年），頁273。
〔註166〕李浩：《唐詩的美學詮釋》（台北：文津出版社，西元2000年），頁189。

盛唐詩壇。據郭茂倩《樂府詩集》所錄，初盛唐詩人創作（除卻燕射歌辭及交妙歌辭不計在內）約四百五十首左右，李白有一百四十九首，佔了三分之一。李白因爲天性豪放、愛好自由，因此不喜格律限制，而偏愛古樂府的創作。他致力於學習漢魏以求復古，無論從體制、文意或藝術方面恢復古意，都盡其所能地貼近漢魏古辭，刻意復古成爲李白樂府詩的一大特色。由此，我們可以發現謝朓、李白在樂府詩上的涵養極爲深厚，運用至山水詩創作上，也有不凡的表現。

　　漢、魏之樂府詩發展已臻純熟，尤其樂府詩的語言十分樸實，直接傳達了內心眞切的感情，張永鑫簡述了樂府詩特質：

> 漢樂府的藝術特質，首先就表現在它的語言之美上。漢樂府的語言，總的來說，十分樸素生動，精煉眞切。……明胡應麟：《詩藪·內編》卷一〈古體上·雜言〉云：「惟漢樂府歌謠，采摭閭閻，非由潤色。然質而不俚，淺而能深，近而能遠，天下至文，靡以過之。後世言詩，斷自兩漢，宜也。又說：「矢口成言，絕無文飾，故渾樸眞摯，獨擅古今。〔註167〕
>
> 漢樂府詩的第二個藝術特質是它的形式多變，自由靈活，具有一種飛動之勢和流動之美。〔註168〕

「直而不俚，淺而能深，近而能遠」的語言特色，及靈活流動的表現形式，對於以描摹自然景物、天地勝景爲主的山水詩而言，是極爲理想的創作資源。它不僅有助於凸顯景物具體的形態而不墮入艱澀孤峭的難解意境，更有益於抒發賞遊山水的眞摯情感。

　　而謝朓正是運用樂府的語言形式，巧妙地窮盡山水之物態，並自然流動著明快的節奏。謝朓以五言詩爲長，總數爲一百三十五首，其中樂府詩有三十一首，佔了約四分之一，〔註169〕不過必須說明的是，

〔註167〕　張永鑫：《漢樂府研究》（江蘇：江蘇古籍出版社，西元1992年），頁250。

〔註168〕　張永鑫：《漢樂府研究》，頁254。

〔註169〕　據曹融南《謝宣城集校注》、李直方《謝宣城詩注》統計而得。

三十一首樂府詩中並非全爲山水詩，然而卻孕育了不少謝朓的山水佳作，諸如〈入朝曲〉、〈登山曲〉、〈泛水曲〉、〈臨高臺〉、〈曲池之水之〉……等等，皆頗受好評。且看〈入朝曲〉：

> 江南佳麗地，金陵帝王州。逶迤帶淥水，迢遞起朱樓。
> 飛甍夾馳道，垂楊蔭御溝。凝笳翼高蓋，疊鼓送華輈。
> 獻納雲台表，功名良可收。〔註 170〕

陳胤倩評此詩爲：「風調高華，句成渾麗，此子建餘風也。」，點出了此詩雄渾清麗的風格，並以「子建餘風」形容，可見推崇之至。謝朓的樂府詩雖然數量不多，但每每字斟句酌，思慮甚深。孫志祖評箋：

> 謝玄暉鼓吹曲：「凝笳翼高蓋，疊鼓送華輈。」李善注：「徐引聲謂之凝，小擊鼓謂之疊。」岑參凱歌：「鳴笳擂古擁回軍。」急引聲謂之鳴，疾擊鼓謂之擂。凝笳疊鼓，吉行之文儀也；鳴笳擂鼓，師之武備也。詩人之用字，不苟如此，觀者不可草草。〔註 171〕

綜觀謝朓樂府詩不晦澀以居高；不華飾以取寵，以清新自然的語言破齊梁綺風麗句的創作窠臼。曹融南對於謝朓卓越的寫作功力，有一番探究：

> 謝朓能生動形象、深婉入微地表現人情物態之美，形成獨特風格，和他優異的藝術表現才能密不可分。他遠祖《詩》、《騷》，近承建安以來曹植、陸機、謝靈運、鮑照等的詩歌成就，又從樂府民歌中汲取營養，涵泳蘊蓄，終於取得如此卓越的造詣。〔註 172〕

謝朓早期活動範圍主要在江南的建康及荊州，這兩地都是他詩歌的發源地，也是南朝民歌精華——吳歌、西曲的興盛處，這些詩多被管絃，以淺白清新風格爲主，深婉有致，南朝樂府的語言特色對於謝朓的詩歌創作有極大的影響。縱使謝朓與其他山水詩人一般，寫作淵源皆可

〔註 170〕〔南朝齊〕謝朓著，曹融南校注集說：《謝宣城集校注》，頁 149。
〔註 171〕引自李直方：《謝宣誠詩注》（香港：萬有圖書公司，西元 1968 年），頁 6。
〔註 172〕〔南朝齊〕謝朓著，曹融南校注集說：《謝宣城集校注》，頁 10。

遠窮《詩》、《騷》，近法曹植、陸機、謝靈運、鮑照等，然而論其刻
畫入微的藝術技巧，絕不能忽略樂府、民歌給與他的啓迪及裨益。因
爲謝朓對樂府、民歌的投入及鑽研，才能使其山水詩作於鍛字冶句方
面呈現清麗流暢之格調，於刻劃景態方面產生自然生動之美感。

　　比起謝朓，李白在樂府詩上的著力更深，成就亦較高。漢代文學
對於李白影響最大的當推樂府，而李白的樂府詩作，並非一味承襲前
人，而是善加創新、修改，因此締造了斐然的成績而廣受肯定。梁森：

> 大率而言，李白長篇樂府以主觀抒情爲主，或豪壯奔放、
> 幽憤深廣，或飄逸瀟灑，不可羈勒，表現出強烈的自我意
> 識和鮮明的個性特點。這類作品無疑是最能代表李白的個
> 性和詩歌藝術成就，亦最爲歷代論家所重視。〔註173〕

李白天賦甚高，其府詩詩富有極鮮明的主觀意識，個人色彩極爲強
烈，手法靈活，不拘舊條，風格千變萬化，既能傳承樂府之優點，又
能一改南朝以來的艷風華藻之弊，因此歷來廣爲後世推崇。事實上南
朝樂府經由齊梁詩人之手，業已思入閨閣，沾染了香豔綺靡之情調，
充滿濃厚的宮廷色彩，然而卻又重新在李白的筆端恢復了原有的清新
明麗、質樸健康的生命活力，可謂劫後餘生又愈發光彩。李白擬南朝
樂府之作，能在既有基礎上推陳出新，且不管在狀寫景色或描繪物態
方面都有所精進。而李白也因爲在樂府詩方面有極高的造詣，將其優
勢援引至山水詩去描繪自然景致，也饒有情韻。李白創作的樂府詩內
容包羅萬象，風趣各具千秋，開啓更多樂府詩作的可能性，羅根澤對
李白樂府詩評價極高：

> 樂府至李白，其境界益加豐富。有遊仙詩，如〈古有所思
> 行〉、〈鳳生篇〉、〈飛龍引〉、〈懷仙歌〉、〈玉眞仙人詞〉、〈元
> 丹邱歌〉，有詠史詩，如〈中山孺子歌〉、〈仙人勸酒歌〉、〈白
> 頭吟〉，有吊古詩，如〈金陵歌送別范宣〉，有情歌，如〈楊
> 叛兒〉、〈雙燕離〉、〈久離別〉、〈採蓮曲〉、〈長干行〉、〈獨

〔註173〕 梁森：《謝朓與李白管窺》，頁82。

不見〉……，有英雄詩……，有凱旋詩……，有抒懷詩……，可以贈別……，可以歌詠自然，如〈侍從宜春苑奉召賦龍池柳色初青聽鶯百囀歌〉，可以描寫關山道路，如〈關山月〉、〈寒下曲〉、〈蜀道難〉、〈行路難〉。吾嘗以爲樂府詩中有李白，如詞中有蘇軾。……詞至蘇軾而範圍始放大，樂府至李白而領土益擴充。此就境界言也。就風格而言，蘇軾之詞，李白之樂府，亦有相同價值。陸游曰：「東波詞，歌之曲終，覺天風海雨逼人。」李白樂府亦有此種氣魄，且於此種氣魄之外，亦以天馬行空之仙氣……，可望而不可即焉。〔註174〕

樂府詩在李白的戮力創作之下，可謂重獲新生。不僅題材大爲拓展，境界也隨之高妙。其所表現的氣勢更是雄渾盛大，直逼耳目。且看其山水詩名作〈蜀道難〉描寫山勢險峻，顯現了山川迴盪的非凡氣勢：

上有六龍回日之高標，下有衝波逆折之迴川。黃鶴之飛尚不得，猿猱欲度愁攀援。青泥何盤盤，百步九折縈巖巒。捫參歷井仰脅息，以手撫膺坐長歎。問君西遊何時還，畏途巉巖不可攀。但見悲鳥號古木，雄飛雌從繞林間。又聞子規啼，夜月愁空山。蜀道之難，難於上青天。使人聽此凋朱顏，連峰去天不盈尺。枯松倒掛倚絕壁，飛湍瀑流爭喧豗，砅崖轉石萬壑雷。其險也如此，嗟爾遠道之人。胡爲乎來哉，劍閣崢嶸而崔嵬。〔註175〕

〈蜀道難〉原爲樂府〈相和歌・瑟調曲〉的舊題，備言蜀道艱險橫阻。李白承襲古意，延用古調，卻能創爲新聲，句句生動地呈現出蜀道的山川風貌，並透顯懾人魂魄的大自然力量，讀之不禁驚嘆造物者的鬼斧神工。宋朝劉辰翁評〈蜀道難〉言：「妙在起伏。其才思放肆，語次崛奇，自不在言。」，〔註176〕明朝朱諫亦有好評：「白此詩極其雄

〔註174〕 羅根澤：《樂府文學史》（台北：文史哲出版社，西元1981年），頁235～244。

〔註175〕 〔唐〕李白著，〔清〕王琦注：《李太白全集》，頁162。

〔註176〕 引自顧青：《唐詩三百首（名家集評本）》（北京：中華書局，西元2006年），頁163。

壯，而鋪敘有條，起止有法，唐詩之絕唱者。」〔註177〕皆對其雄偉壯盛的山水氣勢，讚譽有加。

　　綜觀樂府詩中山水詩所佔份量並不多，然而諸如〈蜀道難〉的名篇卻十分有特色，舉凡〈夢遊天姥吟留別〉、〈廬山遙寄盧侍御虛舟〉、〈關山月〉等，均廣受肯定。我們發現李白除了樂府以外，亦吸收民歌中純樸自然的語調。安旗：「李白學習民歌並不止於書上的古代民歌，而且還從生活中學習當代民歌。」，〔註178〕李白對於民歌的學習，不僅豐富了詩歌的元素，也產生了自然的韻味。譚潤生《唐代樂府詩》對李白的詩歌有一番探究：

> 李白性格豪邁，兼融儒、道、遊俠等思想，因而其詩雄奇豪放，想像豐富、奇特、誇張，語言清新自然，音律和諧多變，擅長樂府歌行，善於從民歌、神話中吸取營養，富有浪漫主義精神。〔註179〕

其簡要地說明李白的詩歌藝術特色，也凸顯了樂府、民歌對於李白詩歌創作的重要影響。胡適：「盛唐的詩關鍵在樂府歌辭。第一步是詩人傚作樂府。第二步是詩人沿用樂府古題目作新辭，但不拘原意，也不拘原聲調。第三步是人用古樂府民歌的精神來創作新樂府。」〔註180〕而李白樂府詩也由這樣的第一步、第二步、第三步，踏出屬於自己既復古又創新的寫作風格，且將其發揮於山水題材上，活躍了山水的清新形象，迸發出自然悅耳的節奏，其所鋪排的氣勢獨步詩壇。

　　謝朓、李白在山水詩創作上皆汲取屬於樂府民歌傳統的流暢音符及質樸語言，一則在彌漫綺靡雕飾的創作風之齊梁詩壇，顯出其不凡的價值；另一則在樂府詩盛行的唐詩競技場上獨佔鰲頭，此乃兩人語

〔註177〕　同上註。
〔註178〕　安旗：〈學習，發展，創造──李白與民歌〉，見其所著《李白縱橫探》（：陝西人民出版社）。
〔註179〕　譚潤生著，吳宏一主編：《唐代樂府詩》（台北：黎明文化事業股份有限公司出版，西元2000年），頁125。
〔註180〕　胡適：《白話文學史》（台南：東海出版社，西元1981年），頁187。

言特色的重要來源，研究其山水詩之際不可忽視之。

三、紹承先賢遺風

　　謝朓、李白之山水詩共同所吸收的文學養分，除了山水宗師謝靈運之創作模式及樂府、民歌傳統語言特色之外，尚遠紹多位文學巨擘之創作藝術。然而限於篇幅，筆者僅揀選相關謝朓、李白山水詩創作淵源之程度較高者，包括幾位不可不言的重要人物，如謝朓之於謝混，李白之於《騷》、《莊子》、鮑照等等，必須加以補充。

　　謝朓在山水詩中所表現的清麗詩風，與謝靈運並不甚肖似，因此「清麗」風格另出於他人。根據鍾嶸《詩品》所言，其應傳承先祖謝混而來，且青出於藍：

> 齊吏部謝朓，其源出於謝混，微傷細密，頗在不倫。一章之中，自有玉石。然奇章秀句，往往警道，足使叔源失步，明遠變色。〔註181〕

謝混（？～西元412年），字叔源，小字益壽，乃東晉文學家，為陳郡謝氏族人，謝安之孫。歷任中書令，中領軍、上書左僕射，曾被時人讚為「風華江左第一」，《南史・謝晦傳》云：

> 晦美風姿，善言笑，眉目分明，鬢髮如墨，涉獵文義，博贍多通，時人以方楊德祖，微將不及。時謝混風華為江左第一，嘗與晦俱在武帝前，帝目之曰：「一時頓有兩玉人耳。」〔註182〕

從史料記載可知謝混之才性風格出眾，為人所贊譽。除此之外，他為玄理橫溢的東晉解開枷鎖，成為掙脫玄言包圍的開路先鋒，在玄言詩轉型玉山水詩之際具有關鍵性的指標意義。《詩品》述及這場變革的過程：「先是郭景純用儁上之才，變創其體。劉越石仗清剛之氣，贊

〔註181〕〔梁〕鍾嶸：《詩品》，見〔清〕何文煥輯：《歷代詩話》上冊（北京：中華書局，西元2004年），頁15。
〔註182〕〔唐〕李延壽：《南史・謝晦傳》（台北：德志出版社，西元1962年），頁208。

成厥美。然彼眾我寡，未能動俗。逮義熙中，謝益壽斐然繼作。」，
〔註 183〕因此謝混所開創的新思維是彌足珍貴的《文心‧才略》：「殷
仲文之孤興與謝叔源之閑情，並解散辭體，縹緲浮音。雖滔滔風流，
而大澆文意。」〔註 184〕雖有貶意，但這份「閑情」在當時得之不易，
引領詩人以真心與自然相遇。張蓓蓓提出相同的看法：

> 或許殷、謝的意興情趣不夠深沉，體式格局不夠弘整，但
> 在玄言詩長期「理過其辭」的重擔下，這一縷清新的「閑
> 情」卻適如其時的解放了久癒的積氣，開啟了靈動的詩心。
> 〔註 185〕

洵為知言。謝混所寫的描景詩，業已輕叩山水詩的登堂大門。其名作
〈遊西池〉：

> 悟彼蟋蟀唱，信此勞者歌。有來豈不疾，良游常蹉跎。
> 逍遙越城肆，願言屢經過。回阡被陵闕，高台眺飛霞。
> 惠風盪繁囿，白雲屯曾阿。景昃鳴禽集，水木湛清華。
> 褰裳馨蘭芷，徙倚引芳柯。美人愆岁月，迟暮独如何！
> 无为牵所思，南荣戒其多。〔註 186〕

謝混詩風清雅秀麗，為眾所公認。《南齊書‧文學列傳》：「謝混清新。」
其中「回阡被陵闕，高台眺飛霞。」兩句與謝朓〈臨高臺〉：「登臺臨
綺翼。」、〈宣城郡內登望詩〉：「寒城一以眺，平楚正蒼然。」頗有異
曲同工之妙。張蓓蓓「『回阡被陵闕，高台眺飛霞』到『褰裳馨蘭芷，
徙倚引芳柯』，刻寫有致，自然中見華采，從容中有韻味。」〔註 187〕
最重要的是他們都具有自然傑出的描景能力，呈現出清麗的風格，開

〔註 183〕　〔梁〕鍾嶸：《詩品》，見〔清〕何文煥輯：《歷代詩話》，頁 2。
〔註 184〕　范文瀾：《文心雕龍注》卷十（台北：台灣開明書院，西元 1993 年），
　　　　　頁 6。
〔註 185〕　張蓓蓓：〈東晉詩家孫許殷謝通考〉，國立台灣大學文史哲學報，第
　　　　　46 期，1997 年，頁 320。
〔註 186〕　見遠欽立輯注：《先秦漢魏晉南北朝詩》（台北：學海出版社，西元
　　　　　1991 年），頁 934。
〔註 187〕　張蓓蓓：〈東晉詩家孫許殷謝通考〉，國立台灣大學文史哲學報，第
　　　　　46 期，1997 年，頁 320。

啓了山水詩另一審美境地。清朝宋徵璧《抱眞堂詩話》：

> 謝朓「寒城一以眺，平楚正蒼然」，謝混「高臺眺飛霞」，「水
> 木湛清華」，可謂清麗。〔註188〕

點出了他們之間的共同特色——清麗。謝混雖僅存此一首山水詩，但
對謝朓詩風卻影響重大。謝朓踩在先祖謝混的肩膀上，看見更廣遠、
秀麗的山水詩。

　　相對於謝朓的文學創作淵源，李白顯得較爲多元，也較爲複雜，
爲求聚焦於本文論述軸心，今僅取相關山水詩創作者。李白在景物描
繪方面，具有個人特色，不但充滿神秘色彩，同時兼具誇張、想像之
成份，與《楚辭》風格接近。如李白〈夢遊天姥吟留別〉（節錄）：

> 千岩萬壑路不定，迷花倚石忽已暝。熊咆龍吟殷岩泉，栗
> 深林兮驚層巓。雲青青兮欲雨，水澹澹兮生煙。列缺霹靂，
> 邱巒崩摧。洞天石扇，訇然中開。青冥浩蕩不見底，日月
> 照耀金銀台。霓爲衣兮風爲馬，雲之君兮紛紛而來下。虎
> 鼓瑟兮鸞回車，仙之人兮列如麻。忽魂悸以魄動，怳驚起
> 而長嗟。〔註189〕

這首詩無論在意境、句法皆有《楚辭》之風。楊萬里分析道：「古今詩
人有《離騷》體者，惟李白一人，雖老杜亦無似《騷》者。」，〔註190〕
已注意李白詩作與《楚辭》的關聯性。《楚辭》浪漫主義的筆法及藝術
技巧爲李白所繼承，其想像力似入無人之境，縱橫奔放。李白曾自言：
「屈原辭賦懸日月，楚王臺榭空山丘。」〔註191〕足見其對《楚辭》極
爲推崇，幾可與日月同輝。另外，《莊子》對他的影響也不如忽視，《莊
子·逍遙遊》：「北冥有魚，其名爲鯤。鯤之大，不知其幾千里也。化
而爲鳥，其名爲鵬。鵬之背，不知其幾千里也；怒而飛，其翼若垂天

〔註188〕 郭紹虞編：《清詩話續編》（台北：木鐸出版社，西元1983年），頁
　　　　 117。
〔註189〕 〔唐〕李白著，〔清〕王琦注：《李太白全集》，中冊，頁705。
〔註190〕 引自裴斐、劉善良：《李白資料彙編》第三冊（北京：中華書局，
　　　　 西元1994年），頁1076。
〔註191〕 〔唐〕李白著，〔清〕王琦注：《李太白全集》，中冊，頁374。

之雲。」此「大鵬」代表著逍遙自適的哲學境界，它悄然地默化，飛入了李白的精神疆域，強化了他愛好自由的個性。李白作〈大鵬賦〉便是受了莊子的影響，其賦表面雖言大鵬，實以此自況。它表現出汪洋恣肆的雄渾氣魄，形象鮮明強烈，並凸顯個體自我的意識，何念龍：

> 李白是以詩歌充分全面地展示自我，從莊子那兒借來的大鵬，已完全融化成為表現李白自我超卓不凡的鮮明的文學主體形象。……李白鮮明地體現出絢麗多彩的李白文化精神，這就是：極度的自由狂放精神……可以說李白是人性自由精神的代表。〔註192〕

這也是李白山水詩歌中高頻率出現「我」的原因之一，清朝王琦評註此賦：「此顯出《莊子》寓言，本自宏闊，太白又以豪氣雄文發之。事與辭稱，俊邁飄逸，去《騷》頗近。」〔註193〕奠定了李白山水詩不同流俗的表現模式。范國岱進一步分析歸納李白對於繼承莊子藝術風格主要表現在三方面：詭奇怪誕的思想、變幻神奇的筆法、雄奇開闊的意境。〔註194〕實已掌握兩者創作上的共同特色。

　　李白在山水詩的創作方面尚受到鮑照（西元414～461年）深層且全面的影響，其程度不遜於謝靈運。裴斐對此有精闢的見解：

> 杜甫嘗以「俊逸鮑參軍」比李白，這「俊逸」作何解？胡應麟云：「康樂麗而能淡，明遠麗而稍靡。」（《詩藪‧外編》卷三），許學夷云：「謝靈運經緯綿密，鮑明遠步驟軼蕩。」（《詩學辨體》卷七），胡語可以解「俊」，許語可以解「逸」。前人評鮑，多在靈運之下，然而鮑於李白更近，原因即在他除「麗靡」之外，尚有「軼蕩」之氣。狀咏山水風物，李詩之新奇鮮活的之於謝，而蒼勁奔逸之氣則得於鮑，如

〔註192〕　何念龍：〈大鵬：從哲學意象到文學自我——莊子、李白文化符號類型比較〉（黃岡師範學院學報，第二十六卷，第5期，西元2006年），頁26。

〔註193〕　〔唐〕李白著，〔清〕王琦注：《李太白全集》，頁11。

〔註194〕　詳參莊國岱：《論李白「尚奇」傾向的美學淵源及成因》（首都師範大學碩士學位論文，西元2003年），頁14～16。

鮑云：舌岩盛阻積，方壑勢迴縈。(〈登廬山〉其一)，李云：
「千岩酒灑落，萬壑樹縈迴。」(〈送友人尋越中山水〉)，
抒發懷抱，李之飄逸亦多得之於鮑，如鮑云：「雲臥恣天行。」
(〈代昇天行〉)，李云：「雲臥遊八極。」(〈古風〉其四十
一)，鮑云：「清如玉湖冰」(〈代白頭吟〉)，李云：「日覺冰
壺清。」(〈贈范金鄉〉其二)，鮑照和李白一樣，思想上是
充滿矛盾的，詩中每有「百憂」、「萬恨」之激憤語及及時
行樂之詠，恰恰在這方面李白受其影響尤多。〔註195〕

誠如裴斐先生所言，李白詩歌中的那段蒼勁奔逸之氣，便得之於鮑
照，從眾多詩歌中皆可循線追蹤，得到佐證。李白山水詩吸取眾家精
華以成就之，在鮑照身上著力甚多。綜觀鮑照的仕途生涯充滿艱難、
坎坷，他的詩歌中時常流淌著灰色情緒，沉鬱而憂傷，不過他在某些
山水詩上卻迸發奇迥、奔放、灑脫的生命力，及無可抑止的想像力。
如〈從登香爐峰〉：

辭宗盛荊夢，登歌美鬃繹。徒收杞梓饒，曾非羽人宅。
羅景藹雲扃，沾光扈龍策。御風親列塗，乘山窮禹跡。
含嘯對霧岑，延蘿倚峰壁。青冥搖煙樹，穹跨負天石。
霜崖減土膏，金澗測泉脈。旋淵抱星漢，乳竇通海碧。
谷館駕鴻人，岩棲咀丹客。殊物藏珍怪，奇心隱仙籍。
高世伏音華，綿古遁精魄。蕭瑟生哀聽，參差遠驚覿。
慚無獻賦纓，洗污奉毫帛。

從「含嘯對霧岑，延蘿倚峰壁。青冥搖煙樹，穹跨負天石。……乳竇
通海碧。」可見出其寫景方式與謝靈運客觀狀繪有極大的不同。鮑照
是以極盡誇張的鋪寫方式，營造懾人魂魄的山水勝境。詩人並運用典
故，憑藉旺盛勃發的想像力將現實與神話傳說加以連結，不管是寫天
山交界的煙雲水霧，抑或順勢而下的澎湃飛泉、奇形怪狀的鐘乳石
峒，皆將廬山的奇景活躍眼前。此描景風格與李白〈夢遊天姥吟留別〉

〔註195〕 裴斐：〈李白與魏晉六朝詩人〉載於《中日李白研究論文集》(北京：
　　　　　中國展望出版社，西元 1989 年)，頁 186。

十分類似，朱曉江也有此見：「這樣的觀察視角與寫景方式，確實讓人嘆為觀止。類似的風格，後來在李白的一些詩作中也有表現，那種想像的奇詭語用詞的顯麗，都讓我們想起了山水詩人鮑照的一些作品風格。如著名的〈夢遊天姥吟留別〉。」，〔註 196〕且看李白〈夢遊天姥吟留別〉：

> 半壁見海日，空中聞天雞。千岩萬壑路不定，迷花倚石忽已暝。熊咆龍吟殷巖泉，慄深林兮驚層巔。雲青青兮欲雨，水澹澹兮生煙。列缺霹靂，邱巒崩摧，洞天石扉，訇然中開；青冥浩蕩不見底，日月照耀金銀臺。霓為衣兮風為馬，雲之君兮紛紛而來下；虎鼓瑟兮鸞回車。仙之人兮列如麻。
> 〔註 197〕

此詩用詞如此瑰麗，想像極其奇特，頗有鮑照之風。鍾嶸《詩品》：「宋參軍鮑照，其源出於二張，善制形狀寫物之詞。得景陽之諔詭，含茂先之靡嫚。骨節強於謝混，驅邁疾於顏延。總四家而擅美，跨兩代而孤出。」，〔註 198〕李白由於取法鮑照的開闊氣勢，而不致如謝混等人骨節貧弱、纖柔。朱熹《朱子語類》：「鮑明遠才健，其詩乃《選》之變體，李太白專學之。」因此鮑照對於李白山水詩的影響絕不可等閒視之。

〔註 196〕　朱曉江：《山水清音》（杭州：浙江古籍出版社，西元 2004 年），頁 84～85。

〔註 197〕　〔唐〕李白著，〔清〕王琦注：《李太白全集》中冊，頁 705。

〔註 198〕　〔梁〕鍾嶸：《詩品》見〔清〕何文煥輯：《歷代詩話》，頁 14。

第三章　謝朓、李白山水詩的創作藝術比較

　　山水詩在魏晉揭開創作的序頁，於盛唐掀起創作的高潮。而謝朓與李白正分別佇立在這兩個發展的關鍵時間上，遙相呼應著對於山水詩歌的創作熱忱，也標註著其非主流的獨特價值。謝朓、李白之間的創作關係密切，歷來已引起學者廣泛的注意，王士禎《論詩絕句》：「青蓮才筆九州橫，六代淫蛙總廢聲。白紵青山魂魄在，一生低首謝宣城。」便點明了李白對於「綺麗不足珍」的齊梁詩壇，唯獨鍾情謝朓，且由「白紵青山魂魄在」更揭示李白與謝朓的交集主要在山水詩上。莫礪鋒亦有同見：「李白服膺謝朓在於樂府詩與山水詩，但從實際影響來看，、謝之間的淵源以山水詩最為重要。」〔註1〕檢閱李白現存詩作，有十五首直呼或敬稱謝朓名字，並充滿追慕之思，足見謝朓在他心中所刻印的影像是極為強烈的，而古今相接的惺惺之情是極為激動的。

　　謝朓、李白都並非灌注所有能量於山水詩的詩人，然而他們對於景物的觀察能力，及對自然風貌的感受力卻是麗質天生，超群絕倫的。綜觀兩人的山水詩作，無論是主題的抉擇、意象經營、聲韻締結、

〔註1〕莫礪鋒：〈論李杜對二謝山水詩的因革〉輯於蘇家培、李子龍主編，王運熙等著：《謝朓與李白研究》（北京：人民文學出版社，西元1995年），頁73。

詞句錘鍊，抑或風格呈現等，均融入個人生命的力量，顯現其詩歌藝術的不凡造詣。德國文哲學家格奧爾格・西美爾（Georg Simmel，西元 1858～1918 年）：「假如藝術形式來源於生命的運動和生產，那麼，具有這些形式的生命越強大，越廣泛，那些形式在獨立存在的情況下也就越有力，越重要，越深刻動人。」〔註2〕謝朓、李白正是透過他們的生命力及天賦才能，強壯了山水詩歌的藝術形式，傳送無比的力量，使其發出璀璨光芒。

第一節　主題抉擇

　　由於時代背景的孕育、生活環境的造就、失敗挫折的淬礪，謝朓、李白毅然決然地縱身於山之間，水之湄，所創作的主題十分豐富，也注入了真切的情感。他們將個人生命融於山水詩創作，使得山水詩不再只能侷促的寫實景態，還能興發賞遊山水之際的生命體悟、離愁悠緒……等等，開拓創作更深層的意義與更高妙的境界，同時也實現山水消融生命困頓的可能性。

一、隱逸寄志的情懷

　　如前章所述，謝朓雖出身謝氏世族大家，然而因為長期政局不安，社會動盪，爭權相殘的人倫悲劇不斷上演，養成其退縮懦弱的個性。而畏讒懼禍的謝朓為求自保，竟舉發了自己的岳父，使其喪命，備受各方撻伐。處處防備、保護之下，仍然無法全身而退，以三十六歲英年早逝。魏晉南北朝世族相屠鬥的黑暗局面，暴露謝朓性格上的缺失，註定他坎坷的命運。時代所遺留的毒害始終殘存在他的血液中，即便他投身山水林野，也不免隱隱作痛。

　　建武二年，謝朓出任宣城太守，暫時逃離政爭之紛擾，渴求藉著寄情山水，獲得心靈的救贖，因而創作出高質量的山水詩。自然天地

〔註2〕〔德〕格奧爾格・西美爾著，刁承俊驛：《生命直觀・先驗論四章》（北京：生活・讀書・新知三聯書店，西元 2003 年），頁 70。

看似消解了他心頭的困頓，實際上謝朓並沒有完全將他的生命交付與山水。在他悠游江湖之際，縱使極力地刻畫自然美景，顯現一派輕鬆與自在，卻無法掩蓋他心繫魏闕的矛盾思緒。此情形在南朝山水詩壇是一普遍現象，詩人因為厭棄世俗紛擾與社會動亂而衷心期盼歸隱田園或山林，沉浸於當時熾盛的隱逸風潮，他們有機會時常接近林澤丘壑，進而走入山水審美世界，卻都不免陷溺在仕、隱衝突的漩渦中，無由掙脫。而謝朓便是其中一具有代表性的人物，他將此種情緒表現在山水詩創作中，形成特殊的抒情式風格，為自己開闢了另一實現理想的文字天地，其成就有目共睹。

謝朓身處亂世的無奈與挫敗，不難想見，然而即使是身處盛唐治世的李白，也同樣遭遇橫逆波瀾的推阻。唐朝民生安定，煥發著昂揚、自信的生活態度，仕進管道暢通，干謁風氣十分盛行，李白雖曾自稱：「不屈己，不干人」（〈代壽山答孟少府移文書〉），也不免要順應流俗，以干謁的方式博取一展鴻圖的機會。他在干謁文中表達了極欲求薦的心情，如〈與韓荊州書〉：「願君侯不以富貴而驕之，寒賤而忽之，則三千賓中有毛遂，使白得脫穎而出，即其人也。」可惜，李白的赤誠之心並未獲得垂青，他的干謁之路顛簸難行，風波不斷。因此他時常藉著隱逸出林寄託他的滿腔熱情，並抒發他內心的憤懣。

時代環境的無情，卻是文學藝術作品的催生劑。李白與謝朓皆因為仕進失利而落拓江湖，他們不約而同地對於身旁周遭的山水景物興發審美的感受，串起了亂世與治世共同的山水話題。

（一）「既歡懷祿情，復協滄州趣」——謝朓的吏隱矛盾

謝朓身為名門之後，在當朝又受到君主的寵幸，對於振興逐漸沒落的謝氏家族懷有高度的自我期許。然而天不從人願，政爭激烈的傾軋，造成至親血肉的相互屠殺，使謝朓大為震懾與退卻。因此他將山林當成全身保命的庇護所，擁抱著深情走入了山水世界。陶道恕指出謝朓山水詩中的情感特色：「就謝朓的山水詩而言，之所以能與謝靈運

抗衡，就由於他具有獨特的藝術洞察力，能把遊覽山水時見見、耳聽、足履的氣象狀貌與胸中、筆下的詩情畫意相融合爲一體。」，〔註3〕他能將心中自然流露的情志融入眼前的山水景物，拉近了人與自然的距離，這是謝靈運山水詩所缺乏的親切感。

謝朓除了是一位成功的詩人，同時也是一位廉正有爲的良吏。他在擔任宣城太守之間，仁民愛物，獲得百姓的推崇。他常於公務之餘，遍訪當地勝景幽境，寫下他最膾炙人口的山水詩歌。萬曆初重修之《宣城郡志良吏列傳》：

> 謝朓，字玄暉，陽夏人。少好學，敷藻清麗。明帝時，以中書郎出爲宣城內史。每視事高齋，吟嘯自若，而郡亦告治。初，朓嘗有言：「烟霞泉石，惟隱遁者得之，宦遊而癖者鮮矣。〔註4〕

可見謝朓雖出守宣城，卻未因此自暴自棄，反而一派輕鬆地使郡城告治，並於宦遊之際領略了烟霞泉石的自然之美。用世之志，既無由伸揚，宦途又多險惡，人命朝不保夕，面對諸多難解未決之困頓，謝朓開始興起隱逸山林的念頭。其〈始之宣城郡詩〉不僅梳理了自己出守宣城的情緒，也宣示他投身山水的心願：

> 下帷闞章句，高談塊名理。疏散謝公卿，蕭條依掾史。
> 簪髮逢嘉惠，教義承君子。心跡苦未并，憂歡將十祀。
> 幸沾雲雨慶，方辭參多士。振鷺徒追飛，群龍難隸齒。
> 烹鮮止貪兢，共治屬廉恥。伊余昧損益，何用祗千里。
> 解劍北宮朝，息駕南川涘。寧希廣平詠，聊慕華陰市。
> 棄置宛洛遊，多謝金門裏。招招漾輕楫，行行趨嚴趾。
> 江海雖未從，山林於此始。〔註5〕

他在詩裡謙虛地自認欠缺才學、名理，而眾賢在朝，如群龍騰飛，更難

〔註3〕陶道恕：〈謝朓與李白山水抒情詩合論〉輯於蘇家培、李子龍主編，王運熙等著：《謝朓與李白研究》，頁92。
〔註4〕引自〔南朝齊〕謝朓著，曹融南校注集說：《謝宣城集校注》，頁446。
〔註5〕見〔南朝齊〕謝朓著，曹融南校注集說：《謝宣城集校注》，頁222。

從中爭得一席之地。故退而共治宣城，同時也畫下寄跡山林的起跑線。

其實謝朓的退隱之思，早在出守宣城前已現端倪，如其〈奉和隨王殿下〉：「高琴時以思，幽人多感懷。幸藉汾陽想，嶺首正徘徊。」便可窺知。而至動身前往宣城時，雖然內心依舊掙扎難解，但其歸隱之志則已成熟，〈之宣城郡出新林浦向板橋〉：

> 江路西南永，歸流東北騖。天際識歸舟，雲中辨江樹。
> 旅思倦搖搖，孤遊昔已屢。既歡懷祿情，復協滄洲趣。
> 囂塵自茲隔，賞心於此遇。雖無玄豹姿，終隱南山霧。
>
> 〔註6〕

「既歡懷祿情，復協滄洲趣」是謝朓對矛盾的自我喊話，暴露了他賞遊山水時的複雜心情。最後他終於平復心底那企求功名的聲音，選擇隱逸出林之間，揮別塵囂，展開審美之旅。方植之：「何（義門）云：『結句以廉節自屬，收『之郡』，使事無跡。』余謂此即『資此永幽棲』意，借豹隱為興象耳。玄暉固未必貪賄，而屬志之意，非玄暉胸中所有也。」，〔註7〕臆度全詩意旨，筆者亦贊同方植之說法，唯不論他是否以「玄豹」自喻砥礪志節，其籍此表明隱遁心意的動機十分確。洪順隆先生對於「玄豹姿」雖另有見解，不過仍肯定地認為這首詩宣示了謝朓隱退的決定：

> 謝朓在表現上以「無玄豹姿」謙稱自己「才拙」，實則內心卻有自誇為「毛澤豐美」的玄豹般節出人物之嫌。……「雖無玄豹姿，終隱南山霧」等於宣告要以隱遁生活了結一生，故可解釋為一種偽飾的表現。但其隱遁思想的背後，卻有預測被害的「危懼感」活生生地鼓動著。……因有「危懼感」潛伏心中，所以作品裡就有一股濃厚的幽玄鬱悶的氣氛飄散著。〔註8〕

〔註6〕見〔南朝齊〕謝朓著，曹融南校注集說：《謝宣城集校注》，頁219。

〔註7〕引自〔南朝齊〕謝朓著，曹融南校注集說：《謝宣城集校注》，頁221～222。

〔註8〕洪順隆：《六朝詩論》（台北：文津出版社，西元1985年），頁198。

謝朓的山水作品中，時常表現出內心誠惶誠恐的情緒，所以他選擇隱退，並非如陶淵明般悠然自得地出入無我之境，反而時常掛慮己身安危，愁眉深鎖。山林成為他心靈的暫時庇護所，收容他的不安與焦躁。〈冬緒羈懷示蕭諮議虞田曹劉江二常侍詩〉：

> 去國懷丘園，入遠滯城闕。寒燈耿宵夢，清鏡悲曉髮。
> 風草不留霜，冰池共如月。寂寞此閒帷，琴尊任所對。
> 客念坐嬋媛，年華稍苒蔕。夙慕雲澤遊，共奉荊臺績。
> 一聽春鶯喧，再視秋虹沒。疲驂良易返，恩波不可越。
> 誰慕臨淄鼎，常希茂渴。依隱幸自從，求心果蕪昧。
> 方軫歸與願，故山芝未歇。〔註9〕

在此首詩中他用「疲驂」謙稱自己欠缺才能，抒發對隋郡王子隆賞遇恩澤之愧疚，「依隱幸自從，求心果蕪昧。方軫歸與願，故山芝未歇。」則表明他就此隱退的決定。然而謝朓是懷著恐懼、落寞去信仰山水的，因此他總於歸隱之路黯然神傷，言歸江湖而心憂廟堂。他沒有陶淵明悠閒忘我的心境，也缺少王維恬適自得的襟懷，因此綜觀謝朓的山水詩大都飽啜著他對現實環境的沉痛情感，幾度逡巡在峻嶺浩江之間，卻仍心有他繫。

當然，謝朓在宦海浮沉之際選擇隱逸，不全然是自己癖愛山水的緣故，時尚風氣的影響也頗為重要。鄭義雨：

> 謝朓詩中之所以多出現隱逸之思，主要是因時代風尚以隱
> 逸為高。自漢末以來社會大亂，故避亂隱遁成為時代風尚。
> 加上以政治、道德為取向的儒家思想無法滿足個人內心的
> 需要，重視自我的道家變成思想主流，而道家是推崇隱逸
> 的，以閒處山林藪澤為高。於是企慕隱逸便在知識階層當
> 中蔚為風氣，謝朓詩中動輒出現歸隱之情，也就極為自然
> 的事了。〔註10〕

〔註 9〕見〔南朝齊〕謝朓著，曹融南校注集說：《謝宣城集校注》，頁 269。
〔註10〕鄭義雨：《謝朓山水詩研究》（東海大學中國文學研究所碩士論文，西元 1994 年），頁 45。

此不失爲探討謝朓山水詩中隱逸思想的一大觀察站。隱逸風氣的盛行替仕宦不順的謝朓覓得一帖止痛藥，他將滿懷的情志寄託在目遇之色，因而詩中常見隱逸思想，其詩境時與萬物冥合，時又陷溺現實之悲。山水詩成爲謝朓吏隱交鋒的戰場，衝突一觸即發。〈治宅〉：

> 結宇夕陰街，荒幽橫九曲。迢遞南川陽，迤邐西山足。闢館臨秋風，敞窗望寒旭。風碎池中荷，霜翦江南菉。既無東都金，且稅東皋粟。〔註11〕

觀察此詩連用「夕陰街」、「荒幽」、「秋風」、「寒旭」、「風碎」數個淒涼冷清的意象鋪排，最後以兩句「既無東都金，且稅東皋粟」總結他的歸隱之志，便可證明謝朓隱逸非出自願，他的心情其實是十分哀悽的。此類詩在謝朓作品中數量頗多，舉凡如下所摘錄詩句都可以清晰地發現其遁隱思維：

> 桃李成蹊徑，桑榆陰道周。
> 東都已俶載，言歸望綠疇。（〈和徐都曹出新亭渚〉）〔註12〕
>
> 君有棲心地，伊我歡既同。
> 何用甘泉側，玉樹望青蔥。（〈和沈祭酒行園詩〉）〔註13〕
>
> 高琴時以思，幽人多感懷。
> 幸藉汾陽想，嶺首正徘徊。（〈奉和隨王殿下〉其一）〔註14〕
>
> 眷此伊洛詠，載懷汾水情。
> 顧已非麗則，恭惠奉仁明。
> 觀淄詠已失，憮然愧簪纓。（〈奉和隨王殿下〉其四）〔註15〕
>
> 神心遺魏闕，中想顧汾陽。
> 肅景懷辰豫，捐玦翦山楊。（〈奉和隨王殿下〉其六）〔註16〕
>
> 蕭瑟滿林聽，輕鳴響澗音。

〔註11〕見〔南朝齊〕謝朓著，曹融南校注集說．《謝宣城集校注》，頁268。
〔註12〕同上註，頁323。
〔註13〕同上註，頁318。
〔註14〕同上註，頁365。
〔註15〕同上註，頁368。
〔註16〕同上註，頁371。

無爲澹容與，蹉跎江海心。(〈和王中丞聞琴〉) 〔註17〕

茲山亙百里，合沓與雲齊。

隱淪既已託，靈異居然棲。(〈遊敬亭山〉) 〔註18〕

斂躬每踘躬，瞻恩惟震蕩。

行矣倦路長，無由稅歸鞅。(〈京路夜發〉) 〔註19〕

誰規鼎食盛，寧要狐白鮮。

方棄汝南諾，言稅遼東田。(〈宣城郡內登望〉) 〔註20〕

云誰美笙簧，孰是厭蒿軸。

願言稅逸駕，臨潭餌秋菊。(〈冬門晚郡事隙〉) 〔註21〕

謝朓常常在山水審美之後，託言隱逸來消解心中的塊壘，梁森：「這種以仕爲隱的生存選擇及雖爲貴族而未居高位的角色便決定了他不可能在仕途上有多大建樹，亦難以眞正體會到超視絕俗的『滄州之趣』。雖時時感到『皇恩竟已矣』及『紛虹亂朝日，濁河穢清濟』的朝政禍亂，卻不可能去直面抗爭，只能是『疲策倦人世，斂性就幽蓬』，其內心苦悶亦多表現爲隱忍婉轉的清怨之思。」，〔註22〕謝朓山水詩中隱逸思維的虛意敷寫，凸顯其進退失據的矛盾心理。洪順隆先生歸納並分析在謝朓二十七歲以前（也就是追隨隨王赴荊州以前）的作品，蘊含隱逸思想的很少。〔註23〕而鄭義雨先生亦有同說：「（謝朓）隱逸思想的流露是在二十七歲以後，追隨隨王赴荊州以後的事。他追隨隨王赴荊州，於是與王秀之等在隨王屬下，爭取領導權，互相交惡。……他述說隱逸思想的篇什幾占作品的三分之一。作品中流露隱逸思想的篇什，所佔比率如此之高，不只同時代的沈約、范雲、蕭衍

〔註17〕同上註，頁 337。

〔註18〕同上註，頁 240。

〔註19〕同上註，頁 276。

〔註20〕同上註，頁 225。

〔註21〕同上註，頁 228。

〔註22〕梁森：《謝朓與李白管窺》（北京：人民文學出版社，西元 1995 年），頁 34。

〔註23〕詳參洪順隆：《六朝詩論》，頁 210。

等所沒有的現象，即在六朝詩人中也是難找到第二個人了。」〔註24〕可見謝朓萌生退意乃緣於政治上的種種爭端、挫折，及隨之節節升高的危懼感。而詩中高比例的隱逸思想幾成爲其山水作品的基調。

（二）「問余何意棲碧山，笑而不答心自閒」——李白不遇心境的轉折

李白身處態度積極進取、精神奮發昂揚的唐朝，即便經過安史之亂的摧殘，仍然有一股潛在的仕進能量緩緩流淌著。加上當時即有以隱爲仕的「終南捷徑」盛行著，因此李白索性順隨流俗，也曾隱居過一段時日。霍松林、傅紹良認爲：「如果說科舉和軍功最具有盛唐時代特色的話，那麼『終南捷徑』——隱逸則可謂是傳統入仕方式在盛唐的發展。……當時不少山林之士多以此爲入仕之途，儘管這種身在江湖心在魏闕之舉不足嘉，但作爲一種生活方式和入仕手段，由隱而仕在當時的影響是不容低估的。」〔註25〕藉隱逸而干名求仕的盛唐文人多如繁星，它成爲一種普遍的形態。雖然盛唐文人歸隱山林的動機是出仕，然而卻不妨礙他們打開耳目欣賞自然的能力，李白就是一個典型的例子。他在隱逸山林之際，能暫時屏除雜念欣賞山光水色、傾聽泉流鳥鳴，故化爲山水詩句，別有一番情致，開創絕塵脫俗的境界。袁行霈，羅宗強言：

> 盛唐山水田園詩的大量出現，與隱逸之風的盛行有直接的關係。這一時期的詩人，多有或長或短的隱居經歷；即便身在仕途，也嚮往歸隱山林和泛舟江湖的閒適逍遙，有一種揮之難去的隱逸情節。但在盛唐士人中，那種消極遁世、爲隱居而隱居的純粹隱者是沒有的。有人以作爲入仕的階梯，於是有『終南捷徑』之說，而更多的是將歸隱視爲傲世獨立的表現，以入於山林、縱情山水顯示人品的高潔，進而把返歸自然作爲精神的慰藉和享受，尋求人與自然融爲一體的純美天地。大自然的山水之美，確具有某種淨化

〔註24〕鄭義雨：《謝朓山水詩研究》，頁 48。
〔註25〕霍松林、傅紹良：《盛唐文學的文化透視》（西安：陝西師範大學出版社，西元 2000 年），頁 157～158。

心靈的作用，能滌汙去濁、息煩靜慮，使人忘卻塵世的紛
擾，產生忘情於山水而自甘寂寞的高逸情懷。〔註26〕

亦說明盛唐詩人選擇隱逸雖以仕進為終極目標，卻意外尋獲了人生另一
個出口——山水，不僅進入物我合一的境地，消解了俗世的紛擾、挫敗，
也領略了自然天地之大美，造就了山水詩歌的蓬勃發展。這是李白與謝
朓同樣身陷不遇之悲，退居山林，而不致哀慟逾恆的原因所在。

不過，隱逸終究是只是文人為求仕進的一種手段，一時寄志山
林，縱使可暫時消弭心中之憤懣，卻未必為人人帶來仕進的坦途。傅
紹良：

唐人由隱逸而入仕的政治道路並非都是成功的，特別是在
盛唐詩人中，除了眞正的道士之外，以學道和隱逸求仕者，
功成名就的機會並不多。李白、李頎、孟浩然、岑參乃至
杜甫，他們的隱逸之夢似乎都被苦澀與艱辛驚破了，然而
夢醒之後，他們所選擇的還是隱逸。如果仕與隱的合一，
寄託了盛唐詩人的入世之夢，那麼，隱與退的合一，則實
現了盛唐詩人的出世之夢。〔註27〕

這些求仕不成的文人，便選擇在人生窮途之際毅然隱退，完成另一種
理想。然而不可諱言，汲汲於功名利祿的李白，面對干謁屢次受挫的
窘境，勝山麗水自不足以安撫其激昂的雄心壯志，因而李白便以正式
道教徒的身分，雲遊於神仙世界。藉著強大不可測的宗教神祕力量，
李白的心靈終於有安定的住所。因此其所創作的單純隱逸詩並不多，
大部分都包含著求仙活動及尋道思想，這類詩歌題材容後再續。

細究李白不染遊仙思想的隱逸詩，量少卻質精，體現了李白生動
敏捷的靈思、渾然忘我的心境。如〈山中問答〉：

問余何意棲碧山，笑而不答心自閑。
桃花流水杳然去，別有天地非人間。〔註28〕

〔註26〕袁行霈，羅宗強：《中國文學史》，頁242。
〔註27〕傅紹良：《盛唐文化精神與詩人人格》，頁169。
〔註28〕〔唐〕李白著，〔清〕王琦注：《李太白全集》，中冊，頁874。

這首詩採用問答形式來交代自己歸隱碧山的心情，特殊的是他以笑容回應世人所問，看似無答又彷彿說明了一切。他的「笑」保留了諸多想像空間，製造讀者的懸念，頗引人玩味。最後「桃花流水杳然去，別有天地非人間」便可明白「棲碧山」的答案乃是對桃花仙境的陶醉，而其「笑」猶暗嘲俗人無法體會隱逸出林的箇中妙趣。張淑瓊：「這種不答而答，似斷實連的結構，加深了詩的韻味。」〔註29〕而宇文所安則是認為這首詩顯現了李白獨立超脫，與世人隔離的隱逸心境：「題目的問答並未發生，李白已經與世間俗人隔斷關係，故沒有社交活動。李白本人扮演了高適詩中不回答的漁父角色。其他詩人可能會說曾經遇到這樣一個人物，但李白卻自稱是這個人物。」〔註30〕足見其隱逸作品塑造著高雅的自我影像。

　　王凱評析：

> 這是一首含蓄蘊藉、情趣盎然的佳作，詩以問答形式抒發了
> 詩人隱居山林的閒情逸趣，語出自然，渾然天成。秀雅的畫
> 面色艷景幽、情真意遠、韻味之美、意境之美，使人陶醉。
> 詩人從「桃花流水」的優美景色中突然領悟到人生的某種意
> 趣，這種趨勢如此精妙，無法說與他人，但卻是如此心緒悠
> 然，感到了超越人世的快樂，並發出會心的微笑。〔註31〕

這不失為一精神勝利法，其戰勝的對象不僅是眾生俗人，還戰勝那股在心底迴流不止的挫敗感。其〈下終南山過斛斯山人宿置酒〉亦以隱逸為題材：

> 暮從碧山下，山月隨人歸。卻顧所有徑，蒼蒼橫翠微。
> 相攜及田家，童稚開荊扉。綠竹入幽徑，青蘿拂行衣。
> 歡言得所憩，美酒聊共揮。長歌吟松風，曲盡河星稀。
> 我醉君復樂，陶然共忘機。〔註32〕

〔註29〕見張淑瓊：《唐詩新賞》（台北：地求出版社，西元1992年），頁322。
〔註30〕〔美〕宇文所安：《盛唐詩》，頁161。
〔註31〕見王凱：《自然的神韻──道家精神與山水田園詩》（北京：人民出版社，西元2006年），頁467。
〔註32〕〔唐〕李白著，〔清〕王琦注：《李太白全集》，中冊，頁930。

詩中記敘李白拜訪一個複姓斛斯的山中隱士，由其交情可見他並非罕至之客，那麼李白應不是偶遊此地，而該是居宿一段時日了。據施逢雨先生所述：「細考李白生平，他大約只在開元二十六年（西元 738年）時隱居過終南山。他也是在長安謀求政治出路失敗才暫時住到終南山來的。」〔註33〕而「終南山」如世人所熟知乃爲等待出仕的隱居勝地，因此李白雖然在宦途失意之際隱居終南山，但內心期待仕進的意圖依然是很明顯的。即便如此，李白面對蒼蒼翠微、綠竹幽徑、松風河星……等美景，仍然能夠樂在其中，陶然忘機，不會使自己墮入干謁挫敗深淵之中。明朝唐汝詢《唐詩解》：「此詩首述下山之景，次寫田家之幽，既得息足之所，則相與樂飲酣歌，忘夜之久，遺世之情，且與山人俱化矣。」，〔註34〕足見李白純自適的個性於此表露無遺，絲毫未被殘酷現實所消磨。清朝沈德潛《唐詩別裁集》評道：「李白山水詩亦帶仙氣。」〔註35〕業已觀察到李白異於他人的隱逸詩風。

　　另外一首〈冬日歸舊山〉也可看出李白縱使心懷仕進，卻不礙其融入自然之表現：

> 未洗染塵纓，歸來芳草平。一條藤徑綠，萬點雪峰晴。
> 地冷葉先盡，谷寒云不行。嫩篁侵舍密，古樹倒江橫。
> 白犬離村吠，蒼苔壁上生。穿廚孤雉過，臨屋舊猿鳴。
> 木落禽巢在，籬疏獸路成。拂床蒼鼠走，倒篋素魚驚。
> 洗硯修良策，敲松擬素貞。此時重一去，去合到三清。
>
> 〔註36〕

「洗硯修良策，敲松擬素貞。此時重一去，去合到三清」說明李白希冀沉潛之後能有一番作爲，而其面對佳景時依舊大開審美耳目，諦視景物情態，聆聽萬籟鳴音，描摩山容水貌，細膩生動。正如施逢雨先

〔註33〕施逢雨：《李白詩的藝術成就》（台北：大安出版社，西元 1992 年），頁 71～72。
〔註34〕引自顧青：《唐詩三百首——名家集評本》（北京：中華書局，西元 2006 年），頁 8。
〔註35〕同上註。
〔註36〕〔唐〕李白著，〔清〕王琦注：《李太白全集》，下冊，頁 1407。

生所言：「李白除了把山林當作自己的隱居處所外，有時也自然而然地把它們當作玩賞的對象。對於某些景觀特別出眾的山林尤其如此。一玩賞山林，他對山林的注意力就會從自己在山林中的生活事跡或多或少轉向山林的樣態情狀本身。……誠然，人們賞玩山水未必會與隱逸求仙發生關係。但是李白對山林的愛好卻無疑是與他隱逸求仙的熱忱息息相關。」〔註37〕這也是李白山水詩特殊所在。

二、羈旅懷歸的愁苦

　　人們遠離故鄉若出於現實環境的逼迫，便時時刻刻對家園魂牽夢縈，亟欲歸返；若出於另謀高就的企圖心，便汲汲營營想衣錦還鄉。而這兩種盼望一旦落空，那麼很容易就造成沮喪、憂鬱。這種遷徙對於他們本身而言，無疑是身心俱疲的流離，張法在《中國文化與悲劇意識》中提及：「中國文化可以說是鄉愁文化，甚至離鄉就是思鄉。」〔註38〕突出了懷鄉主題在中國文化的特殊性。居處異地他鄉的詩人，尤其在落魄或一無所成時鄉愁最為濃烈，他們藉著文字橫無際涯地將這些難以排解的苦痛無限地蔓延開來，陷入了自我的漩渦裡，開始追憶代表美好過去的故鄉，不知不覺中喪失了情緒處埋的能力。法國當代文學思想家莫里斯・布朗肖（Maurice Blanchot）探討了離鄉詩人的心境：

> 詩人在流亡，詩人被迫遠離城池，遠離有條不紊的事務和
> 種種限定的義務繁事，以及一切屬於結果，可把握的現在，
> 能力等東西。作品使議人面臨的風險的外外貌正是它那種
> 無害的表象，詩歌並無害，這意思是說聽命於詩歌的人放
> 棄了作為能力的他自身，自願被拋棄在他所能之事之外和
> 可能性的各種形式之外。詩歌在流亡中，詩人屬於詩歌，
> 屬於對流亡的不滿足，詩人總是脫離他自身，脫離他的故
> 土，他屬於異域，屬於無內在深處，無限制的外部那種東

〔註37〕施逢雨：《李白詩的藝術成就》，頁 81。
〔註38〕張法：《中國文化與悲劇意識》（北京：人民文學出版社，西元 1981
年），頁 247。

西。〔註39〕

現實環境的受挫，使詩人不得不面對正常生活秩序之解構，其理想無法實現，心靈無法滿足而被迫流亡。他們每於創作中尋求慰藉，獲得生命復原再生的機會。謝朓與李白都曾有一段遠遊他鄉的羈旅生活，因此他們山水詩中有一部分主題即是反映其渴求歸鄉的愁苦。這情形在被迫出守的謝朓身上尤其明顯，他運用許多落日意象來敘述鄉愁，也以登臨動作來眺望故鄉，憑增幾分哀慟。而李白因為身處漫遊風氣盛行的年代，早在其二十五歲（開元十三年）〔註40〕即已出蜀遠遊四方，足跡遍歷名山大澤，然而隨著離鄉日久，屢謁屢敗，也不禁在山環水抱下吞聲懷思。他們都在山水詩中盡情揮灑思鄉情淚，得到某種接近救贖的心理安頓。

（一）「有情知望鄉，誰能鬒不變」──謝朓望鄉愁濃

南齊政治環境在永明之後，傾軋鬥爭不斷。建武二年，謝朓突然接到出守宣城的命令，礙於明帝蕭鸞好猜忌，於是即刻動身，絲毫不敢怠慢。而其心情如同尚未破曉的灰濛天空，沿途愁眉深鎖。這一趟逐臣羈旅，也讓謝朓沉入思念故鄉的無底深淵。王立：「東晉後北國雖失，而南朝偏安一隅，南遷士族心境的悲淒，又突出反映在謝靈運、謝朓、江淹等人的懷土之作上，思鄉與出仕心理亦發生尖銳矛盾。要步入官場不免要離開鄉土；而官場與鄉土的對立，又成為促使人回歸自然懷抱，尋找新的『鄉土』原因之一。」〔註41〕他並且進一步申述：「思鄉情感直接構成了人們對自然山水的景慕。從以往的由舊友親朋等『故人』身上發現自我價值，而一變試圖從自然美中找到價值確證，脫開回憶的歡欣而覓求發現的驚贊，這不能不說是山水詩繁盛的原因

〔註39〕〔法〕莫里斯‧布朗肖著，顧嘉琛譯：《文學空間》（北京：商務印書館，西元 2005 年），頁 244。

〔註40〕詹鍈：《李白詩文繫年》（北京：人民文學出版社，西元 1984 年），頁 4。

〔註41〕王立：《中國古代文學十大主題》（台北：文史哲出版社，西元 1994 年），頁 233。

之一。」〔註42〕可見思鄉的主題在山水詩的發展上具有關鍵性的影響
力。

　　而謝朓啟程前往宣城的低落情緒及對故鄉的眷戀，在〈京路夜發〉
中一覽無遺：

　　　擾擾整夜裝，肅肅戒徂兩。曉星正寥落，晨光復泱漭。
　　　猶沾餘露團，稍見朝霞上。故鄉邈已夐，山川脩且廣。
　　　文奏方盈前，懷人去心賞。敕躬每踖踖，瞻恩惟震蕩。
　　　行矣倦路長，無由稅歸鞅。〔註43〕

張蔭嘉：「此之官宣城之詩。前亦點清夜發，及夜發寫所見之景。中
四，分兩層：一層在地方上顧後瞻前，一層在事上料前念後，皆正寫
在途懷抱。後四則以循分供職自勉作收，而遊倦難歸，決絕之中，仍
含惆悵。」〔註44〕這首詩字裡行間蘊積著深切的離鄉之愁。由「夜發」
不難想像君命之嚴峻，而心情正如寥落曉星、泱漭晨光一般幽微不
開，其「敕躬每踖踖」明顯看出他惶恐不安，謹慎持身的緊張態度。
而「故鄉邈已夐」道出他對故鄉百般不捨的心情，那漸行漸遠的故鄉
圖象，帶來侷促失措的無助感。

　　再看其名作〈晚登三山還望京邑〉：

　　　灞涘望長安，河陽視京縣。白日麗飛甍，參差皆可見。
　　　餘霞散成綺，澄江靜如練。喧鳥覆春洲，雜英滿芳甸。
　　　去矣方滯淫，懷哉罷歡宴。佳期悵何許，淚下如流霰。
　　　有情知望鄉，誰能鬒不變。〔註45〕

透過「望鄉」的舉動，長期澎湃於內心的思念已然無法遏抑，淚水瞬
間奪眶而出，激動情緒於此達到高點。鬒髮之變，乃表現時間飛逝帶
給人的壓迫感。而歸返故鄉卻遙遙無期，兩相交逼下，悲劇心理自然
而生。莫珊珊：

〔註42〕同上註。
〔註43〕見〔南朝齊〕謝朓著，曹融南校注集說：《謝宣城集校注》，頁276。
〔註44〕同上註，頁277。
〔註45〕同上註，頁278。

「還鄉」的悲劇意義從表層來說，是距離帶給離鄉者失去
家的情感痛苦，從深層來說，它暗含了對人生裡想的執著
追求，和這些人生理想的追求在現實的歷史情境下無法實
現，或者不可能實現的悲劇，同時懷鄉者作為孤獨的失落
者，他們理想的失落並不等於對理想的放棄，他們對理想
有著恆久的追求和執著，正是如此它又帶上更深層意義上
的悲劇意蘊。〔註46〕

此段文句揭示離鄉遊子儘管孤獨失落卻未曾放棄理想的執著，正可為
謝朓、李白的懷鄉情緒作下精要註解。謝朓山水詩在思鄉主題上的著
墨，多傾瀉其痛楚、悲哀，如〈休沐重還丹陽道中詩〉：

薄遊第從告，思閒願罷歸。還邛歌賦似，休汝車騎非。
灞池不可別，伊川難重違。汀葭稍靡靡，江茭復依依。
田鵠遠相叫，沙鴇忽爭飛。雲端楚山見，林表吳岫微。
試與征徒望，鄉淚盡沾衣。賴此盈尊酌，含景望芳菲。
問我勞何事，霑休仰青徽。志狹輕軒冕，恩甚戀閨闈。
歲華春有酒，初服偃郊扉。〔註47〕

由「汀葭稍靡靡，江茭復依依。田鵠遠相叫，沙鴇忽爭飛」可知濃烈
的鄉愁使得詩人目遇耳聞之山水聲色，皆含悲帶淚，而「試與征徒望，
鄉淚盡沾衣」則毫無掩飾地描述其思鄉情切。一己之力既然無法改變
現狀，那麼謝朓就將心志寄託在自然景物上以聊慰寂寞，〈臨高臺〉
可發現其釋放懷鄉傷痛的軌跡：

千里常思歸，登臺臨綺翼。纔見孤鳥還，未辨連山極。
四面動清風，朝夜起寒色。誰知倦遊者，嗟此故鄉憶。
〔註48〕

首二句「千里常思歸，登臺臨綺翼」已把鬱積滿腔的思鄉情緒，投射

〔註46〕 莫珊珊：《失落詩意尋找中的心靈輓歌——從魯迅、沈從文、蕭紅、
　　　　 師陀看中國現代懷鄉文學創作》（廣西師範大學碩士論文，西元2002
　　　　 年），頁43。
〔註47〕 〔南朝齊〕謝朓著，曹融南校注集說：《謝宣城集校注》，頁254。
〔註48〕 同上註，頁163。

到那擁有自由、能飛翔的鳥兒上，看似淒涼，卻也不失爲一種解脫方式。從詩句足見謝朓的故鄉情結深植內心，無以根除。心理學家榮格：「有許多情結，我們就不能抑制，我們不能把一種惡劣的心情便成一種愉快的心情，我們不能命令自己做夢或不做夢。最理智的人有時也可能陷入某種想法中不能自拔，即便他運用最大的意志力量，也不可能把這些想法從自己腦中趕走。」〔註49〕揮之不去的鄉愁陰影形成謝朓人生中的最大難題，因此即便良辰美景映入眼簾，快意當前，也不免懷鄉神傷。如〈和何議曹郊遊〉：

> 春心澹容與，挾弋步中林。朝光映紅萼，微風吹好音。
> 江垂得清賞，山際果幽尋。未嘗遠離別，知此惬歸心。
> 流泝終靡已，嗟行方至今。江皋倦遊客，薄暮懷歸者。
> 揚枻浮大川，惆悵至日下。霡靡青莎被，潺湲石溜瀉。
> 寄語持笙簧，舒憂願自假。歸途豈難涉，翻同江上夏。
> 〔註50〕

由前六句即可發現謝朓對於美麗的春光已然陶醉，而詩中卻仍出現三個「歸」字，足見其繫念歸鄉的急切心境，這樣的矛盾情緒時常困擾著他。他的故鄉不在山水之間，乃在能讓他成名立業的京城。身爲沒落世族之後，謝朓的心理壓力只有藉著思念故鄉才能排解。因此懷鄉的主題在謝朓山水詩中出現頻率至繁，形成其創作特色。

（二）「仍憐故鄉水，萬里送行舟」──李白思鄉情深

　　長期漫遊在外的李白，對於故鄉的想念也常常溢於詩詞，只不過因爲在唐朝離鄉求取功名已成爲常態，义人多握有自身行動自由權，相較於魏晉南北朝文人流離失所，被迫離家的無奈，其悲情程度自然降低許多。加上唐人煥發著自信光采、積極樂觀的態度，即使懷鄉生愁，也不致於摧肝斷腸。尹增剛探究唐朝懷鄉詩亦提出此觀點：

〔註49〕〔瑞士〕榮格著，馮川等譯：《心理學與文學》（上海：三聯書店，西元1987年），頁39。

〔註50〕〔南朝齊〕謝朓著，曹融南校注集說：《謝宣城集校注》，頁334。

家或故土是人得到慰藉和庇護的所在，身在其中或許並不
覺得珍貴，一旦離開，思鄉便成爲離群個體渴望歸依的心
理補償，表現爲個體的一種孤寂心態，正因如此，哀愁和
感傷就成了思鄉詩情感表達的主要基調。但是唐代部份思
鄉詩卻一反常調，表現出一種豁達與樂觀的精神，這與唐
代社會的時代背景和文化思想不無密切關係。〔註51〕

自信積極的唐人李白在思鄉主題創作上，充分發揮其浪漫情懷，讓思
鄉成爲情感的出口，而非悲痛的轉運站。李白〈渡荊門送別〉：

渡遠荊門外，來從楚國遊。山隨平野盡，江入大荒流。
月下飛天鏡，雲生結海樓。仍憐故鄉水，萬里送行舟。
〔註52〕

此乃李白辭親遠遊，出蜀至荊門贈別友人之作。李白懷抱遠大的抱負
與志向漫遊四方，準備一展長才，因此心情是充滿期待的。「山隨平
野盡，江入大荒流」敘述他沿著河岸目送崇山峻嶺漸漸消失在原野的
盡頭，並狀寫浩浩湯湯的江流奔流至荒漠的盛大氣勢。此二句藉著視
線推移，呈現空間的自然流動，拓展出壯闊的自然景觀，歷來膾炙人
口，如同明朝胡應麟所言：「『山隨平野盡，江入大荒流』太白壯語
也。」〔註53〕而接下來「月下飛天鏡，雲生結海樓」兩句造語新奇，
可看出李白對異鄉楚地之景色頗爲欣賞，驚喜之情溢於言表。

「仍憐故鄉水，萬里送行舟」表現出他對故鄉的思念，未因出遊
而忘懷。明朝楊慎：「太白〈渡荊門〉詩：『仍憐故鄉水，萬里送行舟』。
〈送人之羅浮〉詩：『爾去之羅浮，我還憩峨嵋。』又〈淮南臥病寄
蜀中趙征君蕤〉詩云：『國門遙天外，鄉路遠山隔。朝憶相如台，夜
夢子雲宅。』皆寓懷鄉之意。」〔註54〕可見李白對於故鄉是極其依戀

〔註51〕尹增剛：《論唐代思鄉詩的文化精神與藝術創造》（首都師範大學碩
士論文，西元 2006 年），頁 26。
〔註52〕〔唐〕李白著，〔清〕王琦注：《李太白全集》，中冊，頁 739。
〔註53〕引自顧青：《唐詩三百首──名家集評本》（北京：中華書局，西元
2006 年），頁 205。
〔註54〕同上註。

的。而且他將「故鄉水」轉化爲有情感的生命體，能不辭千里，亦步亦趨地遠送他離開，除了顯現其手法巧妙外，更將其濃烈的思鄉情緒表露無遺。

　　因此其山水思鄉之作，沒有草木含悲的沉痛，而是在崇山麗水間融合著深切眞誠的情感。清應時《李杜詩緯》：「太白情多於景中生出，此作其尤者也。」〔註55〕突出了李白山水詩中的思鄉情感表現。

　　隨著離家日久，及求仕尙未如願的雙重作用下，李白對於思鄉的情懷逐漸出現加劇的跡象。其〈秋夕旅懷〉：

　　　涼風度秋海，吹我鄉思飛。連山去無際，流水何時歸。
　　　目極浮雲色，心斷明月暉。芳草歇柔艷，白露催寒衣。
　　　夢長銀漢落，覺罷天星稀。含悲想舊國，泣下誰能揮。

〔註56〕

干謁屢挫的李白，心情幾度灰暗。思鄉的愁緒不時湧現腦海，在涼風吹拂之下，翻飛不已，「心斷」、「含悲」、「泣下」明顯表露他的悲傷情緒。而時值商意滿林薄的秋季，更加深他內心的愁意。其〈登新平樓〉也同樣表現離人心上秋的思緒，只是其悲傷指數已卜降許多：

　　　去國登茲樓，懷歸傷暮秋。天長落日遠，水淨寒波流。
　　　秦雲起嶺樹，胡雁飛沙洲。蒼蒼幾萬里，目極令人愁。

〔註57〕

暮秋日落時分，特別容易觸動詩人敏感的神經，歸返意願也隨著目極遠眺愈發強烈。但樂觀的李白並未被接踵而來的挫折擊倒，他不耽溺於離鄉背井的自艾自憐，而一步步在山水間消解思鄉的悲愁，蓄積更堅強的生命能量。其〈遊南陽清冷泉〉已將思鄉之情如融入山水遊賞之中，直率自然流露眞情：

　　　惜彼落日暮，暫此寒泉清。西輝逐流水，蕩漾譙子情。
　　　空歌望雲月，曲盡長松聲。〔註58〕

〔註55〕同上註，頁206。
〔註56〕〔唐〕李白著，〔清〕王琦注：《李太白全集》，中冊，頁1110。
〔註57〕同上註，頁976。

李白沉醉在清冽的山泉中，淡淡的遊子思緒隨著夕陽餘暉自然傾洩。松林雲月下，恣肆的放歌遊走，沒有過多的離恨，只有對故鄉的濃濃深情。這樣的坦然心境，讓李白山水詩的懷鄉主題有了不同的樣貌。

三、傷離嘆逝的悲思

不管是自放山水之間，或者被迫出遊林澤之濱，詩人都不免要親嘗離親別友的痛楚，而睽違親友的悲傷往往來自時間消逝所產生的距離感，因此傷離、嘆逝便成為山水詩相伴而生的恆久主題，雙重奏鳴著詩人的哀思。胡曉明：

> 如果將時間劃分為過去式、現在式、未來式，那麼毫無疑問，在山水詩中最經常出現的時間是過去式。中國古山水詩人有一種共通的審美興趣，他們總是對往昔這個時間的維度敞開懷抱，這個世界為詩歌提供著取之不盡的情感資源。作為報答，已經消逝的往昔猶如幽靈似的穿透詩人眼前的自然景物，回到山水詩中。〔註59〕

檢視謝朓與李白的山水詩亦符應了以上論述，不斷地在自然景物中回憶流逝的過往，或懷想友人，別情依依；或惋惜光陰，聲聲嘆息，皆著墨甚多。

（一）「心事俱已矣，江上徒離憂」──謝朓感懷飄零之憂

謝朓由於政治環境的迫害，經歷了幾段宦遊的孤獨歲月，在他正處失意之際，往往又得承擔與友人惜別的傷痛，令他心憂意懣。如〈新亭渚別范零陵雲〉即是一首傷離之作：

> 洞庭張樂地，瀟湘帝子遊。雲去蒼梧野，水還江漢流。
> 停驂我悵望，輟棹子夷猶。廣平聽方籍，茂陵將見求。

〔註58〕同上註，頁918。
〔註59〕胡曉明：《萬川之月──中國山水詩的心靈境界》（北京：北京大學出版社，西元2005年），頁98。

　　　　心事俱已矣，江上徒離憂。〔註60〕

這是一首送別友人的詩，當時范雲將赴零陵郡去做內使，謝朓懷著不捨的心情送行，在江邊獨嘗離憂別苦，寄寓自己飄零失意的感觸。「雲去蒼梧野，水還江漢流」隱含他對時間流逝的無奈，也增添了離情的愁緒。離別之苦時常使他泣下如雨，其〈臨溪送別〉：

　　　　悵望南浦時，徙倚北梁步。葉上涼風初，日隱輕霞暮。
　　　　荒城迴易陰，秋溪廣渡。沫泣豈徒然，君子行多露。

　　〔註61〕

起尾四句透過「悵望」、「徙倚」、「沫泣」等動作顯現出離別送行時內心難以平復的憂愁，而中間四句雖以寫景為主，實則蘊含詩人深情。而「日隱」、「霞暮」為一時間覺察的關鍵影像，它具有強化哀傷程度的作用，因此詩句雖短，卻讓人深深感受到久別的心理壓力。其〈懷故人〉也在離別主題上，感嘆時間的流逝：

　　　　芳洲有杜若，可以贈佳期。望望忽超遠，何由見所思。
　　　　行行未千里，山川已間之。離居方歲月，故人不在茲。
　　　　清風動簾夜，孤月照窗時。安得同攜手，酌酒賦新詩。

　　〔註62〕

此詩將相思不得見的苦楚，毫無保留地現於筆端，隔山疊嶂的遙遠距離讓詩人望眼欲穿，產生極大的無助感。「山川已間之」、「離居方歲月」表現出詩人正陷於時空阻隔的困境之中，既與故人停滯於無法探知的空間兩端，又佇立在無法挽留的時間之流，人生之悲於焉成形。再看《送江水曹還遠館》：

　　　　高館臨荒途，清川帶長陌。上有流思人，懷舊望歸客。
　　　　塘邊草雜紅，樹際花猶白。日暮有重城，何由盡離席。

　　〔註63〕

〔註60〕見〔南朝齊〕謝朓著，曹融南校注集說：《謝宣城集校注》，頁217。
〔註61〕同上註，頁249。
〔註62〕同上註，頁272。
〔註63〕同上註，頁246。

詩人由高角度眺望遠處，但見池草豐美、澍花燦爛的美景反襯離別的傷痛，而餞送友人尚不能盡歡，「日暮」時刻即已到來，同樣在離別情境中，感受時間流逝的龐大壓力。謝朓性情溫和，在仕宦之徒結交不少好友，因此有許多贈別酬唱之作。他與竟陵王、隨王及朝中文臣們交情甚篤，每次臨別總是無限感傷，常常在描繪山水景色時吐露其不捨之情。中國山水詩中的嘆離傷逝幾乎成為一種普遍的創作主題，這點在李白的山水詩中亦不例外。

（二）「相看不忍別，更盡手中杯」——李白難忍別情之悲

觀察李白以「別」、「留別」、「送」等為題之離別詩在其創作中佔有相當高的比例，據日本學者松浦友久的統計，李白的離別詩約莫一百六十餘首，占全部作品一千零五十首的 15.5%，同李白前後時期的詩人相比，所占比率相當大。〔註64〕因此離別主題的山水詩在李白詩作中是具有代表性的。

臨別懷憂的主題在李白的筆下，也與謝朓一樣反映出時間意識。如〈寄當塗趙少府炎〉：

> 晚登高樓望，木落雙江清。寒山饒積翠，秀色連州城。
> 目送楚雲盡，心悲胡雁聲。相思不可見，回首故人情。

〔註65〕

「木落」的季節變化，引起詩人的時間意識，而環顧四周寒山積翠，秀色連城，佳景雖陳列眼前，然而無友相伴，亦形同虛設。因此詩人便陷入過往的記憶漩滑中，補償了現實無法相聚的遺憾。胡曉明說明了山水詩對於詩人心靈重建的效能：

> 山水詩是一個最大的補償意象（Compensatory Image），儘管詩人們的真實命運中，充滿了顛沛流離和不安焦慮的因

〔註64〕〔日〕松浦友久：《李白詩歌抒情藝術研究》（上海：上海古籍出版社，西元 1996 年），頁 50。
〔註65〕〔唐〕李白著，〔清〕王琦注：《李太白全集》，中冊，頁 672。

素，他對山水的崇尚心理，扎根於一種更自由、更永恆、
更眞實的人生形式的持久的精神追求之中。〔註66〕

透過山水景物的眺望，詩人將心緒寄託在其中，進而修復受創心靈，
重新出發。李白離鄉漫遊多年，送別思友雖非罕事，卻也總是難以撫
平心中激動之情緒。如〈送友人〉：

> 青山橫北郭，白山繞東城。此地一爲別，孤蓬萬里征。
> 浮雲遊子意，落日故人情。揮手自茲去，蕭蕭班馬鳴。
> 〔註67〕

這首詩特別之處在於李白將人的臨別傷痛交由象徵分離之「班馬」
〔註68〕代爲發聲，較詩人自敘離情更添惆悵，王琦注曰：「主客之
馬將分道，而蕭蕭長鳴，亦若有離群之感，畜猶如此，人何以堪？」
〔註69〕正有此意。而明朝唐汝詢分析地更爲精到：「即分離之地而
敍景以發端，念行邁之遙而計程以興慨。遊子之意，飄若浮雲；故
人之情，獨悲落日。行者無定居者，難忘也，而揮手就道，不復能
留，惟聞班馬之聲而已。黯然銷魂之思，見於言外。」，〔註70〕這
一場送別故人之行，彷彿在「落日」的催促下畫上句點，接下來面
對的是更長遠的時空阻隔，再見之日遙遙無期，此種對未知的恐
懼，令「生離」幾乎成爲「死別」，因此句中「孤」字便顯得格外
沉重了。而膾炙人口的〈黃鶴樓送孟浩然之廣陵〉也是一篇傷別的
山水詩作：

> 故人西辭黃鶴樓，煙花三月下揚州。
> 孤帆遠影碧山盡，惟見長江天際流。〔註71〕

在煙花似霧的燦爛暮春，本應懷著欣喜的心情，但卻因此際面臨離別

〔註66〕胡曉明：《萬川之月——中國山水詩的心靈境界》，頁3。
〔註67〕〔唐〕李白著，〔清〕王琦注：《李太白全集》，中冊，頁837。
〔註68〕《左傳》：「有班馬之聲。」杜預註曰：「班，別也。」，引自〔唐〕
　　　　李白著，〔清〕王琦注：《李太白全集》，中冊，頁837。
〔註69〕同上註。
〔註70〕引自顧青：《唐詩三百首——名家集評本》，頁207。
〔註71〕〔唐〕李白著，〔清〕王琦注：《李太白全集》，中冊，頁734。

而成為莫大的遺憾。詩人由大自然的生命律動聯想到自我人生，進而把生機勃勃的大好春光與人生飄泊之愁作一強烈的對比，使孤帆愈顯其孤，最終消失於眼前。〈送殷叔三首〉其二：

> 白鷺洲前月，天明送客迴。青龍山後日，早出海雲來。
> 流水無情去，征帆逐吹開。相看不忍別，更盡手中杯。
> 〔註72〕

末尾兩句「相看不忍別，更盡手中杯」道出李白難捨故人的情深意重。尤其以流水「無情」對比人之「不忍」，凸顯了人力微薄、天命難違的沉痛，將送別的氣氛營造地更加哀傷。此「不忍」之情，在〈灞陵行送別〉也有所表現：

> 送君灞陵亭，灞水流浩浩。上有無花之古樹，下有傷心之
> 春草。我向秦人問路歧，云是王粲登樓之古道。古道連綿
> 走西京，紫闕落日浮雲生。正當今夕斷腸處，驪歌愁絕不
> 忍聽。〔註73〕

在山水自然中送別，難免對景物產生「移情作用」，一己之傷，萬物同悲。「無花古樹」、「傷心春草」皆為受情緒感染的明證，因此其「斷腸」即不難以想像。面對無情草木尚無可自已，何況是愁思無限的驪歌，更不忍聽聞了。李白於此詩中，運用「落日」意象，加強時間壓迫的感覺，使得離別成為無可迴避的哀痛，手法與謝朓頗有雷同。

　　李白的山水詩對於離別主題著墨甚多，他所針對的不是特定對象，而是「離別」本身所帶來的共通憂愁。離別主題之作，凸顯李白重情重義的個性，具有十足的代表性。日本學者松浦友久：「李白大量離別詩作幾乎貫穿其一生，這同他輾轉各地多有實際離別場面體驗不無關係。但在此外部條件之前，首先應注意的正是離別行動所引發的感動，其感動的功能意義正切合李白詩的形象特徵。」，〔註74〕其

〔註72〕同上註，頁830。
〔註73〕同上註，頁796。
〔註74〕〔日〕松浦友久：《李白詩歌抒情藝術研究》，頁67。

所謂「感動」乃強調李白離別詩中的個人情感色彩。

四、託意仙道的奇幻

　　細察謝朓與李白眾多的山水詩作，我們可以找到關於隱逸、懷鄉、離別等共同主題，但在李白山水詩中時常出現的神仙思想，在謝朓集中卻是極爲罕見，充其量只有魏晉已降盛行的玄遠之想，不曾如李白一般遊仙訪道。因此這樣的主題就成了李白山水詩獨具的特色，與謝朓有所區隔。

　　李白曾自言：「十五學神仙，仙遊未曾歇。」（〈感興八首〉之五），又言：「雲臥三十年，好閑復愛仙。」（〈安陸白兆山桃花岩寄劉侍卿綰〉），足見他對於神仙之想相當沉迷。韓經太認爲李白的山水詩受到道教信仰的影響極大：

　　　　在他（李白）這裡，山水遊覽，亦即尋仙訪道，山水景觀，
　　　　自與神仙幻境相因依，山水吟詠，正是道教徒之體驗——
　　　　一句話，李白的山水遊覽詩章，是以唐代盛行的道教信仰
　　　　爲精神驅動的。〔註75〕

所言揭示了李白山水詩的宗教色彩。然而倘若我們只把李白關於遊仙的山水詩看作道教徒的自白，或者道教精神的寫照，那麼又過於膚淺了。李豐楙：

　　　　「不死的探求」是神仙神話的核心，也是貫串初期僊説到
　　　　道教仙説的一貫精神，……希企成仙的動機仍可歸爲「憂」
　　　　之一字，因而如何獲致短暫的『解我憂』之法，即是『遊』
　　　　——神仙、想像所形成的奇幻之遊。〔註76〕

也就是說當創作者思及仙想神幻，其作品所反映的並非只是其宗教上的皈依意義而已，它所透顯更重要的訊息乃在創作者內心的憂慮。王立：「遊仙之作基於人深層意識中現實與非現實因素的融合統　，不

〔註75〕韓經太：〈善遊皆神仙——李白山水仙遊詩的興象特徵與文化底蘊〉，受錄於蘇家培、李子龍主編：《謝朓與李白研究》，頁233。
〔註76〕李豐楙：《憂與遊——六朝隋唐遊仙詩論集》，頁8。

管主體是否明確覺察，它終歸是人力圖在非現實世界中實現自我的趨向。」〔註77〕將遊仙作品之意義推向更深層的思維。人們對於現實之「憂」不堪承受，於是遁入神仙世界以祈求另一自我實現的空間，因此遊仙思想不見得全然消極，從上述角度來看，它反而是積極覺察生命理想的表現。而李白乃一熱愛生命的道教徒，他在跋山涉水之際領略美景，也同時在尋覓一個屬於屬於自己理想的神仙境地。其〈廬山謠寄盧侍御虛舟〉：

> 我本楚狂人，狂歌笑孔丘。手持綠玉杖，朝別黃鶴樓。五嶽尋仙不辭遠，一生好入名山遊。廬山秀出南斗旁，屏風九疊雲錦張，影落明湖青黛光。金闕前開二峰長，銀河倒挂三石梁。香爐瀑布遙相望，迴崖沓嶂凌蒼蒼。翠影紅霞映朝日，鳥飛不到吳天長。登高壯觀天地間，大江茫茫去不還。黃雲萬里動風色，白波九道流雪山。好爲廬山謠，興因廬山發。閒窺石鏡清我心，謝公行處蒼苔沒。早服還丹無世情，琴心三疊道初成。遙見仙人綵雲裡，手把芙蓉朝玉京。先朝汗漫九垓上，願接盧敖遊太清。〔註78〕

這首詩中「我本楚狂人，狂歌笑孔丘」表現出李白不苟流俗的態度，而「謝公行處蒼苔沒」寓有對人生無常、盛事難再的沉痛感慨。然而此詩絕大部分在寫出廬山奇偉瑰麗的姿態、飛泉流瀑的恢宏氣勢及壯闊天地的蒼茫遼夐，開發了蘊於天地自然的大美。尤其在詩中加入了李白尋仙訪道的遊歷，把他希冀超脫世俗各種煩憂的急切心境反映地十分清楚，也使其詩歌思想更爲多樣而複雜。康懷遠：

> 李白的仙道思想表現在詩歌中，那就是對唐代社會的虛偽、不平和黑暗現象的極大憤慨，對世俗功利的深爲蔑視，力圖通過對主體自由精神的追求，達到與無限大自然合二爲一的逍遙自得。他給自己的詩歌園地裡注入了一種桀驁不馴、氣吞河漢，慷慨悲歌的情感和精神，又開拓了一種

〔註77〕王立：《中國古代文學十大主題——原型與流變》，頁 211。
〔註78〕〔南朝齊〕謝朓著，曹融南校注集說：《謝宣城集校注》，頁 677。

　　　　自然之美的藝術境界，竭力突出人與自然的親密無間和與

　　　　之相伴隨的虛靜無爲的新天地。〔註79〕

所言深入地剖析弓李白仙道思想對於其山水詩作的影響及積極意

義。李白筆端帶有仙氣，因此摹山繪水總多了一份奇思妙想，呈現出

特殊的自然境界。〈遊泰山〉六首之一：

　　　　四月上泰山，石屏禦道開。六龍過萬壑，澗谷隨縈回。

　　　　馬跡繞碧峰，於今滿青苔。飛流灑絕巘，水急松聲哀。

　　　　北眺崿嶂奇，傾崖向東摧。洞門閉石扇，地底興雲雷。

　　　　登高望蓬瀛，想像金銀台。天門一長嘯，萬里清風來。

　　　　玉女四五人，飄搖下九垓。含笑引素手，遺我流霞杯。

　　　　稽首再拜之，自愧非仙才。曠然小宇宙，棄世何悠哉。

　　〔註80〕

此系列組詩主要表現泰山一帶的奇峰異水，不僅寫出萬壑飛流的氣勢，

也加入諸多道教語彙，使其山水詩仙氣逼人，似如世外勝境。美國學者

保羅‧W‧克羅爾認爲唐朝有許多詩歌雖涉及道教思想，卻很少人通過

中國道教文化進行了解，殊爲可惜。他分析〈遊泰山〉中的「流霞」是

一種五色精氣，是一種具有太陽真髓的飲品，它被服用後便使人體充滿

太陽的能量，再經過一連串的修練步驟，勤習十八年，人的形體將達到

完美無缺的境地，屆時便能騰雲駕霧、自由穿行於蒼穹之中，〔註81〕

這便是李白所響往的神仙世界。保羅‧W‧克羅爾並進一步說：

　　　　李白因神仙的恩典而受賜一杯流霞，此事所帶來的歡樂

　　　　是：雖然詩人承認他可能不是一塊成仙的材料，但他卻在

　　　　該詩的結尾處滿懷信心地宣稱：「曠然小宇宙，棄世何悠

　　　　哉。」〔註82〕

〔註79〕康懷遠：《李白批評論》（成都：巴蜀書社，西元2004年），頁237。

〔註80〕〔唐〕李白著，〔清〕王琦注：《李太白全集》，中冊，頁921。

〔註81〕〔美〕保羅‧w克羅爾著：〈李白的道教詞彙〉，收錄於倪豪士編選，
　　　　黃寶華等譯：《美國學者論唐代文學》（上海：上海古籍出版社，西
　　　　元1994年），頁86。

〔註82〕同上註，頁87。

也就是說道教神仙思想帶給李白的是心理的撫慰，是安頓生命的力量。葛兆光探討的更爲深入：「他（李白）既在心靈中建構了一個廣闊無垠的星空，又將自己與這星空化爲一體，他在想像裡有一個神奇瑰麗的仙界，而又將自己投入這仙界之中，因此，這想像的世界對他來說並不是對象化的『異質物』而是他生活於其中的同一體。」〔註83〕這才是他直呼「曠然小宇宙，棄世何悠哉」的關鍵原因。葛兆光並認爲李白更多時候是把自己與仙人等同起來，把自己的想像當作眞實，以一種自信、樂觀的態度來寫詩的，所以他儘管是一個虔誠的宗教信徒，但他卻恰恰在無意中超過了宗教的藩籬，把「人」的主體精神大大的高揚了。〔註84〕因此李白山水遊仙之作，絕非僅止於宗教意識的反映而已，更積極地透顯他的內在精神。〈遊泰山〉其餘五首亦有異曲同工之妙：

其二

清曉騎白鹿，直上天門山。山際逢羽人，方瞳好容顏。
捫蘿欲就語，卻掩青雲關。遺我鳥跡書，飄然落岩間。
其字乃上古，讀之了不閑。感此三歎息，從師方未還。

〔註85〕

其三

平明登日觀，舉手開雲關。精神四飛揚，如出天地間。
黃河從西來，窈窕入遠山。憑崖覽八極，目盡長空閑。
偶然值青童，綠髮雙雲鬟。笑我晚學仙，蹉跎凋朱顏。
躊躇忽不見，浩蕩難追攀。〔註86〕

其四

清齋三千日，裂素寫道經。吟誦有所得，眾神衛我形。
雲行信長風，颯若羽翼生。攀崖上日觀，伏檻窺東溟。
海色動遠山，天雞已先鳴。銀台出倒景，白浪翻長鯨。

〔註83〕葛兆光：《想像力的世界》（北京：現代出版社，西元 1990 年），頁72～73。
〔註84〕同上註。
〔註85〕〔唐〕李白著，〔清〕王琦注：《李太白全集》，中冊，頁923。
〔註86〕同上註。

安得不死藥，高飛向蓬瀛。〔註87〕

其五

日觀東北傾，兩崖夾雙石。海水落眼前，天光遙空碧。
千峰爭攢聚，萬壑絕凌厲。緬彼鶴上仙，去無雲中跡。
長松入雲漢，遠望不盈尺。山花異人間，五月雪中白。
終當遇安期，於此煉玉液。〔註88〕

其六

朝飲王母池，暝投天門關。獨抱綠綺琴，夜行青山間。
山明月露白，夜靜松風歇。仙人游碧峰，處處笙歌發。
寂靜娛清暉，玉真連翠微。想像鸞鳳舞，飄颻龍虎衣。
捫天摘匏瓜，恍惚不憶歸。舉手弄清淺，誤攀織女機。
明晨坐相失，但見五雲飛。〔註89〕

上列詩篇皆在字裡行間裡流露著李白崇尚神仙的思想，他不僅親身尋訪，更實際參與道教儀式及修練。原本平凡的自然景象，在神仙思想的幻化下，但見山明月白，清輝娛人，羽翼翩翩，瀰漫著濃厚的仙氣，呈現出非凡境界的藝術天地。李白沉醉於遊仙的詩作不勝枚舉，李白的想像力在道教思想催化下，逐漸打開感知萬物的血脈。他運用熟稔的道教意象，凸顯人類對於精神自由、肉體永恆的追求，編織一個久藏心中的美夢。

值得注意的是，後人多以為李白已墮入宗教迷信思維而不可自拔，其實不然。李白雖醉心於道教世界，但仙道思想並沒有真正使李白飄飄欲仙，現實一次次將他帶回殘酷的人間俗世。道教彷彿是李白的精神鴉片，無以戒除，但實際上他並非執迷不悔，而是有所覺醒的。如〈對酒行〉：「松子棲金華，安期入蓬海。此人古之仙，羽化竟何在？」〔註90〕、〈長歌行〉：「富貴與神仙，蹉跎成兩失。」〔註91〕及〈登高

〔註87〕同上註，頁924。
〔註88〕同上註，頁925。
〔註89〕同上註，頁926。
〔註90〕同上註，上冊，頁353。
〔註91〕同上註，頁358。

丘而望遠海〉：「銀臺金闕如夢中，秦皇漢武空相待。」〔註92〕等詩均可看出李白對道教仍保持著清醒的理智。

第二節　意象經營

　　中國古典詩歌對於意象經營十分注重，「意象」乃創作與鑑賞的重要指標。「意象」這個詞最早運用於藝術創作，乃由劉勰《文心雕龍・神思》提出：

> 人云：「形在江海之上，心存魏闕之下。」神思之謂也。文之思也，其神遠矣。故寂然凝慮，思接千載；悄焉動容，視通萬里；吟詠之間，吐納珠玉之聲；眉睫之前，卷舒風云之色；其思理之致乎！故思理爲妙，神與物游。神居胸臆，而志氣統其關鍵；物沿耳目，而辭令管其樞機。樞機方通，則物無隱貌；關鍵將塞，則神有遁心。……獨照之匠，窺意象而運斤。近蓋馭文之首術，謀篇之大端。〔註93〕

其言「窺意象而運斤」涉及審美心理與創作，他認爲「象」經過意化後在創作上所發揮的審美效能與意義，乃是文學創作的一大重點。吳功正：「『意象』審美範疇的出現，不僅使審美的具象化特徵得到進一步的明確，而且使審美出現了中介物。從物象→意象→藝象形成了完整的審美程序。」〔註94〕正說明了「意象」在文學創作上的關鍵作用。嚴雲受探討意象云：

> 就文學創作說，主要有兩種基本類型的象：一是客觀事物在心靈中的影象、映象，這是一種心理表象，是創作素材、原料，還沒有情意化；二是滲融、貫注著主體的情意的象，它是在『神與物遊』的想象中孕育成形的，告別了象原生形態，經過了主題的加工、營構。它的出現標示著構思已

〔註92〕同上註，頁222。
〔註93〕見范文瀾：《文心雕龍注》卷六，頁1。
〔註94〕吳功正：《中國文學美學》（南京：江蘇教育出版社，西元2001年），
　　　　頁229。

進入成形階段。〔註95〕

融入情意的「象」，經過創作者巧思安排與組合，形成心物互融、互動的境界，不僅曲盡各種物態，且創造了情韻生動的文學藝術。正如同劉勰《文心雕龍・神思》：「夫神思方運，萬塗競萌，規矩虛位，刻鏤無形，登山則情滿於山，觀海則意溢於海，我才之多少，將與風雲而並驅矣。」〔註96〕諸如山、海等自然景物，本是客觀存在的具象，因審美主體的情感投入，而蘊含活躍跳動的生命力。《文心雕龍・物色》：「是以詩人感物，聯類不窮，流連萬象之際，沉吟視聽之區。寫氣圖貌，既隨物以宛轉；屬采附聲，亦與心而徘徊。」〔註97〕說明詩人藉由耳目等感官流連萬象之間，進而從事創作，不管是「寫氣圖貌」或「屬采附聲」都必須經過「心」的作用，賦予其藝術形象與魅力，因此「意象」可說是心物交融的結晶體。如同李國春所言：

> 意象是中國古典美學中的一個基本理論範疇。所謂「意象」，一方面是「意」，是主體與面對審美對象而產生的意念、意願，是存在於審美主體和接受客體頭腦中的虛幻空間；一方面是「象」，源於所面對的對象物，包括視覺之象、聽覺之象及內心活動之象等，相對於「意」來說具有客體性。意和象是主客交融的和諧統一體。〔註98〕

以審美本體之「意」結合客觀之「象」，是詩歌藝術不可或缺之元素。王夫之《薑齋詩話箋注》：「無論詩歌與長行文字，具以意為主。意猶帥也。無帥之兵，謂之烏合。李、杜之所以稱大家者，無意之詩十不得一二也。煙雲泉石，花鳥苔林，金鋪錦帳，寓意則靈。」，〔註99〕

〔註95〕嚴雲受：《詩詞意象的魅力》（合肥：安徽教育出版社，西元2003年），頁18。
〔註96〕見范文瀾・《文心雕龍注》卷六，頁1。
〔註97〕見范文瀾：《文心雕龍注》卷十，頁1。
〔註98〕李國春：《文學審美超越論》（長沙：湖南大學出版社，西元2006年），頁192。
〔註99〕引自胡雪岡：《意象範疇的流變》（南昌：百花洲文藝出版社，西元2002年），頁106。

他強調在創作領域中,「意」乃居於領導性地位,是萬「象」之靈魂。葉嘉瑩:「大自然的景物是大家所共見的,可你只是將外界的景物寫下來,不見得是好詩,是要你同時將心中感動的情意也傳達出來,才是好詩。」〔註100〕可見「意」與「象」的和諧共融不僅成爲詩歌創作的努力方向,也是鑑賞作品的重要指標。

　　黃景進先生探究「意象」的起源:「古時詩人常藉物表現情志(意),爲求讓讀者一見物象即知情志,除了必須取得適當的物象外,還必須針對物象的特徵加以描寫、刻畫,以求逼眞、形似──意象論的產生正是基於此種要求。」〔註101〕觀察謝朓、李白在描摹景物時,習於將個人感情傾注其中,無論是家國之痛、離人之悲、不遇之愁……等等,均能巧妙組合,使其山水詩自然散發出獨特的個人魅力。

一、展翅翱翔的心願──謝朓、李白的「飛鳥」情結

　　「意象」既是創作者結合心中所感與目前所見之藝術表現,那麼個性截然不同的謝朓、李白在意象的擇取及創造,便有很大的不同。然而觀察謝朓、李白的山水詩中,卻時常出現共同的「鳥」意象,爲其多屬靜態的山水畫面,增添飛躍靈動的氣息。

　　根據魏耕原調查顯示,現存謝朓 135 首五言詩中,其中有 38 首寫到飛鳥。〔註102〕此比例也許不算高,但因爲這些出現飛鳥意象的詩歌多涉及山水描繪,因此若將觀察範圍圈化爲山水詩,那麼其特殊性就不容忽視了。而在李白山水詩中,如眾人所周知,較具代表性的乃「月」意象(留待後續),而「鳥」意象出現比例雖然未如謝朓之高,但亦能集中反映出李白的心志,值得一探!

〔註100〕葉嘉瑩:《葉嘉瑩說詩講稿》(北京:中華書局,西元 2008 年),頁 36。

〔註101〕黃景進:《意境論的形成──唐代意境論研究》(台北:台灣學生書局,西元 2004 年),頁 133。

〔註102〕魏耕原:《謝朓詩論》(北京:中國社會科學出版社,西元 2004 年),頁 138。

（一）「鳥去能傳響，見我綠琴中」──謝朓渴求自由

前文提及謝朓在二十七歲以前，仕途一片看好，對於人生是充滿願景的，展現出勇於進取的態度，即擁抱生命的熱情。因此他的個性是經過環境磨難後才趨於怯懦，不是生來即悲觀的。在他的心中仍保有一美麗的畫面：飛鳥翱翔於春天的晴空，象徵著希望！其〈登山曲〉：

> 天明開秀崿，瀾光媚碧隄。風滂飄鶯亂，雲行芳樹低。
>
> 暮春春服美，遊駕凌丹梯。升嶠既小魯，登巒且悵齊。
>
> 王孫尚遊衍，蕙草正萋萋。

在這一首詩中，謝朓先以明媚春光揭開秀崿、碧堤的視覺饗宴，但見鶯鳥隨風起舞，雲朵伴樹低行，如同《論語・先進》：「莫春者，春服既成。冠者五、六人，童子六、七人，浴乎沂，風乎舞雩，泳而歸。」般閑靜、無憂，與自然融而為一。謝朓在春日良辰的氛圍裡，最容易釋放自己受困的心志，而回到純真、單純的心境。〈春思〉：

> 茹谿發春水，阰山起朝日。蘭色望已同，萍際轉如一。
>
> 巢燕聲上下，黃鳥弄儔匹。邊郊阻遊衍，故人盈契闊。
>
> 夢寐借假簀，思歸賴倚瑟。幽念漸鬱陶，山楹永為室。
>
> 〔註103〕

水光閃漾、日照明耀的春日風景畫，成為謝朓飛鳥的棲息地。無論是巢燕抑或黃鳥，都瀰漫著生生不息的活力，流露著他對生命的熱情，及對美麗事物的珍視。其〈遊東田〉：

> 戚戚苦無悰，攜手共行樂。尋雲陟累榭，隨山望菌閣。
>
> 遠樹曖阡阡，生煙紛漠漠。魚戲新荷動，鳥散餘花落。
>
> 不對芳春酒，還望青山郭。〔註104〕

此詩中「魚戲新荷動，鳥散餘花落」充分顯現他細於觀察生命躍動、善於捕捉瞬間物態的卓越創造力。魏耕原：

> 小謝把自己的才華投入精心經營的山水詩，他以青年詩人
> 特別濃厚的熱情，情有獨鍾地描繪春天的景物。他清麗流

〔註103〕謝朓著，曹融南校注集說：《謝宣城集校注》，頁266。

〔註104〕同上註，頁260。

轉的筆墨渲染出一幅幅春景圖，其中飄飄的飛鳥，婉轉的
鳴和喧叫，是小謝這位春天歌手的最佳音符，顯示飽和盎
然不盡的春意；春鳥飄飛，則似乎是這位青年詩人感情的
流動，體現對人生美好事物的熱愛，也是對人生審美化的
追求。〔註105〕

不過，上文所提及的春日遊賞之作，卻皆在末尾暴露了謝朓不得自由
的愁情悲緒，如「升嶠既小魯，登巒且悵齊。王孫尙遊衍，蕙草正萋
萋。」、「夢寐借假簧，思歸賴倚瑟。幽念漸鬱陶，山楹永爲室。」、「不
對芳春酒，還望青山郭。」從此可觀察到謝朓對於「鳥」意象的選用，
目的絕不僅僅在於渲染春日的熱鬧氣氛而已，更深層的意義乃在於反
射出內心的糾結、哀傷。謝朓意圖讓飛鳥帶著他的心意，飛翔於無際
無涯的天空，因此他把飛鳥視爲偌大天地中的知己，見其〈曲池之水〉
可爲明證：

緩步遵莓渚，披襟待蕙風。芙蕖舞輕帶，芭筍出芳叢。
浮雲自西北，江海思無窮。鳥去能傳響，見我綠琴中。
〔註106〕

「鳥去能傳響，見我綠琴中。」可見鳥的飛翔能力爲謝朓所欣羨，他
將自己的心志寄託於其中。對比鳥所擁有的飛翔自由，更反襯出他動
彈不得的困境。他渴求自由的心情，不言而喻。這也是他喜愛選用鳥
爲詩歌意象的一大原因。

尤其到了創作後期，他宦遊羈旅的苦痛，在思鄉情緒的催化下，
幾至無可收拾的地步，因此「鳥」便躍而成爲他最大的撫慰。如〈答
張齊興〉：

荊山縱百里，漢廣流無極。北馳星斗正，南望朝雲色。
川隰同幽快，冠冕異今昔。子肅兩岐功，我滯三冬職。
誰知京洛念，彷彿昆山側。向夕登城濠，潛池隱復直。
地迥聞遙蟬，天長望歸翼。清文忽景麗，思泉紛寶飾。

〔註105〕 魏耕原：《謝朓詩論》，頁143。
〔註106〕 〔南朝齊〕謝朓著，曹融南校注集說：《謝宣城集校注》，頁193。

　　勿言脩路阻，勉子康衢力。曾厓寂且寥，歸軫逝言陟。

〔註 107〕

由此詩可看出謝朓在山峰環繞、川水迴流的偌大天地中並沒有完全忘卻己身的愁苦，反而日益加劇。「地迥」、「天長」將空間拓展至無垠無涯，透過「聞」、「望」兩個感官動作，傳進耳畔的是遙遠的蟬聲，映入眼簾的是歸返的羽翼，顯出他深沉的無力感。諸如此類藉由「鳥」意象所呈現的思鄉情深之例甚多，〈暫使下都夜發新林至京邑贈西西府同僚〉堪為代表作：

　　大江流日夜，客心悲未央。徒念關山近，終知返路長。
　　秋河曙耿耿，寒渚夜蒼蒼。引領見京室，宮雉正相望。
　　……馳暉不可接，何況隔兩鄉。風雲有鳥路，江漢限無梁。

〔註 108〕

「風雲有鳥路，江漢限無梁」，凸顯「鳥」可自由來去，人卻受限於現實環境，其對比意味十分強烈。思鄉至此，令人為之鼻酸。佛洛伊德認為：「作家之所以提筆，是想藉作品為其『受挫的慾望』找尋一種『替代性』的滿足。」〔註 109〕而這「鳥」便成為他宣洩情緒的寄託。另外〈酬王晉安〉也出現「鳥」意象：「稍稍枝早勁，塗塗露晚晞。南中榮橘柚，寧知鴻雁飛。」〔註 110〕藉著代表歸鄉的鴻雁，其意念相當清楚。賈祖璋提及「雁」容易引起騷人墨客的愁緒：「江南木落草衰，月白風清之夜，寥廓的長空中，隨時可以見到它們嚦嚦的鳴聲。它們是從漠北帶來了秋風，使我們從此感到蕭颯的景象。」〔註 111〕因此詩人運用意象是經過巧思營造的。

觀察在謝朓詩中出現的「鳥」，不單純是盛讚春日的歌手，也不

〔註 107〕同上註，頁 201～202。
〔註 108〕同上註，頁 205。
〔註 109〕見王溢嘉：《精神分析與文學》（台北縣：雅鶴出版社，西元 1994 年），頁 31。
〔註 110〕〔南朝齊〕謝朓著，曹融南校注集說：《謝宣城集校注》，頁 203。
〔註 111〕賈祖璋：《鳥與文學》（上海：上海古籍出版社，西元 2001 年），頁 222。

僅止於催促歸鄉的忠告者，「鳥」在謝朓山水詩中飛翔、穿梭不已，更深層之意義乃在它負載著謝朓的人生慨嘆，集中表現其嚮往自由的心境。如〈臨高臺〉：「千里常思歸，登臺瞻綺翼。才見孤鳥還，未辨連山極。」、〈和劉西曹望海臺〉：「滄波不可望，望極與天平。往往孤山映，處處春云生。差池遠雁沒，颯沓群鳧掠。」，這些飛鳥意象，無論是「綺翼」、「孤鳥」、「遠雁」等，都屬於遠眺所及的視域。謝朓在渺茫天地中凝視這些恣意飛翔的鳥，寄寓著他對人生哲理的種種探求及沉甸甸的失落感。「鳥」意象於謝朓曠遠清澹的山水詩境中，喚起生命意義的沉思，也增添了生命的律動感，使得藝術空間饒富變化。

（二）「雲垂大鵬翻，波動巨鰲沒」──李白胸懷大志

在李白的山水詩中，亦有「鳥」影拂掠，數量雖不多，但從他所擇用的特殊意象可作為其心志的觀察要哨。李白在山水審美過程中，發揮極大的想像力，他在詩中所組合的意象，往往挹注其深情，手法縱橫變化，風調流麗婉轉。任仲倫：「在山水審美中，所謂的想像力就表現為，它不僅感知在特定的時空環境中直接作用於觀賞者的山水景觀，而且還能在觀賞者的頭腦中創造出新的形象。」〔註112〕李白在山水詩創作上正達到這樣的妙用。

李白所使用的意象是極具個人色彩，且總是超過客觀現實，帶有強烈主觀的想像成分，觀察出沒於李白山水詩裡的「鳥」意象，種類較謝朓多，因此所傳達的意念也較豐富。其中最引人注意的莫過於是「大鵬」意象，其詩集卷首即為〈大鵬賦〉：

> 余昔于江陵，見天台司馬子微，謂余有仙風道骨，可與神遊八極之表。因著大鵬遇希有鳥賦以自廣。……微至怪于齊諧，談北溟之有魚。吾不知其幾千里，其名曰鯤。化成大鵬，質凝胚渾。脫鬐鬣于海島，張羽毛于天門。刷渤澥之春流，晞扶桑之朝暾。煇赫乎宇宙，憑陵乎崑崙。一鼓

〔註112〕 任仲倫：《遊山遊水──中國山水審美文化》（上海：同濟大學出版社，西元1991年），頁209。

一舞，煙朦沙昏。五岳爲之震荡，百川爲之崩奔。爾乃蹶
厚地，揭太清。壽層霄，突重溟。……噴氣則六合生雲，
灑毛則千里飛雪。逸彼北荒，將窮南圖。運逸翰以傍擊，
鼓奔飆而長驅。燭龍銜光以照物，列缺施鞭而啓途。塊視
三山，杯觀五湖。其動也神應，其行也道俱。……以恍惚
爲巢，以虛無爲場。我呼爾遊，爾同我翔。于是乎大鵬許
之，欣然相隨。此二禽已登于寥廓，而斥鷃之輩，空見笑
于藩籬。〔註113〕

大鵬展翅，山海爲之震崩。足縈虹蜺，目耀日月，氣勢萬千，顯然不
同於其他鳥類。「于是乎大鵬許之，欣然相隨」明言李白以大鵬自比，
足見其雄心壯志。王琦：「此顯出《莊子》寓言，本自宏闊，太白又
以豪氣雄文發之，事與辭稱，俊邁飄逸，去《騷》頗近。」〔註114〕
李白援引《莊子・逍遙遊》對大鵬的描寫加以發揮，不僅表現其自由
逍遙的意志，也凸顯了「怒無所搏，雄無所爭」的精神力量。

　　大鵬意象可視爲李白的化身，亦可做其精神的載體。〈上李邕〉：
「大鵬一日同風起，摶搖直上九萬里。假令風歇時下來，猶能簸卻滄
溟水。時人見我恒殊調，見餘大言皆冷笑。宣父猶能畏後生，丈夫未
可輕年少。」，〔註115〕雖然這首詩不能算是山水詩，但卻可以從此發
現李白在眾多鳥類意象裡，獨鍾「大鵬」。它充分表現李白壯志凌雲
的氣勢，也抒發李白急於用世的企圖心。

　　在李白的心中，「大鵬」意象始終穿梭不止，它具有浪漫色彩、
非凡的氣勢，是其生命的縮影。因此李白即便行至人生水窮處，仍不
忘坐看大鵬扶搖直上，〈臨路歌〉〔註116〕：「大鵬飛兮振八裔，中天
摧兮力不濟。餘風激兮萬世，遊扶桑兮挂石。後人得之傳此，仲尼亡

〔註113〕　〔唐〕李白著，〔清〕王琦注．《李太白全集》，頁2－10。
〔註114〕　同上註，頁11。
〔註115〕　同上註，頁511。
〔註116〕　〈臨路歌〉又作〈臨終歌〉。王琦：「李華《墓誌》謂太白賦《臨終
　　　　　歌》而卒，可此詩即是。『路』字蓋『終』字之譌。」見其注：《李
　　　　　太白全集》，上冊，頁452。

兮，誰爲出涕？」寫得盪氣迴腸，感慨沉痛。李白在死前留下此詩，可謂其絕命辭，悲淒蒼涼之意頗類項羽〈垓下歌〉。

李白以大鵬展翅自比，也以大鵬折翼自終，足可證明大鵬對其生命意義之重要性。然而大鵬畢竟不同於一般鳥類，帶有極強烈的神祕色彩。因此當它飛進李白山水詩的天空中，彷彿隨即遁入世外仙境。〈天臺曉望〉：

> 天臺鄰四明，華頂高百越。門標赤城霞，樓棲滄島月。
> 憑高登遠覽，直下見溟渤。雲垂大鵬翻，波動巨鰲沒。
> 風潮爭洶湧，神怪何翕忽。觀奇跡無倪，好道心不歇。
> 攀條摘朱實，服藥煉金骨。安得生羽毛，千春臥蓬闕。
> 〔註117〕

「雲垂大鵬飛，波動巨鰲沒」運用特殊罕見的意象，不但顯現出李白的豪情壯志，也鋪排出儡人的澎湃氣勢，再加上道教神仙思維的渲染，讓李白的山水詩不同凡響。李白的鳥意象除了「大鵬」外，尚包括其他鳥類，如〈蜀道難〉（節錄）：

> 噫吁戲！危乎高哉！蜀道之難難於上青天。蠶叢及魚鳧，
> 開國何茫然！爾來四萬八千歲，始與秦塞通人煙。西當太
> 白有鳥道，可以橫絕峨眉巔。地崩山摧壯士死，然後天梯
> 石棧方鉤連。上有六龍回日之高標，下有衝波逆折之迴川。
> 黃鶴之飛尚不得過，猿猱欲度愁攀援。青泥何盤盤！百步
> 九折縈巖巒。捫參歷井仰脅息，以手撫膺坐長歎，問君西
> 遊何時還？畏途巉巖不可攀。但見悲鳥號古木。雄飛雌從
> 繞林間。又聞子規啼，夜月愁空山。蜀道之難難於上青天，
> 使人聽此凋朱顏。〔註118〕

「黃鶴不得飛」、「悲鳥號古木」、「子規夜啼」等意象把蜀道的艱阻難行襯托地更加淒涼。這些「鳥」孤獨哀鳴，一反「大鵬」之雄勁奮翅，這也是李白干謁屢挫的心情表徵。

〔註117〕〔唐〕李白著，〔清〕王琦注：《李太白全集》，中冊，頁971。
〔註118〕同上註，上冊，頁162。

　　至於其他詩人普遍用到的鳥意象，亦能在李白詩中覓得，只不過並無代表性。例如春意盎然的〈侍從宜春苑奉詔賦龍池柳色初青聽新鶯百囀歌〉：

> 東風已綠瀛洲草，紫殿紅樓覺春好。池南柳色半青春，
> 縈煙裊娜拂綺城。垂絲百尺挂雕楹，上有好鳥相和鳴。
> 間關早得春風情，春風卷入碧雲去。千門萬戶皆春聲，
> 是時君王在鎬京。五雲垂暉耀紫清，仗出金宮隨日轉。
> 天回玉輦繞花行，始向蓬萊看舞鶴。還過芷若聽新鶯，
> 新鶯飛繞上林苑。願入簫韶雜鳳笙。〔註119〕

鳥在此具有最普遍的「報春」意義，牠出現時以碧雲藍天為背景，搭配東風、柳條，洋溢著希望的光采。然而這樣朝氣蓬勃、萬物復甦的春日也容易反襯內心的失落，如〈春日獨酌〉：

> 東風扇淑氣，水木榮春暉。白日照綠草，落花散且飛。
> 孤雲還空山，眾鳥各已歸。彼物皆有託，吾生獨無依。
> 〔註120〕

此詩雖與〈侍從宜春苑奉詔賦龍池柳色初青聽新鶯百囀歌〉同樣籠罩在美麗的春日氛圍中，但李白的心情卻截然不同。「白日照綠草，落花散且飛」乃欣羨草木各得其長，欣欣向榮。而「孤雲還空山，眾鳥各已歸」明確地指出萬物各得其所，唯有他落拓無依，對比意味強烈。「鳥」意象在此詩依然搭配「雲」出現，但「鳥」不再以間關好音高踞枝頭；「雲」不再以碧藍之姿閑掛蒼穹，而是各自回歸窠巢、山岫。李白巧妙地組合這些意象群，乃為了凸顯「彼物皆有託，吾生獨無依」的悽楚。

　　在李白的送別詩中，「鳥」意象也有渲染離情的作用，如〈送張舍人之江東〉：「張翰江東去，正值秋風時。天青一雁遠，海闊孤帆遲。白日行欲暮，滄波杳難期。吳洲如見月，千里幸相思。」〔註121〕「雁」意象是古典詩詞中常見的一個原型，詩人總是藉助它寄寓對故鄉的思

〔註119〕　同上註，頁376。
〔註120〕　同上註，中冊，頁1069。
〔註121〕　同上註，頁748。

念，或表達對親人音信的盼望，這是「鳥」意象中較具有普遍象徵意義的。

值得玩味的是，在詩中那些翩然遠去的鳥，往往搭配無遠弗屆的蒼茫天地，這樣的意象組合，讓渺小的人們瞬間籠罩在龐大的憂愁裡，加深對未來不確定性的恐懼感。〈流夜郎至西塞驛寄裴隱〉：「鳥去天路長，人愁春光短。空將澤畔吟，寄爾江南管。」〔註 122〕對比「鳥」的漫長天路，人的短暫生命自然引人嗟嘆。〈秋登巴陵望洞庭〉：

> 清晨登巴陵，周覽無不極。明湖映天光，徹底見秋色。
> 秋色何蒼然，際海俱澄鮮。山青滅遠樹，水綠無寒煙。
> 來帆出江中，去鳥向日邊。風清長沙浦，霜空夢雲田。
> 瞻光惜頹髮，閱水悲徂年。北渚既盪漾，東流自潺湲。
> 郢人唱〈白雪〉，越女歌〈采蓮〉。聽此更斷腸，憑崖淚如
> 泉。〔註 123〕

詩中之鳥，總在山水畫面中扮演行動最自由的角色，任意飛向遙遠的天際。李白諸如此類的「鳥」意象，在謝朓山水詩中是最常見的。

「鳥」意象在謝朓、李白的山水詩裡飛翔，彰顯出兩人渴求自由的心願，及希冀掙脫束縛的急切，無論是李白的大鵬展翅，抑或謝朓的小鳥遠遁，都為詩人的心情作下最詳細的註解。

二、頹喪絕望的沉淪──謝朓的「落日」悲劇

「意象」經營乃結合創作者意念與審美能力，吳功正：「『意象』是詩人自我孕育家以尋找的審美對象。在這裡包含著詩人孕育意象胚胎，進而完善的流程。當胚胎孕育出來以後，詩人的審美心理總是滲透進各種因素，其中包括最主要的情感因素，哺育和完善出一種最具有審美意味的意象。」〔註 124〕誠如所言，謝朓在組合意象

〔註 122〕 同上註，頁 684。
〔註 123〕 同上註，頁 995。
〔註 124〕 吳功正：《中國文學美學》（南京：江蘇教育出版社，西元 2001 年），上卷，頁 229。

時，亦投入其濃烈的情感，讓人不由地隨之惻然。在他內心的舞台上，已架設一幅幅落日的圖象，等待上演屬於他個人的悲劇。章立群：「謝朓後期的詩歌寫到了『暮色』的有三分之一強，這表明它們並不是一個偶然的現象。」，〔註125〕因此「落日」意象乃謝朓刻意為之。

　　傅道彬：「時間意義的悲涼與空間意義的溫馨，構成了中國文學中黃昏意象的象徵意蘊。」〔註126〕如同李商隱所言：「夕陽無限好，只是近黃昏。」悲喜交加的複雜感受，往往使得「落日」意象背負著沉重的憂愁。美國當代哲學家、藝術理論家蘇珊‧朗格（Susanne Langer 西元1895～1985年）從符號論角度探討藝術：「藝術是人類情感的符號形式之創造。」〔註127〕又言：「在我看來，所謂藝術，就是『創造出來的表現形式』或『表現人類情感的知覺形式』。」〔註128〕凸顯藝術所創發的各種形式乃為求表現內心情感，而謝朓極力描寫「落日」景象，也正印證蘇珊‧朗格的說法。

　　謝朓的「落日」意象或直接出現於詩句中，或隱沒於詩題之中，均映現著他個人淪落湖澤的愁容哀色。再加上其他意象的搭配、組合，更能完滿地表現其情感。雷淑娟：「意象的組接、變換組成了詩，意象可謂詩的基本構成單位，也是詩歌的基本美學特徵，是詩與非詩的根本區別之一。」，〔註129〕意象在謝朓靈活的安排下，不但體現了謝朓的創作意念，也使得他的詩歌躍出一幕幕淒美的落日畫面。

　　在謝朓登臨賞景之作中，可明顯發現他時常將視線聚焦於「落日」

〔註125〕　章立群：《謝朓詩歌研究》，頁38。

〔註126〕　傅道彬：《晚唐鐘聲：中國文化的精神原型》（北京：東方出版社，西元1996年），頁69。

〔註127〕　〔美〕蘇珊‧朗格．《情感與形式》，轉引自《西方美學名著引論》（台北：木鐸出版社，西元1988年），頁247。

〔註128〕　〔美〕蘇珊‧朗格：《藝術問題》（北京：中國社會科學出版社，西元1983年），頁75。

〔註129〕　雷淑娟：《文學語言美學修辭》（上海：學林出版社，西元2004年），頁27。

上，如〈銅雀悲〉：「落日高城上，餘光入總帷。寂寂深松晚，寧知琴瑟悲。」，〔註130〕眺望高遠處，視野所及應是廣袤的天地，但謝朓卻唯獨凝視於「落日」，可見其存在著特殊的意義。漸漸隱去的餘暉帶來的是深幽寂寞的夜晚，將他幾近永夜的淒苦情懷，全盤托出。此詩由題材看來是一首閨怨詩，但它運用遠望所見的「落日」意象，成功地融情與景，使內在情思得以跳脫狹仄的宮閣，釋放至寬闊的空間。清朝張玉穀《古詩賞析》點評此詩道：「能於景中含情，故語情一句便醒。」，〔註131〕可謂深中肯綮。

　　仔細探察「落日」對於謝朓確有特殊意義。謝朓不滿足甚至鮮少擇取相近意念的「黃昏」，而獨鍾「落日」，箇中原因頗耐人尋味。錢鍾書：「蓋死別生離，傷逝懷遠，皆於黃昏時分，觸緒紛來，所謂最難消遣。」，〔註132〕因此如果詩歌的創作目標只是興發時間流逝的傷感哀愁，那麼「黃昏」即可完成使命，而謝朓卻始終偏愛「落日」，足見謝朓創作的企圖心不僅止於此。筆者以為「黃昏」與「落日」雖皆寓含時間概念，但是「落日」更多了空間的描繪、動態的呈現、色彩的渲染，具有立即傳輸影像的功能。此特點置於在以描繪景色為主軸的山水詩裡，顯得格外重要。

　　因此在謝朓的山水詩裡，「落日」意象每具關鍵地位，其鋪展出時、空雙線交會之圖象，如〈落日悵望〉：

> 昧旦多紛喧，日晏未遑舍。落日餘清陰，高枕東窗下。
> 寒槐漸如束，秋菊行當把。借問此何時，涼風懷朔馬。
> 已傷慕歸客，復思離居者。情嗜幸非多，案牘偏為寡。
> 既乏瑯琊政，方憩洛陽社。〔註133〕

從這首詩中，可以明顯看出「日晏」已帶來時間消逝的壓迫感，再加上「落日」之動態影像，緩緩散著淡彩的清陰，激起了「暮歸客」、「離

〔註130〕謝朓著，曹融南校注集說：《謝宣城集校注》，頁191。
〔註131〕引自李直方：《謝宣城詩注》，頁28。
〔註132〕錢鍾書：《管錐編》（北京：中華書局，西元1996年），頁101。
〔註133〕謝朓著，曹融南校注集說：《謝宣城集校注》，頁230。

居者」的無限傷感。詩人於此陷入了時間的漩渦中，竟「借問此何時」，失落之情溢於言表。

　　凡是在謝朓山水詩中，直接以「落日」爲題者，多染離思鄉愁，悲劇色彩極其濃厚。除了〈落日悵望〉外，尚有〈落日同何儀曹煦〉、〈侍筵西堂落日望鄉〉：

> 參差複殿影，氛氳綺羅雜。風入天淵池，芰荷搖復合。
> 遠聽雀聲聚，回望樹陰沓。一賞桂尊前，寧傷蓬鬢颯。
>
> （〈落日同何儀曹煦〉）〔註134〕
>
> 沈病已綿緒，負官別鄉憂。高城淒夕吹，時見國煙浮。
> 漠漠輕雲晚，颯颯高樹秋。鄉山不可望，蘭卮且獻酬。
> 旻高識氣迥，泉淨知潦收。幸遇慶筵渥，方且沐恩猷。
> 芸黃先露早，騷瑟驚暮秋。舊城望已肅，況乃客悠悠。
>
> （〈侍筵西堂落日望鄉〉）〔註135〕

「落日」意象雖未在詩句中出現，但透過詩題卻籠罩全詩。舉凡參差殿影、紛沓樹陰，抑或漠漠晚雲、颯颯秋樹，均瀰漫著「落日」的氛圍。這兩首詩都以暮色爲背景，集中表現了潛伏於謝朓心靈深處的焦慮、苦痛。如同日本文藝評論家廚川白村所言：

> 文藝作品把人生的各種事情象徵化，並表現出人生的苦惱
> 與困難，恰與欲望在夢中僞裝而出現一樣。……所以如果
> 不是隱伏在前意識深處的苦悶——即心靈的創傷的象徵化
> 作品，就不是偉大的藝術。……作家深入自己的心靈深處
> 挖掘，達到自己心靈的深處，然後在那裏產生出藝術來。
> 掘得越深，作品便越崇高、越偉大、越有力，看來像是被
> 深入描寫的客觀事物之內部，其實正是深掘作家自己的心
> 靈深處。〔註136〕

謝朓的「落日」之作，隱含其真切的情感與深刻的生命體悟，藝術感染力十足，讀來撼動人心。觀察謝朓營造「落日」意象，並不單調，

〔註134〕同上註，頁357。
〔註135〕同上註，頁414。
〔註136〕〔日〕廚川白村：《苦悶的象徵》，頁35。

時相組合歸鳥、彩霞、夕雲……等相關意象，使得畫面豐富而和諧。
如〈紀功曹中園〉：

> 蘭亭仰遠風，芳林接雲崿。傾葉順清飆，脩莖佇高鶴。
> 連綿夕雲歸，晻曖日將落。寸陰不可留，蘭墀豈停酌。
> 丹纓猶照樹，綠筠方解籜。永志能兩忘，即賞謝丘壑。
> 〔註137〕

「連綿夕雲歸，晻曖日將落」都是時間緩慢流失的動態呈現，給人「寸
陰不可留」的危機感。「夕陽」、「落日」宣告一日的終結，是自然界
周而復始的既定規律，但它卻與詩人有限的生命形成強烈對比，引發
詩人蹉跎歲月、功業未竟……等焦慮、落寞、徬徨之感。〈和何議曹
郊遊〉之二：

> 江皋倦遊客，薄暮懷歸者。揚枻浮大川，惆悵至日下。
> 霏靡青莎被，潺湲石溜瀉。寄語持笙簧，舒憂願自假。
> 歸途豈難涉，翻同江上夏。〔註138〕

薄暮時分，最易引起倦客思歸的情懷。船帆漂流在茫茫無邊的大川
上，引起個體渺小的無助感，而看著緩緩西下的落日意象，心中的惆
悵更是濃烈。〈和宋記室省中〉：

> 落日飛鳥還，憂來不可極。竹樹澄遠陰，雲霞成異色。
> 懷歸欲乘電，瞻言思解翼。清揚婉禁居，祕此文墨職。
> 無歡阻琴尊，相從伊水側。〔註139〕

謝朓以「落日」表露自己舉目神傷的心情，再加上「飛鳥」在旁展翅
翱翔，雙重意象疊合成此起彼落的人生喟嘆，讀來摧肝迴腸。王夫之：
「落日飛鳥遠，合離之際，妙不可言。要此景在日鳥之外，亦在日鳥
之間，冥搜得句，至此極矣。」〔註140〕道出謝朓組合意象的精妙。
弘法大師《文鏡秘府論》分析的更為精闢：

〔註137〕〔南朝齊〕謝朓著，曹融南校注集說：《謝宣城集校注》，頁412。
〔註138〕同上註，頁335。
〔註139〕同上註，頁346。
〔註140〕引自〔南齊〕謝朓著，曹融南校注集說：《謝宣城集校注》，頁347。

　　夫夕望者，莫不鎔想煙霞，鍊情林岫，然後暢其清調，發
以綺詞，府以行樹之遠陰，瞰雲霞之異色，中人以下，偶
可得之；但未若「落日飛鳥還，憂來不可及」之妙也。觀
夫「落日飛鳥還，憂來不可極」，謂捫心罕屬，而舉目增思，
結意惟人，而緣情寄鳥。落日低照，即目隨望斷，暮禽還
集，則憂共飛來。美哉玄暉，何思之若是也。〔註141〕

他選擇從「落日」、「飛鳥」兩意象之組合方式欣賞謝朓爲詩之妙，且
能直擊其「舉目」、「即目」動作背後所深埋的憂思至情，將謝朓的寫
作意念全盤托出，可謂獨具慧眼。

　　而「落日」意象雖充滿哀戚，但它並不全然頹喪、消極。因爲其
顏色屬於暖色調，有時反而給人一種溫馨的慰藉。這點在謝朓的山水
詩中，也有所反映，〈贈王主簿〉其一：

日落窗中坐，紅粧好顏色。舞衣襞未縫，流黃覆不織。
蜻蛉草際飛，遊蜂花上食。一遇長相思，願寄連翩翼。

〔註142〕

謝朓坐著欣賞日落景色，悲情指數較〈落日悵望〉大爲降低。日落的
暈紅光線，妝點著四周，但見蜻蛉飛舞、蜜蜂遊食，生命的躍動未因
「落日」而止息，形成一安和寧靜的暮景。然而在謝朓山水詩中，「日
落」意象習慣塗抹悲劇的色彩，因此不染哀思者，的確是少數。

　　關於「落日」意象，在李白山水詩中亦有著墨，只是未若謝朓具
有明顯的個性表徵，因此在李白詩歌意象群中並無代表性。不過它仍
有反映李白人生思維的積極意義，如：

去國登茲樓，懷歸傷暮秋。
天長落日遠，水淨寒波流。（〈登新平樓〉）〔註143〕

朝涉白水源，暫與人俗疏。島嶼佳鏡色，江天涵清虛。
目送去海雲，心閒遊川魚。長歌盡落日，乘月歸田廬。

〔註141〕　〔日〕遍照金剛（弘法大師）著，簡恩定導讀，龔鵬程總策劃：《文
　　　　　鏡祕府論》（台北：金楓出版社，西元 1999 年），頁 178。
〔註142〕　〔南朝齊〕謝朓著，曹融南校注集說：《謝宣城集校注》，頁 354。
〔註143〕　〔唐〕李白著，〔清〕王琦注：《李太白全集》，中冊，頁 976。

（〈游南陽白水登石激作〉）〔註144〕

惜彼落日暮，愛此寒泉清。西輝逐流水，蕩漾游子情。

空歌望雲月，曲盡長松聲。（〈游南陽清泠泉〉）〔註145〕

南登杜陵上，北望五陵間。

秋水明落日，流光滅遠山。（〈杜陵絕句〉）〔註146〕

洞庭西望楚江分，水盡南天不見雲。

日落長沙秋色遠，不知何處弔湘君。（〈陪族叔刑部侍郎曄及中
書賈捨人至游洞庭〉其一）〔註147〕

從以上諸詩，可發現「落日」意象在李白的詩中，也多含有生命消逝
的喟嘆、思歸戀鄉的情懷，然而它所營造的氛圍不若謝朓悲觀、沉痛，
而有一種溫和蘊藉的力量，悲壯而淒美。李國春：「李白寫落日，常
常是豪中有樂，寫離別，別中無悲。」〔註148〕看法大致相同。筆者
李白意象群中的重頭戲乃置於「落日」之後的「月升」，「月」是他生
命中的摯友、困頓中的救贖，因此他望見落日彷彿預告了月光的出
場，悲痛也沒那麼深切了。

三、光輝明澈的投射──李白的「月」世界

言及李白山水詩中最具代表性的意象，非「月」莫屬。據袁行霈
先生對李白詩的自然意象的統計，明月（秋月）的意象出現 74 次，
居於天、日、月、雲、雪五種運用最多的天象類意象之列。〔註149〕
又據楊義先生統計，李白詩 1166 首中，出現「月」字多達 523 次，
幾近二分之一，頻率相當高。因此楊義先生直言：

明月意象是李白詩中出現較多的意象，而且確確實實是李

〔註144〕同上註，頁 917。

〔註145〕同上註，頁 918。

〔註146〕同上註，頁 973。

〔註147〕同上註，頁 953。

〔註148〕李國春：《文學審美超越論》（長沙：湖南大學出版社，西元 2006
年），頁 213。

〔註149〕參見袁行霈：《中國詩歌藝術研究》，頁 205。

白詩中最富詩情的超級意象，一種具有開風氣價值的意
象。自從李白以曠世的天才開發了明月意象的豐富、奇幻
而精妙的功能，中國古典詩詞就長期籠罩著一層或濃或淡
的「人月相得，心月互通」的趣味了。〔註150〕

「月」是中國古典詩常見的意象之一，看似平凡無奇，但在李白的筆
下卻大放異彩，別有一番情致。李白詩對傳統詩詞中月意象的繼承和
發展得到了許多學者的重視，諸如王太閣認爲李白詠月詩在繼承了傳
統賦法的同時，最大的成就是創造性地把浪漫主義創作方法引入詠月
詩領域。〔註151〕而傅紹良則更深入地剖析李白「月」意象的創造內涵：

它不僅注意刻畫月亮的形態，突出月亮的客觀存在，而且
還力圖把握月亮對自我人格同構的哲理神韻，將自我與明
月融化到宇宙間，從永恆的自然法則與多變的人生風雲的
對比中，感悟月亮對人生的啓迪，從而淨化自我，超越自
我。〔註152〕

李白對於「月」有一份癡迷，他愛其皎潔明亮的光輝，故詩中常出現
「明月」、「清月」、「皓月」、「素月」、「皎月」、「朗月」等字詞；又愛
其居於山巔水涯，故多有「山月」、「水月」、「海月」、「雲月」、「湖月」、
「星月」、「石上月」等用語。李白對「月」情有獨鍾，足跡每到之處，
總仰頭遙望之，因此諸如「秦地月」、「秋浦月」、「洲前月」、「西樓月」、
「金陵月」、「天門月」、「蘆洲月」、「竹溪月」、「秦樓月」等詞使用地
十分頻繁。有時隨著不同時刻的心境，李白便將個人情感投射在「月」
之上，如「寒月」、「孤月」、「歸月」、「曉月」、「落月」等都飽啜其憂
思。李白善於詠月，在他筆下，關於「月」的詞彙豐富多樣，變化頗
多，展現其不凡的創造力與自然景觀的觀察力。

　　李白與「月」結緣甚早，可追溯至孩提之際。如〈古朗月行〉·

〔註150〕　詳參楊義：《李杜詩學》，頁346。
〔註151〕　轉引自宋巧芸：《唐詩中月意象的情感內涵和藝術特徵》（青島大學
　　　　　碩士學位論文，西元2005年），頁10。
〔註152〕　同上註。

> 小時不識月，呼作白玉盤。又疑瑤台鏡，飛在青雲端。
> 仙人垂兩足，桂樹何團圓。白兔搗藥成，問言與誰餐。
> 蟾蜍蝕圓影，大明夜已殘。羿昔落九烏，天人清且安。
> 陰精此淪惑，去去不足觀。憂來其如何？悽愴摧心肝。

〔註 153〕

李白以天真浪漫的情懷回憶兒時對於「月」之印象，「呼作」、「又疑」
二詞充滿純真的稚氣，也發揮其豐富的想像力。他彷彿回到自己童年
的時代，看到了懸掛在空中如白玉盤、飛翔於雲端如瑤臺鏡的圓月。
不過，正當沉醉於月亮美好的樣態時，卻緊接著「蟾蜍蝕圓影」的遺
憾，甚至末尾以「憂來其如何？悽愴摧心肝」作結，與首四句形成極
大的情緒落差。朱金城等賞析道：「李白向來是愛月的，何以向月亮
發如此大的怒氣呢？從詩人情緒的變化中，我們不難推斷，這首詠物
之作，是藉詠月以抒發一種鬱鬱不平心情的詩歌。詩中所說的月亮是
一種象徵罷了，象徵著什麼呢？也許是濟世為民的美好理想，也許是
對仕途騰達的宏願。」，〔註 154〕無論「月」象徵意義為何，李白藉月
抒懷的意圖是明確的。

　　而巧合的是，李白生命結束的方式亦與「月」產生淒美的連結，
雖然這絕大可能是後人穿鑿附會之說，但卻顯示李白與「月」的緊密
關係已被世人所公認，因此日本學者吉川幸次郎才說：「李白是為了追
求美好的境界，為了追求完美地表達美好境界的美的辭句而獻出一生
的人。捕捉映在水面的明月而身亡，這的確像是李白所為。」，〔註 155〕
「明月」散發著清澈、純潔的光輝，投射出李白的崇高理想，成為他
靈魂所在。梁森：

> 作為一種皎潔明淨、永恆純美的象徵，明月早已深深植入

〔註 153〕　〔唐〕李白著，〔清〕王琦注：《李太白全集》，上冊，頁 259。
〔註 154〕　見裴斐主編：《李白詩歌賞析集》（四川：巴蜀書社，西元 1988 年），
　　　　　頁 357。
〔註 155〕　〔日〕吉川幸次郎著，章培恆等譯：《中國詩史》（上海：復旦大學
　　　　　出版社，西元 2001 年），頁 224。

我們民族的文化心理之中；作為一個古老的詩歌意象，它
又為歷代詩人反覆吟詠，並且長寫不衰，留下許多名篇佳
句。而最善於描繪儀態萬端的月景，體悟明月所蘊含的豐
厚底蘊，表現人與明月相對而產生的各種內心感受，歷代
詩人中又當首推李白。〔註156〕

李白在山水詩中所構築的「月」世界，最主要的功能乃代他發出思鄉、
懷人……等感觸，也表明其志向。

　　他與月的互動像是知己一般，當他苦於「獨酌無相親」的落寞時，
即自然地有了「舉杯邀明月」的動作，並浪漫地說「對影成三人」，彷
彿「月」已化身為相伴左右的友人。在李白的詠月詩篇中，明月雖遠在
天邊，高不可攀、遙不可及，但卻是李白心中最親切的摯友，於是他有
「醉月」、「步月」、「玩月」、「泛月」、「乘月」、「宿月」……等浪漫奇想。

　　而除了溫馨的陪伴以外，「月」恆久存在的特質時常引起李白對於
自身短暫生命的喟嘆，那種由心靈所散發的深沉苦思，使得月意象在詩
句中流露著受限於時空的審美悲情，若再加上其漂泊不定、懷才不遇的
落寞之催化，潛藏在李白內心的孤獨火焰瞬間即可引燃。如〈鸚鵡洲〉：

鸚鵡來過吳江水，江上洲傳鸚鵡名。鸚鵡西飛隴山去，
芳洲之樹何青青，煙開蘭葉香風暖，岸夾桃花錦浪生。
遷客此時徒極目，長洲孤月向誰明。〔註157〕

提及「鸚鵡洲」，不可避免地便與〈鸚鵡賦〉的禰衡有所關連，他才
高命蹇，最終慘遭殺害的悲劇影像存留成李白心底的一聲長嘆。李白
作〈鸚鵡洲〉有自比禰衡的意味，因此此首可視作其明志之詩。詩中
三次出現「鸚鵡」，彷彿是禰衡的化身在眼前翩翩起舞，其迴旋反遝
的手法，凸顯了李白濃厚的情感，也增添了藝術的感染力。而芳樹青
青．煙花似錦的繁盛美景，反襯了李白抑鬱不下的心境，終於在詩尾
發出「長月孤月向誰明」的悲痛疑問。由李白拋諸天地的無解習題，
可發現「月」在他心中具有明澈美好的形象，它的光亮是如此溫煦柔

〔註156〕 梁森：《謝朓與李白管窺》，頁118～119。
〔註157〕 〔唐〕李白著，〔清〕王琦注：《李太白全集》，中冊，頁992。

和，卻如同一面照妖鏡，使隱匿於詩人內心的悲憤之魔無所遁形。

在李白的山水詩中，屬於夜景者不少。而「月」每每成為黑暗中不滅的照明燈。柔和的月光，靜靜灑瀉在闃寂的夜空，亙古長存、橫跨時空，引起李白無限的感慨，其〈把酒問月〉：「青天有月來幾時，我今停盃一問之。人攀明月不可得，月行卻與人相隨。皎如飛鏡臨丹闕，綠煙滅盡清暉發。但見宵從海上來，寧知曉向雲間沒。白兔擣藥秋復春，嫦娥孤棲與誰憐。今人不見古時月，今月曾經照古人。古人今人若流水，共看明月皆如此。唯願當歌對酒時，月光長照金樽裡。」，〔註158〕「今人不見古時月，今月曾經照古人」乃李白有感於人命有時而盡，而明月永世長存的現實無奈。不過，也因為它自古至今，未經改變地存在著，且無論天涯地角皆可同時望之，所以也成為李白興發追遠懷古的媒介。如〈金陵城西樓月下吟〉：

> 金陵夜寂涼風發，獨上高樓望吳越。
> 白雲映水搖空城，白露垂珠滴秋月。
> 月下沉吟久不歸，古來相接眼中稀。
> 解道澄江淨如練，令人長憶謝玄暉。〔註159〕

此首詩是李白於天寶年間作客金陵時所作，他在涼風陣陣的寂夜裡，獨臨高樓興發懷古幽思。眼見吳越舊地盛極一時，而今凋零殘敗，令他不勝唏噓。白雲映照於水面上，隨之盪漾生波，似可撼動全城；而珍珠般透白的露水映著皎潔的月光，更顯澄澈。李白在此山水詩中所經營的意象極為淒美，景致動人。

古今如一的明月，猶如一時空遂隧道，帶著李白的思緒穿梭在浩瀚的歷史長河裡，而李白卻唯獨選擇停留在謝玄暉的澄江中迷醉。他在月下徘徊流連，久久不肯離去，乃有感於「古來相接眼中稀」。詩句中的「稀」字毫無保留地表現出他對於知音難尋的遺憾，生命的孤獨感也隨之油然而生。如同德國存在主義大師馬丁·海德格爾（Martin

---

〔註158〕 同上註，頁941。
〔註159〕 同上註，上冊，頁403。

Heidegger，西元 1889～1976 年）所言：

> 老實說，人是什麼？試將地球置於無限的太空中，相形之
> 下，它只不過是空中的一顆小沙，在它與另一小沙之間存
> 在著哩以上的空無，……在這萬萬年的時間之中，人的生
> 命，其時間的延伸又算什麼？只不過是秒針的一個小小的
> 移動。〔註160〕

此空虛、不安的感覺，使得人們失去自我價值的座標，陷入悲傷的淵
藪。而人對於己身的渺小及生命的短暫，總是在置身偌大天地之際覺
察。「月」因為與宇宙長存，故每當李白流連山水、舉頭遠眺時，便
自然地觸發他人生的諸多省思。尤其是加上「秋」的季節符號，那愁
煞人的氣氛便一股腦地傾洩出來了。除了上文所舉之〈金陵城西樓月
下吟〉外，尚有〈勞勞亭歌〉：

> 金陵勞勞送客堂，蔓草離離生道旁。
> 古情不盡東流水，此地悲風愁白楊。
> 我乘素舸同康樂，朗詠清川飛夜霜。
> 昔聞牛渚吟五章，今來何謝袁家鄉。
> 苦竹寒聲動秋月，獨宿空簾歸夢長。〔註161〕

「秋」、「月」所組成的復合意象，在古送別之地──勞勞亭，揪動著
淒苦難消的愁緒。楊義分析此詩的「秋月」意象，極為透澈、精闢：
「詩人使用了『秋月』復合意象，而且把這個複合意象置於苦、寒、
獨、空一類冷色調的語詞之間。苦竹的聲音怎會是寒冷的呢？這裡採
用通感的手法，把人置於若夢若真的精神狀態之中，始經告別就獨宿
於船艙空簾之下做著漫長的歸來之夢了，在白楊悲風、苦竹寒聲之間
的秋月意象，既聯通著古與今，又聯通著心與物，其意象復合性所產
生的功能多重性，頗值得注意的。」〔註162〕揭示了李白對於「月」

〔註160〕　海德格爾：〈形而上學序論〉，見葉維廉：《尋求跨中西文化的共同
　　　　　文學規律──葉維廉比較文學論文選》（北京：北京大學出版社，
　　　　　西元 1987 年），頁 159。
〔註161〕　〔唐〕李白著，〔清〕王琦注：《李太白全集》，上冊，頁 399。
〔註162〕　楊義：《李杜詩學》，頁 362。

意象的複合經營，展現了多重表意的功能。

「月」不僅以永恆不滅之特質，刺激李白對生命價值的深入思維，也以明亮柔和的光芒映照著離人之淚，無論是懷友或別鄉，都顯得依依不捨、痛及心扉。如〈月夜江行寄崔員外宗之〉：

> 飄飄江風起，蕭颯海樹秋。登艫美清夜，挂席移輕舟。
> 月隨碧山轉，水合青天流。杳如星河上，但覺雲林幽。
> 歸路方浩浩，徂川去悠悠。徒悲蕙草歇，復聽菱歌愁。
> 岸曲迷後浦，沙明瞰前洲。懷君不可見，望遠增離憂。
> 〔註163〕

時值江風飄飄、海樹蕭颯的秋夜，李白泛舟江上，懷念起友人，心中的離憂隨著極目遠望而更加深切。月光跟著輕舟繞過碧山，撫慰著李白的寂寞，而江水漫漫地與遠天相接，彷彿宣告著與友人相見遙遙無期。在李白筆下，「月」雖然引起人的聚合無奈，卻也在柔和月光下得到安慰，因此以「月」意象抒發離愁的山水詩，通常都具有心理治療的功用。如〈送張舍人之江東〉：

> 張翰江東去，正值秋風時。天清一雁遠，海闊孤帆遲。
> 白日行欲暮，滄波杳難期。吳洲如見月，千里幸相思。
> 〔註164〕

日沒月升，客觀而言是宇宙周而復始的既定規律，而在騷人墨客的主觀意念裡，卻是生命點滴流逝的清晰標記。對比「秋風」、「雁遠」、「孤帆」、「日暮」等悲愁意象，「月」在此顯得較為溫馨，使得李白與友人即便相隔千里，也能藉著共看一輪明月而慰藉相思之苦。「月」挾帶著李白飛越空間距離的阻礙，正所謂「但願人長久，千里共嬋娟」，那片溫和的月光恰足以填補其生命的缺口。〈聞王昌齡左遷龍標遙有此寄〉：

> 楊花落盡子規啼，聞道龍標過五溪。
> 我寄愁心與明月，隨風直到夜郎西。〔註165〕

〔註163〕〔唐〕李白著，〔清〕王琦注：《李太白全集》，中冊，頁667。
〔註164〕同上註，頁748。
〔註165〕同上註，中冊，頁661。

儘管目見楊花落盡，耳聞子規夜啼，但有了明月爲伴，李白的心便有了安定的歸宿。從他直言「我寄愁心與明月」，便可知「月」在此發揮了遣懷抒憂的功用。除了懷友傷別，「月」也消解了李白的鄉愁。其〈靜夜思〉：「床前明月光，疑是地上霜。舉頭望明月，低頭思故鄉。」〔註166〕串連了李白思鄉情懷與月的密切關係。如〈峨眉山月歌〉：

峨眉山月半輪秋，影入平羌江水流。

夜發青溪向三峽，思君不見下渝州。〔註167〕

這是李白青年時代離開故鄉四川之作，而峨眉山正是蜀地名山。李白巧妙地運用明月複合著峨眉山意象，鋪展出對故鄉的萬般依戀。安旗等賞析道：「用月亮來象徵故鄉，故鄉就有了集中的美麗的形象；把月亮當作人和他告別，故鄉就成了活生生的有感情的對象。這樣一來，在〈峨眉山月歌〉中，李白和故鄉惜別的一一之情，自然見於言外。」，〔註168〕可見明月烘托出李白思鄉的情緒波瀾，具有指標性的意義。其〈游秋浦白苛陂〉：

白苛夜長嘯，爽然溪谷寒。魚龍動陂水，處處生波瀾。

天借一明月，飛來碧雲端。故鄉不可見，腸斷正西看。

〔註169〕

詩的前四句寫夜景，至第五句詩意空間陡然升至遠在天邊的明月，瞬間使得視野有了大幅的拓展。「天借一明月，飛來碧雲端」李白以靈動的飛躍姿態，介紹明月出場，造語新奇、活潑。並由明月引領「故鄉不可見」的沉痛心情，思鄉至此，直催人淚下。以明月與思鄉情懷聯結者，在李白山水詩中時可見之。舉例如下：

月下飛天鏡，雲生結海樓。

仍憐故鄉水，萬里送孤舟。（〈渡荊門送別〉）〔註170〕

〔註166〕　同上註，上冊，頁346。

〔註167〕　同上註，頁441。

〔註168〕　安旗、蘇天緯、閻琦：《李詩咀華——李白詩名篇賞析》（北京：北京十月文藝出版社，西元1984年），頁11。

〔註169〕　〔唐〕李白著，〔清〕王琦注：《李太白全集》，中冊，頁947。

〔註170〕　同上註，頁739。

涼風度秋海，吹我相思飛。連山去無際，流水何時歸。
目極浮雲色，心斷明月暉。(〈秋夕旅懷〉)〔註171〕

惜彼落日暮。愛此寒泉清。西輝逐流水。蕩漾游子情。
空歌望雲月。曲盡長松聲。(〈游南陽清泠泉〉)〔註172〕

觀察以上諸詩，不難發現李白思鄉主題的山水詩中有一值得注意的意象組合方式，那就是「月」意象時常與「水」意象結合，也許正同朱子所云：「如水中月，須是有此水，方映得那天上月。若無此水，終無此月也。」，水月交映，自有其美感意義。筆者以為除此之外，深究「水」意象在李白此類詩歌中多有「流水無情」抑或「逝者如斯夫，不舍晝夜」的感嘆，滾滾河水往前奔流，再也不復返，無法力挽狂瀾的徬徨，加深了詩人的悲愁，也強化了詩人的時間消亡的憂患意識。因此奔流不止的「水」與不曾消逝的「月」意象結合，更能把思鄉的複雜情感妥為傳達。梁森另有見地：

> 總的來說，李白筆下的水（主要指清空明麗的水境）與月的世界是一個未受汙染，遠離塵囂的世界，雖然其形態各異其趣萬端，但總是那樣的清澈透明，同時又充滿活力。它顯示出詩人獨特的審美追求，具有統一的色調。無論是思鄉、惜別、懷古、賞景，還是關於宇宙人生的思考，詩人在這個世界裡的情感活動及所表現出的性格不是憂鬱憤懣、豪橫悲壯和目空一切，而是天真樸直、平易和諧、曠達活潑。〔註173〕

他將李白的水月合一的意象世界，作了更全面且深刻的探討，見解獨到。

相較李白「月」世界的風采多姿，獨具代表性，謝朓之「月」意象顯得較為低調，出現比例不高。然而他「月池皎如練」(〈別王丞僧孺〉)之名句卻是眾人耳熟能詳，也得李白青睞的。觀察謝朓〈懷故人〉：「清風動簾夜，孤月照窗時。」、〈同王主簿有所思〉：「徘徊東陌

〔註171〕同上註，中冊，頁1110。
〔註172〕同上註，頁918。
〔註173〕梁森：《謝朓與李白管窺》，頁124。

上，月出人稀。」、〈將游湘水尋句溪〉：「興以暮秋月，清霜落素枝。」
等相關「月」之詩句，皆輕灑著淡淡的孤獨、寂寥，如同月光般溫和、
淒美，不傷人心。

第三節　聲韻締結

　　魏晉已降，隨著佛教梵音之東漸，永明四聲應運而生，它使得中
國古典詩歌開始注重押韻、聲情、音律、節奏等形式表現，終於在唐
朝時開啓中國詩歌格律的新紀元。吳玄濤對於詩韻的發展過程作了概
略的介紹：「大致上來說，唐代以前的詩歌，是照口語上近似的音來
押的。……漢代用韻除弓依當時口語近似的外，有時亦仿照古代可押
的去押。齊梁時代盛行四聲的研究，因此文人們對用韻已漸趨講究，
這時雖有私家韻書的出現，但並不能作爲當時押韻的標準。自唐代
起，押韻就依照官定的韻書了。」〔註 174〕唐詩格律在齊梁時期建立
的基礎上逐漸地發展完備，詩歌創作定式於焉確立。

　　回溯齊梁之際草創詩律雛形的過程，投入眾多優秀詩人的力量，
尤其是沈約、王融、謝朓三人更是「聲律說」與「新體詩」主要提倡
者。而倘若就聲律說在詩歌上的實踐成績而言，謝朓又居於其中之
冠。鄭義雨：「沈約、王融等人『始用四聲以爲新變，至是轉拘聲韻，
彌尙麗靡，復逾於往時。』他們根據漢語的四聲和雙聲疊韻去研究詩
句中聲、韻、調的協調，創『八病』之說。……不過，沈約等人缺少
才氣，詩的內容平庸，未能寫出藝術上足以動俗的好詩，真正運用聲
律新說，在藝術上又卓有成效的是謝朓。」〔註 175〕鍾嶸《詩品》也
記載齊梁人論詩，以謝朓評價最高，盛讚：「謝朓古今獨步。」，足見
謝朓詩歌結合音韻的嘗試與琢磨，成效卓著。謝朓在山水詩創作上，
亦十分注重聲韻的締結與美感，因此其詩作平仄相協、音韻鏗鏘，字

〔註 174〕 吳玄濤：《古典詩入門》，（香港：萬里書局，西元 1980 年），頁 28。
〔註 175〕 鄭義雨：《謝玄暉詩研究》，頁 111。

裡行間彷彿跳動著悅耳的音符，聲調流暢宛轉。這在當時音律方才起步的詩壇，無疑是極大的突破。

　　而李白身處詩律完備的唐朝，自然也十分注重詩歌音韻的展現。雖然在世人眼中，李白時常犯律破格，逾越詩歌創作的規則，但他在詩歌音韻、聲調上的著力卻是有目共睹的。因此觀其相關山水描繪諸作，亦不乏聲情兼具的佳作。

一、圓美流轉如彈丸──謝朓

　　魏晉已降，詩歌聲律從自然調聲階段進步到理論成形階段，其中齊梁乃為關鍵時期。中國南朝齊武帝永明年間出現「永明體」，當時的音韻學家周顒發現並創立以平上去入制韻的四聲說，沈約等人根據四聲和雙聲疊韻來研究詩的聲、韻、調的配合，提出了作詩必須力避八病：平頭、上尾、蜂腰、鶴膝、大韻、小韻、正紐、旁紐，從此文人創作開始講究四聲、避免八病、強調聲格律。南朝齊竟陵王蕭子良門下的「竟陵八友」：蕭衍、沈約、謝朓、王融、蕭琛、范雲、任昉、陸倕，都是永明體詩歌的作家。其中以謝朓、沈約和王融為代表。從齊永明至梁陳一百餘年間，吳均、何遜、陰鏗、徐陵、庾信等先後有諸多作家對詩律進行嘗試與革新，從而為唐代格律詩的產生和發展奠定了基礎。

　　據王和心考究中國詩律發展歷程，指出魏晉詩歌觸犯沈約所謂第二、五字同聲之「蜂腰」病者或劉紹所言第二、四同聲者比例皆超過27%以上。而至南朝宋，犯蜂腰病的比例開始下降到22.8%，但是二、四同聲的比例依然偏高，佔了28.6%，這與「平平仄平仄」的句式大量運用有關。〔註176〕她認為謝朓的詩句不管是峰腰病或是二、四同聲的現象，都大為減少，尤其是是峰腰病減少至13%，為歷代最低，是聲病理論的具體實踐。〔註177〕且看謝朓名句：「餘霞散成綺，澄江

〔註176〕 王和心：《從六朝聲病說到唐朝聲律格式之完成──以五、七言詩為研究對象》(彰化師範大學碩士論文，西元 1993 年)，頁 34～35。
〔註177〕 同上註。

靜如鍊。」乃採取「平平仄平仄」的聲調排序，無聲病之累，展現詩歌聲韻的美感，成為後來唐朝近體詩相當常用的定式。茲舉〈遊敬亭山〉為例：

　　　茲山互百里，合沓與雲齊。（平平仄仄仄，仄仄仄平平。）
　　　隱淪既已託，靈異居然棲。（仄平仄仄仄，平仄平平平。）
　　　上干蔽白日，下屬帶迴谿。（仄平仄仄仄，仄仄仄平平。）
　　　交藤荒且蔓，樛枝聳復低。（平平平仄仄，平平仄仄平。）
　　　獨鶴方朝唳，飢鼯此夜啼。（仄仄平平仄，平平仄仄平。）
　　　渫雲已漫漫，夕雨亦淒淒。（仄平仄仄仄，仄仄仄平平。）
　　　我行雖紆組，兼得尋幽蹊。（<u>仄平平平仄</u>，平仄平平平。）
　　　緣源殊未極，歸徑窅如迷。（平平平仄仄，平仄仄平平。）
　　　要欲追奇趣，即此陵丹梯。（仄仄平平仄，仄仄平平平。）
　　　皇恩竟已矣，茲理庶無睽。（平平仄仄仄，平仄仄平平。）

〔註178〕

此詩全長二十句，在單句內部的平仄安排上竟只有一句「我行雖紆組」一句不合律，而就上下兩句相對應字的平仄處理上，除了「我行雖紆組」以下兩句必然無法和諧外，另有「交藤荒且蔓」以下二句、「要欲追奇趣」以下二句不和諧，這樣接近唐律的詩作，顯現出謝朓對於詩歌聲調的高度要求。要者，此首詩押上平八齊韻，一韻到底，也說明了謝朓的山水詩句，不僅力克聲病，在用韻方面，也相當講究。

　　詩為韻文之一，自然注重詩韻之音響。歷代詩人用韻之方式有古、近體之分，近體詩用韻甚嚴，不管是絕句、律詩、排律，都必須遵守規則，一韻到底，不可轉韻或通韻。然而齊梁以前，韻書並不完備，因此詩文押韻無所依憑，近似通轉的用韻現象十分普遍。然而謝朓詩作已出現一韻到底的現象，展現其用韻的能力，如〈和蕭中庶直石頭〉：

　　　九河互積岨，三峻鬱旁眺。皇州總地德，迴江款嚴徼。
　　　井幹艷蒼林，雲甍蔽層嶠。川霞旦上薄，山光晚餘照。

<hr />

〔註178〕　〔南朝齊〕謝朓著，曹融南校注集說：《謝宣城集校注》，頁240。

翔集亂歸飛，虹蜺紛引[曜]。君子奉神略，瞰迴憑重[嶠]。
彈冠已籍甚，升車益英[妙]。功存漢冊書，榮並周庭[燎]。
汲疾移偃息，董園倚談[笑]。麾斾一悠悠，謙姿光且[劭]。
讌嘉多暇日，興文起淵[調]。日余廁鱗羽，滅影從漁[釣]。
澤渥資投分，逢迎典待[詔]。詠沼邀含毫，專城空坐[嘯]。
徒慚皇鑒揆，終延曲士[誚]。方追隱淪訣，偶解金丹[要]。
若偶巫咸招，帝閽良可[叫]。〔註 179〕

此長詩共有三十四句，採用隔句押韻的方式，且以去聲十八嘯韻，一韻到底，十分不容易。綜觀謝朓五言詩中一百三十八首中，有一百二十六首達到一韻到底的標準，比例之高，獨步當時詩壇，也讓他成為日後唐音的先導。而觀察謝朓以山水為描繪主軸之詩，也多有一韻到底的現象，如〈將遊湘水尋句溪〉：

既從陵陽釣，掛鱗騁亦[螭]。方尋桂水源，謁帝蒼山[垂]。
辰哉且未會，乘景弄清[漪]。瑟汨瀉長淀，潺湲赴兩[岐]。
輕蘋上靡靡，雜石下離[離]。寒草分花映，戲鮪乘空[移]。
興以暮秋月，清霜落素[枝]。魚鳥余方翫，纓緌君自[縻]。
及茲暢懷抱，山川長若[斯]。〔註 180〕

此詩乃押上平四支韻，一韻到底。將山水景物的美感，透過和諧統一的音韻，一氣呵成。如同朱光潛先生所言：「韻主要功用仍在造成音節前後呼應與和諧。」〔註 181〕謝朓已注意到韻的在詩句中的妙用。因此在其山水詩中，「一韻到底」乃一常態，如：

上平五微韻：〈休沐重還丹陽道中〉

薄遊第從告，思閒願罷[歸]。還印歌賦似，休汝車騎[非]。
灞池不可別，伊川難重[違]。汀葭稍靡靡，江菼復依[依]。
田鵠遠相叫，沙鴇忽爭[飛]。雲端楚山見，林表吳岫[微]。
試與征徒望，鄉淚盡沾[衣]。賴此盈尊酌，含景望芳[菲]。
問我勞何事，霑沐仰青[徽]。志狹輕軒冕，恩甚戀闈[闈]。

〔註 179〕 〔南朝齊〕謝朓著，曹融南校注集說：《謝宣城集校注》，頁 288。
〔註 180〕 同上註，250。
〔註 181〕 參見朱光潛：《詩論》（北京：北京出版社，西元 2005 年），頁 226。

歲華春有酒，初服偃郊 扉 。〔註182〕

下平十一尤韻：〈和江丞北戍琅邪城詩〉

春城麗白日，阿閣跨層 樓 。蒼江忽渺渺，驅馬復悠 悠 。
京洛多塵霧，淮濟未安 流 。豈不思撫劍，惜哉無輕 舟 。
夫君良自勉，歲暮勿淹 留 。〔註183〕

謝朓山水詩一韻到底者為數頗多，然而不可諱言也有通韻、轉韻之情形，王力：「所謂通韻，指的是鄰韻相通。」，〔註184〕謝朓詩中也有借鄰韻而相通者，如：〈冬緒羈懷示蕭諮議虞田曹劉江二常侍〉：

去國懷丘園，入遠滯城 闕 。寒燈耿宵夢，清鏡悲曉 髮 。
風草不留霜，冰池共如 月 。寂寞此閒帷，琴尊任所 對 。
客念坐嬋媛，年華稍苒 蒦 。夙慕雲澤遊，共奉荊臺 繢 。
一聽春鶯喧，再視秋虹 沒 。疲薾良易返，恩波不可 越 。
誰慕臨淄鼎，常希茂陵 渴 。依隱幸自從，求心果蕪 昧 。
方軫歸與願，故山芝未 歇 。〔註185〕

其中「闕、髮、月、越、歇」乃押入聲六月韻，而「渴」則取鄰近入聲七曷韻，為一通韻方式。至於「對、蒦、繢、沒、昧」則用去聲十一隊韻，係為一轉韻現象。另外〈和何議曹郊遊其二〉亦通用上聲二十一馬韻、去聲二十二禡韻、入聲十一陌韻，韻腳為「者、下、瀉、假、夏」。不過，觀察在謝朓詩中，此類轉韻、通韻詩作並不多，其大多數作品仍是一韻到底的。因此儘管當時對於押韻無嚴格規定，韻書亦尚未完備，但謝朓對於聲韻的注重及戮力，在其詩作中畢現無遺，接近唐朝近體詩之用韻法則，因此宋朝嚴羽云：

謝朓之詩，已有全篇似唐人者，當觀其集方知之。〔註186〕

謝朓認為「好詩圓美流轉如彈丸」（《南史·王曇首傳附王筠傳》），他的

〔註182〕〔南朝齊〕謝朓著，曹融南校注集說：《謝宣城集校注》，頁254。
〔註183〕同上註，頁321。
〔註184〕王力：《古體律詩學》（北京：中國人民出版社，西元2005年），頁30。
〔註185〕同上註，頁269。
〔註186〕〔宋〕嚴羽：《滄浪詩話》，見〔清〕何文煥輯：《歷代詩話》下冊，頁696。

詩歌作正是體現了這一審美觀點。「圓美流轉」強調的是聲律在詩歌創作上的重要地位，謝朓竭力貫徹永明聲律說，使得詩句音韻和諧，讀來悅耳、流暢。沈約〈傷謝朓〉寫道：「吏部信才傑，文鋒振奇響。調與金石諧，思逐風雲上。」，其中「調與金石諧」便凸顯了謝朓重視詩歌音韻的創作特點。明王世貞《藝苑卮言》由「聲韻」角度來比較大、小謝之詩：「靈運語俳而氣古，玄暉調俳而氣今。」，「語俳」是注重詞語的俳偶，而「調俳」則表現對詩歌聲韻的講究。謝朓將他對詩歌音律的堅持，融入山水詩作中，因此處處都可摘取平仄和諧、音韻鏗鏘之佳句。

二、全以神運，不泥於法度——李白

　　唐朝近體格律承接魏晉南北朝的詩律基礎，加以發揚光大，終於建立了中國詩歌創作之準則。正當眾詩人正汲汲於韻調的美感經營及嚴守詩作定式之際，李白突破詩律重圍，走出一條屬於自己的創作道路。而對於李白的「突破」，向來毀譽參半。綜觀其上百首五言律詩中，有將近半數未對仗，當然這並非意味李白沒有能力寫律詩，事實上他也有符合格律的佳作，尤其在山水題材上的表現也極為出色。如〈送友人〉：

　　青山橫北郭，白水繞東城。（平平平仄仄，仄仄仄平平。）
　　此地一為別，孤蓬萬里征。（仄仄仄平仄，平平仄仄平。）
　　浮雲遊子意，落日故人情。（平平平仄仄，仄仄仄平平。）
　　揮手自茲去，蕭蕭班馬鳴。（平仄仄平仄，平平平仄平。）

這一首山水詩，融入李白深切的情感，表現出人在蒼茫天地間送別的孤寂。而在聲調上，雖出現「仄仄仄平仄」（此算是半拗，可救可不救）、「平仄仄平仄」等拗句，但其黏對工整（如第二句「水」為仄聲，第三句「地」亦為仄聲，乃「黏」。又第二句「地」為仄聲，第四句「蓬」為平聲，乃「對」），對於中國詩歌格律研究極深的學者王力言：「黏對的作用，是使聲調多樣化。如果不『對』，上下兩句就雷同了，如果不『黏』，前後兩聯的平仄又雷同了。」〔註187〕因此並不損其音

〔註187〕　王力：《詩詞格律》（北京：中華書局，西元 2007 年），頁 29。

調之流暢、宛轉，反而更具變化性。況且有時平仄不合常格之拗句還具有強化字詞力量的作用。黃永武：

> 「律」是一種嚴格而固定的規則，這種規則的美，自然也是一種束縛。往往由於聲律的過分固定，不免因辭害意。詩人才士總耐不住任何束縛，幾乎是在律師初盛的唐代，即同時有了故意失黏的拗句，用以創新音調，由於拗句不合於「律」，便往往陷入於「古」，爲防「古」、「律」雜揉，詩人對拗句，往往由聲律上去「救」，拗而能救，就不算是一種「病」，反而在平板無味的陳腔濫調中，躍出新的音調與力量來。〔註188〕

因此，李白詩歌雖時常有犯律破格之弊，仍保持著不墜的地位。再觀察其另一首山水詩〈渡荊門送別〉：

> 渡遠荊門外，來從楚國游。（仄仄平平仄，平平仄仄平。）
> 山隨平野盡，江入大荒流。（平平平仄仄，仄仄仄平平。）
> 月下飛天鏡，雲生結海樓。（仄仄平平仄，平平仄仄平。）
> 仍憐故鄉水，萬里送行舟。（平平仄平仄，仄仄仄平平。）

此詩對仗工整，押下平十一尤韻，一韻到底。在平仄佈置安排上，大抵符合格律，唯「仍憐故鄉水」（平平仄平仄），但拗救得宜，亦無傷大雅。

　　而李白五言律詩約莫有一百多首，但七言八句詩之作卻僅有二十首，其中十首勉爲律詩，佔其全部詩作的百分之一。其餘多有轉韻現象，甚至有七首失黏，如：〈贈郭將軍〉、〈寄崔侍御〉、〈登金陵鳳凰台〉、〈題東溪公幽居〉、〈送族弟綰從軍安西〉、〈鸚鵡洲〉、〈怨情〉，比例頗高。

　　而令人玩味的是其中三首山水詩〈寄崔侍御〉、〈登金陵鳳凰台〉、〈鸚鵡洲〉雖失黏，歷來卻都頗受好評，如〈登金陵鳳凰台〉：〔註189〕

〔註188〕 黃永武：《中國詩學——設計篇》（台北：巨流出版社，西元 2005年），頁118。
〔註189〕 〔唐〕李白著，〔清〕王琦注：《李太白全集》，中冊，頁986。

　　鳳凰臺上鳳凰游，鳳去臺空江自[流]。
　　（仄平平仄仄平平，仄仄平平平仄平。）
　　吳宮花草埋幽徑，晉代衣冠成古[丘]。
　　（平平平仄平平仄，仄仄平平平仄平。）
　　三山半落青天外，二水中分白鷺[洲]。
　　（平平仄仄平平仄，仄仄平平平仄平。）
　　總爲浮雲能蔽日，長安不見使人[愁]。
　　（仄仄平平平仄仄，平平仄仄仄平平。）

此詩乃李白爲數不多的山水七律詩中，最爲人所讚頌的一首。其通篇
押下平十一尤韻，一韻到底，且中間兩聯對仗工整，這樣的作品在李
白的詩作中的確不常見。然而它還是有一嚴重的缺失，那就是第二、
三句與第三、四句失黏，此乃律詩之忌。因而王琦認爲上首不能算是
律詩，而應爲古風。不管如何，從此可看出李白創作時對於近體格律
並不嚴格遵守，至少從他律作的數量可探知他並不特別喜愛格律。關
於李白詩作不泥於聲律，康懷遠認爲可從以下角度來探討：

　　李白浪漫的風格，風流的特質，傲岸的性格，促使他的詩
　　歌創作走著與同時代的詩人不同的道路。……誠如趙翼所
　　云：「（李白）蓋才氣豪邁，全以神運，自不屑束縛於格律
　　對偶，與雕繪者競長。」因此他把畢生精力投入了古風、
　　樂府、絕句、歌行的創作中，並取得名垂千古的文學成
　　就。……就詩歌發展而言，自晉宋到唐初，正如陳子昂所
　　說：「文章道弊五百年矣，漢魏風古，晉宋莫傳」，「齊梁間
　　詩，彩麗競繁，而興寄都絕。這就引起了許多具有進步文
　　學觀的詩人的不滿和反對。……而李白也堪稱衝鋒陷陣的
　　鬥士之一。……面對詩歌逆流，他要向孔子刪詩、郢匠運
　　斤那樣迎風而上，大膽創造，恢復「古道」，……由此可知，
　　用進步文學理論武裝起來的李白，在創作實踐上必然不會
　　圍繞格律要求轉圈圈了。〔註190〕

而研究六朝至唐之詩體格律發展的王和心也有相似的看法：「（李白）

〔註190〕康懷遠：《李白批評論》，頁166。

在盛唐詩人中，使用律句的比例最低，其時李白並非不能寫律詩，他的〈宮中行樂詞〉也是『律度對屬，無不精絕。』，只是因為以『復古』為己任，提倡風雅，加上情感奔放，個性浪漫，不願受到格律所束縛，所以不太採用律詩這種體裁。」〔註191〕這也是較公允的說法。相較於律體之稀少，不可諱言地，李白的古風數量最多，著力也最深。

　　古體多於律體的創作傾向也反映在李白的山水詩作上，李白描山繪水首重自然清真，因此他不泥於詩律，反而能從容於法度之中，表現出詩歌的精神及真摯的情感。如其名作〈蜀道難〉：

　　　　噫吁戲！危乎高哉！
　　　　蜀道之難難於上青天。
　　　　蠶叢及魚鳧，開國何茫然！
　　　　爾來四萬八千歲，始與秦塞通人煙。
　　　　西當太白有鳥道，可以橫絕峨眉巔。
　　　　地崩山摧壯士死，然後天梯石棧方鉤連。
　　　　上有六龍回日之高標，下有衝波逆折之迴川。
　　　　黃鶴之飛尚不得過，猿猱欲度愁攀援。
　　　　青泥何盤盤！百步九折縈巖巒。
　　　　捫參歷井仰脅息，以手撫膺坐長歎，
　　　　問君西遊何時還？畏途巉巖不可攀。
　　　　但見悲鳥號古木，雄飛雌從繞林間。
　　　　又聞子規啼，夜月愁空山。
　　　　蜀道之難難於上青天，使人聽此凋朱顏。
　　　　連峰去天不盈尺，枯松倒掛倚絕壁。
　　　　飛湍瀑流爭喧豗，砯崖轉石萬壑雷。
　　　　其險也如此，嗟爾遠道之人胡為乎來哉！
　　　　劍閣崢嶸而崔嵬。一夫當關萬夫莫開。
　　　　所守或匪親，化為狼與豺。
　　　　朝避猛虎，夕避長蛇。

〔註191〕　王和心：《從六朝聲病說到唐朝聲律格式之完成——以五、七言詩為研究寺象》，頁68。

磨牙吮血，殺人如 麻 。

錦城雖云樂，不如早還 家 。

蜀道之難難於上青天，側身西望常咨嗟。

〈蜀道難〉是李白首屈一指的詩作，不但寫景手法高妙，其中納含的深情亦令人津津樂道。從詩中長、短句的錯落安排（上列之詩各行字數依序爲三、四，四、五，五、五，七、七，七、七，七、九，九、九，八、七，五、七，七、七，七、七，七、七，七、三，九、七，七、七，七、七，五、十一，七、八，五、五，四、四，四、四，五、五，九、七。），句型變化多端，可窺知李白別有用心。此詩透過長短參差的句子，排列起來似乎象徵著蜀道山路的坎坷、崎嶇，高低落差不定，難以攀爬行走。吳庚舜：「李白這首七言歌行，句式極富變化，三言、四言、五言、六言、七言、九言、十一言、錯綜而用，渾然無痕。長句奔放激越之情，如聞登高長嘯。短句遒勁游有力，如鄰懸崖峭壁。」﹝註192﹞把李白此詩特殊句式的呈現，作了精要的探察。

起句出現一連串的感嘆詞：「噫吁戲！危乎高哉！」這幾個字在發音上極爲拗口不順，似乎預告著蜀道的艱難。以之引出誇張的警語：「蜀道之難難於上青天」，兩「難」字頂眞矗立，彷彿震耳的呼嘯，在全詩迴盪三次，讓人不禁望之卻步。接下來他從各種角度描繪他對蜀道的觀察，發揮了豐富的想像力，並運用誇張的手法，使蜀道呈現雄渾懾人的風貌，全詩奇特妙絕，充滿藝術創造力。

而此詩的用韻也十分特別，雖然轉用了許多韻部，但和諧有致，把蜀道的氣勢鏗鏘地表現出來了。本詩首押下平一先韻，如「天、然、煙、巓、連、川」，又通十三元韻，如「援」，及十四寒韻，如「巒」，上平十五刪韻，如「山」、「間」、「攀」、「顏」，又間以上平九佳韻，如「豺」，通鄰近上平十灰韻，如「開」、「隤」、「雷」，另有下平六麻韻，如「家」、「麻」，偶雜入短暫及促的仄聲陌韻，如「尺」、「壁」等，成功營造山勢險峻給人的壓迫感，多韻轉通交響，擊打出嘹亮的

﹝註192﹞ 參見裴斐主編：《李白詩歌賞析集》，頁 326。

山水音符，使得〈蜀道難〉不僅呈現視覺的震撼，更演奏出聽覺的環繞音效。唐殷璠《河岳英靈集》：

> 白性嗜酒，志不拘檢，常林棲十數載，故其爲文章，率多縱逸，至如〈蜀道難〉等篇，可謂之奇之又奇。然自騷人以還，鮮有此體調也。〔註193〕

「鮮有此體調」正說明了李白在詩歌體格及聲韻上的奇特表現，不同凡響且過於其他詩人。而明朝謝榛《四溟詩話》亦大讚道：

> 李白〈古離別〉、〈蜀道難〉，乃諷時事，雖用古題，體格變化，若疾雷破山，巔風簸海，非神於詩者不能道也。〔註194〕

此詩之奇妙，歷來皆有佳評，如宋朝劉辰翁《唐詩品彙》：「妙在起伏，其才思放肆，語次崛奇，自不在言。」〔註195〕、清賀裳《載酒園詩話》：「〈蜀道難〉一篇，眞與河岳並垂不朽。」〔註196〕、清沈德潛《唐詩別裁集》：「筆陣縱橫，如蚓飛蠖動，起雷霆於指顧之間。任華、盧仝輩仿之，適得其怪耳，太白所以爲仙才也。」〔註197〕都讚揚著李白創作〈蜀道難〉的奇氣妙語，並對其藝術成就加以肯定。總而言之，李白的山水詩並不乏音韻精工之作，絕非特立獨行、刻意不守格律。

　　關於李白山水詩用韻，陳敏祥依《詩韻》作了分類統計：I除了有轉韻的詩之外，以不聲韻且一韻到底的八十七首詩而言，以「尤」韻使用最多，計十二首，近十分之二，「刪」韻次之有九首，約十分之一，「灰韻」（九首）、「先」韻（八首）、「庚」韻（七首）又次之，共二十四首，近十分之三，再次是「支」、「陽」、「微」、「東」四韻（均各五首），佔十分之二，其餘使用到的韻部還有「寒」、「豪」、「佳」、「蒸」、「魚」、「虞」韻等。仄聲韻的詩不多，有十六首，以

〔註193〕　引自顧青編撰：《唐詩三百首──名家集評》，頁162。
〔註194〕　〔明〕謝榛：《四溟詩話》卷一，見丁福保輯：《歷代詩話續編》下冊（北京：中華書局，西元2001年），頁1152。
〔註195〕　引自顧青編撰：《唐詩三百首──名家集評》，頁163。
〔註196〕　同上註。
〔註197〕　同上註。

「紙」韻（三首）、「陌」韻（三首）、「屋」韻（三首）較多，各佔五分之一，其餘有「月」、「遇」、「漾」、「隊」、「旱」、「阮」、「梗」、「銑」等韻。」，﹝註198﹞而李白愛好之「尤」、「刪」、「灰」、「先」、「庚」等韻，多有憂愁哀怨之意，趙雲飛《文學與音律》：「凡微、灰韻的韻語，都含有氣餒抑鬱的情思，……凡尤、侯韻的韻語，都似乎含有著千般愁怨，無法申訴的意味似的，最適合用於憂愁的詩；凡寒、桓韻的韻語，都含有黯然神傷，偷彈雙淚的情愫，適用於獨自情傷的詩。」，﹝註199﹞由山水詩的用韻，可見李白雖自言「一生好入名山遊」，但臨山涉水之際，心情卻不盡然愉悅、興奮，相反的，正反映他失意的落寞、悲愁。

綜觀李白大量不甚符合格律的作品，其不泥於聲律法度，卻能妙造自然、變化萬千的創作傾向，開拓了山水詩不同以往風格的獨特藝術魅力。誠如朱子所言：「李太白詩，非無法度，乃從容於法度之中，蓋聖於詩者也。」！﹝註200﹞

第四節　辭句錘鍊

謝朓與李白的山水詩為了曲盡景態物貌，於創作之際莫不字斟句酌，著力甚深。而謝朓在南朝綺靡濃豔，追求形式之美的詩風中，尚能堅持一條清新流麗的山水詩路，其用語遣字之精工，深得後人敬仰。尤其是李白，他對於謝朓的佳句更是沉醉癡迷，幾度化用、仿作。而從李白深愛的這些句子裡，我們可以發現其描山繪水的詩作技巧，也不免受謝朓模式的影響。

李白模仿謝朓詩句例子不少，茲舉下列詩句為例，以表格對照之：

﹝註198﹞ 陳敏祥：《李白山水詩研究》，頁 224。
﹝註199﹞ 詳見謝雲飛：《中國詩律學》（台北：文津出版社，西元 1998 年），頁 318～319。
﹝註200﹞ 見《朱子語類》，轉引自王琦注《李太白全集》下冊之附錄「叢說」，頁 1527。

李　白	謝　朓
天上何所有，迢迢白玉繩。 斜低建章闕，耿耿對金陵。 〈秋夜板橋浦泛月獨酌懷謝朓〉	引領見京室，宮雉正相望。 金波麗鳷鵲，玉繩低建章。 〈暫使下都夜發新林至京邑贈西西府同僚〉
漢水舊如練，霜江夜清澄。 〈秋夜板橋浦泛月獨酌懷謝朓〉 雨後煙景綠，晴天散綺霞。 〈落日憶山中〉 萬里舒霜合，一條江練橫。 〈雨後望月〉	餘霞散成綺，登江靜如練。 〈晚登三山還望京邑〉
空煙迷雨色，蕭颯望中來。 〈玉眞公主別館苦雨贈衛張卿〉 疑是白波漲東海，散爲飛雨川上來。 〈早秋單父南樓酬竇公衡〉	朔風吹飛雨，蕭條江上來。 〈觀朝雨〉
人煙寒橘柚，秋色老梧桐。 〈秋登宣城謝朓北樓〉	切切陰風暮，桑柘起寒煙。 〈宣城郡內登望〉

　　由上表可發現單一首詩，李白組合了謝朓兩首相似句式、字辭或詩意，可見他對謝朓詩極爲熟稔，運化自如，毫不忸怩。且對於表現澄澈靜謐、清淡蕭瑟之境，總能悟其精要，得其神韻。清袁枚言及李白對於小謝詩「不但襲其意，亦兼其詞」的現象時說：「以太白之才，豈肯蹈襲前人？因其平生最喜謝詩，故不覺習而不察。」〔註201〕可謂卓見。因此，探討兩人山水詩句之錘鍊，理應對其雷同肖似之手法加以關注。

一、動詞活化景態

　　胡曉明：「從語言形式上說，六朝人很細緻地描寫花光、水色、芳林、雲岩，達到了『鬥巧』的境地。」〔註202〕而觀察謝朓的山水詩也不例外，他善於利用詞性轉換，巧妙地捕捉景物的瞬間動態美

〔註201〕　〔清〕袁枚：《隨園詩話補遺》，卷二。
〔註202〕　胡曉明：《萬川之月──中國山水詩的心靈境界》，頁175。

感，製造詩句的驚喜，因此在謝朓筆下的山水景貌，各有姿態、靈動活躍，呈現出不同於現實物貌的藝術境界。胡經之：「文學藝術的創造，不是複製現實世界，而是以藝術符號建構一個與現實世界不同的藝術世界。」，〔註203〕謝朓的山水詩業已通過審美的心靈活動加以改造，改變了原有的單調景致。

　　而李白在登臨遠眺山水之際，曾大呼：「恨不攜謝朓驚人句來。」，足見他對謝朓的詩藝既佩服又仰慕。探討李白山水景物描繪的技巧，可發現他與謝朓一樣都時常用詞性的變化，尤其是「動詞」的巧妙安排，讓景物不再停留於靜態的機械寫真，而充滿動態的生命活力。

　　首先，就謝朓山水詩之用詞遣字探析，如〈入朝曲〉：

　　　飛甍夾馳道，垂楊陰御溝。〔註204〕

謝朓對於景致構圖極為細膩，對於「甍」與「楊」，各以「飛」、「垂」二字狀其姿態，再以「夾」、「陰」兩個動詞使得靜態景物充滿動感。如此一來，飛甍一改僵立固著的形象，增添了生動活潑的氣息，它彷彿沿著馳道綿延夾生，景態頓時更具立體感。再者，「陰」字本為名詞「樹陰」，在此轉品為動詞「遮蔽」，賦予了垂楊餘陰移動、覆蓋的表現能力，景致因此而「活」了起來。

　　觀察這兩句錘鍊字詞的技巧，可發現謝朓在景態方面十分注重其動、靜相合的協調感，如〈登山曲〉：

　　　天明開秀崿，瀾光媚碧隄。風盪飄鶯亂，雲行芳樹低。

　　　暮春春服美，遊駕凌丹梯。升嶠既小魯，登巒且悵齊。

　　　王孫尚遊衍，蕙草正萋萋。〔註205〕

洪順隆：「此詩前四句寫登山所見之景，妙絕，尤其「開」字，「媚」字，用得工貼。『風盪』二句造語亦佳。」，〔註206〕直接點出「開」、

〔註203〕　胡經之：《文藝美學論》（武漢：華中師範大學出版社，西元 2000年），頁 122。

〔註204〕　〔南朝齊〕謝朓著，曹融南校注集說：《謝宣城集校注》，頁 149。

〔註205〕　同上註，頁 157。

〔註206〕　洪順隆：《謝宣城集校注》（台北：臺灣中華書局，西元 1969 年），

「媚」兩動詞對詩境的關鍵作用，它加強了明麗天色的「照耀」效果，讓秀崿曇時開朗、明亮。又「媚」字原本是「形容詞」，在此際轉品爲「動詞」，營造青翠河堤與波瀾水光交相輝映的生動的暮春景象。而「風盪」以下兩句亦以動詞「盪」、「行」呈現風吹、雲飄的動態景緻，工巧精微。

　　謝朓山水詩句中常以動詞活化景態，而句法多爲「名詞＋動詞＋名詞」的形式。句子裡前後兩個名詞（靜態景物），憑藉中間一個動詞聯結，爲兩個靜景注入動態的活力，因此謝朓筆下的山水姿態通常都能曲盡聲色之美，又同時捕捉景物的生命力。以下均以同一句法結構「名詞（或可細分爲形容詞＋名詞）＋動詞＋名詞」描摹景物，如：

　　　　玉露露翠葉，金鳳鳴素枝。（〈泛水曲〉）〔註207〕

　　　　芙蕖舞輕帶，苞筍出芳叢。（〈曲池之水〉）〔註208〕

　　　　清風動簾夜，孤月照窗時。（〈懷故人〉）〔註209〕

　　　　朝光映紅蕚，微風吹好音。（〈和何議曹郊遊〉）〔註210〕

　　　　涼風吹月露，圓景動清陰。（〈和王中丞聞琴〉）〔註211〕

　　　　荊吳阻山岫，江海含瀾波。（〈將發石頭上烽火樓〉）〔註212〕

當然，謝朓以動詞活化靜景的句法並非只有一種，譬如其〈遊東田〉之名句，便使用不同的句式：

　　　　魚戲新荷動，鳥散餘花落。（〈遊東田〉）〔註213〕

前後兩句結構爲「名詞＋動詞＋形容詞＋名詞＋動詞」，是相當工整的對偶。同時，仔細探察其名詞皆爲和緩的平聲，而動詞皆爲鏗鏘的

　　　　頁169。
〔註207〕〔南朝齊〕謝朓著，曹融南校注集說：《謝宣城集校注》，頁159。
〔註208〕同上註，頁193。
〔註209〕同上註，頁272。
〔註210〕同上註，頁334。
〔註211〕同上註，頁337。
〔註212〕同上註，頁199。
〔註213〕同上註，頁260。

仄聲，組成節奏鮮明的描景佳句，魚戲、鳥散、荷動、花落，皆是和諧美妙的生命進行曲，字裡行間彷彿迸發著大自然生生不息的律動。清朝陳胤倩：「『魚戲』二句，生動飛舞。寫景物之最勝者，調亦未墮。」〔註214〕可見謝朓以動詞締造景物的生動姿態，業已獲致好評。成倬雲評此詩：「句句描寫，卻是一氣融結，足徵力厚。又曰：『魚戲』、『鳥散』二語，已近陳隋體格，然語自渾成。」〔註215〕亦盛讚謝朓造語之靈活、高妙。

　　除了用與景物和諧相融的動詞營造生命的可喜律動，謝朓尚利用不尋常的動詞置於句中，勾勒生命飽受摧折而漸形消殞的悲愁圖象。這些動詞鑲嵌在字句裡，乍看衝突，然而再細察意會卻又驟然協調。這種「反常合道」的詩作技巧，總讓詩意立即擁有強烈的形象與感染力。如：

　　　　風碎池中荷，霜翦江南蓮。（〈治宅〉）〔註216〕

風與「碎」，霜與「翦」搭配均不甚合理，但仔細推敲，「碎」字卻把蕭颯秋風摧殘池中荷花的景象，表現地極為傳神。而「翦」字也彰顯了秋霜扼殺青蓮生機的威力，秋霜冰寒如利刃的形象頓時躍然紙上。「碎」、「翦」兩動詞的使用，打破描繪景色的常例，運用出奇的想像力，創新求變，成功塑造了秋夜風霜交迫的蕭索氣氛。黃永武：

　　　　詩人應該運用他敏銳的感受力與覺察力，致力於語言與想
　　　　像的新生，使許多陳舊而缺乏朝氣的日常語言所不能表現
　　　　的事物形象，用新鮮的語言寫出來，使讀者在意外的驚愕
　　　　中，享受詩的快感。詩既有創新語言創新想像的任務，所
　　　　以從形式上說，詩句是可以不用日常語言習慣的聯接法，
　　　　也可以改變字的詞性作用。〔註217〕

正為謝朓山水詩歌活用詞性，賦予景物鮮活形象，並跳脫常俗的寫作

〔註214〕　同上註，頁261。
〔註215〕　同上註。
〔註216〕　同上註，頁268。
〔註217〕　黃永武：《中國詩學》（設計篇），頁250。

技巧，作了最佳的註解。

　　而李白對於謝朓的摹景技巧，雖有所承襲與仿效之處，但呈現的效果仍存差異。其「動詞」所引領出的山水境界則更加開闊，形象更爲雄渾，爲謝朓所難以望其項背。如：

　　　　兩水夾明鏡，雙橋落彩虹。

　　　　人煙寒橘柚，秋色老梧桐。（〈秋登宣城謝朓北樓〉）

此詩以動詞「夾」字營造出兩水（宛溪與句溪）匯流的磅礡氣勢，而另一動詞「落」則將光輝投射於雙橋（鳳凰橋、濟川橋）的動態感一字點出。楊義分析地極爲精當：

　　　　這山水畫也是心靈的圖畫，它不去細寫城廓街衢，而是以對
　　　　偶性思維，寫其在自己心中的感覺。兩條溪水分流合流中，
　　　　『夾』出一面『明鏡』。這個『夾』字寫出了溪水的生命感，
　　　　彷彿存在一種向內相夾的力量；『明鏡』之喻，在傳達水光
　　　　晶瑩之時，也暗示著詩人心境的澄明。雙橋落彩虹，是寫雙
　　　　橋在明淨的波光中的倒影，但是『彩虹』之喻聯通著天象，
　　　　一個『落』字又把一幅靜景寫得生機勃勃了。〔註218〕

同樣也指出了「夾」、「落」兩動詞的關鍵性作用乃在於活化靜景，使其展現蓬勃生機。楊義並認爲「這一『夾』一『落』所蘊含的自然物象的生命感，帶有濃郁的主觀感受的因素，是來自詩學超邏輯想像的。」，〔註219〕而這「超邏輯想像」在李白筆下運化自如，山水姿態時而清雋，時而雄奇。與謝朓相較，李白詩風更具變化，詩境亦更爲寬廣。

　　至於「人煙寒橘柚，秋色老梧桐」，則將一般視爲形容詞的「寒」、「老」二字，轉品爲動詞使用，黃永武認爲在詩句關鍵緊要處，改變其詞性，可以達到詞性被活用的目的。如日常生活中原來是形容詞，活用作動詞。〔註220〕而李白便在錘詞鍊字之際，運用詞性靈活轉換的技巧，使「寒」、「老」由物景的靜態呈現，成爲「轉變」、「變老」

〔註218〕　楊義：《李杜詩學》，頁317。
〔註219〕　同上註。
〔註220〕　黃永武：《中國詩學》（設計篇），頁254。

的內心悸動，加深了秋天給人的淒涼感受。這一詞性的轉變也標誌著詩人主觀意念進入客觀景色的過程。許清雲也關注「寒」、「老」兩字詞性改變，乃對應著景態描摹產生的心理作用：

> 李白詩寫飄入天際的炊煙，使橘柚籠罩著寒意，冷冷清清的秋色，使梧桐變得衰老了。巧就巧在「寒」、「老」這兩個點睛之字，把形容詞轉爲動詞，既描寫秋色寒冷蕭條，又暗示出詩人的淒涼心境，壯志難酬和宦途失意的惆悵。
> 〔註221〕

李白山水詩中以動詞變化加強景物動態感者，爲數頗多，茲舉如下：

> 積雪照空谷，悲風鳴森柯。(〈自巴東州行經瞿塘峽登巫山最高峰晚題壁〉) 〔註222〕
>
> 青山橫北郭，白水遶東城。(〈送友人〉) 〔註223〕
>
> 水搖金刹影，日動火珠光。
>
> 鳥拂瓊簷度，霞連繡栱張。(〈秋日登揚州西靈塔〉) 〔註224〕
>
> 涼風度秋海，吹我相思飛。(〈秋夕旅懷〉) 〔註225〕
>
> 秦雲起嶺樹，胡雁飛沙洲。(〈登新平樓〉) 〔註226〕
>
> 芳草換野色，飛蘿搖春煙。(〈安陸白兆山桃花岩寄劉侍御綰〉)
> 〔註227〕
>
> 谷鳥吟晴日，江猿嘯晚風。(〈江夏別宋之悌〉) 〔註228〕
>
> 東風扇淑氣，水木榮光暉。(〈春日獨酌〉其一) 〔註229〕
>
> 落影轉疏雨，晴雲散遠空。(〈下尋陽城泛彭蠡寄黃判官〉) 〔註230〕

〔註221〕 許清雲：《近體詩創作理論》(台北：洪葉文化事業公司，西元1999年)，頁18。
〔註222〕 〔唐〕李白著，〔清〕王琦注：《李太白全集》，中冊，頁1021。
〔註223〕 同上註，頁837。
〔註224〕 同上註，頁977。
〔註225〕 同上註，頁1110。
〔註226〕 同上註，頁976。
〔註227〕 同上註，頁647。
〔註228〕 同上註，頁746。
〔註229〕 同上註，頁1069。

疊嶂**列**遠空，雜花**間**平陸。(〈姑熟十詠之三首——陵歊臺〉)
〔註 231〕

岸映**松**色寒，石分**浪**花碎。(〈姑熟十詠之三首——天門山〉)
〔註 232〕

以上所列詩句之結構，多將動詞居於前後兩個名詞之間，增添靜態景物的動感。倘若中間關鍵字非動詞，那麼就自然地順應所需，作一轉品之變化。加上舉之例〈春日獨酌〉：「東風扇淑氣，水木榮光暉」，很明顯地將名詞「扇」、形容詞「榮」轉變為動詞使用，然而它們在句中的確發揮了活化景態的作用，讓東風彷彿如扇子般搧來春日溫和的氣息，而水木在光輝照耀下欲發茂盛，都展現了自然萬物的生命躍動。

李白除了援引動詞加入描景行列外，也藉由動詞將內心的情感以自然的動作移入詩句之中。如〈黃鶴樓送孟浩然之廣陵〉：

孤帆遠影碧山**盡**，唯見長江天際**流**。

孤帆的形象本已傷人心目，李白又用一動詞「盡」，表現出帆影緩慢的行進，一點一點向天邊遠去、隱沒的情狀，使得情景更加哀愁。而另一動詞「流」字置於詩末，彷彿劃下一沉痛的休止符，無情地將友人之帆帶離視線。詩人心中的別情離緒，經過兩個動詞「盡」、「流」的催化便更加洶湧、澎湃。

王志清認為活用動詞變化的詩句，能淋漓盡致地發揮語言直觀示現的長處，使物象名詞的呈示陌生化，強化了物象「原始本樣」的生動躍現，強化了山水自然的充沛畫意，強化了詩人情緒毫無興礙的流動。〔註 233〕李白通過動詞與名詞的緊密連結，構成情意豐富的山水詩句，有時直接用動詞，有時轉化非動詞為動詞，都功地強化物象的生命情韻。

〔註 230〕 同上註，頁 681。
〔註 231〕 同上註，頁 1050。
〔註 232〕 同上註。
〔註 233〕 詳參王志清：《盛唐生態詩學》(北京：北京大學出版社，西元 2007年)，頁 182。

二、疊辭美化景色

　　山水詩以描繪山容水意爲作主軸，因此物態情貌之表現便成爲一大著力點。在謝朓、李白純爲描繪靜景之山水詩句中，最常見的創作技巧爲「疊字」。疊字即爲重言，以兩個相同的字摹擬物形或狀寫聲音，而疊字因爲是有秩序的相疊，最容易造成視聽、聽覺的強烈印象，乃山水詩創作不可或缺之技巧。

　　黃永武指出疊字在音響上有極微妙的功用，既可以使語氣完足、意義完整，又可使聲調動聽，疊字如用得靈妙，可以達到「摹景入神」、「天籟自鳴」的妙境。〔註234〕謝朓的山水詩講究兼具聲色之美，因此疊字技巧用得極爲頻繁。如：

　　眇眇蒼山色，沈沈寒水波。（〈出藩曲〉）〔註235〕

　　颯颯滿池荷，脩脩陰窗竹。（〈冬日晚郡事隙〉）〔註236〕

　　曖曖江村見，離離海樹出。（〈高齋視事〉）〔註237〕

　　漠漠輕雲晚，颯颯高樹秋。（〈侍筵西堂落日望鄉〉）〔註238〕

　　從風既裊裊，映日頗離離。（〈秋竹曲〉）〔註239〕

　　潒雲已漫漫，夕雨亦淒淒。（〈遊敬亭山〉）〔註240〕

　　遠樹曖阡阡，生煙紛漠漠。（〈遊東田〉）〔註241〕

　　秋河曙耿耿，寒渚夜蒼蒼。（〈暫使下都夜發新林至京邑贈西西府同僚〉）〔註242〕

　　汀葭稍靡靡，江荄復依依。（〈休沐重還丹陽道中〉）〔註243〕

〔註234〕黃永武：《中國詩學》（設計篇），頁191。
〔註235〕〔南朝齊〕謝朓著，曹融南校注集說：《謝宣城集校注》，頁151。
〔註236〕同上註，頁228。
〔註237〕同上註，頁280。
〔註238〕同上註，頁414。
〔註239〕同上註，頁177。
〔註240〕同上註，頁240。
〔註241〕同上註，頁260。
〔註242〕同上註，頁205。
〔註243〕同上註，頁254。

觀察謝朓山水詩句的疊字使用，大致有兩種句式，一在句子開頭，以景色物態的描摹揭開山水的視覺、聽覺印象，如〈出藩曲〉便是用「眇眇」形容山色渺遠的樣貌，以「沉沉」狀寫水波深邃的景致，使得山色、水波自然與「蒼」、「寒」搭配，詩意和諧自然。其他如「翛翛」、「漠漠」、「曖曖」、「離離」……等皆有相同妙用。而「颯颯」則加入聲音的描摹，對於純靜謐的山水詩世界能掀起陣陣音符的漣漪。

　　另一為句子結尾，加強被描摹之景態的視覺、聽覺印象，留下歷歷在目、餘韻無窮的感受。如〈遊東田〉用「阡阡」形容樹木茂盛的景象，而「漠漠」則狀寫煙霧散布之樣貌。如此一來，便把「曖」、「紛」兩字的表現力詮釋地更加完整了。這樣的例子還有「裊裊」、「離離」、「蒼蒼」、「依依」、「耿耿」……等等，疊字置於句尾能呼應前面所使用的形容詞，使整個詩境更加圓滿，並創造「視覺暫留」、「餘音繞梁」的藝術效果。

　　謝朓處於重視駢詞儷句，對偶工整的南朝詩風中，「疊字」大部分都雙雙對對的出現，且能相互補充其義、補狀其貌。而用疊字製造詩歌藝術效果的作法，在李白山水詩中也頗為多見。然而李白的「疊字」則較不泥於對偶的鋪排，有時成雙入對，有時又形單影隻。如〈荊門浮舟望蜀江〉：

　　　　春水月峽來，浮舟望安極。正是桃花流，依然錦江色。
　　　　江色綠且明，茫茫與天平。透迤巴山盡，搖曳楚雲行。
　　　　雪照聚沙雁，花飛出谷鶯。芳洲卻已轉，碧樹森森迎。
　　　　流目浦煙夕，揚帆海月生。江陵識遙火，應到渚宮城。

　　　〔註244〕

此詩只有兩處使用疊字，且並非在相對位置出現。「茫茫」出於句首，形容江色浩渺與天齊平的樣子，而「森森」則修飾動詞「迎」，使其具有茂然羅列之姿，頗有新意。因此在李白筆下，疊字不僅可以形容靜態物貌，亦可寫真動態景色，如〈下終南山過斛斯山人宿置酒〉：

〔註244〕〔唐〕李白著，〔清〕王琦注：《李太白全集》，中冊，頁1018。

暮從碧山下，山月隨人歸。

卻顧所來徑，蒼蒼橫翠微。〔註245〕

以「蒼蒼」修飾翠微「橫列」的動作，使得朦朧月色下的山色更形深青，且茂密地橫亙在眼前，視覺感受強烈。無怪清朝宋宗元大嘆：「盡是眼前眞景，但人苦會不得、寫不出。」〔註246〕李白山水詩之鍊字錘句確實有過人之處，景色一經其點染，頓時生機畢現。有些詩句的疊字，李白刻意運用對偶產生並列的整齊美感：

漫漫雨花落，嘈嘈天樂鳴。（〈登瓦官閣〉）〔註247〕

月色何悠悠，清猿響啾啾。（〈自巴東舟行經瞿塘峽登巫山最高峰晚還題壁〉）〔註248〕

金陵勞勞送客堂，蔓草離離生道旁。（〈勞勞亭歌〉）〔註249〕

其中〈登瓦官閣〉、〈自巴東舟行經瞿塘峽登巫山最高峰晚還題壁〉的疊字使用，如「漫漫、嘈嘈」、「悠悠、啾啾」還兼顧視覺、聽覺的搭配，使得景致豐富多姿、生動活潑。

李白對於山水詩中的聲音描摹，習於以疊字表現。如：

涼風何蕭蕭，流水鳴活活。（〈江上寄元六林宗〉）〔註250〕

嵐光深院裡，傍砌水泠泠。（〈贈江油尉〉）〔註251〕

月落西山時，啾啾夜猿起。（〈宿清溪主人〉）〔註252〕

舉凡風吹聲、水流聲，李白皆利用疊字所形成的聲響抑或節奏，巧爲狀聲。

總而言之，疊字在謝朓、李白山水詩的字詞裡，是一使用頻繁，不可或缺的重要修辭鍊字之技巧，它幫助詩人更精準地捕捉靜態美

〔註245〕　同上註，頁930。

〔註246〕　引自顧青編撰：《唐詩三百首——名師集評本》，頁8。

〔註247〕　〔唐〕李白著，〔清〕王琦注：《李太白全集》，中冊，頁981。

〔註248〕　同上註，頁1021。

〔註249〕　同上註，上冊，頁399。

〔註250〕　〔唐〕李白著，〔清〕王琦注：《李太白全集》，中冊，頁690。

〔註251〕　同上註，頁1424。

〔註252〕　同上註，頁602。

感，也掌握景色變化的過程，更表現出迴盪於山谷水淵的天籟之音。

三、對比強化景象

　　利用意義協調的字詞，及整齊統一的句式描繪景色，固然可營造和諧的山水詩境，然而景物形象卻容易流於平淡而缺少震撼力。楊辛等編《美學原理》提及調和與對比是營造文學形式美的方式之一：

> 調和與對比反映了矛盾的兩種狀態。調和是在差異中趨向
> 於「同」（一致），對比是在差異中傾向於「異」（對立）。
> 調和是把兩個相接近的東西相並列，例如色彩中的紅與
> 澄、澄與黃、黃與綠、綠與藍、藍與青、青與紫、紫與紅
> 都是鄰近的色彩。……調和讓人感到融合、協調，在變化
> 中保持一致。……對比是把兩種極不相同的東西列在一
> 起。使人感到鮮明、醒目、振奮、活躍。〔註253〕

因此若要營造山水詩之「對比」，即利用兩個相對或相反特質的景物，使山水樣貌出現差異、對立，甚至衝突，藉此強化山水景物之形象，使其更加鮮活、醒目。在謝朓、李白山水詩中使用顏色對比來強化景物形象者，俯拾即是。先舉謝詩為例：

> 綠草蔓如絲，雜樹紅英發。（〈王孫遊〉）〔註254〕
>
> 逶迤帶綠水，迢遞起朱樓。（〈入朝曲〉）〔註255〕
>
> 紅藥當階翻，蒼苔依砌上。（〈直中書省詩〉）〔註256〕
>
> 紅塵朝夜合，黃沙萬裡昏。（〈從戎曲〉）〔註257〕
>
> 餘雪映青山，寒霧開白日。（〈高齋視事〉）〔註258〕
>
> 塘邊草雜紅，樹際花猶白。（〈送江水曹還遠館〉）〔註259〕

〔註253〕 楊辛、甘霖、劉榮凱·《美學原理綱要》（北京：北京大學出版社，西元1989年），頁139～140。

〔註254〕 〔南朝齊〕謝朓著，曹融南校注集說：《謝宣城集校注》，頁190。

〔註255〕 同上註，頁149。

〔註256〕 同上註，頁213。

〔註257〕 同上註，頁155。

〔註258〕 同上註，頁280。

謝朓在體現物色方面，多揀選對比色「紅」、「綠」搭配，間以「黃」、「白」等作變化，使得景物形象強烈而鮮明，呈現鋪錦列繡、采藻滿眼的視覺感受。而李白這方面的著力亦不遑多讓，如：

> 花暖青牛臥，松高白鶴眠。(〈尋雍尊師隱居〉) 〔註260〕
>
> 露浩梧揪白，霜摧橘柚黃。(〈秋日登揚州西靈塔〉) 〔註261〕
>
> 廬山東南五老峰，青天削出金芙蓉。(〈望廬山五老峰〉) 〔註262〕
>
> 蒼崖渺難涉，白日忽欲晚。(〈尋高鳳石門山中元丹丘〉) 〔註263〕

大體上李白所使用的顏色對比，如「青」、「白」、「黃」、「金」等較爲柔和，未若謝朓偏愛紅綠對比般強烈。李白山水詩多以「白」爲主要基調，這特殊的用色傾向，容待後章詳敘。謝朓、李白在山水畫盤上，純熟地調出對比顏色，讓景物樣態各得其彩，樣貌鮮明。雷淑娟：

> 對比本是一種辭格，即把兩種互相矛盾、互相對立的事物
> 或同一事物中互相矛盾、對立的方面加以對照比較，收到
> 語義鮮明的表達效果的修辭方式。〔註264〕

因此「對比」即經由差異的對照，產生比較的心理作用，達到鮮明的語義表達效果。在謝朓、李白的山水詩中，也常常運用對比的手法，加強景物的形態、樣貌。如李白〈冬日歸舊山〉：

> 一條藤徑綠，萬點雪峰晴。〔註265〕

以「一條」、「萬點」數量的對比，使得那一條藤徑在充盈萬點雪花的山峰映襯下更顯翠綠，展現蓬勃的生機，呼應了「晴」字。綠藤以雪峰爲背景，透過對比的作用，相得益彰，綠藤、雪峰的形態都瞬間鮮明起來。正如黃永武所言：

> 大凡宇宙間的人情物態，其深淺、大小、晦明、苦樂等等

〔註259〕 同上註，頁246。
〔註260〕 〔唐〕李白著，〔清〕王琦注：《李太白全集》，中冊，頁1076。
〔註261〕 同上註，中冊，頁977。
〔註262〕 同上註，頁990。
〔註263〕 同上註，頁1060。
〔註264〕 雷淑娟：《文學語言美學修辭》，頁159。
〔註265〕 同上註，下冊，頁1407。

的比例，常須兩相比較，始顯示出明晰的概念。所以在詩歌寫作的技巧上，對於一個單寫的事物，往往不易顯示特色，那就須用背景的陪襯或對比的映照，使意象顯映出來。〔註266〕

再如謝朓〈奉和隨王殿下〉：

月陰洞野色，日華麗池光。〔註267〕

此詩則利用月、日的時間對比，呈現夜晚與白晝不同的景致特色。夜晚時，月光穿透於叢叢野色之中；白晝間，日光閃耀在湖池之上，兩幅美景交相輝映，各有千秋。景色除了運用數量、時間對比加強形象外，尚能利用方位的對比，呈現不同視角的轉移。如〈臨溪送別〉：

悵望南浦時，徒倚北梁步。〔註268〕

方位的對比可以使審美的視線靈活移動，並將景色的涵蓋範圍擴大，李白的詩裡也有相同的技法，如：

西登香爐峰，南見瀑布水。（〈登廬山瀑布〉）〔註269〕

卻顧北山斷，前瞻南嶺分。（〈題元丹丘潁陽山居〉）〔註270〕

洞庭湖西秋月暉，瀟湘江北早鴻飛。（〈陪族叔刑部侍郎曄及中書賈舍人至遊洞庭湖〉）〔註271〕

諸如以上所列詩句，李白對於景觀的方位呈現，採取對比的方法，成功地將視野拓展庄東、西、南、北各處，營造出立體的山水空間感。除了這些方位以外，謝朓用「裏」、「外」亦可帶動山水空間的移轉，如〈後齋迴望〉：

望山白雲裏，望水平原外。〔註272〕

此兩句的對比技巧使用地十分密集，如「山」對「水」，「白雲」對「平

〔註266〕　黃永武，《中國詩學　設計篇》，頁38。
〔註267〕　〔南朝齊〕謝朓著，曹融南校注集說：《謝宣城集校注》，頁371。
〔註268〕　同上註，頁249。
〔註269〕　〔唐〕李白著，〔清〕王琦注：《李太白全集》，中冊，頁988。
〔註270〕　同上註，下冊，頁1147。
〔註271〕　同上註，中冊，頁964。
〔註272〕　〔南朝齊〕謝朓著，曹融南校注集說：《謝宣城集校注》，頁229。

原」，當然最爲關鍵地乃是「裏」、「外」對比之下所營造的空間感，彷彿視線可以潛入白雲裡，飛出平原外，穿梭在廣袤的天地之中。

　　相較謝朓以「裏」、「外」對比所塑造的山水靜態空間，李白用「去」、「來」呈現山水景物與人之間的互動，則更爲巧妙、活潑。如〈與夏十二登岳陽樓〉：

　　　雁引愁心去，山銜好月來。

「去」、「來」兩字的對比效果，將視線由遠景拉至近景，並表現情景相融的妙趣。飛翔的雁鳥將詩人內心的愁緒引領至天邊海角，而靜定的山峰把明月刁銜進眼簾，一去一來，搭配「引」、「銜」兩個擬人化動作，彷彿宣告詩人捐棄煩憂，欣喜地投入美景之中，審美空間裡呈現人、物的互動，對比技巧使用絕妙、靈活。李白〈秋登巴陵望洞庭〉亦表現相同的手法：

　　　來帆出江中，去鳥向日邊。〔註273〕

此詩句先用「來」將視野落於近處，再用「去」延伸至遠景，審美空間以動態景物作切換要鈕，流暢地轉移，使得靜態景致頓時活躍起來。

　　謝朓與李白在山水詩中運用對比的技巧，加強景物形象的鮮明度，並拓展山水審美的空間。而李白更在靜態景致裡搭配靈活的動詞，達到人景合一的美妙互動，對比技巧渾然天成。

〔註273〕同上註，頁995。

第四章　謝朓、李白山水詩的審美理想

　　如首章所述，魏晉南北朝由於人的覺醒，帶動文學自覺，也開啓山水審美意識的大門。中國近代美學大師宗白華先生：「晉人向外發現了自然，向內發現了自己的深情。山水虛靈化了，也情致化了。陶淵明、謝靈運這般人的山水詩那樣的好，是由於他們對於自然有那一股新鮮發現時深入化境濃酣忘我的趣味；他們隨手寫來，都成妙諦，境與神會，眞氣撲人。」〔註1〕再加上崇尙自然的玄風大力吹拂下，以山水自然爲描繪主題的山水詩應運而生。因此山水詩包羅魏晉以來思想、文學、藝術審美等革命所積累的豐富資源，經過諸多詩人戮力開發下，儼然成爲當時詩壇的新創作趨向。而謝朓在這股山水詩創作熱潮中，以獨特的自然審美觀，寫下不同於謝靈運摹山範水式的作品，也跳脫豔辭華藻的弊病，開創清新淡雅的山水詩風。

　　因此李白雖然曾經以爲南朝詩歌「綺麗不足珍」，〔註2〕目無往古，但對於謝朓的山水詩卻是加以襃揚。清朝王士禎《論詩絕句》：

　　　青蓮才筆九州橫，六代淫蛙總廢聲。

　　　白紵青山魂魄在，一生低首謝宣城。〔註3〕

〔註1〕宗白華：《美學的散步》（台北：洪範出版社，西元2001年），頁79。
〔註2〕李白〈古風〉一云：「自從建安來，綺麗不足珍。」見李白著，王琦注：《李白全集》上冊，頁87。
〔註3〕見張健：《王士禎論詩絕句三十二首箋証》（台北：文史哲出版社，西元1994年），頁50。

張健註解道:「漁洋此句謂李白能得謝朓之清新。」，〔註4〕足見李白
在淫麗的六朝詩風中唯獨傾心於謝朓，箇中原因即是看中了謝朓卓然
自立的詩風——「清」。

　　他在〈送儲邕之武昌〉言:「諾謂楚人重，詩傳謝朓清。」〔註5〕
又〈宣州謝朓樓餞別校書叔雲〉:「蓬萊文章建安骨，中間小謝又清
發。」，〔註6〕研究李杜歌的學者楊義先生直言:「這個『清』字是一
個關鍵詞，概括了李白對於謝朓詩藝的總體印象。」，〔註7〕謝朓、李
白詩中都顯現出對「清」的共同愛好，他們拒絕綺靡豔麗，在詩中營
造「清和之境」，描繪「清澹之景」，塗染「清麗之色」，此山水審美
理想與魏晉自然思潮息息相關，筆者欲由謝朓、李白之山水詩梳理出
其間的脈絡，希冀爲其山水偏好找尋靈魂的依靠。

第一節　山水審美的英雄共見——清

　　關於「清」字的審美基礎，必須追溯至魏晉玄學。如世人所知，
魏晉玄學乃承接老莊思想，本體論趨於玄虛，也因此建構了其美學的
形上認識與基礎，不論是以「道」觀物的主觀體悟，抑或以「物」觀
物的客觀審美，均呈現出清和高遠的境界。「道」乃自然無爲而無不爲，
化生天地萬物大和之性，所以綜藝諸多玄學家均致力於調解衝突以求
和，和本末有無，聖人有情無情，名教自然等爭端。不同於儒家強調
個人與社會群體倫理秩序之和，道家所注重的乃爲人與自然的和諧互
融。這樣的傾向在文學藝術領域表現的十分清楚，阮籍〈樂論〉:「夫
樂者，天地之體，萬物之性也。合其體得其性則和，離其體失其性則
乖……聖人之樂，和而已矣。」，又嵇康〈聲無哀樂論〉:「和心足於內，
和氣見於外，故歌以敘志，舞以宣情。……感之以太和，導其神氣，

〔註4〕同上註，頁51。
〔註5〕見〔唐〕李白著，〔清〕王琦注:《李太白全集》，上冊，頁中冊，頁869。
〔註6〕同上註，中冊，頁861。
〔註7〕楊義:《李杜詩學》(北京:北京出版社，西元2002年)，頁274。

養而就之。」因此音聲必須傳遞自然之和，方能感物通情。而以天地自然為描述主體的山水詩，更必須流露出至和的美感以通於至樂之境。值得注意的是山水詩中的至和，往往透過「清」來圓滿達成。

「清」在魏晉具有獨特的哲學地位與審美意義，「清」意指超言絕象的玄冥之境，因此玄遠之學又稱作「清談」，它用於人物品評方面還象徵著士人超凡脫俗、神姿澄澈的高雅風度，如「穆然清恬」、「爽朗清舉」、「清遠雅正」、「風骨清舉」、「秀出清和」⋯⋯等等，都是慣見的評論詞語。〔註8〕早期的山水詩創作尚未擺脫附和玄理的風氣，因此在「以玄對山水」的態勢下，「清」更是輕而易舉地鑲嵌於山水詩中，成為日後山水審美的特殊要求。當然承著玄思的羽翼進入山水詩的「清」字，除了哲學上之優勢之外，它本身亦具備與「和」冥通的特質，故能營造出高遠的境界，而受到山水詩家的青睞，否則「莊老告退」之後，怎能不形消影滅呢？

綜觀山水詩人謝朓的作品，出現「清」字的比例甚高。據學者魏耕原統計，〔註9〕謝朓的 135 首五言詩中，使用「清」字的頻率高達 56 次，佔篇數的 41%，幾乎每兩首就有一首觸及「清」字。舉凡「清風」、「清漪」、「清陽」、「清川」、「清江」、「清氣」、「清化」、「清吹」、「清笳」、「清冬」、「清香」、「清雪」、「清響」、「清鏡」、「清曠」、「清豫」、「清晨」⋯⋯等等詞語，不勝枚舉。「清」可說是他最見本色的詩眼，表現出他的個性。除了帶有「清」字的詩外，尚有許多以意境體現「清」者，都充分顯現了此傾向。而若我們將「清」的觀察範圍縮小至山水詩，經筆者統計，在謝朓相關山水描繪之 70 首作品中，「清」總共出現 36 次，所佔比例超過 50%，較上述佔總篇數 41% 更高。其中〈將遊湘水尋句溪〉一首詩中甚至出現 3 次，證明了「清」在謝朓山水詩中獨具份量，意義非凡。

〔註 8〕所舉詞語參見《世說新語·言語》、〈品藻〉、〈賞譽〉、〈雅量〉。

〔註 9〕詳參魏耕原：《謝朓詩論》（北京：中國社會科學出版社，西元 2004 年），頁 48。

　　而以謝朓山水詩爲學習榜樣的李白，亦十分喜愛「清」字，如「清猿」、「清芬」、「清波」、「清虛」、「清夜」、「清秋」、「清暉」、「清風」、「清澄」、「清川」、「清曉」、「清光」、「清幽」、「清晨」、「清溪」、「清狂」……等等。經筆者統計，在其相關山水描繪之 124 首作品中，「清」總共出現 43 次，所佔比例爲 34.7%。「清」字在李白山水詩中出現的比例雖未若謝朓高，但亦不算低。其中單首詩尚且重複出現「清」字，如〈鳴皋歌送岑徵君〉、〈尋高鳳石門山中元丹丘〉等出現 2 次，而〈送王屋山人魏萬還王屋〉出現 3 次，亦可證明「清」在李白山水詩中絕非偶然遇合的情純，而是李白刻意安排的美麗。

　　綜合上述，謝朓、李白在山水詩中所表現的共同審美理想便是「清」，不需麗彩錯金、濃妝豔抹，而讓山水景物保持清新自然的風貌，是謝朓、李白山水詩的一致堅持。

一、山水詩中的色彩符號──清新

　　謝朓曾自言：「好詩圓美流轉如彈丸。」，除了體現他在音韻上講究和諧外，也正反映其詩歌語言風格注重清新流麗的自然韻味，而厭棄華藻豔彩的過分雕飾。「清麗」標誌著謝朓山水詩歌的審美理想。而李白曾主張：「清水出芙蓉，天然去雕飾。」則更清晰地宣示他喜愛自然天成、清新美妙的詩歌取向。

　　首先，就謝朓、李白山水景物之設色敷彩之技巧，觀察其對於「清」審美理想的體現。謝朓在「聲色大開」的齊梁時期，爲求詩作自然流麗而不墮華綺，十分注意顏色的選用。筆者將其山水詩中顏色字詞出現次數作了統計分析，列表如下：

顏色	青	綠	碧	蒼	翠	紅	朱	丹	彤	赤	金	黃	白	紫
次數	14	9	2	11	2	8	3	4	1	1	3	2	14	4
比例	18%	11%	3%	14%	3%	10%	4%	5%	1%	1%	4%	3%	18%	5%
附註	相近色系共計 49%					相近色系共計 21%								

其比例如下圓形圖：

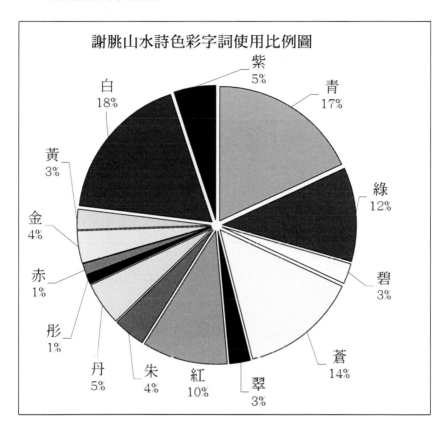

謝朓山水詩色彩字詞使用比例圖

從表、圖之數字呈現，可發現謝朓用色豐富，且偏向自然色系，從單一顏色字詞來看以青色、白色（皆18%）為最多，蒼（深青）色次之（14%），紅色（10%）又次之，而金、黃、紫出現機率則明顯偏低。然而若將相近色系作一統合觀察，則發現青色系（包括青、綠、碧、蒼、翠）共占49%，紅色系（包括赤、彤、丹、朱、紅）則佔21%，為前二名，謝朓山水詩中也最常出現紅、綠對襯的配色。

同樣的，筆者再就李白山水詩色彩字詞作一統計分析，結果如下表：

顏色	青	綠	碧	蒼	翠	黛	紅	朱	丹	赤	金	黃	白	紫	銀
次數	38	16	17	15	9	2	2	3	3	2	9	6	52	3	4
比例	21%	9%	9%	8%	5%	1%	1%	2%	2%	1%	5%	3%	29%	2%	2%
附註	相近色系共計 53%						相近色系共計 6%								

其比例如下圓形圖：

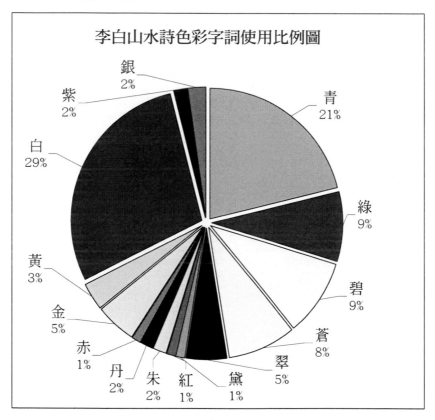

綜觀李白山水詩中色彩字詞的使用，以單一色彩而言，白色乃居總數之冠（29%），青色次之（21%）。若將相近青色系統合而論（包括青色、綠色、碧色、蒼色、翠色、黛色）則比例最高（53%），而紅色系（包括紅色、丹色、朱色、赤色）加總仍只有 6%，尚在單一白色比例之下，可見白色在李白山水詩中具有特殊的代表性，其地位舉足輕重。

綜合以上統計，我們可以發現，若以色系為觀察要點，謝脁、李白山水詩中皆以綠色系居冠，分別為 49%、53%，謝脁、李白對於山水景物的設色敷彩，均呈現自然清雅風格，沒有濃重豔麗的色彩，這與魏晉自然之風有密切關係，魏晉時期「美的自覺」直接承襲著原始道家的美學觀，所謂「道之出言，淡兮其無味也。」〔註10〕呈現出素樸無華的自然原貌，是南朝「天然去雕飾」美學風沛的源流。葛景春先生言：「老莊的自然哲學對謝脁接近自然，悠游林下起著相當的作用。」〔註11〕因此謝脁山水詩對於「清」的愛好，蓋受魏晉自然思潮沾濡。研究南朝山水詩的學者王力堅先生：

> 「芙蓉出水」的清麗美，代表著當時詩人對詩歌美學追求
> 的方向，這種清麗詩美的追求，肇始於正始，經兩晉承續，
> 至劉宋山水詩而蔚然成風。〔註12〕

而「正始」恰是魏晉玄學發展最為蓬勃的時刻，何晏、王弼「貴無」，阮籍、嵇康「任自然」，郭象「獨化」，他們所引爆的「名教」與「自然」之爭，使得「自然」得以嶄露頭角，而大為暢行。思想上的變化造成了審美觀念的遷異，王力堅先生進一步說：

> 從文學創作的實際看，正始文學與玄學之間的關係也是十
> 分密切的，……玄學與詩歌的關係，並不止於玄思哲理的
> 直接表述。更重要的是玄學對於正始文人的思維方式、人
> 生理想、價值觀念，以及審美情趣的深刻影響，並由此促
> 成詩歌內容題材，表達方式及美學風貌的變化。〔註13〕

筆者以為王力堅先生所謂「美學風貌的變化」可以說即是指魏晉詩歌史上這一波來勢洶洶的「自然運動」，它廓清了齊梁淫靡柔綺的詩風，

〔註10〕〔晉〕王弼・《老子註》第二十三章，頁 46。
〔註11〕葛景春：〈李白與謝脁的山水詩〉，收錄於王運熙先生等編著：《謝脁與李白研究》，頁 156。
〔註12〕王力堅：《南朝的唯美詩風──由山水到宮體》（台北：商務印書館，西元 1997 年），頁 44。
〔註13〕王力堅：《魏晉詩歌的審美觀照》（台北：文津出版社，西元 2000 年），頁 56。

在謝朓山水詩中獲得了具體的實踐，數百年後又由李白慧眼獨具地吸納、轉化，成就了兩位山水詩壇的傑出詩人。

（一）白　色

自然思潮倡導素樸自然，淡然無味，這影響到謝朓、李白山水詩的「用色」，王弼《周易・賁卦・上九》：「虛飾之終，飾終反素。故任其質素，不勞文飾，而無咎也。以白為飾，而無患憂，得志者也。」，這是魏晉所謂「無味」的美學觀，宗白華先生認為《周易・賁卦》中的美學思想，在中國美學史上佔有極高的地位，影響深遠，是不可忽視的重要源泉。〔註14〕「以白為飾」所強調的是以素為飾，說的更明確一些，即是以「本色」為飾，本色是原始自然之色，因此「賁」不僅包含「素白」，宏觀來看，蓋指所有無雜質侵入之自然本色。總而論之，「白賁之美」並非絕彩棄飾，而有多姿多彩的可能性。韓康伯注「賁，無色也」一語曰：「飾貴合眾，無定色也。」另高亨注曰：「白賁者，就素為雜色文采也。」，〔註15〕只要原自然之道，循色之本然，便能展現「白賁」之美。

在謝朓山水詩中「白」字使用比例高達 18%，與青色同居用色之冠。而李白山水詩中「白色」使用比例甚至高達 29%，遙遙領先其他顏色字詞。可見謝朓、李白對於顏色的抉擇，都偏愛白色。

在中國色彩學上「白色」的色彩意義乃體現「白賁」素樸之美。而在色彩心理學上，白色具有高注目性及明視度，表現出各種心理，如光明、潔白、淡泊、冰冷、不爭、哀傷、失敗、平等、正義感、純潔、同情、恬淡、虛無、正直、真理、神聖等類。〔註16〕這些心理意

〔註14〕詳參宗白華：〈中國美學史中重要問題的初步探討〉，《美學與意竟》（北京：人民出版社，西元 1987 年），頁 388～390。

〔註15〕高亨：《周易古經今註》（北京：中華書局，西元 1984 年），頁 227。

〔註16〕參見〔美〕魯道夫・阿恩海姆（Rudolf Amheim）著，李澤厚譯：《藝術與視知覺》（Art and Visual Perception，西元 1964 年）（北京：中國社會科學出版社，西元 1987 年），頁 454。及賴瓊琦：《設計的色彩心理》（台北：視傳文化公司，西元 1996 年），頁 26～49。

義在謝朓、李白山水詩中都有所反映。如謝朓〈送江水曹還遠館〉：

　　高館臨荒途，清川帶長陌。上有流思人，懷舊望歸客。

　　塘邊草雜紅，樹際花猶白。〔註17〕

「白」在此不但展現自然生長於天地間的花草卉木之素樸本色，也反映了詩人內心淡淡的懷歸哀思。即便此詩中尚有視覺感較強烈的紅色，但在「清川」、「白樹花」的前後「夾攻」下，顯得內斂許多。在李白山水詩中，亦可找到白花之景，如〈遊泰山〉：

　　日觀東北傾，兩崖夾雙石。海水落眼前，天光遙空碧。

　　千峰爭攢聚，萬壑絕凌歷。緬彼鶴上仙，去無云中跡。

　　長松入云漢，遠望不盈尺。山花異人間，五月雪山白。

　　終當遇安期，于此煉玉液。〔註18〕

在李白審美眼光中，白色的山花具有潔白高尚的特質，不同於人間的俗花野卉。因此他的神仙幻想裡，便選擇白山花入其詩境。謝朓、李白的山水詩中，最常塗染白色的景物乃是「日」。李禎泰《色彩辭典》：「正常太陽顏色是光線的白色，在物體上是把白色的太陽光線完全反射出來得叫做白色。」〔註19〕因此「白日」是自然的光線呈現，它是代表光亮、光明的色彩符號。謝朓名詩〈晚登三山還望京邑〉：

　　灞涘望長安，河陽視京縣。白日麗飛甍，參差皆可見。

　　餘霞散成綺，澄江靜如練。喧鳥覆春洲，雜英滿芳甸。

　　〔註20〕

成倬雲評此詩曰：「著色鮮妍，自成繽紛古藻。」，〔註21〕觀察此詩除了「白日」直接點出顏色外，其他都將顏色悄然的隱藏在景物中，卻亦能呈現視覺的繽紛美感。在「白日」照耀下，四周光線充足，飛甍

〔註17〕〔南朝齊〕謝朓著，曹融南校注集說．《謝宣城集校注》，頁246。

〔註18〕〔唐〕李白者，〔清〕王琦注：《李太白全集》，中冊，頁921。

〔註19〕李禎泰：《色彩辭典》（瀋陽：遼寧美術出版社，西元1989年），頁393。

〔註20〕見〔南朝齊〕謝朓著，曹融南校注集說：《謝宣城集校注》，頁278。

〔註21〕見〔南朝齊〕謝朓著，曹融南校注集說：《謝宣城集校注》之「集說」，頁279。

更添亮麗。「白色」給人的感覺是光明、潔淨，因此並不會使景色過於刺眼。在謝朓山水詩中，「白日」以明亮的光線，使景物更加清晰，意態更加鮮明，如：

> 上干蔽白日，下屬帶迴谿。
> 交藤荒且蔓，樛枝聳復低。(〈遊敬亭山〉)〔註22〕
>
> 餘雪映青山，寒霧開白日。
> 曖曖江村見，離離海樹出。(〈高齋視事〉)〔註23〕
>
> 春城麗白日，阿閣誇層樓。
> 蒼江忽渺渺，驅馬復悠悠。(〈和江丞北戌琅邪城〉)〔註24〕

詩中各種顏色的鋪排，都呈現柔和的美感，足見謝朓渲染山水所慣用的顏料乃屬「清麗」色調。魏耕原先生曾仔細研究二謝山水詩中的色澤問題：

> 顏色和光度在小謝詩中，雖不像大樹那樣濃烈，對比到刺激程度，光亮也不是那樣的耀眼，色澤卻更加豐富，配合的協調柔和。〔註25〕

而李白也是「白色」愛用者，據日本中島敏夫〈對李白詩中色彩字使用的若干考察〉統計：

> 李白詩所用色彩字中頻度最高的是『白』字，……有 456 次（＝456 字），在李白全部色彩字中，占 19.7%。（疑原文 456 字有誤，應為 463 字，按此計算比例和 19.7%一致。——譯者注。）相當於李白全部使用漢字的 0.589%。每 170 個漢字中有 1 個「白」字。〔註26〕

這樣的比例相當高，「白」字在李白詩中可謂是全面地渲染。而就筆

〔註22〕見〔南朝齊〕謝朓著，曹融南校注集說：《謝宣城集校注》，頁 240。
〔註23〕同上註，頁 280。
〔註24〕同上註，頁 321。
〔註25〕魏耕原：《謝朓詩論》，頁 230。
〔註26〕〔日〕中島敏夫著，夏文寶譯：〈對李白詩中色彩字使用的若干考察〉，收錄於《中日李白研究》(北京：中國展望出版社，西元 1989 年)，頁 115。

者統計，在李白山水詩中「白」字使用比例也高達 29%，以單一色彩之使用比例來看，排名第一。

在他的山水詩裡，「白日」出現地十分頻繁，如：

東風扇淑氣，水木榮春暉。

白日照綠草，落花散且飛。（〈春日獨酌〉）〔註27〕

尋幽無前期，乘興不覺遠。

蒼崖渺難涉，白日忽欲晚。（〈尋石門山中元丹丘〉）〔註28〕

故人棲東山，自愛丘壑美。

青春臥空林，白日猶不起。（〈題元丹丘山居〉）〔註29〕

白日行欲暮，滄波杳難期。

吳洲如見月，千里幸相思。（〈送張舍人之江東〉）〔註30〕

滄波渺川汜，白日隱天末。

停棹依林巒，驚猿相叫聒。（〈江上寄元六林宗〉）〔註31〕

從這些詩中，可清楚看出李白認爲「白日」代表美好的時光，因此景物在白日照耀下，生機蓬勃。「白日」隱含著李白對時光的珍視。

當然相較於謝朓，李白的「白色情結」實有過之而無不及。舉凡各種景物都能染上白色，呈現奇特的白色世界。如：

白雨映寒山，森森似銀竹。（〈宿蝦湖〉）〔註32〕

白笴夜長嘯，爽然溪谷寒。（〈遊秋浦白笴歌陂〉）〔註33〕

白鷗閒不去，爭拂酒筵飛。（〈陪侍郎叔遊洞庭〉三首之二）〔註34〕

青蘿褭褭挂煙樹，白鷴處處聚沙堤。（〈和劉侍御通塘曲〉）〔註35〕

〔註27〕〔唐〕李白著，〔清〕王琦注：《李太白全集》，中冊。

〔註28〕同上註，頁 1060。

〔註29〕同上註，下冊，頁 1146。

〔註30〕同上註，中冊，頁 748。

〔註31〕同上註，頁 690。

〔註32〕同上註，頁 1026。

〔註33〕同上註，頁 947。

〔註34〕同上註，頁 951。

〔註35〕同上註，上冊，頁 459。

白波若卷雪，側石不容舠。（〈下涇縣陵陽溪至澀灘〉）〔註36〕

我遊東亭不見君，沙上行將白鷺群。（〈涇溪東亭寄鄭少府諤〉）

〔註37〕

白馬走素車，雷奔駭心顏。（〈送王屋山人魏萬還王屋〉）〔註38〕

天上何所有？迢迢白玉繩。（〈秋夜板橋浦泛月獨酌懷謝朓〉）

〔註39〕

白雲映水搖空城，白露垂珠滴秋月。（〈金陵城西樓月下吟〉）

〔註40〕

古情不盡東流水，此地悲風愁白楊。（〈勞勞亭歌〉）〔註41〕

且放白鹿青崖間，須行即騎訪名山。（〈夢遊天姥吟留別〉）〔註42〕

淥水明秋日，南湖采白蘋。（〈淥水曲〉）〔註43〕

欻如飛電來，隱若白虹起。（〈望廬山瀑布〉）〔註44〕

「白」反映李白山水詩中所隱含的諸多心理，如〈宿蝦湖〉之「白雨」、〈遊秋浦白笴歌陂〉之「白笴」及〈金陵城西樓月下吟〉之「白露」皆帶來寒意，並訴說李白遷旅之憂。〈淥水曲〉之「白蘋」、〈勞勞亭歌〉之「白楊」則表露離愁。而〈夢遊天姥吟留別〉之「白鹿」及〈觀廬山瀑布〉之「白虹」均以「白」表現不同常態的奇特景致，挑戰人們的視覺刻板印象。黃麗容以色彩心理學的角度分析白色在李白詩中可代表六種象徵意義，一為高尚的才性，光明磊落，如：；二為懷才不遇，哀淒悲傷，如：；三為流光歲月，感時嘆逝，如：「白日」；四為爭戰情事，悲苦懷憂，如：「白馬」；五為堅貞情感，平實專一，如：

〔註36〕同上註，中冊，頁1025。
〔註37〕同上註，頁691。
〔註38〕同上註，頁748。
〔註39〕同上註，頁1039。
〔註40〕同上註，上冊，頁403。
〔註41〕同上註，頁399。
〔註42〕同上註，中冊，頁705。
〔註43〕同上註，上冊，頁346。
〔註44〕同上註，中冊，頁988。

「白雪」，六爲崇高形象，如「白玉輝」等。〔註45〕在李白筆下，「白」的表現力，有無限可能。

　　綜觀謝朓、李白之白色使用率頻繁，除了反映兩人心理層面的意義外，也驗證了其對「清」的一貫堅持，而這「清」之色乃出於自然，出於不假人工雕琢。

（二）青　色

　　白色在謝朓、李白山水詩中所代表的意義乃反映其心理各種感受，而「青」色除了心理層面之意義外，也表現其自然景物的審美觀。在謝朓、李白山水詩中出現青色系（包括翠、碧、蒼、綠）的色彩符號出現比例總合分別高達 49%、53%，其地位不容小覷。

　　青色在中國色彩中乃屬五方正色之一，是供給郊廟祭祀之服所使用的高貴顏色。另外，鮮明青色正如春草初生之色，因此多含有蓬勃生命力的象徵意義。而「青」與天結合爲「青天」則是表現天朗氣清的明晰景象，在山水詩中是最常見的字詞。由色彩心理學角度觀之，青色因屬冷色系性質，故容易產生權威、尊嚴、冷酷、深澳、清逸、深遠、和平、憂鬱、沉靜等感覺。〔註46〕可於山水詩探討中加以關注。

　　謝朓在自然勃發的景物上，常使用青色系字詞加以描摹，展現其旺盛生命力。如：

　　　　眇眇蒼山色，沈沈寒水波。（〈出藩曲〉）〔註47〕

　　　　玉霞霑翠葉，金鳳明素枝。（〈泛水曲〉）〔註48〕

　　　　結軫青郊路，迴看蒼江流。（〈和徐都曹出新亭渚〉）〔註49〕

〔註45〕黃麗容：《李白詩色彩學》（台北：文津出版社，西元 2007 年），頁 84～102。

〔註46〕參考自賴瓊琦：《設計的色彩心理》，頁 191～207。

〔註47〕〔南朝齊〕謝朓著，曹融南校注集說：《謝宣城集校注》，頁 151。

〔註48〕同上註，頁 159。

〔註49〕同上註，頁 323。

綠水纈清波，青山繡芳質。(〈還塗臨渚〉)〔註50〕

綠水豐漣漪，青山多燭綺。(〈往敬亭路中〉)〔註51〕

翠葉、綠草、青山等充滿生長契機的景物，讓謝朓心情趨於沉定、和緩。但謝朓對於青色系字詞使用較為單調，缺乏變化，以「青山」、「綠水」、「翠葉」等字詞最常見，而青色字也多用於形容景物。反觀熱情的李白，對於青色系的字詞之使用則較為多樣，其迸發的生命躍動也更加活潑，如：

魚躍青池滿，鶯吟綠樹低。(〈曉晴〉)〔註52〕

群峭碧摩天，逍遙不計年。(〈尋雍尊師隱居〉)〔註53〕

竹色溪下綠，荷花鏡裡香。(〈別儲邕之剡中〉)〔註54〕

芳州卻已轉，碧樹森森迎。(〈荊門浮舟望蜀江〉)〔註55〕

片石寒青錦，疏楊挂綠絲。(〈同族侄評事黯遊昌禪師山池〉)

〔註56〕

閑雲入窗牖，野翠生松竹。(〈陵歊臺〉)〔註57〕

這些景物的描摹方式極為生動，表現出李白直率純真的個性。黃麗容：「詩篇青色色彩，呈現自由悠閑生活，是李白常用的設色法。此類詞彙展現快樂、率性的趨勢，因此作品往往突顯李白平實情性。」，〔註58〕因此青色系色彩詞能表現李白賞遊景物的悠閒心境。

　　當然青色系在山水詩中的運用，除了展現綠意盎然的生機，並體現平和自在的心情外，有時難免會帶來神傷、憂鬱，如深青色之「蒼」，便時常給人深沉的哀傷，賴瓊琦《設計的色彩心理》認為青色有沉悶、

〔註50〕同上註，頁411。

〔註51〕同上註，頁416。

〔註52〕〔唐〕李白著，〔清〕王琦注：《李太白全集》，頁1046。

〔註53〕同上註，頁1076。

〔註54〕同上註，頁725。

〔註55〕同上註，頁1018。

〔註56〕同上註，頁942。

〔註57〕同上註，頁1052。

〔註58〕黃麗容：《李白詩色彩學》，頁117。

憂鬱、不明朗等負面聯想。〔註59〕如謝朓詩：

　　大江流日夜，客心悲未央。徒念關山近，終知返路長。

　　秋河曙耿耿，寒渚夜蒼蒼。(〈暫使下都夜發新林至京邑贈西府同

　　僚〉)〔註60〕

　　寒城一以眺，平楚正蒼然。山積陵陽阻，溪流春穀泉。

　　威紆距遙甸，巉嶷帶遠天。切切陰風暮，桑柘起寒煙。

　　悵望心已極，惝怳魂屢遷。(〈宣城郡內登望〉)〔註61〕

　　蒼翠望寒山，崢嶸瞰平陸。已惕慕歸心，復傷千里目。

　　風霜旦夕甚，蕙草無芬馥。(〈冬日晚郡事隙〉)〔註62〕

謝朓常以暗沉深遠之「蒼」色，寄託他客居異鄉，思鄉不得的悲愁。
而李白則利用「蒼」表達空虛、寂寞的心情。如：

　　釣臺碧雲中，邈與蒼嶺對。稍稍來吳都，徘徊上姑蘇。

　　煙綿橫九疑，漭蕩見五湖。目極心更遠，悲歌但長吁。

　　(〈送王屋山人魏萬還王屋〉)〔註63〕

　　蒼崖渺難涉，白日忽已晚。末窮三四山，已歷千萬轉。

　　寂寂聞猿愁，行行見雲收。(〈尋高鳳石門山中元丹丘〉)〔註64〕

　　滿堂空翠如可掃，赤城霞氣蒼梧煙。

　　洞庭瀟湘意渺綿，三江七澤情洄沿。

　　經濤洶湧向何處？孤舟一去迷歸年。(〈當塗趙炎少府粉圖山水

　　歌〉)〔註65〕

在李白的心理一直存在諸多理想、抱負，然而當它一再受挫後，他內
心的沉悶、孤獨之感不難想見。因此李白在目極遠眺之際，深青的「蒼」
色總勾起他悲傷的視覺感受，不管是「蒼嶺」、「蒼崖」、「蒼梧」等均

〔註59〕賴瓊琦：《設計的色彩心理》，頁195。

〔註60〕〔南朝齊〕謝朓著，曹融南校注集說：《謝宣城集校注》，頁205。

〔註61〕同上註，頁225。

〔註62〕同上註，頁228。

〔註63〕同上註，頁748。

〔註64〕同上註，頁1060。

〔註65〕同上註，上冊，頁424。

讓他悲歌長吁、憂愁難已，充滿對現實的失望、無奈。林書堯《色彩認識論》認爲青色帶蘊藏「悲鳴」、「壓力」、「沮喪」、「壓力」等心理反應，在李白山水詩中也得到印證。

（三）其　他

謝朓的山水詩中單一色彩使用比例以白、青色爲最高，但以色系來看，青色系（包括翠、青、綠、碧、蒼）及紅色系（包括丹、赤、紅、朱、彤）使用比例則最高，分別爲49%、21%。而在謝朓的山水詩中，這兩個顏色同時出現，形成強烈對比的例子也不少，如：

江南佳麗地，金陵帝王州。
逶迤帶綠水，迢遞起朱樓。（〈入朝曲〉）〔註66〕

蘭亭迎遠風，芳林接雲崿。傾葉順清飈，修莖竚高鶴。
連綿夕雲歸，晻曖日將落。寸陰不可留，蘭墀豈停酌。
丹櫻猶照樹，綠筠方解籜。求志能兩忘，即賞謝丘壑。

（〈紀功曹中園〉）〔註67〕

紅藥當階翻，蒼苔依砌上。
茲言翔鳳池，鳴珮多清響。（〈直中書省〉）〔註68〕

「紅」、「綠」對比效果極爲強烈，它讓景物相互競艷而更顯其亮麗。以色彩學角度而言，綠色主坡長513nm，紅色主波是610nm，兩色波長差距屬於強烈的補色對比，此類組合可引起鮮明、強烈的感受。〔註69〕丁寧《美術心理學》亦認爲對比色彩元素會引發視覺知覺，然後轉成內心表象，可形成強烈印象。〔註70〕因此謝朓巧妙地利用顏色對比的效果，構築的不僅是山水的視覺享受，它更是審美者心靈的圖畫。關於對

〔註66〕〔南朝齊〕謝朓著，曹融南校注集說：《謝宣城集校注》，頁147。
〔註67〕同上註，頁412。
〔註68〕同上註，頁213。
〔註69〕參考自林書堯：《色彩學概論》（台北：國立台灣藝術專科學校藝術叢書第一輯，西元1971年），頁73～75。
〔註70〕詳見丁寧著，鄭福星主編：《美術心理學》（哈爾濱：黑龍江美術出版社，西元1996年），頁134。

比色的運用，李白山水詩中亦有所表現，如：

　　高咫尺，如千里，**翠**屏**丹**崖粲如綺。(〈觀元丹丘坐巫山屏風〉)
〔註71〕

　　三峰卻立如欲摧，**翠**崖**丹**谷高掌開。(〈西岳雲臺歌送丹丘子〉)
〔註72〕

　　石徑入**丹**墊，松門閉**青**苔。(〈尋山僧不遇作〉) 〔註73〕

　　翠影**紅**霞映朝日，鳥飛不到吳天長。(〈廬山謠寄廬侍御虛舟〉)
〔註74〕

謝朓與李白山水詩皆以青（色系）、白、紅（色系）為用色大宗，間
以紫、黃、金等色穿插，呈現多色交映的圖象。如謝朓詩：

　　雨洗花葉鮮，泉漫方塘溢。藉此閒賦詩，聊用蕩羈疾。
　　霢霂微雨散，葳蕤惠草密。預藉芳筵賞，沾生信昭悉。
　　紫葵窗外舒，**青**荷石上出。……(〈閒坐〉) 〔註75〕

　　霜畦紛綺錯，秋町鬱蒙茸。
　　環梨縣已紫，珠榴折且紅。(〈和沈祭酒行園〉) 〔註76〕

　　紫葵窗外舒，**青**荷池上出。
　　既闔穎川扉，且臥淮南秩。(〈閒坐〉) 〔註77〕

　　山中芳度**綠**，江南蓮葉**紫**。
　　芳年不共遊，淹留空若是。(〈往敬亭路中〉) 〔註78〕

從以上諸多詩作可發現，謝朓的山水詩並不限於一色，而是豐富多
彩，交相輝映，如「紅」蓮、「丹」藤、「新」竹、「綠」筠、「紫」葵、
「青」荷、「翠」葉、「素」枝，均曾在他的山水詩中出現，它們共同

〔註71〕〔唐〕李白著，〔清〕王琦注：《李太白全集》，中冊，頁1135。
〔註72〕同上註，頁381。
〔註73〕同上註，頁1066。
〔註74〕同上註，頁677。
〔註75〕見〔南朝齊〕謝朓著，曹融南校注集說：《謝宣城集校注》，頁413。
〔註76〕同上註，頁318。
〔註77〕同上註，頁413。
〔註78〕同上註，頁416。

繪製了繽紛多樣、錯落有致的景色。這些色彩因為係屬天地間自然生發的色彩，故畫面不濃艷妖冶，而是清麗淡雅。

而李白在色彩處理上，雖偏愛白、青色，但在許多山水詩中仍不時穿插其他顏色，因此畫面並不單調。如：

　　金窗夾繡戶，珠箔懸銀鉤。(〈登錦城散花樓〉)〔註79〕

　　涉雪搴紫芳，攬縷想清波。(〈答長安崔少府叔封遊終南翠微寺太宗皇帝金沙泉見寄〉)〔註80〕

　　黃雲萬里動風色，白波九道流雪山。(〈廬山謠寄侍御盧舟〉)〔註81〕

　　廬山東南五老峰，青天削出金芙蓉。(〈望廬山五老峰〉)〔註82〕

　　日照香爐生紫煙，遙看瀑布挂前川。(〈望廬山瀑布〉)〔註83〕

李白描繪景物所使用的顏色多樣，除了一般常見的紫色、黃色以外，有時也利用自然景物中罕見的金、銀色，呈現特殊的視覺感受，不過金、銀色多用在人文器物上，如「金窗」、「銀鉤」等。而在〈望廬山五老峰〉裡，李白將聳入雲天的廬山佳景形容作「金芙蓉」，凸顯出別緻的山色，充滿光彩照人的視覺美感，且中間以「削」字作連結，彷彿讚嘆大自然以巧奪天工的技法，精心雕刻著廬山的奇景。

　　謝朓、李白山水詩中所使用的色彩清新雅麗，並以對比顏色加強其形象，相映成趣。雷淑娟：「色彩對比可以說是用色彩描繪來傳情達意的手段之一。……如果說色彩描繪通過經驗聯想賦予意象以心理視覺美的話，那麼色彩對比的意象則使這種心理視覺美更加鮮明。」〔註84〕因此色彩在謝朓、李白的山水詩世界裡是一重要的符號，除了體現謝朓、李白的審美理想外，也反映兩人諸多心理，裨益情意的表達。

〔註79〕〔唐〕李白著，〔清〕王琦注：《李太白全集》，中冊，頁967。

〔註80〕同上註，頁876。

〔註81〕同上註，頁677。

〔註82〕同上註，頁990。

〔註83〕同上註，頁988。

〔註84〕雷淑娟：《文學語言美學修辭》，頁168～169。

二、山水詩中的取景鏡頭——清遠

　　謝朓受到魏晉自然思潮的影響，山水詩作之設色敷彩趨於清新雅麗，這一點深得李白的肯定，兩人的審美理想趨於一致。而仔細觀察兩人景致之描繪手法，則多半以長遠鏡頭攝取山容水貌，風格清澹素樸。魏耕原：

> （謝朓）他的山水詩多寫遠望中的景物，散發著沖和融淡的心緒，風格清麗俊秀，總透出江南山水的滋潤與清爽。……如果就構圖而言，大謝專力於雄深的高遠與深遠，小謝則注重沖融的平遠。構圖的不同，則顯示觀察視點有別，也是顯示個性風格的迥異。〔註85〕

謝朓的觀景角度的確十分特別，視點多落於「平遠」。且從其詩題可發現他的山水景色都是以長遠鏡頭攝取出來的，如〈落日悵望〉、〈望三湖〉、〈後齋迴望〉等等（關於謝朓之山水眺望模式，容待後章詳敘）形成他清麗山水風格的審美角度。北宋郭熙《林泉高致‧山水訓》對山水畫提出「三遠」的名論，時常為視覺藝術理論者提及：

> 山有三遠：自山下而仰山巔，謂之高遠；自山前而窺山後，謂之深遠；自近山而望遠山，謂之平遠。高遠之色清明，深遠之色重晦，平遠之色有明有暗。高遠之色突兀，深遠之意重疊，平遠之意沖融，而縹縹紗紗。〔註86〕

謝朓不似謝靈運經常跋山涉水、深入幽谷峻嶺，採取高遠、深遠的角度欣賞景色，而多是坐居齋室以「平遠」角度描摹山水。如〈高齋視事〉：

> 餘雪映青山，寒霧開白日。曖曖江村見，離離海樹出。
> 披衣就清盥，憑軒方秉筆。〔註87〕

謝朓在室內把視點平移至遠端，用「寒」、「曖曖」、「離離」詞語描摹遠景，使景物的清淡之姿顯露無遺。明譚友夏評曰：「與需渾具妙於

〔註85〕魏耕原：《謝朓詩論》，頁218。
〔註86〕于安瀾輯：《畫論叢刊五十一種》（上）（台北：鼎文書局，西元1972年），頁23。
〔註87〕見〔南朝齊〕謝朓著，曹融南校注集說：《謝宣城集校注》，頁280。

出景，但彼以確而能清，此似清而實確。清與確皆能驚人，好奇者往往失之。」，〔註88〕足見謝朓擅長佈置「清」景，已成爲眾人望之欲齊的美技。〈冬日晚郡事隙〉：

> 案牘時閒暇，偶坐觀卉木。颯颯滿池荷，脩脩陰窗竹。
> 簷隙自周流，房櫳閑且肅。蒼翠望寒山，崢崢瞰平陸。
> ……風霜旦夕甚，蕙草無芬馥。〔註89〕

謝朓在公事閒暇中欣賞花木，視線由近處卉木至遠處山岑平陸，不論是「颯颯池荷」、「脩脩窗竹」、「蒼翠寒山」、「崢嶸平陸」，都流露出一股淒清的味道，冬天之景本無法如春夏般絢爛，然而謝朓似乎沉醉於這樣的氣氛中了，故他仍然可以優游自如，即使他敘說「風霜旦夕甚，蕙草無芬馥」，也毫無一絲怨懟，其舉望恬然的情懷，溢於字裡行間。陳胤倩曰：「俱是平調，情景並切。『颯颯』二句，『蒼蒼』二句，微有致。」，〔註90〕所謂「平調」指得是他所描繪之景乃屬於清淡之格調，看似無奇，然而「情景並切」，相互生發，而自有情味可咀。〈移病還園示親屬〉：

> 疲策倦人世，斂性就幽蓬。停琴佇涼月，滅燭聽歸鴻。
> 涼簾乘暮晰，秋華臨夜空。葉低知露密，厓斷識雲重。
> 折荷葺寒袂，開鏡眄衰容。海暮騰清氣，河關秘棲沖。
> 烟衡時未歇，芝澗去相從。〔註91〕

從「停琴」、「滅燭」兩個動作，可知謝朓視線的移動乃從室內開始，朝平遠方向穿越涼簾，落於夜空海暮。這種「平遠」的觀景角度讓即使身爲竟陵八友之一的謝朓，作品也能保持清澹秀雅。謝朓之心神受到自然風潮的浸濡，加上他自己仕途一路蹭蹬，復體弱多病，因此移居深林幽山，時常於公務之餘，暫時卸卻令人勞形傷神的案

〔註88〕見〔南朝齊〕謝朓著，曹融南校注集說：《謝宣城集校注》之「集說」，頁281。
〔註89〕見〔南朝齊〕謝朓著，曹融南校注集說：《謝宣城集校注》，頁228。
〔註90〕見〔南朝齊〕謝朓著，曹融南校注集說：《謝宣城集校注》之「集說」，頁229。
〔註91〕見〔南朝齊〕謝朓著，曹融南校注集說：《謝宣城集校注》，頁257。

牘，遠眺山姿水媚，因此舉目皆成美景，尤愛以「清」、「涼」、「寒」等字入景，故以「清澹」兩字形容是再貼切不過。徐復觀對於觀賞山水的「三遠」亦有一番探析，也爲謝朓喜愛「平遠」的觀景模式作了佳註：

> 「高」與「深」的形相，都帶有剛性的，積極而進取的意味。「平」的形相，則帶有柔性的，消極而放任的意味。……
> 平遠較之高遠深遠，更適合藝術家的心靈的要求。〔註92〕

選擇「平遠」，反映出謝朓本身柔弱、退縮的個性與心理。觀察他的山水取景總是習於由近而遠，由室內到室外，順勢地移轉視角，表現山水的靜定、清和。如〈將遊湘水尋句溪〉：

> 既從陵陽釣，挂鱗驂赤螭。方尋桂水源，謁帝蒼山垂。
> 辰哉且未會，乘景弄清漪。瑟汩瀉長淀，潺湲赴兩岐。
> 輕蘋上靡靡，雜石下離離。寒草分花映，戲鮪乘空移。
> 興以暮秋月，清霜落素枝。魚鳥余方翫，纓綏君自縻。
> 及茲暢懷抱，山川長若斯。〔註93〕

詩中爲了狀寫景色所使用的形容詞，都飄有澹然之味，乃遠望所得。景物風格一致，呈現共相分化的和諧。如「清」、「瑟」、「靡靡」、「離離」、「寒」、「素」。尤其是波瀾水潏與秋霜枯枝本爲平凡的景物，但加上「清」、「素」之後，卻煥然一新，沁人心脾。陳胤倩：「『輕蘋』四句，清姿濯濯。」，〔註94〕方植之曰：「寫其景，著筆甚輕。」，〔註95〕都同樣顯現謝朓「清澹」的山水審美理想。

以下所引之詩亦有此調：

> 秋河曙耿耿，寒渚夜蒼蒼。（〈暫使下都夜發新林至京邑贈西府同僚〉）〔註96〕

〔註92〕徐復觀：《中國藝術精神》（台北：學生書局，西元1998年），頁347。
〔註93〕見〔南朝齊〕謝朓著，曹融南校注集說：《謝宣城集校注》，頁250。
〔註94〕見〔南朝齊〕謝朓著，曹融南校注集說：《謝宣城集校注》之「集說」，頁252。
〔註95〕同上註。
〔註96〕見〔南朝齊〕謝朓著，曹融南校注集說：《謝宣城集校注》，頁205。

切切陰風起，桑枳起寒烟。(〈宣城郡內登望〉)〔註97〕

雲去蒼梧野，水還江漢流。(〈新停渚別范零陵〉)〔註98〕

花枝聚如雪，蕪絲散猶網。(〈與江水曹至濱干戲〉)〔註99〕

而李白亦多以長遠鏡頭觀照景物，除了與謝朓共有的「平遠」眺景角度以外，他尚且採取「以天觀物」的視角，極其特殊。因此他筆下的山水總是氣勢磅礡、聳入雲霄，並營造與天融合的高妙境界。楊義：

李白的大山水詩境中存在一種「青天視角」，或以天觀物的雄奇壯麗奇幻視角。……據統計，天、青天、天地的意象，在李詩中出現 178 次，天象（風雷日月日生漢雲雪等）意象出現 268 次。如此繁富的天意象、天象意象，與高山巨川的意象相混合、相激盪、相闡發，沒有一種以天觀物、胸羅萬象的宏大視角，是不能舉重若輕地運轉起來的。〔註100〕

李白「欲上青天攬明月」的逸興，常乘著想像的羽翼，遨遊天際。他運用立體的廣角鏡頭觀照萬物，伸縮自如，打破謝靈運以來平面的山水觀景模式，風格別樹一格。

李白「以天觀物」的視角，與其信奉道教思想關係密切，神仙幻想帶領他超脫塵世，看見不同於凡俗的景色。李白所鋪排的山水勝境處處鳥鳴猿啼，猶似他內心的呼喊聲參差地翳入天聽，又舉目所見峰峻水瀉，氣勢萬鈞，彷彿能直入雲霄、與天冥合。如〈夢遊天姥吟留別〉：

海客談瀛洲，煙濤微茫信難求。

越人語天姥，雲霓明滅或可睹。

天姥連天向天橫，勢拔五嶽掩赤城。

天台四萬八千丈，對此欲倒東南傾。

我欲因之夢吳越，一夜飛度鏡湖月。

湖月照我影，送我至剡溪。

謝公宿處今尚在，綠水蕩漾清猿啼。

〔註97〕同上註，頁 225。

〔註98〕同上註，頁 217。

〔註99〕同上註，頁 245。

〔註100〕楊義：《李杜詩學》，頁 276。

腳著謝公屐，身登青雲梯。

半壁見海日，空中聞天雞。

千巖萬轉路不定，迷花倚石忽已暝。

熊咆龍吟殷巖泉，慄深林兮驚層巔。

雲青青兮欲雨，水澹澹兮生煙。

列缺霹靂，丘巒崩摧。

洞天石扇，訇然中開。

青冥浩蕩不見底，日月照耀金銀台。

霓爲衣兮風爲馬，雲之君兮紛紛而來下。

虎鼓瑟兮鸞回車，仙之人兮列如麻。

忽魂悸以魄動，恍驚起而長嗟。

惟覺時之枕席，失向來之煙霞。

世間行樂亦如此，古來萬事東流水。

別君去兮何時還，且放白鹿青崖間，須行即騎訪名山。

安能摧眉折腰事權貴，使我不得開心顏！〔註101〕

李白這首詩寫於天寶年間，當時他卸職翰林，被賜金放還，心中充滿失意、落寞。他與杜甫、高適一度遊歷於梁、宋、齊、魯之間，這首詩就是途中告別朋友的詩。李白面對諸多挫折、磨難，選擇沉醉於奇山異水，甚至遁入神仙之想，這種超自然的魔力讓李白得以超越現實的悲郁，找回繼續生命的力量。李白因採取「以天視物」的觀景模式，所以描摩天姥山能言其勢拔五嶽，連橫向天，甚至四萬八千丈的天台山也要爲之傾倒。誇張的想像及仙遊的奇幻，使李白的山水景物不但震懾人心，且瞬間把入了靈魂。鏡湖水月與人相親相和，陪送李白穿梭時空至謝靈運宿處，踩著謝公登山屐一躍昇天，崖壁間目見東海日出，雲天裡聽聞天雞鳴啼。接著山路隨巖千迴萬轉，熊咆龍吟，層巔深林爲之驚慄。閃電破空，巨雷轟天而響，山丘峰巒崩裂毀壞，開啓洞天福地大門，仙想世界畢現。詩中所描繪的勝境超脫凡俗，似眞若幻，它所彰顯的並非單純遊仙避世之意義，而是文人情懷的山水遊興

〔註101〕〔唐〕李白著，〔清〕王琦注：《李太白全集》，中冊，頁705。

之昇華，包羅了人與人間、史跡、自然、天象等關係，狂幻融合，這種奇異感受若非飛遊至天端「以天視物」，甚至「自天外視物」勢必難以呈現。最後，李白怒斥了「摧眉折腰事權貴」的作法，揚棄了「使我不得開心顏」的負面情緒，而乘著純淨的「白馬」遊訪名山，返璞歸眞，得到生命理想的安頓。

〈夢遊天姥吟留別〉已經突破謝靈運、謝朓「高遠」、「深遠」、「平遠」等與自然冥合的觀景模式，而採取「以天視物」或「天外視物」的視角描摹山水，展現人與自然，進而與天的融合境界，拓展山水詩的審美空間，可謂是一大創舉。

當然李白山水詩中亦有「平遠」構圖者，沖融地表現景物的丰姿綽韻，尤其他在宣城時的詩作，更有謝朓描景的審美情調。如〈秋登宣城謝朓北樓〉：

> 江城如畫裡，山晚望晴空。兩水夾明鏡，雙橋落彩虹。
>
> 人烟寒橘柚，秋色老梧桐。〔註102〕

在他平遠推移的視野裡，山水景色彷彿成爲一幅美麗的圖畫。「兩水夾明鏡，雙橋落彩虹」保有李白一貫的雄奇壯麗風格，而末兩句：「人烟寒橘柚，秋色老梧桐」，令人倍感蕭條、清冷，他在「人烟」與「橘柚」之間加上「寒」字；「秋色」、「梧桐」之間貫上「老」字，都使得景物瞬間蒙上孤寂零落，而與詩人情志渾然一體了。即不登宣城謝朓樓，李白足跡所到之處，只要情景相符，總將神似謝朓澄清之秋懷融入於詩中。如〈秋登巴陵望洞庭〉：

> 清晨登巴陵，周覽無不極。明湖映天光，徹底見秋色。
>
> 秋色何蒼然，際海俱成鮮。山青滅遠樹，水綠無寒烟。
>
> 來帆出江中，去鳥向日邊。風清長沙浦，霜空夢雲田。
>
> 〔註103〕

乍看此詩，倘若事先未知爲李白所作，當可以爲出於謝朓之筆。此詩

〔註102〕 同上註，頁 1000。

〔註103〕 同上註，頁 995。

的構圖方式肖似謝朓的「平遠」構圖，由近至遠漸進式地移轉，形成清新淡遠的風格。葛景春先生說李白：

> 既愛江南水，又愛謝朓之詩。……他是從謝朓的清麗山水詩中，從江南明麗的山水中找到他的詩的理想境界，找到他靈魂的歸宿。……謝朓的山水詩激發了李白熱愛山水之情，並給他提供了詩的範本。〔註104〕

因此李白的詩中不難找到謝朓之清麗遺風。他對景物的描繪都傾向清澹，盡量芟除過多的造作、藻飾，故皆能令人讀之神清心曠。如：

> 飄飄江風起，蕭颯海樹秋。登艫美清夜，挂席移輕舟。
> 月隨碧山轉，水和清天流。杳如星河上，但覺雲林幽。
> （〈月夜江行寄崔員外宗之〉）〔註105〕

> 高閣橫秀氣，清幽并在君。簷飛宛溪水，窗落敬亭雲。
> 猿嘯風中斷，漁歌月裡聞。閒隨白鷗去，沙上自爲群。
> （〈過崔八丈水亭〉）〔註106〕

> 吾憐宛溪好，百尺照心明。何謝新安水，千尋見底清。
> 白沙留月色，綠竹助秋聲。卻笑嚴湍上，於今獨擅名。
> （〈題宛溪館〉）〔註107〕

李白與謝朓對於山水景物的描摹都力求「天然去雕飾」，以「自然天成」爲最佳審美理想。明朝陸時雍《詩鏡總論》：「讀謝家詩，知其靈可貶頑，芳可滌穢。清可以遠垢，瑩可以沁脾。」，〔註108〕此精神上的清流可說是李白嚮往無窮的生命源泉。王世貞《藝苑巵言》（卷三）：「玄暉不唯工發端，撰造精麗，風華映人，一時之傑。青蓮目無往古，獨三四稱服，形之詞詠。登九華山云：『恨不攜謝朓驚人詩來。』。」

〔註104〕 葛景春·《李白研究管窺》（保定：河北大學出版社，西元2002年），頁154～155。

〔註105〕 見〔唐〕李白著，〔清〕王琦注：《李太白全集》中冊，頁667。

〔註106〕 同上註，頁1002。

〔註107〕 同上註，下冊，頁1156。

〔註108〕 丁福保輯：《歷代詩話續編》下冊（北京：中華書局，西元2001年），頁1407。

〔註109〕又說:「玄暉,『奇章秀句,往往警遒,足使叔源失步,明遠變色。』,〔註110〕這都可彰顯謝朓造景之句的特殊性,及其過人之處,無怪乎李白對此景仰有加。

三、山水詩中的境界營造——清和

魏晉玄風對謝朓、李白詩風皆有所影響,在山水詩中洋溢著和諧統一的自然風貌。袁濟喜:「在魏晉玄學體系中,所謂『和』是遊於萬物之中的精神境界,主體只有『靜專動直,不失大和』,即持一種虛靜無爲的心態才能進入這種精神境界。」〔註111〕道家推崇的「天和」、「大和」境界進入藝術創作的範疇後,構築了山水詩歌沖和恬淡的自然天地。因此「和」是以心境的安和恬靜與山川自然、天地萬物相周始,必須凝神氣定,屏除俗念。而謝朓、李白的山水境界體現了道家素樸沖和的美感,不喜華麗、崇尚自然清新,並通過澄澈虛靜的思維,將自己與清山秀水結合爲一,幻化成與天地相容的至和境界。詩中動、靜相對而和諧共生,如謝朓〈奉和隨王殿下〉:

> 玄冬寂修夜,天圍靜且開。亭皋霜氣愴,松宇清風來。
> 高琴時以思,幽人多載懷。〔註112〕

這首詩可貴之處乃其不淪爲單調寫景,而動(第二、四句)、靜(第一、三句)互發,締造出二元和諧的景象,爲一活景,境界猶高。且他巧妙地把個人之幽思融入多夜靜謐的氛圍中,自然而富有情韻。又〈和王中丞聞琴〉:

> 涼風吹月露,圓景動清陰。蕙氣入懷抱,聞君此夜琴。
> 蕭瑟滿林聽,輕鳴響澗音。無爲澹容與,蹉跎江海心。
> 〔註113〕

〔註109〕 同上註,頁996。
〔註110〕 同上註,頁1002。
〔註111〕 袁濟喜:《和:審美思想之維》(南昌:百花洲文藝出版社,西元2001年),頁70。
〔註112〕 見〔南朝齊〕謝朓著,曹融南校注集說:《謝宣城集校注》,頁365。
〔註113〕 同上註,頁337。

人、琴音、自然三者冥契無礙，通和平靜，意境渾融清妙。王船山評此詩曰：「沉遠之調，王昌齡學此，乃不能得其適怨清和。」〔註114〕可見唐人已注意到謝朓山水詩的境界高遠，而有意師法之。再如〈遊東山〉：

> 尋雲陟累榭，隨山望菌閣。遠樹曖仟仟，生煙紛漠漠。
>
> 魚戲新荷動，鳥散餘花落。不對芳春酒，還望遠山郭。
>
> 〔註115〕

前四句是鋪排澹茫遠景，而後四句則是活潑生動之近景。遠、近景之間和諧轉移，方植之曰：「『遠樹』四句，寫景華妙，千古如新。」，〔註116〕成倬雲曰：「句句描寫，卻是一氣融結，足徵力厚。……『魚戲』、『鳥動』二語，以近陳隋體格，然與自渾成。」，〔註117〕何義門曰：「短章以淡遠取勝，筆情輕秀，累句澀字，一例屏除。」〔註118〕以上眾家之說，固然已高度肯定謝朓山水詩創作之技，然而卻未說出其中的關鍵。舉凡詩中所繪之景：「仟仟遠樹」、「漠漠生煙」、「魚戲荷動」、「鳥散花落」，皆是天地寰宇自然之生發、流轉、自化的原始情景，無人爲矯飾，亦無著我之彩，超絕塵世紛擾，而與「道」契合，故氣韻生動，和穆清明。正如謝朓〈之宣城郡出新林浦向板橋〉所道：「塵囂自茲隔，賞心於此遇。」，〔註119〕獨立的審美經驗於焉展開。

其他如〈和徐郡曹出新亭渚〉：「日華川上動，風光草際浮。」〔註120〕、〈落日同何儀曹煦〉：「風入天淵池，芰荷搖復合。遠聽雀聲聚，回望樹陰沓。」〔註121〕、〈和何議曹郊遊二首〉：「朝光映紅

〔註114〕　轉引自〔南朝齊〕謝朓著，曹融南校注集說：《謝宣城集校注》，頁338。

〔註115〕　見〔南朝齊〕謝朓著，曹融南校注集說：《謝宣城集校注》，頁260。

〔註116〕　同上註，頁262。

〔註117〕　轉引自〔南朝齊〕謝朓著，曹融南校注集說：《謝宣城集校注》之「諸家評論」，頁262。

〔註118〕　同上註，頁262。

〔註119〕　見〔南朝齊〕謝朓著，曹融南校注集說：《謝宣城集校注》，頁219。

〔註120〕　同上註，頁323。

〔註121〕　同上註，頁357。

蕡，微風吹好音。」〔註 122〕、〈曲池之水〉：「芙蕖舞輕帶，包筍出
芳叢。浮雲自西北，江海思無窮。鳥去能傳響，見我綠琴中。」〔註
123〕、〈奉和隋王殿下〉其六：「草合亭皐遠，霞生川路長。」〔註 124〕、
〈奉和隋王殿下〉其七：「清房洞已靜，閑風伊夜來。雲生樹陰遠，
軒廣日容開。」〔註 125〕、〈奉和隋王殿下〉其八：「方池含積水，
明流皎如鏡。規荷承日泫，影鱗與風泳。」〔註 126〕這些詩皆展現
了萬物自然生滅、榮枯的規律秩序，而人則依循自然之理融入其中
而無痕絕跡，一派清和。

　　明鍾惺《古詩歸》：「謝玄暉靈妙之心，英秀之骨，幽恬之氣，俊
慧之舌，一時無對。」，〔註 127〕所謂「靈妙之心，幽恬之氣」業已體
察到謝朓「清和」的詩境，他在山水詩作上所表現的審美理想，於當
時齊梁綺靡之風瀰漫的時代，的確有一番廓清的意義，受到後人極度
讚揚。

　　謝朓的山水詩成就引起許多後起之秀爭相仿效，其中最爲虔誠
者，當推李白。箇中原因除了兩人相同的遭遇，引起宦遊之愁，天涯
淪落之感外，不能不歸因於他們對於山水審美理想——「清」的一致
堅持。李白的山水詩中，也時常以謝朓爲師習對象，營造出清和的山
水之境。如〈春日獨酌〉：

　　　東風扇淑氣，水木榮春暉。白日照綠草，落花散且飛。
　　　孤雲還空山，眾鳥各已歸。〔註 128〕

從詩中可明顯看出李白傳承謝朓詩風的傾向，不僅用語類似，意境亦
雷同。謝朓〈郡內高齋閑望答呂法曹〉：「日出眾鳥散，山暝孤猿吟。」，

〔註 122〕　同上註，頁 334。
〔註 123〕　同上註，頁 194。
〔註 124〕　同上註，頁 371。
〔註 125〕　同上註，頁 373。
〔註 126〕　同上註，頁 373～374。
〔註 127〕　轉引自〔南朝齊〕謝朓著，曹融南校注集說：《謝宣城集校注》之
　　　　　　「諸家評論」，頁 435。
〔註 128〕　見〔唐〕李白著，〔清〕王琦注：《李白全集》中冊，頁 1069。

〔註129〕「鳥散而孤」的意象謝朓詩中出現多次，受到詩評家的讚賞，如鍾伯敬直指「日出眾鳥散」爲「陶詩中妙語」，〔註130〕方伯海曰：「清新中逸氣湍飛。」，〔註131〕而李白也頗有所鍾。又〈獨坐敬亭山〉：

> 眾鳥高飛盡，孤雲獨去閑。
> 相看兩不厭，只有敬亭山。〔註132〕

李白山水詩中所狀寫的悠悠天地，無愴然之淚，只有靜默兀發的閑趣。詩人將自己與之冥和，達到物我兩忘的至高境界。王兆鵬先生說李白此詩：「虛寫兩種意象：鳥和雲，實寫『我』和敬亭山，描繪出獨對孤山時的淡遠意境，自我與自然契合到聲息相通、心領神會的境界。……在一瞬間，它竟驟然進入時間的永恆狀態。」，〔註133〕李白相對於謝朓，境界顯然更爲高超。如〈山中問答〉：

> 問余何事栖碧山，笑而不答心自閑。
> 桃花流水杳然去，別有天地非人間。〔註134〕

桃花悄然飄落，流水兀自曲迴，交織成一清幽寧謐之境。因此雖然栖碧山的原因詩人笑而不答，然而已可感覺其心的閑遠安適。李白未以大陣仗的景物鋪排山光水色，只簡單地以桃花、流水描狀，反而製造出意象無窮，韻味不絕的清和之境，詩藝可謂出神入化。

再如〈入清溪行山中〉：

> 輕舟去何疾，已到雲林境。起坐魚鳥間，動搖山水影。
> 巖中響自合，溪裡言彌靜。〔註135〕

詩人將自己的精神投入的自然躍動節奏中，因此細聽魚鳥嬉戲，而更

〔註129〕 見〔南朝齊〕謝朓著，曹融南校注集說：《謝宣城集校注》，頁282。
〔註130〕 見〔南朝齊〕謝朓著，曹融南校注集說：《謝宣城集校注》之「集說」，頁283。
〔註131〕 同上註，頁283。
〔註132〕 見〔唐〕李白著，〔清〕王琦注：《李白全集》中冊，頁1078。
〔註133〕 王兆鵬、孟修祥：〈論李白山水詩的生命情調〉，收錄於王運熙等編：《謝朓與李白研究》（北京：人民文學出版社，西元1995年），頁220。
〔註134〕 見〔唐〕李白著，〔清〕王琦注：《李白全集》中冊，頁874。
〔註135〕 同上註，頁1408。

感覺靜謐，這份安寧是入於化境後所產生心靈安頓。這一類的詩在李白的創作中不在少數，諸如〈遊泰山〉之六：「山明月露白，夜靜松風歇。」〔註136〕、〈與賈至舍人於龍興寺剪落梧桐枝望灑湖〉：「雨洗秋山淨，林光澹碧枝。」〔註137〕、〈過崔八丈水亭〉：「高閣橫秀氣，清幽併在君。簷飛宛溪水，窗落敬亭雲。」〔註138〕、〈尋雍尊師隱居〉：「花暖青牛臥，松高白鶴眠」〔註139〕、〈秋日與張少府楚城韋公藏書高齋作〉：「日下空亭暮，城荒古跡餘。地形連海盡，天影落江虛。……查擁隨流葉，萍開出水魚。」〔註140〕〈望月有懷〉：「清泉映疏松，不知幾千古。寒月搖清波，流光入窗戶。」〔註141〕……等等，皆有可觀。羅宗強先生：

> 在李白身上似乎有一種與生具來的與自然的親和力，彷彿
> 身心與自然相通。〔註142〕

因此他信筆寫來，總能將一己之閑情與自然無縫地接合。謝朓山水詩中的清和之境深受李白喜愛，故李白有許多詩句都似有其調，唯要說明的是，李白是一個個人色彩極為濃厚的詩人，他並不務力於機械式的模仿，況且他「一生好入名山遊」，舉凡泰山１、華山、廬山、峨嵋……等秀峰麗水，處處留有其遊賞足跡，他所閱歷的山水姿態比專寫江南景色的謝朓更為豐富多樣。因此他所展現的「清和之境」往往較為開闊、壯大、雄渾，如：

> 明月出天山，蒼茫雲海間。
> 長風幾萬里，吹度玉門關。（〈關山月〉）〔註143〕

〔註136〕 同上註，頁 925。
〔註137〕 同上註，頁 998。
〔註138〕 同上註，頁 1002。
〔註139〕 同上註，頁 1076。
〔註140〕 同上註，頁 1080。
〔註141〕 同上註，頁 1084。
〔註142〕 羅宗強：〈自然範型：李白的人格特徵〉收錄於王運熙等編：《謝朓與李白研究》，頁 191。
〔註143〕 見〔唐〕李白著，〔清〕王琦注：《李白全集》上冊，頁 219。

　　　平明登日觀，舉手開雲關。精神四飛揚，如出天地間。

　　　黃河從西來，窈窕入遠山。憑崖覽八極，目盡長空閒。

　　（〈遊泰山〉其三）〔註144〕

雖然謝朓亦有「大江流日夜，客心悲未央」這樣近似「壯闊」風格的作品，但畢竟是少數。而描繪壯麗山水，可謂是李白的專長，波瀾壯大、雄偉奇俊的意境在他的作品中佔了很大的比例，不過這些作品有許多沾染神仙道教之思，抑或落於浪漫遐想，便與魏晉自然思潮所嚮慕的清和之境大異其趣了。

第二節　山水審美的天賦異稟——清麗與清眞

　　謝朓與李白山水詩的審美理想皆傾向「清」，除了在他們的山水詩中時常出現「清」字外，舉凡點染物色、營造詩境都能映現此審美偏好。但因爲他們兩者迥異的個性與遭遇，使得山水詩中仍存在不同的特點，形成「清麗」、「清眞」的差別。李長之觀察謝、李兩人的山水詩歌，直接指出李白的山水詩除了承襲謝朓之「清」，還加上自己獨特的性靈之「眞」，而更臻妙境。〔註145〕「眞」是一種樸實、純眞、無拘束、不矯飾的自然表現，在李白的身上發揮地最爲徹底，而慣於壓抑、退卻的謝朓便缺乏這種獨特魅力。康懷遠：

　　　李白的美學觀基本上是以老子的天道自然美爲主，他主張

　　　「清眞」、「天眞」、「天然」、「自然」。〔註146〕

這一份獨有的「清眞」使得李白的山水詩在謝朓「清麗」詩風籠罩下，仍能走出一條屬於自我且爲寬廣的道路。

一、綺風華藻的突圍——謝朓「清麗」的偏好

　　謝朓的詩歌向來以「清麗」居宗，此語言風格有其時代意義。南

〔註144〕 同上註，中冊，頁923。

〔註145〕 參閱李長之：《李白傳》（天津：百花藝文出版社，西元2004年），頁185～187。

〔註146〕 康懷遠：《李白批評論》，頁252。

朝詩風華綺，注重工麗，追求形式之美，謝朓在這樣的環境中，卻能突破限制，提出諸多改革主張，在山水詩壇開創自然清麗的新風格，具有關鍵性的影響力。葛景春：

> 從南齊永明年間開始，隨著文學主張的變革，語言風格的變化、聲律說的興起，山水詩由原來的突破口加以開擴，內容從探幽尋勝變爲描寫常見風光，風格從典雅工麗、深典重澀轉爲清俊流利、秀麗自然，進入一個新的發展階段。而在這一演變的過程中，謝朓的山水詩起了重要的轉換作用。〔註147〕

他對於謝朓在南朝詩風轉變階段之成就給予高度的評價。觀察謝朓的部分詩句雖仍留有南朝崇尚駢麗的遺跡，對偶工整、精細纖弱，但已不似謝靈運般繁富典麗，尤其在他出守宣城後的詩作，詩風明顯趨向清新自然，幾成其詩歌語言的總體印象。明朝陸時雍：「熟讀玄暉詩，能令宿貌一新，紅藥青苔，濯芳姿於春雨。」〔註148〕即凸顯謝朓摹景的清麗風格。清方東樹評：

> 玄暉詩，如花之初放，月之初盈，駘蕩之清，圓滿之輝，令人魂醉。〔註149〕

又吳淇云：

> 齊之詩，以謝朓稱首，其詩極清麗新警，字字得之苦吟。〔註150〕

田雯亦道：

> 玄暉含英咀華，一字百鍊乃出。如秋山清曉，雲藍翁黛之中，時有爽氣。〔註151〕

〔註147〕 葛景春：《山水田園詩派研究》，頁48。
〔註148〕 〔明〕陸時雍：《詩鏡總論》，見丁福保輯：《歷代詩話續編》下冊，頁1407。
〔註149〕 〔清〕方東樹：《昭味詹言》（北京：人民文學出版社，西元1984年），頁186。
〔註150〕 〔清〕吳淇：《選詩定論》，引自〔南朝齊〕謝朓著，曹融南校注集說：《謝宣城集校注》，頁436。
〔註151〕 〔清〕田雯：《古歡堂雜著》，引自〔南朝齊〕謝朓著，曹融南校注

可見歷代詩評家皆對謝朓「清麗」詩風多所關注，並且讚譽有加。他筆下的清麗山水不僅展現其過人的詩藝才情，更具有時代的文學意義。因此，在謝朓之後，雖不乏具有「清麗」風格的傑出山水詩人，但謝朓卻始終是此風格的代表，地位歷久不衰。如同章立群所言：「六朝詩歌語言向來講究『麗』，綺麗、靡麗、秀麗、清麗等，都在不同時期出現，而『清麗』成爲永明文人的追求，這也是小謝詩歌的本色。」〔註152〕在南朝山水詩風轉向的過程中，謝朓乃其中最有力的掌舵者。李金影《論謝朓山水詩的新變》亦認爲謝朓是「清麗」詩風最凸出的代表，其中原因除了他新變的文學主張外，更在於他遊賞於江南自然山水，有自然之趣得之於心，吟詠情性散懷山水，清麗自在其中。〔註153〕

　　謝朓所謂的「清麗」包含了意境、風格的清雅，用字遣詞的明晰、秀麗，體現他的審美理想：「好詩圓美流轉如彈丸」。謝朓「清麗」風格孕育了不少名句，如：

　　　　寒城一以眺，平楚正蒼然。(〈宣城郡內登望〉)〔註154〕

　　　　餘霞散成綺，澄江靜如練。(〈晚登三山還望京邑〉)〔註155〕

　　　　秋河曙耿耿，寒渚夜蒼蒼。(〈暫使下都夜發新林至京邑贈西西府同僚〉)〔註156〕

　　　　遠樹曖阡阡，生煙紛漠漠。魚戲新荷動，鳥散餘花落。(〈遊東田〉)〔註157〕

　　　　涼風吹月露，圓景動清陰。(〈和王中丞聞琴〉)〔註158〕

　　　　集說：《謝宣城集校注》，頁437。
〔註152〕　章立群：《謝朓詩歌研究》(中國武漢大學碩士學位論文，西元2005年)，頁42。
〔註153〕　詳見李金影：《論謝朓山水詩的新變》(遼寧大學碩士學位論文，西元2004年)，頁28。
〔註154〕　〔南朝齊〕謝朓著，曹融南校注集說：《謝宣城集校注》，頁227。
〔註155〕　同上註，頁278。
〔註156〕　同上註，頁205。
〔註157〕　同上註，頁260。
〔註158〕　同上註，頁337。

這些詩句著色清新、淡雅，景態秀麗、生動，不虛情矯飾、不濃妝豔抹，一派清和，後人傳誦不絕。施補華《峴佣說詩》：

> 謝玄暉名句絡繹，清麗居宗。〔註159〕

「清麗」代表了謝朓的詩歌美學，他的佳作俱皆呈現此風。他突破南朝綺辭華藻的文學困境，堅持自己的審美理想，終於成功地導正注重形式美的偏風，樹立嶄新的山水美學風範。

二、凸出的個性美——李白「清眞」的堅持

李白繼承謝朓的審美理想，在山水詩中呈現閑淡雅麗的風格。然而細究其山水詩作，仍發現謝朓、李白仍存在許多歧異點。謝朓的山水詩反映其宦遊的愁苦，因此時常運用清疏淡遠的意象，如江樹、蒼山、孤鳥、遠樹、寒霧……等，營造曠逸高雅的境界。李白曾直言「中間小謝又清發」、「詩傳謝朓清」，他相當欣賞謝朓山水詩作之「清」。因此綜觀李白山水詩中，亦不乏清新之作，但最大的不同在於李白此類作品中尚呈現那可貴的眞性情，是謝朓較爲缺少的。李白〈古風〉：

> 自從建安來，綺麗不足珍。
>
> 聖代復元古，垂衣貴清眞。〔註160〕

「清眞」是李白的審美理想，而謝朓於「清」則有之，但「眞」卻難以顯現。「清」則明淨高潔、不濃濁，「眞」則單純灑脫、不矯作。兩者合一，是不同於流俗的清雅、瀟灑。此審美堅持與李白虔誠的道教信仰關係密切，李遠志：

> 「清眞」是李白在恢復古道，反對綺靡等主張外，另一詩學思想重心。作爲一個信仰堅定的道教徒，道家「眞」、「樸」、「自然無爲」、「抱樸守眞」等思想對李白的影響是顯而易見的。此一思想在李白的詩歌美學觀念上的直接反映，便表現

〔註159〕 施補華：《峴佣說詩》，見王夫之等撰：《清詩話》，（上海：上海古籍出版社，西元1999年），頁977。

〔註160〕 〔唐〕李白著，〔清〕王琦注：《李太白全集》，上冊，頁87。

為追求質直的感情與清真自然的天成之美。〔註161〕

這份「清真」帶領李白在自然純真的世界裡自由翱翔，使其詩作之藝術內涵更加豐富，開創謝朓詩作中所罕見的壯闊雄偉之山水氣勢，也將自我影像毫無保留地投射在山水景致裡，雖著「我」卻能相融無礙，渾然天成。

（一）雄偉、飄逸，出神入化

李白山水詩常常顯現其鮮明的個性，並且運用勃發的才思，屢創新意。其雄偉壯麗的山水詩十分具有代表性，以〈蜀道難〉、〈夢遊天姆吟留別〉最為著名。〈蜀道難〉是一篇運用想像力及誇飾技巧創作的山水詩，景致特別，不同流俗：

> 上有六龍回日之高標，下有衝波逆折之迴川。
> 黃鶴之飛尚不得過，猿猱欲度愁攀援。
> 青泥何盤盤！百步九折縈巖巒。
> 捫參歷井仰脅息，以手撫膺坐長歎，
> 問君西遊何時還？畏途巉巖不可攀。
> 但見悲鳥號古木，雄飛雌從繞林間。
> 又聞子規啼，夜月愁空山。
> 蜀道之難難於上青天，使人聽此凋朱顏。
> 連峰去天不盈尺，枯松倒掛倚絕壁。
> 飛湍瀑流爭喧豗，砯崖轉石萬壑雷。
> 其險也如此，嗟爾遠道之人胡為乎來哉！

「上有六龍回日之高標，下有衝波逆折之迴川」、「青泥何盤盤！百步九折縈巖巒」、「連峰去天不盈尺，枯松倒掛倚絕壁」、「飛湍瀑流爭喧豗，砯崖轉石萬壑雷」等句將蜀道間的山勢描摹地十分壯偉、高聳，不但飛鳥無法橫越、猿猱無法攀度，連仙人乘坐黃鶴也束手無策，李白以此種誇張的寫法襯托出蜀道的艱難險峻。而〈夢遊天姥吟留別〉中的「天姥連天向天橫，勢拔五嶽掩赤城」、「天台四萬八千丈，對此

〔註161〕李遠志：《盛唐山水詩研究》，頁267。

欲倒東南傾」等句也用想像力及誇張手法鋪排出萬鈞的氣勢，使人印象深刻。觀察此兩首波瀾壯闊的山水詩，可發現李白喜歡用奇大的數字營造儡人的視覺感受，舉凡峻峰、巨巖、飛泉、浩澤、海樹……等，都時常配以「百」、「千」、「萬」誇飾其高度、長度，成就壯偉的山水景色，此種風格之山水詩乃謝朓所闕如。

皮日休〈劉棗強碑〉讚李白云：

> 言出天地外，思出鬼神表。讀之則神馳八極，測之則心懷四溟，磊磊落落，真非世間語者，有李太白。〔註162〕

說明了李白詩歌具有超越塵俗的奇境，引領讀者馳騁於想像的國度。在詩中，他彷彿化身仙人，遨遊於天際雲端，跳脫凡人思維來看待世間萬物。此種「以天觀物」的眼光，造就了前人所未有的山水新境界。袁行霈認為這便是李白獨創的「宇宙境界」：

> 南朝以山水詩著稱的二謝，他們筆下就只有山容水態而已。隋唐以來詩中的山水描寫逐漸增多，乃至出現了王維、孟浩然這樣著名的山水田園詩人，但他們的境界不過是清遠靜謐。只有李白才開拓出一種全新的境界，即宇宙境界。
> 〔註163〕

李白「宇宙境界」之生成乃運用諸多自然意象，相互疊合，並加以想像，鋪排宏偉的山水氣勢，如「海月」、「海日」、「雲海」等，搭配「驚沙」、「飛雪」、「黃雲」、「白波」、「波光」之壯麗景物，意境立現。正如龔鵬程所言：「太白歌詩，戈戟雲橫、英豪之氣，透紙流顯，飛騰搖動，壯逸風發」！〔註164〕

> 驚沙亂海日，飛雪迷胡天。（《古風》其六）〔註165〕
> 波光搖海月，星影入城樓。（〈宿白鷺洲寄楊江寧〉）〔註166〕

〔註162〕〔唐〕皮日休：〈劉棗強碑文〉見《皮子文藪》卷四（上海：上海古籍出版社，西元1981年），頁38。

〔註163〕袁行霈：《中國詩歌藝術研究》，頁254。

〔註164〕龔鵬程：〈詩話李白〉輯於夏敬觀、任半塘、張以仁、李正治等著：《李太白研究》（台北：里仁書局，西元1985年），頁603。

〔註165〕〔唐〕李白著，王琦注：《李太白全集》，上冊，頁96。

黃雲萬里動風色，白波九道流雪山。(〈廬山謠寄盧侍御虛舟〉)
〔註167〕

洪波洶湧山崢嶸，皎若丹丘隔海望赤城。(〈同族弟金城尉叔卿
燭照山水壁畫歌〉)〔註168〕

明月出天山，蒼茫雲海間。(〈關山月〉)〔註169〕

李白在這些宏偉景致中，還加入其強烈的個人情感，使其語言的表達容量，臻於極致。袁行霈：「李白那種大容量的語言符號與其充塞六合的宏偉感情正相一致，而其感情本身則如江河之大波，帶著一股衝擊力，奔突馳騁，翻騰不息。」〔註170〕因此李白的山水詩不僅有雄偉奇壯之骨，更有真情至性之血肉，引人入勝。如〈牛渚磯〉：

絕壁臨巨川，連峰勢相向。亂石流伏間，回波自成浪。
但驚群木秀，莫測精靈狀。更聽猿夜啼，憂心醉江上。

〔註171〕

李白將滿腔的憂懷寄託在奇景異境裡，無論是迴流的浪潮抑或嶙峋的石峰，均能顯現其縱橫變幻、澎湃激盪之姿態。

李白被呼為「謫仙人」，而事實上他也以仙人自居。因此山水詩歌中常表現飄逸奔放之風格，趙信云：

太白之飄逸，正如金翅擘海，香象渡河，……所謂天仙之辭，信不虛也。〔註172〕

又王世貞：

太白以氣為主，以自然為宗，以俊逸高暢為貴……其歌行之妙，詠之使人飄揚欲仙者，太白也。〔註173〕

〔註166〕 同上註，中冊，頁668。
〔註167〕 同上註，頁677。
〔註168〕 同上註，頁381。
〔註169〕 同上註，上冊，頁219。
〔註170〕 袁行霈：《中國詩歌藝術》，頁263。
〔註171〕 〔唐〕李白著，王琦注：《李太白全集》，中冊，頁1054。
〔註172〕 見瞿蛻園：《李白集校注》附錄三：序跋類（台北：里仁書局，西元1981年），頁1805～1806。
〔註173〕 〔明〕王世貞：《藝苑巵言》卷四，見丁福保輯：《歷代詩話續編》

皆將李白的飄逸風格與其仙氣相關聯。見其〈西岳雲臺歌送丹丘子〉：

> 西岳崢嶸何壯哉，黃河如絲天際來。黃河萬里觸山動，
> 盤渦轂轉秦地雷。榮光休氣紛五彩，千年一清聖人在。
> 巨靈咆哮擘兩山，洪波噴箭射東海。三峰卻立如欲摧，
> 翠崖丹谷高掌開。白帝金精運元氣，石作蓮花雲作臺。
> 雲臺閣道連窈冥，中有不死丹丘生。明星玉女備灑掃，
> 麻姑搔背指爪輕。〔註174〕

李白先以誇張恣肆的手法描繪西岳崢嶸之勢，及巨靈咆哮擘山、洪波噴箭射海、三峰欲摧、崖谷開掌等動態奇景，營造出超凡仙境後，再安排丹丘生、玉女順勢出場，表現氣定神閒、談笑自若的仙隱生活，筆調流麗，神態飄逸。而〈望廬山瀑布〉（其一）也是摹景臻於出神入化的名作：

> 西登香爐峰，南見瀑布水。挂流三百丈，噴壑數十里。
> 欻如飛電來，隱若白虹起。初驚河漢落，半灑雲天裏。
> 仰觀勢轉雄，壯哉造化功。海風吹不斷，江月照還空。
> 空中亂潀射，左右洗青壁。飛珠散輕霞，流沫沸穹石。
> 而我樂名山，對之心亦閒。無論漱瓊液，且得洗塵顏。
> 且諧宿所好，永願辭人間。〔註175〕

李白善於以誇飾技巧搭配活躍的動詞，展現山水景致的迴俗特點，如「流水三百丈」運用誇大的數字，再加上「挂」動詞的推波助瀾，使得瀑布一出場即展現懾人的力量，而「噴」向丘壑尚且達及數十里，更是氣勢磅礴，場景充滿視覺的強烈震撼。又以「飛電」、「白虹」用作比喻，意象特殊，顯現豐富的想像力。在「半灑雲天裡」、「空中亂潀射」等壯景陪襯下，「飛珠散輕霞」、「流沫沸穹石」兩句即趨於和緩飄逸，景致靈動幽美，彷彿不屬人間。清人李調元〈重刻李太白全集序〉：

> 太白詩……以遺世獨立之才，汗慢自適，志氣宏放，故其

中冊，頁 1005。

〔註174〕 〔唐〕李白著，王琦注：《李太白全集》，上冊，頁 381。

〔註175〕 同上註，中冊，頁 988。

言縱恣傲岸，飄飄然有凌雲馭風之意，以視乎循規蹈矩含
宮咀商者，真塵飯土羹矣。蓋仙風道骨，實能不食人間煙
火，故世之負尸載肉而行者，望之張目咋舌，譬如天馬行
空，不施鞚勒，其能絕塵而追者，幾人哉？〔註176〕

具體地指出李白詩歌中飄逸宏放的自適風格，凌雲御風，如天馬行
空，不受鞚繩拘束，超脫凡俗塵念。字裡行間所彌漫的仙氣，世間少
有。此類作品在李白山水之作，例子不少，如：

峨眉高山西極天，羅浮直興南溟連。名工繹思揮彩筆，
驅山走海置眼前。滿堂空翠如可掃，赤城霞氣蒼梧煙。
洞庭瀟湘意渺綿，三江七澤情洄沿。驚濤洶湧向何處，
孤舟一去迷歸年。征帆不動亦不旋，飄如隨風落天邊。
心搖目斷興難盡，幾時可到三山巔。(〈當塗趙炎少府粉圖山水
歌〉)〔註177〕

天門中斷楚江開。碧水東流至此回。
兩岸青山相對出。孤帆一片日邊來。(〈望天門山〉)〔註178〕

平明登日觀，舉手開雲關。精神四飛揚，如出天地間，
黃河從西來，窈窕入遠山。憑崖覽八極，目盡長空閒。
偶然值青童，綠飛雙雲鬟。笑我晚學仙，蹉跎凋朱顏。
躊躇忽不見，浩蕩難追攀。(〈遊泰山〉之五)〔註179〕

詩中所繪之景，處處疊嶂崇嶺，聳入雲霄。煙霞散漫在天際，精神飛
揚於四海，驚濤洶湧，碧水迴流，景色變化多端，猶若鬼斧神工。楊
成鑑：「文學作品的豪放品風格，屬於剛性美的範疇。他除了表現特
定的時代精神外，往往與作者高瞻遠矚的視野，豪爽而清高的性格，
寬闊的胸襟，易於激動的多血質氣質，有爲而作的遠大抱負，凝結於
作品之中。使它持有豪邁的氣勢，奔放的激情，廣袤浩瀚的意境，雄

〔註176〕〔清〕李調元：《童山文集》卷五，引自瞿蛻園：《李白集校注》附
　　　　錄三：序跋類（台北：里仁書局，西元1981年），頁1811。
〔註177〕〔唐〕李白著，王琦注：《李太白全集》，上冊，頁424。
〔註178〕同上註，中冊，頁1000。
〔註179〕同上註，頁925。

偉的藝術形象，伴之以壯健的音樂節奏，通過揮筆瀟灑的語言文字表現出來。」〔註180〕正可說明李白雄偉飄逸的山水詩作之藝術內涵。

（二）磊落有「我」，自然瀟脫

李白在謝朓「清麗」山水詩風格基礎下，創作了許多閑澹清雅的詩歌，又開創「清眞」保留著他獨有的個性，表現出雄偉、飄逸的奇山異水，並在詩句中大膽以「我」與山水天地對話，自然瀟脫、毫不忸怩。李白慣於將其眞性情傾瀉於山水詩作中，不但不見突兀，尚且具有渾然冥合的奇特美感。李遠志將李白特殊的山水風格置於山水詩史的座標軸上觀察，更能清晰地映現李白山水詩的審美價值：

> 李白詩歌兼以豪放雄壯和恬淡閑雅的特殊風格，在盛唐詩壇雄峙一方，綰合盛唐邊塞與山水兩大詩歌流派，成爲浪漫詩派的代表。就其山水詩的寫作風格言，除了傳統山水恬靜幽淡的意境之外，通過詩人主觀情感，以豪邁之音、奔放之勢寫山寫水，一改前人山水主客地位壁壘分明，甚至詩人完全隱沒在山水聲色之外的單純描摹，賦我之色彩爲山水之色彩，我之形象爲山水之形象，山水與我爲一，而遊於諸體，或自然飄逸，或氣勢橫絕，奠定其山水詩獨特的地位。〔註181〕

這段話除了指出了李白詩歌兼具兩種風格外，也凸顯李白打破山水詩的創作常法，加入主觀情感的創舉。李白在山水詩中敷一己之色彩、形象，都達至物我合一的境界。

在李白詩中，自我意識十分強烈，筆者統計在其一千餘首詩作中有四百八十首詩中出現「我」字，幾占二分之一，比例相當高。其〈山中與幽人對酌〉：「兩人對酌山花開，一杯一杯復一杯。我醉欲眠卿且去，明朝有意抱琴來。」這「我」字用得極爲自然、率直，顯現李白個性中的「眞」，瀟灑自適、不拘流俗。而觀察李白著「我」之山水

〔註180〕楊成鑑：《中國詩詞風格研究》（台北：洪葉文化公司，西元 1995年），頁 66。
〔註181〕李遠志：《盛唐山水詩研究》，頁 265。

景致，活潑生動，物我之間彷彿可以溝通，有時相互召喚，有時又合而為一，妙語如珠。如：

　　客自長安來，還歸長安去。狂風吹[我]心，西挂咸陽樹。
　　此情不可道，此別何時遇。望望不見君，連山起煙霧。
　　（〈金鄉送韋八之西京〉）

　　花枝拂人來，山鳥向[我]鳴。田家有美酒。落日與之傾。
　　（〈遊謝氏山亭〉）

　　西上太白峰，夕陽窮登攀。太白與[我]語。為[我]開天關，
　　願乘冷風去。直出浮雲間，舉手可近月。前行若無山，
　　一別武功去。何時復見還，（〈登太白峰〉）

　　玉壺系青絲，沽酒來何遲。山花向[我]笑，正好銜杯時。
　　晚酌東窗下，流鶯復在茲。春風與醉客，今日乃相宜。
　　（〈待酒不至〉）

　　涼風度秋海，吹[我]鄉思飛。連山去無際，流水何時歸。
　　目極浮雲色，心斷明月暉。（〈秋夕旅懷〉）

自然物的人格化、情感化、生命化，構成情景交融的山水圖書，鮮活靈妙。「狂風吹我心」、「山鳥向我鳴」、「太白與我語」、「山花向我笑」、「吹我相思飛」等句子，可看出詩人與景物的互動關係十分自然、親近，彷彿是摯友般知心相慰。羅宗強：「在李白身上，似有一種與生俱來的與自然的親和力，彷彿身心與自然原自相通。」〔註182〕因此在李白山水詩中，詩人身心與景物之間，並非不可逾越的主、客對立，而是相融的和諧共生。李白在自然天地裡，得以伸展最純真的自我，與萬物鳴奏著宛轉的生命樂章，因此他能安閑地與敬亮山對看不厭，可以舉杯邀明月，一派灑脫。羅宗強探討李白親近自然的深層意義：「在李白的意識裡，有一種泯一物我的根基，他在自然中看到了自我，看到自我的舒展的無限空間，看到自我存在的價值與意義。現實

〔註182〕　羅宗強：〈自然範型：李白的人格特徵〉，收錄於蘇家培、李子龍主編，王運熙等著：《謝朓與李白研究》，頁191。

生活中的一切挫折與失意,現實生活中自我價值的失落感,都在自然中得到補償。」〔註183〕因此,李白投身於天地之間,並非消極地逃避世事,而是積極的擁抱生命。

　　謝朓、李白對於山水詩的審美理想俱爲「清」,「清麗」在他們的山水詩中是慣見的風格,歷來爲人所稱道。而李白的自由、率眞性格,又在山水詩作中發展出另一「清眞」之美,康懷遠:「在李白的詩歌中,清和眞是極其和諧地統一在一起的,共同構成其詩的自然之美。」〔註184〕李白和諧的自然詩歌兼有清淡高雅的氣韻及任眞淳樸的個性表徵,使其山水審美理想更添獨特魅力。

〔註183〕同上註,頁192。
〔註184〕康懷遠:《李白批評論》,頁107。

第五章　謝朓、李白跨時疊合的觀景模式——眺望

　　細察謝朓山水詩作，可發現他是一長於遠眺，也喜愛遠眺的詩人。凡經他所眺望之景，皆烙印上個人內心的獨白，並彩繪出高度藝術的感染力，神寓於目，目感於心。史作檉：

> 視覺本身，一般來說，可被視為人類進行思考的一種最具
> 體的基礎。因之往往人之怎麼看和怎麼想有著不可分的關
> 係。〔註1〕

尤其身為一敏銳的山水知音，他的視覺感受必定超越生理功能，而直向心理創造的深層思維。黑格爾云：

> 藝術也可以說是要把每一個形象的看得見的外表上的每一
> 點都化成眼睛或靈魂的住所，使它把心靈顯現出來。〔註2〕

因此我們觀察謝朓、李白的山水詩，便絕不能忽略其觀看山水的模式。中國人的「看」隱含空間、距離的延展性，不同於西方之「look」、「watch」那樣簡單的感官反應。就「看」字本身而論，從手從目，

〔註 1〕 史作檉：《空間與時間》（新竹：仰哲出版社，西元 1984 年），頁 82。
〔註 2〕 見木鐸出版社編輯：《西方美學名著引論》（台北：木鐸出版社，西元 1988 年），頁 166。

即以手遮目，顯然是遠觀之動作，而相關字「望」，從臣從月，即翹首側目而望月，亦可知其乃爲目光的遠距離放射，至於「眺」同樣具有遠視之意。綜觀謝朓的山水詩作，運用的視覺字詞多爲「望」、「眺」、「瞰」……等等。它們都非近距離擷取的直接影像，而悉歷經視角的移轉、拓展，並且通過詩人心靈的審美歷程加以疊合、形塑，因此謝朓的描景方式不循軌於謝靈運的模山範水，而別有一番風味。另外，謝朓的「望」是將感情投入景色中，與陶淵明「悠然『見』南山」之單純、目無所託的悠閒心境有明顯不同。晁補之評陶詩道：「本自采菊，無意望山，適舉首而見之，故悠然而忘情。」〔註3〕謝朓之「望」缺少的正是陶淵明之「見」的閒情逸致。

　　謝朓詩相關「眺望」主題甚多，在甚完整的 135 首五言詩中明確出現「眺」、「望」、「矚」、「瞻」、「瞰」字者有 43 首（其中甚至有同首詩出現三次「望」之狀況），所佔比例近乎三分之一，倘若將其內容牽涉觀景望遠者一併計算，當十之八九，而這些作品中率多爲山水詩。因此謝朓的山水詩可說大部分都是眺望的產物。謝朓喜歡以眺望賦詩的傾向十分明顯，由詩題便可一目瞭然，如〈落日悵望〉、〈觀朝雨〉、〈宣城郡內登望〉、〈後齊迴望〉、〈望三湖〉、〈晚登三山還望京邑〉、〈和劉西曹望海臺〉……等等。謝朓的眺望式的山水詩影響所及，乃使唐宋山水詩人不由自主地將其當成一最佳視野的觀景視窗，而望其所望，思其所思，宛如一綿延的「眺望」隊伍，在時間的操場上接力。而在謝朓將棒子交出後，率先上前接棒的便是李白。

　　李白詩題中也常出現「望」，如〈望黃鶴山〉、〈秋登巴陵望洞庭湖〉、〈金陵望漢江〉、〈望廬山五老峰〉、〈望天門山〉、〈望木瓜山〉、〈望月有懷〉、〈天台曉望〉、〈早望海霞邊〉、〈三山望金陵寄殷淑〉、〈望漢陽柳色寄主宰〉、〈望鸚鵡洲懷彌衡〉……等等，除此之外李白有許多

〔註 3〕轉引自宋丘龍：《陶淵明詩說》（台北：文史哲出版社，西元 1984 年），頁 176。

山水作品都是重蹈謝朓之轍，在相同地點，以相同視角疊合景象，如宣城便是其中一個兩人共同的觀賞視窗。謝朓眺山望水的觀看模式成了日後的典範，筆者欲以謝朓、李白相關眺望之山水詩為研究對象，探討「眺望」動作所引發的心理感受，藉此觀察謝朓眺望山水詩特色與成就，並希冀為李白甚至擴及後代唐宋詩人描山摹水之際所映現的「謝朓情結」理出頭緒。

第一節　謝朓、李白山水遊蹤地圖導覽

謝朓、李白兩人對於山水都有一份無法割捨的情感，他們都透過「眺望」來為山水詩構圖，景色或有雷同，或有迴異，這與他們的遊歷地點存在密切的關係，首先就其遊歷之地點，作一概要追蹤。

一、遊蹤概要

謝朓出生於京城建康，時值宋孝武帝大明八年（西元 464 年）。他的成長過程皆待在建康，一直到了永明九年（謝朓二十九歲）才跟隨隋王子隆赴荊州。〔註4〕期間曾作〈遊三湖〉，二湖在今湖北江陵縣城東。《荊州記》：「江陵城縣東三里餘，有三湖：倚北湖、倚南湖、廖臺湖，皆其一隔。」〔註5〕後奉詔回京，短暫居留後，又於建武二年夏（謝朓三十三歲），出為宣城太守，作〈晚登三山還望京邑〉、〈之宣城郡出新林浦向板橋〉、〈遊敬亭山〉、〈遊山〉、〈賽敬亭山廟喜雨〉、〈和劉繪入琵琶峽望積布磯〉、〈將由湘水尋句溪〉等，可看出其遍歷敬亭山（宣城縣北十里）〔註6〕、句溪（宣城縣

〔註 4〕據曹融南之〈謝朓事跡詩文繫年〉所考：「《南齊書武十七王傳》載：『八年，……翌年，（隋王子隆）親府州事。』朓實隨隋王赴荊州鎮，其行乃在春日。」，參見曹融南：《謝宣城集校注》，頁 454。

〔註 5〕引自洪順隆：《謝宣城集校注》，頁 255。

〔註 6〕《宣城郡圖經》：「敬亭山，宣城縣北十里。」又《讀史方輿紀要》：「『江南，寧國府，宣城縣』云：「敬亭山，府北十里，一名昭亭山，東臨宛勾二水，南俯城闉，千巖萬壑，雲蒸霞蔚，為近郊名

東五里）〔註7〕、三山（江寧縣北十二里）〔註8〕、積布磯〔註9〕……等地。建武四年又改出南東海太守，最後於東昏侯永元元年卒，年三十六。終其一生所歷，範圍不出江南一帶，尤以宣城之作清新雅麗，傳誦不衰。

　而李白生於唐武后長安元年（西元 701 年），當時漫遊風氣熾盛，士人多遍遊大江南北，李白亦不例外。他於開元六年造訪戴天山道士，而作〈訪戴天山道士不遇〉。開元十二年（二十四歲）開始有「仗劍去國，辭親遠遊」的想法，於是乘船沿岷江而下，離開其自幼生長的蜀地，作〈峨嵋山月歌〉，此後除了晚年流放夜郎途經三峽外，再也沒有回過故鄉。開元十三年，李白出三峽，作〈自巴東舟行京瞿塘峽登巫山最高峰晚還題壁〉、〈渡荊門送別〉、〈荊門浮舟望蜀江〉等，並泛游洞庭，登覽廬山後直下金陵、揚州。〔註10〕所到之處，均以詩作為記。如〈望廬山瀑布〉二首、〈望廬山五老峰〉、〈望天門山〉、〈金陵望漢江〉、〈別儲邕之剡中〉、〈秋日登揚州西靈塔〉等。開元十八年，李白輾轉入長安，積極仕進。李白進入長安後，依循「終南捷徑」，隱居於終南山。期間遍訪名士高僧，曾登太白山，而有〈登太白峰〉，

勝，東麓有敬亭潭，勾浣二水所注也。自山而東北，峰嶺相接，其得名者，凡二十有餘，皆敬亭山之支阜。」，以上引文分別參見曹融南：《謝宣城集校注》，頁 241 及順隆：《謝宣城集校注》，頁 261。

〔註7〕王應麟《通鑑地理通釋》：「湘水出全州清湘縣陽朔山，東入洞庭北至衡州衡陽縣入江。」《江南通志》：「句溪在寧國府城東五里，溪流迴曲，形如句字。源出籠叢，天目諸山，東北流二百餘里，合眾流入江。」以上引自曹融南：《謝宣城集校注》，頁 250。

〔註8〕山謙之《丹陽記》：「江寧縣北十二里，濱江有三山相接，即名為三山，舊時津濟道也。」引自曹融南：《謝宣城集校注》，頁 278。

〔註9〕《水經江水注》：「江水又東，逕積布山南，俗謂之積布磯，又曰積布峽……江水東逕琵琶山南，山下有琵琶灣。」《元和志》：「積布磯，南臨大江，壘石壁立，形如積布，故名。」引自曹融南：《謝宣城集校注》，頁 326。

〔註10〕見〔清〕王琦：《李太白全集》（附錄年譜）：「太白出遊襄、漢，南泛洞庭，東至金陵、揚州，更客汝、海，還憩雲夢。」，頁 1579。

其交遊甚廣，然而求取功名卻是一籌莫展。於是滿腔的嗟嘆終於化作豐富的想像力，完成了名篇〈蜀道難〉。〔註11〕入京既無進展，於是李白又順黃河東下至梁宋之間，曾於嵩山拜訪道友元丹丘，而有〈題元丹丘穎陽山居〉、〈題元丹丘山居〉等詩作。開元二十年，曾遊南陽，而作〈遊南陽白水登石激作〉、〈遊南陽清冷泉〉。開元二十二年往來於襄陽、江夏一帶，拜謁韓荊州，其〈與韓荊州書〉展現其崇高之抱負，氣勢不同凡響。開元二十三年，與元參軍同遊太原，造訪古祠仙廟，作〈太原早秋〉。自出蜀至此十三年餘，李白足跡遍布長江中下游一帶及長安、洛陽、太原，雖未建立功業，卻已留下不少山水詩作。開元二十四年至巫山，而有〈觀元丹丘坐巫山屏風〉、〈巫山枕障〉等作。

　　天寶元年，李白奉召入京，途中作〈遊泰山〉六首。原以能就此平步青雲，扶搖直上，未料種種現實的挫折，使李白的夢想又再一次落空。出京後，李白四處遊歷，天寶十一年，北遊經邯鄲等地，因憂懼安祿山等人叛變，曾深入軍事要地幽州。天寶十二年，李白遊廣陵與魏萬相遇，遂同舟共遊秦淮，上金陵，與之相別，作〈送王屋山人魏萬〉，後並往來於宣城諸處，作〈秋登宣城謝朓北樓〉、〈謝公亭〉、〈獨坐敬亭山〉等。此後亦遊覽四方，如秋浦、當塗等地，而作〈秋浦歌〉十七首等。至德二年，李白被定罪流放夜郎。其乘船沿著長江西上，經江夏，上三峽至夜郎，一路上心情低落，黯然神傷。作〈早發白帝城〉、〈秋登巴陵望洞庭〉、〈與夏十二登岳陽樓〉等作。上元元年春，李白以六十高齡，回到巴陵、江夏，又沿江東下潯陽，登廬山，往來宣城、金陵之間。代宗廣德元年，病逝當塗，年六十三。李白的一生基本上都在漫遊裡度過，章必功《中國旅遊史》.「中國最傑出的漫遊家是大詩人李白。」，〔註12〕觀察李白「一生好入名山遊」，曾造訪的

────────────

〔註11〕〈蜀道難〉爲樂府古題，本有功名難求之意。李白作〈蜀道難〉蓋有此意。

〔註12〕章必功：《中國旅遊史》（昆明：雲南人民出版社，西元 1995 年），

山岳遍布南北，爲數頗多。如峨眉山、壽山、廬山、嵩山、黃山、泰山、衡山、天臺山、終南山、會稽山、巫山、天門山、五松山等，而行經流域以長江、黃河爲主，常遊於洞庭湖、彭蠡湖（今日鄱陽湖）等湖澤。

　　李白的山水視野較謝朓遼闊很多，因此所繪之景，較爲豐富多樣。

二、山水遊蹤地圖

　　以下地圖繪製，乃爲求追蹤謝朓、李白所見景致於山水作中所呈現之同、異，因此只就相關山水詩作所提及之景點加以點明。〔註13〕從圖中，我們可以發現，李白山水遊蹤範圍極爲廣大，北至薊州，南至九疑山，西至峨眉山，東至剡縣，舉凡黃河流域、長江流域，皆多次遊歷玩賞，其所觀之山水樣貌豐富多元。而謝朓活動範圍集中於長江流域，他與李白四處漫遊的方式不同，只奉命隨遊或奉令出守，採「定點式停留」方式，流連於京城（建康）與荊州、宣城、徐州等地之間，所見之山水景觀較爲單一。

頁 185。

〔註13〕地圖繪製參考林東海：《詩人李白》（京都：中國人民美術出版社，西元 1984 年），頁 2。

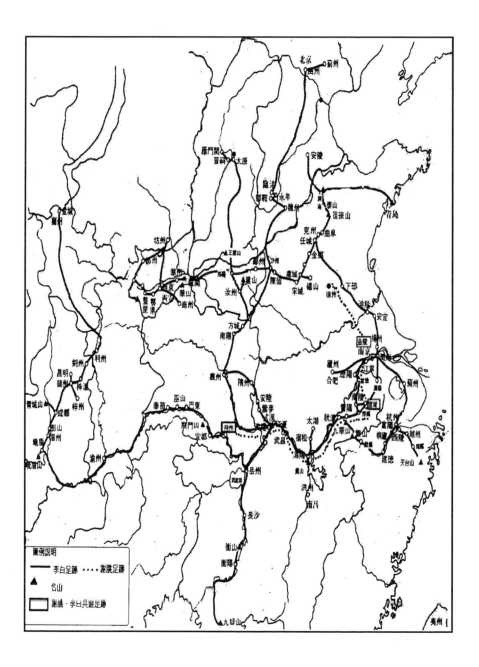

第二節　有情之眼──謝朓、李白回歸心願的靜默宣示

　　山水詩在謝靈運的筆下，仍存有玄言餘味，再者其巧構形式，未去繁富之累，亦時常引人微詞。而謝朓汲取謝靈運逼眞細緻的描景之長，又能掃除了其弊病，呈現清新流麗的風格，無疑是齊梁靡華詩風中的一股清流。「清麗」幾乎成爲眾人概括謝朓山水詩風的慣用詞語，然而這尚不足以說明其讓後人陷入癡狂的根底原因，筆者以爲關鍵乃在「感情」，專於謝朓詩的曹融南先生說：「謝朓詩中，特多抒情述懷之作。」，〔註14〕因此在他的山水詩作中「感情」佔有相當的份量。謝朓的山水詩不附庸玄理，並捨棄機械的寫眞摹景方式，而選擇加入自己內心深沉的感情，以有情之眼登高眺望山水，境界開闊，且充滿祖國之思，使得他能在當時的山水詩壇中自開一格，出類拔萃，而爲後代所矚目。

　　中國山水詩創作在唐代臻於成熟，其特點是山水詩句中飽含著作者的感情，而興發著特殊的神韻及源源不斷的情味。此特點在玄風瀰漫的南朝山水詩壇中，確實是少見的。然而謝朓山水詩中卻不乏此類名作，無怪乎李白對謝朓無限仰慕，一拍即合。觀察謝朓仕途蹭蹬，長期忍受著宦遊焦慮與疲態，他的感情是豐沛、熾烈的，但他表現的途徑卻是和婉、靜默的。他每每在遠山迢水的眺望中渴望「自然」的消解。李白也是一感情熾熱的詩人，歷經大半輩子的干謁之旅，始終未能順遂如願，鬱積心中的塊壘，也常常經由「望」的動作，帶領他的靈魂找到棲息之地。不同在於李白較謝朓外放、自信、樂觀，因此在觀望過程中尚能單純、直接地表現他對山水的賞愛。

一、「望」：企盼歸鄉的心靈安頓

　　謝朓處於爭權鬥勢的動盪政局，屢遭忌害，因此時常遷謫他鄉，內心千瘡百孔。而這期間他習於遠眺，或羨飛鳥高翔，或融憂於蒼茫

〔註14〕〔南朝齊〕謝朓著，曹融南校注集說：《謝宣城集校注》，頁8。

天地，均可感受其澎湃的心靈悸動，謝朓〈暫使下都夜發新林至京邑贈西府同僚〉：

> 大江流日夜，客心悲未央。徒念關山近，終如返路長。
> 秋河曙耿耿，寒渚夜蒼蒼。引領見京室，宮雉正相望。
> 金波麗鳷鵲，玉繩低建章。驅車鼎門外，思見昭丘陽。
> 馳暉不可接，何況隔兩鄉！風煙有鳥路，江漢限無梁。
> 常恐鷹隼擊，時菊委嚴霜。寄言罻羅者，寥廓已高翔。

〔註15〕

謝朓渴望「回歸」，他常常在字裡行間提到「歸鄉」。這首詩寫於奉詔返回京邑途中，心情卻是複雜、糾結的。「大江流日夜」正象徵了其內心日夜洶湧、翻滾的悲愁，在回歸的那一剎那並沒有止息，反而愈發強烈，他陷入了心理學家所謂的「趨避衝突」（approach-avoidance conflict）〔註16〕中不可自拔，進退維谷。關山位於建康城近郊，已離家鄉〔註17〕不遠，謝朓卻感覺「返路長」，可見其憂患的陰影還盤旋不去。不過，謝朓對於眼前的考驗，總是採取主動消融的態度，即使現實困頓，政治險惡，也未曾醉心遊仙，寄言方外，他帶著有情之眼，直視生命的無奈、哀傷！

　　因此他尚且勇於「引領而望」，儘管與他視線接合的只有冷冷宮牆。「我」、「宮牆」同時具有遠望的感官能力，而產生交互觀看的視覺模式，瞬間解構了主體的絕對性，更顯詩人靈魂之孤寂。這是詩人自我導演的內心戲碼，幾乎成了宦遊者的共同經驗。謝朓對於現實的殘酷有清楚的認識，尤其當他極目遠望時更感覺己身的渺小，因此他

〔註15〕見〔南朝齊〕謝朓著，曹融南校注集說：《謝宣城集校注》（上海：上海古籍出版社，西元 2001 年），頁 205。

〔註16〕「趨避衝突」（approach-avoidance conflict）由心理學家李溫（Lewin）所提出，指個體面對單一目標，同時存有接受和逃避兩種動機，造成難以化解的心理衝突。

〔註17〕據曹融南考察謝朓祖籍陳郡陽夏（今河南太康縣），而大約出生於南朝都城建康（今南京市）。見〔南朝齊〕謝朓著，曹融南校注集說：《謝宣城集校注》，頁 1。

使用的字眼都顯出龐大的無力感，如「馳暉不可接，何況隔兩鄉」，充滿無可突破的命定之悲。他羨慕小鳥擁有優游天地的自由，而感慨人們卻只能在無梁的大川上手足無措，對比強烈，感染力十足。另外〈侍筵西堂落日望鄉〉也同樣洋溢著對去國懷鄉之憂：

> 沈病已綿緒，負官別鄉憂。高城悽夕吹，時見國煙浮。
> 漠漠輕雲晚，颯颯高樹秋。鄉山不可望，蘭卮且獻酬。
> 旻高識氣迥，泉停知潦收。幸遇慶筵渥，方且沐恩猷。
> 芸黃先露早，騷瑟驚暮秋。舊城望已肅，況乃客悠悠。
> 〔註18〕

詩人在日落時刻登高而遠望，眼前浮現的盡是家國的景象，爲了避免觸目情傷，因而又勸慰自己「鄉山不可望」，且進杯中物。「輕雲」、「高樹」原本都是美好的景物，一經謝朓之眼而望，竟都「漠漠」、「颯颯」起來，充滿了蕭索的氣氛，再者「晚」、「秋」顯現出時間驟逝的現實無奈，而「芸黃先露早，騷瑟驚暮秋」也同樣攫著久病纏身的謝朓不肯鬆手，他們雖被謝朓凝望，卻都再以死亡的巨像回望謝朓，「驚」顯露詩人與死亡對望後的惶恐。縱使如此，謝朓還是一再地抬頭眺望，不管明日依然還要面對四海爲客的困窘。這彷彿是一命定的悲劇節奏，蘇珊・朗格（Susanne・K・Langer）：

> 喜劇表現了自我保護（*Self-preservation*）的生命力節奏，悲劇則表現了自我完結（*Self-consummation*）的生命力節奏。……與簡單新陳代謝不同，個體生命在走向死亡的旅程中具有一系列不可逆轉的階段，即生長、成熟、衰落。這就是悲劇節奏。〔註19〕

謝朓看透了「不可逆轉」的悲劇節奏，而採取不逃避的態度，正面相視，完成自己生命的必然旅程。並且希冀行至生命終點時，得以投身故鄉的懷抱，因此即便他常口裡嚷著「不可望」，卻猶且頻頻注目遠

〔註18〕見〔南朝齊〕謝朓著，曹融南校注集說：《謝宣城集校注》，頁414。
〔註19〕蘇珊・朗格（Susanne・K・Langer）著，劉大基等譯：《情感與形式》（Feeling and Form）（台北，商鼎文化出版社，西元1991年），頁406。

望。謝朓〈臨高臺〉：

> 千里常思歸，登台臨綺翼。才見孤鳥還，未辨連山極。
> 四面動清風，朝夜起寒色。誰知倦游者，嗟此故鄉憶。
>
> 〔註20〕

遠去的飛鳥象徵了謝朓飛翔的想望。特殊的是謝朓詩中的飛鳥大多非無目的地的漫遊，而是承載著謝朓回歸故鄉的企盼。這樣的飛鳥在其眺望詩中有極高的曝光率，如〈望三湖〉：「積水照赭霞，高臺望歸翼。」〔註21〕、〈和宋記室省中〉：「落日飛鳥還，憂來不可及。……懷歸欲乘電，瞻言思解翼。」〔註22〕、〈和劉西曹望海臺〉：「滄波不可望，望極與天平。往往孤山映，處處春去生。差池遠雁沒，颯沓群鳧驚。」〔註23〕、〈曲池之水〉「浮雲自西北，江海思無窮。鳥去能傳響，見我綠琴中。」〔註24〕、〈將發石頭山上烽火樓〉：「荊吳阻山岫，江海含瀾波。歸飛無羽翼，其如離別何？」〔註25〕、〈夏始和劉屏陵〉：「浮雲去無窮，暮鳥飛相及。」〔註26〕……等，由其詩句可以感受他渴望歸鄉的急切心情，「回歸」成為安頓動盪心靈的依靠。謝朓〈答張齊興〉：「向夕登城壕，潛池隱復直。地迴聞遙蟬，天長望歸翼。」，〔註27〕運用意象（鳥）與空間（天長）的大小對比，加深天地悠悠的苦恨與孤寂，而形塑了一含情凝眺之人！他曾大嘆：「有情知望鄉，誰能鬒不變？」，〔註28〕更道出了眺望故鄉時的激動心情。

〔註20〕見〔南朝齊〕謝朓著，曹融南校注集說：《謝宣城集校注》，頁163。
〔註21〕同上註，頁232。
〔註22〕同上註，頁346。
〔註23〕同上註，頁336。
〔註24〕同上註，頁193。
〔註25〕同上註，頁199。
〔註26〕同上註，頁343。
〔註27〕同上註，頁201～202。
〔註28〕見謝朓〈晚登三山還望京邑〉，〔南朝齊〕謝朓著，曹融南校注集說：《謝宣城集校注》，頁278。

　　李白帶著熱切的盼望離鄉奮鬥，與謝朓憂讒畏譏，被迫離鄉的情況有很大的不同，因此李白在眺望之際，對故鄉充滿不捨的依戀，而非悲痛的創傷。且看〈峨嵋山月歌〉：

　　　　峨眉山月半輪秋，影入平羌江水流。

　　　　夜發清溪向三峽，思君不見下渝州。〔註29〕

這首詩作於李白決定出蜀遠遊的那年秋天（開元十二年），他出蜀的路線，經由昌明、成都、峨眉，下渝州後出三峽。他一路上望著峨嵋山月漸漸沒入江水之間，那份對故鄉的眷戀，清晰地映入他的眼簾，達其內心。「望」的動作雖然沒有直接出現於字句中，然而從其山水景物的呈現，可看出他的目光始終流連於漸行漸遠的山月，而這山月代表的意義便是故鄉。月亮時常是李白心情表露的媒介，安旗等著《李詩咀華》：

　　　　用月亮來象徵故鄉，故鄉就有了集中的美麗的形象，把月
　　　　亮當作人和他告別，故鄉就成了活生生的有感情的現象。
　　　　這樣一來，在〈峨眉山月歌〉中，李白和故鄉惜別的依依
　　　　之情，自然見於言外。〔註30〕

李白把對故鄉的深情，凝聚於望月的動作上，沿著他的視線，那難捨的眷戀一點一滴地流瀉。〈峨眉山月歌送蜀僧晏入中京〉亦把滿腔懷鄉之緒寄託於明月當中：

　　　　我在巴東三峽時，西看明月憶峨眉。

　　　　月出峨眉照滄海，與人萬里常相隨。〔註31〕

明月的永恆無限不僅體現在時間上，而且也體現在空間上。普天之下，皆共有此月。因此它消解了遊子與故鄉的空間距離，詩人憑藉著乘月而往的想像飛回故鄉，而故鄉也畫作明月陪伴遊子浪跡天涯。〔註32〕李白率真的想像，源於內心自然的情感，因此其所創造的藝術形象總

〔註29〕〔唐〕李白著，王琦注：《李太白全集》，中冊，頁441。
〔註30〕安旗等著：《李詩咀華》，頁11。
〔註31〕〔唐〕李白著，王琦注：《李太白全集》，上冊，頁443。
〔註32〕引自梁森：《謝朓與李白管窺》，頁122。

是能感染人心。

再如〈荊門浮舟望蜀江〉：

> 春水月峽來，浮舟望安極。正是桃花流，依然錦江色。
> 江色綠且明，茫茫與天平。逶迤巴山盡，搖曳楚雲行。
> 雪照聚沙雁，花飛出谷鶯。芳洲卻已轉，碧樹森森迎。
> 流目浦煙夕，揚帆海月生。江陵識遙火，應到渚宮城。

〔註33〕

從這首詩題「荊門浮舟望蜀江」可以發現李白乘舟離開蜀地後，仍然不斷地回望故鄉。蜀江燦明的影像一直留在他的望眼之中，成為他思念故鄉的表徵。而〈渡荊門送別〉亦由遠眺的動作顯現他對故鄉的深切依戀：

> 渡遠荊門外，來從楚國游。山隨平野盡，江入大荒流。
> 月下飛天鏡，雲生結海樓。仍連故鄉水，萬里送行舟。

〔註34〕

在李白的山水詩中，月亮、水都成為故鄉的象徵。此首詩，亦以極目遠望的方式，將離蜀一路上的景色盡收眼底，儘管奇景當前，李白仍未忘懷對故鄉的感情。於是他把流水看成具有情意的生命體，護送著他遠游他方。李白一路上都凝視著波波代表故鄉的流水，在移情作用的催化下便把它當作思念故鄉的慰藉。金開誠：「在情感活動的形象化表現中，『移情』是一種極為多見的方法；正是因為運用了這種方法，所以客觀世界中的許許多多事物都被寄以人的思想感情，在藝術家的筆下成為具有深義深情的意象。」〔註35〕水、月本無情，但因為李白主觀情感的滲入，而有了生命的藝術形象。

因此，「眺望」這個視覺性動作，凝聚了詩人對故里的戀眷。在謝朓、李白思鄉之際，都發揮紓解情緒的功能。

〔註33〕安旗、蘇天緯、閻琦等著：《李詩咀華》，頁 10。
〔註34〕〔唐〕李白著，王琦注：《李太白全集》，中冊，頁 739。
〔註35〕金開誠：《文藝心理學概論》（北京：北京大學出版社，西元 1999 年），頁 212。

二、「望」：回歸自我的無聲吶喊

　　觀察謝朓的「眺望」，有一部分詩句結合了心理因素或動作，如「登望」、「還（旋）（環）望」、「迴望」、「悵望」、「閑望」，使我們更容易掌握他觀望之際的心情與形式。從這些附加於「望」的字，可看出謝朓絕無單純使用視覺器官的可能性，而是準備了滿腔的憂憤、惆悵，蓄勢待發。他眺望的各種姿勢成了他完滿表現自我情緒的方式，鬱悶同時也在此刻得到紓解。蘇珊・朗格：

> 姿勢同樣具有雙重作用，它既可以是自我表現，又可以是邏輯表現，也可能兩者兼有。它可以像人們之間打信號那樣表示要求與意圖，也可以像聲啞人語言那樣作為對話的符號。但同時要表現某一種姿勢的方式，時常顯示出使用姿勢者的內心情緒。〔註36〕

閱讀謝朓「眺望詩」，可發現他尚且不滿於視覺的單純表現，因此還加上身體姿勢來附加說明。如他「回望」的眺望詩便把他驀然回首的悲慟，表現得淋漓盡致。「回頭眺望」，這個動作要比「放眼遠觀」更易興起情感波折，它展現了心中糾結難解的衝突，或為眷戀，或為哀愁，或為期盼……，情感色彩更為濃重。謝朓〈落日同何儀曹煦〉：

> 參差複殿影，氛氳綺羅雜。風入天淵池，芰荷搖複合。
> 遠聽雀聲聚，回望樹陰沓，一賞桂尊前，寧傷蓬鬢颯！

〔註37〕

謝朓將眺望自然美景當作自己尋求寬慰的媒介，他層出不窮的愁苦驚懼，總是由他眺望的雙眼迅速遁入遙岑遠天。謝朓面對「參差複殿影，氛氳綺羅雜」無動於衷，卻在一陣風吹動時，看到搖曳生姿的芰荷，潛伏於心底的自然眷戀於焉引發。他的視線漸漸拉遠至遠方，聽到鳥雀的聲聲呼喚，他忍不住回頭遠望，層層樹陰疊合，是那麼美麗動人，

〔註36〕蘇珊・朗格（Susanne・K・Langer）著，劉大基等譯：《情感與形式》（Feeling and Form），頁205。
〔註37〕見〔南朝齊〕謝朓著，曹融南校注集說：《謝宣城集校注》，頁357。

那似乎才是安頓自我的最佳歸宿！然而他的故鄉不在單純自然的山林，而是在血光刀影的建康，矛盾於此刻全面發酵，他只能頂著一頭蓬髮亂鬢飲盡杯中物！另一首〈和徐都曹出新亭渚〉：

> 宛洛佳遨遊，春色滿皇州。結軫青郊路，回 眺 滄江流。
> 日華川上動，風光草際浮。桃李成蹊徑，桑榆蔭道周。
> 東都已俶載，言歸 望 綠疇。〔註38〕

同一首詩他轉移了兩次視角，先是「回眺」滄江，臨去時又留連觀望綠疇。這是一記遊詩，地點在新亭渚（位於建康都城之郊），他已經融入了眼前春色炫麗的美景，吳小平：「『回眺』二字最傳神。詩人驀然回首，蒼茫江色猛然攝入胸懷，傳達出一種豁然通亮的意蘊。」，〔註39〕「回眺」在此甩掉了悲慟情感的包袱，而愉悅地沉醉於冥合自然的樂趣，浩浩湯湯的江流象徵永恆的生命脈動，它浮現的是春光魅影，日華、青草、桃李、桑榆、綠疇都已回復旺盛的生命力，讓謝朓興起一種回歸自我的感動與力量！再看〈游東田〉：

> 戚戚苦無悰，攜手共行樂。尋雲陟累榭，隨山 望 菌閣。
> 遠樹曖阡阡，生煙紛漠漠。魚戲新荷動，鳥散餘花落。
> 不對芳春酒，還 望 青山郭。〔註40〕

謝朓的眼睛，常常若有所失的進行搜尋。他登上層層的高榭，想要尋找任意飄散的朵朵白雲，也許白雲擁有自己所喪失的自由，也許白雲正是他一生志趣的象徵。因此筆者以為他真正想要尋找的是自我。菌閣固然美麗，卻非他目光的焦點。他極力描寫的是遠眺的自然躍動。「遠樹曖阡阡，生煙紛漠漠」，以疊字勾勒出烟水縹緲、綠霧迷濛的如畫景象，靜謐安適中蘊藏著躍動的生機。而視角切換至近處，則看見更活潑的生命圖騰。「魚戲新荷動，鳥散餘花落」，跳動飛舞中流淌著靜定的幽趣。一遠一近，一動一靜，二元看似對立又和諧互容無礙。

〔註38〕同上註，頁323。
〔註39〕見吳小如、王運熙等編：《漢魏六朝鑑賞辭典》（上海：上海古籍出版社，西元1992年），頁874。
〔註40〕見〔南朝齊〕謝朓著，曹融南校注集說：《謝宣城集校注》，頁260。

方植之誇之「寫景華妙，千古如新」，〔註41〕蓋非恭維之詞。這樣意境高雅的描景技巧，為唐詩人所繼承。陳祚明《采菽堂古詩選》：「玄暉去晉漸遠，啟唐欲近，天才既雋，宏響斯臻，斐然之姿，宜諸逸韻，輕倩和婉，佳句可賡。」，〔註42〕可見一斑。謝朓由自然的廣袤天地裡，尋找自我生命的影像，因此能使他迷醉的不是眼前美酒，而是遠處的雲山煙樹，「還望」透露了他的意猶未盡，留連依戀，眺望之殷切，從這個結合姿勢與視覺官能的語詞一覽無疑。

在李白干謁的漫長旅途上，波折不斷，曾經喜出望外，也曾頹然喪志，幾度陷入愁緒的圍城中。他時常耽於偌大的山水天地裡，以「眺望」的方式揮斥幽憤，也尋找自我的本真。如〈橫江辭〉其三：

橫江西望阻西秦，漢水東連楊子津。
白浪如山那可渡，狂風愁殺峭帆人。〔註43〕

此詩作於天寶十二年，橫江即橫江浦，在今安徽省和縣東南，與采石磯相對，自古為南北往來要津。字句表面描繪江水之惡，實則暗指國家內弛外張的危機。他站在江河西岸望向長安，把滿腔對國家的忠誠都寄託在「望」，可惜受到山川重重阻隔，尚且不能如願。望著風高浪急，愁雲慘霧的景象，使他聯想到自己艱苦的求仕窘境，李白頓時彷彿被吞食一般，喪失對未來的方向感。

李白經歷了「長安不見使人愁」的憂國遠眺後，開始積極地找尋困頓生命的出口。孫紹先：

創作者主體的自我治療大都肇始於揮之不去的挫折感。並且這種挫折在他看來已經具有現實的不可逾越性。結果，害怕承認失敗的心理與已經失敗的的現實之間產生了無法彌合的裂縫。這種只能返回內心的精神折磨，迫使他尋找發洩通道。〔註44〕

〔註41〕同上註，頁262。
〔註42〕同上註，頁438。
〔註43〕〔唐〕李白著，〔清〕王琦注：《李太白全集》，上冊，頁401。
〔註44〕孫紹先：〈不可輕易轉翻的「風月寶鑒」──對文學治療功能的再認

李白長期深陷仕宦失意的痛苦，終於從創作中得到發洩與解脫。他將
視點由京城改置於江湖野澤，不管是悠遊自然勝景，抑或隱入神仙道
境，都可看出李白優遊自得的純真模樣與熱愛生命的堅定態度。〈登
錦城散花樓〉：

> 日照錦城頭，朝光散花樓。金窗夾繡戶，珠箔懸銀勾。
> 飛梯綠雲中，極目散我憂。暮雨向三峽，春江繞雙流。
> 今來一登望，如上九天遊。〔註45〕

從詩中明顯看出李白在身心俱疲的情況下，選擇以「極目」遠眺的方
式消散憂愁。「今來一登望，如上九天遊」更表達出視覺審美的快感，
對於李白而言，「望」的動作已然成爲忘卻世俗煩憂、追尋自我的不
二法門。又如〈天臺曉望〉：

> 天臺鄰四明，華頂高百越。門標赤城霞，樓棲滄島月。
> 憑高登遠覽，直下見溟渤。雲垂大鵬翻，波動巨鰲沒。
> 風潮爭洶湧，神怪何翕忽。觀奇跡無倪，好道心不歇。
> 攀條摘朱實，服藥煉金骨。安得生羽毛，千春臥蓬闕。
>
> 〔註46〕

李白登高臺遠望，發揮了極大的想像力。他把自己投身在神仙世界
裡，但見雲垂波動，大鵬翻飛、巨鰲出沒，奇景異色橫列眼前。此「望」，
讓李白找到靈魂安棲之所，能夠自由自在地遨遊，不受世俗困頓的摧
折。而遠望所見之「大鵬」，彷彿是李白的化身，展翅高飛，氣勢奔
騰。如王定璋所云：「李白精心塑造的大鵬形象追求個性解放和精神
自由，脫略凡近，雄放孤傲。」〔註47〕李白由遠望的目光形塑了代表
自己的「大鵬」形象，反映其心境。

　　李白常透過「登高遠望」的方式，結和想像與感受，找尋現實生

　　　識〉，見葉舒憲：《文學與治療》（北京：社會科學文獻出版社，西元
　　　1999 年），頁 111。
〔註45〕〔唐〕李白著，〔清〕王琦注：《李太白全集》，中冊，頁 967。
〔註46〕同上註，頁 971。
〔註47〕王定璋：〈李白藝術風格的文化淵源〉（西南師範大學學報，西元 1994
　　　年）第 1 期，頁 71。

活中逐漸遺落的自我，韓經太：

> 由於這種「登高」而「想像」的運思造境模式，是以詩人
> 那每使仙心幻想與現實追求相統一的創作意識爲驅動和導
> 引的，所以，其詩中的仙遊意象便往往與山水登臨的感受
> 相重合，尤其是當其描寫到自我意象時，更是如此。〔註48〕

這樣的觀景模式，相連了詩人的眼與心，對於李白而言，是一帖心靈
救贖的良藥，也是找回自我本眞的方法。法國莫理斯‧梅格——龐蒂：
「身體注視一切事物，它也能夠注視它自己。」〔註49〕因此，李白在
遠眺山水景物的過程中，每每清晰地映現自我影像，撫平了挫折所烙
下的道道傷痕。創作山水詩成爲心理治療的途徑。

　　遠眺山水，即是凝視自我。這雙望眼，飽含著謝朓、李白對故鄉
的深情，對理想的堅持，是他們渴望回歸的靜默宣示。

第三節　穿透之瞳——謝朓、李白空間距離的跨時超越

　　謝朓、李白用以眺望的雙眼除了能含納其濃厚的情感外，尙能穿
透時空限制，騁騁無涯。李正治先生：「生命的具體存在，原爲時空
制約下的現象，客觀環境的限制時常影響到人類的精神或物質生
活。」，〔註50〕時間與空間是個體存在的座標，給予人們精確的定位。
謝朓、李白藉由眺望，深刻感受到時空的圈圍，卻又嘗試在其間來回
穿越。極目遠眺，是他們忘卻自身限制的方式。喬治‧桑塔耶娜（George
Santayana）：

> 心靈樂於忘記它與身體的關聯，並幻想它能藉那改變其思

〔註48〕韓經太：〈善遊皆聖仙——李白山水仙遊詩的興象特徵與文化底
　　　　蘊〉，收錄於王運熙等編著：《謝朓與李白研究》，頁240。
〔註49〕〔法〕莫理斯‧梅格——龐蒂著，楊大春譯：《眼與心》（北京：商
　　　　務印書館，西元2007年），頁36。
〔註50〕李正治：《中國詩的追尋》（台北：業強出版社，西元1986年），頁
　　　　121。

　　　　想之客體之自由以馳騁六合。〔註51〕
謝朓並非欣羨遊仙、祈求長生的避世者，他的人生態度是積極入世
的，無論「眺望」引起的是家國之思，還是山水的契慕，都迎面去感
受。與謝朓相比，李白的「眺望」卸除了諸多現實的藩籬，顯得較爲
自由、靈活。他率眞地在山水間遊目四顧，將景物當作自己的朋友甚
至知己，或傾吐心事，或宣洩憤懣，皆磊落坦率。有時又將眼光伸展
至神仙世界，與想像黏合無間，藉此超越時空限制，穿梭自如。

　　　時間的推移意味著生命的流逝，它所引發的後遺症，輕則興起懷
古嘆今的愁緒，重則顯現預見死亡的恐懼。錢谷融先生：「藝術創作
的材料，來自三種時間：當時的印象，早年的回憶，未來的憧憬。」，
〔註52〕而謝朓於眺望之際所創作的詩，反映出他穿透這三種時間的心
理感受，虛實相成。只是在他眺望中的「未來」，並沒有歡愉的「憧
憬」，反而瀰漫著著宿命的憂慮。至於空間畫面之處理，謝朓則展現
了其突破限制的最大可能性，創立一種「身在屋窗內，而思接千里外」
的眺望模式，建造了他宦遊歲月的「無障礙空間」，也提供了後世遊
宦文人親近自然的另一變通方式。謝朓這一類於郡齋內遠眺的詩爲數
不少，成爲他山水眺望詩的一大特色。此一眺望模式使得人們不必刻
意遠離案牘勞形的辦公處，而能隨時化身山水知音，顯現了空間的延
展性。

　　　李白徜徉山水之間，喜愛騁目極眺，時間之流在他眼底浩浩蕩蕩
地流逝，空間之牆在他的目光裡一一穿透。「眺望」的動作帶著李白
坦誠地閱覽自己心中活躍的動作尚且如一「任意門」，讓他突破時空
限制與心儀已久的謝朓目光相接，而望其所望，思其所思。李白刻意
疊合謝朓的觀景視窗，證明他對謝朓的仰慕之情極爲深切。

〔註51〕喬治・桑塔耶娜（George Santayana）著、杜若州譯：《美感》（台北：
　　　　晨鐘出版社股份有限公司，西元 1972 年），頁 7。
〔註52〕錢谷融、魯樞元主編：《文學心理學》（台北：新文教出版社，西元
　　　　1990 年），頁 123。

一、「望」——記錄時間的旅程

　　謝脁常常由景物遷移、變化，及季節遞嬗的現象中，深刻體認時間消逝的哀愁，他以「悵望」做了最沉痛的自我表達。史作檉先生：

> 時間即是生命。形式是一層世界，它永遠有一個終極性之實體的存在，以為其極限。……以一時間與生命的之存在關係，藉生命中所必具之提昇的跳躍性質，而形成一存在之無所終止之前展之境。〔註53〕

謝脁在時間之流裡尋找自我生命的浮光掠影，卻常常惹來無可排解的惆悵，無論溯源過去，抑或停駐此際，仰望未來。時間與生命的關係，形成巨大的陰影，籠罩著謝脁的遠眺之眼。那可以奔向無終止之存在的「生命的跳躍性質」尚未成形。謝脁〈落日悵望〉：

> 昧旦多紛喧，日晏未遑舍。落日餘清陰，高枕東窗下。
> 寒槐漸如束，秋菊行當把。借問此何時，涼風懷朔馬。
> 已傷暮歸客，復思離居者。情嗜幸非多，案牘偏為寡。
> 既乏琅邪政，方憩洛陽社。〔註54〕

這首詩題目為「悵望」，乃整首詩的詩眼。因此可以感覺悵惘的氣氛充斥著全詩，而舉目所望都是時間匆匆過往的足痕，更添加了生命內在的哀痛。謝脁就任地方官吏期間，案牘勞形，仁民愛物，為百姓所稱道。然而他仍謙虛地反省，自認無美政可言，因為謝脁的抱負理想，乃在建康城裡，並不在此。成就感的缺乏，導致自我價值的陷落，讓時間的利刃更形尖銳，它日以繼夜地砍斫著生命的力量。落日，宣告一日的結束。謝脁在此刻悵然地眺望，「寒槐漸如束，秋菊行當把」再次浮現時間經過的清晰記號，無可迴避。「借問此何時」，此句更形沉痛。猶如一迷途的問津者，而他我去的並不是具體的方向，而是自我存在的體認。至於他詢問時間的對象是自己，或者是眼前偌大的天地？筆者以為兩者皆有可能。謝脁一反常語，不以朔馬懷涼風，倒以涼風懷朔馬，映現了詩人「故鄉當思遊子」的自我臆度，將思念的主

〔註53〕史作檉：《空間與時間》（新竹：仰哲出版社，西元 1984 年），頁 327。
〔註54〕見〔南朝齊〕謝脁著，曹融南校注集說：《謝宣城集校注》，頁 230。

動權交給故鄉，顯示了己身束手無策的困頓。謝朓遠眺了時間消逝的景象，對浪跡天涯的暮歸客、離居者寄予無限的同情、憐憫，這悲哀的兩種淪落人，不正也指著謝朓自己嗎？「傷」字點出了他的悽懷痛楚，令人為之潸然。謝朓眺望寰宇大地，對於時序更迭有極為深切的感傷，〈還途臨渚〉：

> 綠水纈清波，青山繡芳質。落景皎晚陰，殘花綺餘日。
> 白沙澹無際，青山眇如一。傷此物運移，惆悵 望 還津。
> 白水田外明，孤頂松上出。即趣佳可淹，淹留非下秩。

〔註55〕

萬物運化，隨時遷移，原本為天地自然之理。然而謝朓總在落日時分，為其所傷。德國哲學家海德格（Martin Heidegger）《存在與時間》：

> 領會從不是漂遊無據的。而總是現身的體會。此向來同樣原始地由情緒展開或封閉著。……若非基於時間性，諸種情緒在生存狀態上所意味的東西及其「意味」方式都不可能存在。〔註56〕

因為個人所擁有的時間有其極限性，無以阻遏，不可逆行，所以逼迫著人們必須在有限時間裡完成自我存在的印證。謝朓面對著充滿時間暗示的「落日」，承受了強大的壓力。那股壓力來自存在價值與意義的審視，內發出焦慮、虛無感。謝朓的惆悵之情，雖由「眺望」而來，但也由「眺望」得到暫時止痛藥。他欲藉著眺望視線的永久停滯，力挽時間狂流，因此固執地想要淹留於美景之中，賞玩即時的妙趣。謝朓「悵望」似乎成了他的習慣動作，在他的詩作中俯拾即是。謝朓〈宣城郡內登望〉：

> 借問下車日，匪直望舒圓。寒城一以 眺 ，平楚正蒼然。
> 山積陵陽阻，溪流春穀泉。威紆距遙甸，巉嵒帶遠山。
> 切切陰風暮，桑柘起寒煙。悵 望 心已極，惝況魂屢遷。

〔註55〕同上註，頁411。
〔註56〕〔德〕馬丁・海德格（Martin Heidegger）著，王慶節等譯：《存在與時間》（台北：桂冠圖書公司，西元1990年），頁451～453。

結髮倦爲旅，平生早事邊。誰歸鼎食盛，寧要狐白鮮？

方棄汝南諾，言稅遼東田。〔註57〕

「借問下車日，匪直望舒圓」隱含時間的流動感，曹融南注：「謂出守宣城，爲時已久。」〔註58〕謝脁歷時經年地遠離故鄉，心中早已思念滿溢。當他望著皎潔的圓月，又興起一種自我位置失落的哀戚。謝脁遠眺的當下，喪失對時間的正常認知。刹那的脫序展現了駭人的「空無」感，無助而孤獨。法國存在主義大師沙特（Jean Paul Sartre）：

「空無」浸入了存在的領域，一切都被浸泡在荒謬的感受

中，人的命運，似乎就在追求永遠追求不到的東西。〔註59〕

謝脁雖接觸了沙特所謂的「空無」，但卻又不曾忘記此生此刻的責任，縱然「平生早事邊」、「倦爲旅」，但他未就此曾自暴自棄。「誰歸鼎食盛，寧要狐白鮮？方棄汝南諾，言稅遼東田」他連續引用了四個典故：子路南游於楚，列鼎而食、景公披狐白之裘，坐於堂側、汝南太守宗資任用范滂、管寧於遼東飲牛，都是他立志施行良政的宣示，他奮力地善盡職守，政績卓著，明萬曆初重修《宣城郡志》，謝脁還被列入〈良吏傳〉。〔註60〕然而謝脁心中的企盼是回歸故鄉的懷抱，安頓動搖漂游的心靈，找回陷落的自我，因此他仍舊含著悲苦在時間的極限裡來回穿越、眺望，憂心忡忡。謝脁在此詩的眺望模式，十分具有感染力。如同吳功正所言：

經過審美化的時態就不是物象，而是心象；不是物時，而

是心時。〔註61〕

時間透過審美眼光的凝視，能反射出心中的各種思維。謝脁先透過時間的悲嘆營造心理的憂悽，再以登高眺望，開啓開闊的視野，宏大的氣勢，深得後人傾心。陳胤倩：「『寒城一以眺，平楚正蒼然』二句，

〔註57〕見〔南朝齊〕謝脁著，曹融南校注集說：《謝宣城集校注》，頁225。

〔註58〕同上註，頁226。

〔註59〕卓心美：《智慧的河流——談西洋哲學的發展》（台北：三民書局，西元2003年），頁174。

〔註60〕見〔南朝齊〕謝脁著，曹融南校注集說：《謝宣城集校注》，頁8。

〔註61〕吳功正：《中國文學美學》，頁357。

漸近唐人。」〔註62〕、何義門：「出語高亮，得登望之佳致。」〔註63〕、沈確士：「『寒城』一聯格高，朱子亦賞之。」，〔註64〕他的眺望方式充滿無窮的渲染力，一經過目便無以忘懷。

　　而李白透過視覺動作，運用「獨酌醉語」之模式，表現對時間匆匆流逝的感慨，他常常在風光明媚的春日裡，獨自一人借酒銷愁。〈春日醉起言志〉：

　　覺來 盼 庭前，一鳥花間鳴。借問此何時，春風語流鶯。

　　感之欲嘆息，對酒還自傾。〔註65〕

相對於謝朓「借問下車日」的時間慨嘆，李白也有「借問此何時」的時間悲愁。李白在醒後盼望庭前，花開鳥鳴的景象刺激了他的時間意識。外在事物的改變容易引起時間的覺察，英國里德伯斯（K.Ridderbos）所編《劍橋年度主題講座——時間》提及：

　　時間的另一面是從「轉變」這一互補的視角來看——從「事物如何改變」而引出的時間的觀點。〔註66〕

李白透過「盼」的視覺投射，赫然發現事物的改變，時序的遞嬗，然而卻仍要「借問此何時」，彷彿溺於時間的奔流裡，迷失自己的所在位置，強烈的孤獨感隨之引發。春天是一個條暢花綻，充滿活力的季節，萬物欣欣向榮，生機勃發，人身處其中，理應要隨之開朗、活潑，然而李白卻是在醉醒之間，獨自唶嘆、飲酒，其憂悶不難想見。

　　時間的點滴流逝，消耗著有限的生命。李白對此深刻地感受，如〈對酒〉：「昨日朱顏子，今日白髮催。」、〈獨酌〉：「東風吹愁來，白髮坐相侵。」、〈贈錢徵君少陽〉：「春風餘幾日，兩鬢各成絲。」等都可看出他對生命消逝的焦慮。李白在〈春日獨酌〉其一還透過物、我

〔註62〕　參見〔南朝齊〕謝朓著，曹融南校注集說：《謝宣城集校注》，頁 227。
〔註63〕　同上註，頁 227。
〔註64〕　同上註，頁 228。
〔註65〕　〔唐〕李白著，〔清〕王琦注：《李太白全集》，中冊，頁 1074。
〔註66〕　〔英〕里德伯斯（K.Ridderbos）編，章邵增譯：《劍橋年度主題講座——時間》（北京：華夏出版社，西元 2006 年），頁 5。

的對比，透顯更深沉的無助感：

> 東風扇淑氣，水木榮春暉。白日照綠草，落花散且飛。
>
> 孤雲還空山，眾鳥各已歸。彼物皆有託，吾生獨無依。
>
> 對此石上月，長醉歌芳菲。〔註67〕

前六句李白描摹目光所見之燦麗春景，淑氣散播在各生命體上，萬物皆適得其所，欣欣向榮地發展。在此充滿希望的氛圍下，引出「彼物皆有託，吾生獨無依」的悲嘆，對比十分強烈。彷彿偌大天地裡唯有李白被春光遺棄而流離四方，一事無成，孤獨無依，面臨此種窘境，李白又只能埋首長醉了。〈春日獨酌〉其二：

> 我有紫霞想，緬懷滄洲間。且對一壺酒，澹然萬事閒。
>
> 橫琴倚高松，把酒 望 遠山。長空去鳥沒，落日孤雲還。
>
> 但恐光景晚，宿昔成秋顏。〔註68〕

他帶著酒遊賞山水，極目遠望所見是一片澹然蒼茫的天地，「孤雲」、「去鳥」、「落日」都牽攣著落寞之情。末兩句「但恐光景晚，宿昔成秋顏」凸顯充斥於李白望眼之中的時間焦慮。李白藉著「遠望」覺察時光的流轉，也藉著「遠望」突破時間的限制，與古人相遇。在山水詩範圍中，李白尤其懷念謝朓的詩藝，因此常常遠望謝朓舊遊之地，彷彿可以與他目光相接、心靈相通。如〈謝公亭〉：

> 謝公離別處，風景每生愁。容散青天月，山空碧水流。
>
> 池花春映日，窗竹夜鳴秋。今古一相接，長歌懷舊游。
>
> 〔註69〕

相同的地點，早已刻印著謝朓的身影，連風景也染上千古的愁緒。李白的「望」突破時間之阻隔，與謝朓相遇。胡曉明：「山水詩裡有了懷古，便猶如空間意識中增添了時間的維度，詩人的心靈可以由此伸展出去，與往昔的世界接通，與過去的先賢晤談。李白〈謝公亭〉詩『今古一相接，長歌懷舊遊』，此一『游』字，正是精神的壯游，心

〔註67〕〔唐〕李白著，〔清〕王琦注：《李太白全集》，中冊，頁1069。
〔註68〕同上註，頁1070。
〔註69〕同上註，頁1049。

靈的神遊，尋找生命止泊之鄉的漫遊。」〔註70〕所言深刻地點出了李白山水詩中思接謝朓的創作意念。又如〈金陵城西樓月下吟〉：

> 金陵夜寂涼風發，獨上高樓 望 吳越。
>
> 白雲映水搖空城，白露垂珠滴秋月。
>
> 月下沉吟久不歸，古來相接眼中稀。
>
> 解道澄江淨如練，令人長憶謝玄暉。〔註71〕

金陵是謝朓時常活動的地方，因此李白在金陵登樓遠望，不由地懷念起謝朓。藉由「望」的動作，他遊賞著謝朓所曾看見的景觀，也進一步穿越古今，在相隔兩百多年的時間長河中，以「憶」搭起跨時的橋梁。這種審美回憶並非一味地複製舊有的景象，而是使得李白山水詩具有再生的形象，邱明正：

> 審美回憶是在特定對象刺激、誘導下，將大腦皮層貯存的信息重新反饋過來，提取出來，轉換、再生、意念、概念、觀念、情感，也就是對各種記憶材料的憶起、回想，使之復活於審美心理活動之中，成為心理活動的一個環節。〔註72〕

儲存在李白腦海裡的謝朓回憶，在李白審美過程中，不斷地被再次創生。因此即使李白與謝朓同望著金陵，其「白雲映水搖空城，白露垂珠滴秋月」與謝朓之「澄江靜如練」所呈現的景觀主題一致，但描摹方式一動一靜，便有所變化。而觀察此詩中所傾瀉的孤獨情感與謝朓〈晚登三山還望京邑〉、〈暫使下都夜發新林至京邑贈西府同僚〉所流露的宦遊落寞則十分接近，那是生命經歷的今古契合與感通。因此李白強烈認同謝朓，絕非在望眼之中攝取其自然景象，而是在心裡接收其思緒、感受。李白喜歡登臨懷古，把眼光拋向夐緲的時間，在古人的悲劇裡，流自己的眼淚。楊義：「古今生命共享共憐，既是李白詩學世界觀所在，也是他的時空錯綜思維的需性

〔註70〕胡曉明：《萬川之月——中國山水詩的心靈世界》，頁104。

〔註71〕〔唐〕李白著，〔清〕王琦注：《李太白全集》，上冊，頁403。

〔註72〕邱明正：《審美心理學》（上海：復旦大學出版社，西元1993年），頁177～178。

與魅力所在。」〔註73〕可見李白經由穿越古今的「眺望」動作,眞正尋找的乃是與自己境遇疊合的生命影像。如〈答杜秀才五松見贈〉:

> 聞道金陵龍虎盤,還同謝朓 望 長安。
> 千峰夾水向秋浦,五松名山當夏寒。〔註74〕

李白與謝朓一樣,對國家懷抱著高度的熱忱與忠誠。因此他能深刻地了解謝朓頻頻眺望京城的那份愁苦,也感同身受。所以即使與謝朓相隔兩百多年的時間,在李白眺望山水的眼睛裡,卻仍然有著謝朓的身影,而惺惺相惜地說:「還同謝朓望長安」,短短七個字,道盡心中無限事。

二、「望」──啓動空間的轉軸

《文心雕龍‧神思》:「登山則情滿於山,觀海則意溢於海。」這是結合情境與內心感受的觀望方式,是極爲自然且普遍的心理作用。綜觀謝朓、李白的眺望方式,較之更具有空間的延展性。謝朓出任地方官吏,大部分的時間都必須待在郡齋裡處理公務,並不能隨時登山臨海,但他的目光卻可以透過一扇窗戶,立即與良辰美景連線。而這種「以窗觀物」的描景方式,在李白的山水詩中雖有所運用,但卻未能形成其創作特色。主要是因爲李白好遊名山大澤,偏愛壯麗雄肆之景,大部分的時間都自由來去,無案牘勞形,無牢籠圍身,或登高樓遠望,或攀峻嶺窮目,或飛天端幻想,空間的轉換充滿變化。

謝朓的空間轉換,層次井然,靈活自然,不過,以門窗作爲取景框架的觀看模式,並非謝朓首創,謝靈運已有之。長期投入中國山水詩研究的學者葛曉音說:

> 將室外的眾山、群木坡高峰都羅會於門窗之前,以見出『不出戶,知天下』(《老子》)的理趣,也爲後代的山水詩人開啓了從窗戶庭階吐納外界景物的表現法門。毫無疑問,通

〔註73〕楊義:《李杜詩學》,頁140。
〔註74〕〔唐〕李白著,〔清〕王琦注:《李太白全集》,中冊,頁904。

　　　　過畫面遠近關係的處理以體現「天地爲廬」的空間意識，
　　　　正是謝靈運山水詩的首創。〔註75〕

然而「以窗觀景」的方式，謝靈運並未將它打出知名度。經過謝朓發
揚以後，才蔚爲風潮。謝朓之窗所含納的空間，遠近伸縮自如，並且
能映現仕宦者的眞實感受，貼近生活經驗，廣爲詩家所接受，並且好
評不斷。唐白居易〈送劉郎中赴任蘇州〉：「宣城獨詠窗中岫」，〔註76〕
它讓宦遊天涯的山水知音引以爲創作典範。魏耕原：「他（謝朓）是
把在官廨住所所開的窗遠望都寫進詩裡，這和大謝的山中石室別墅專
供觀賞有別。……他發展了大謝以門窗取景的寫法，施之以日常化的
山水詩中，更顯得具有生活氣息。」，〔註77〕可謂道出了大、小謝的
差異點。總而言之，謝朓創立一條貫穿繁瑣公務與自然天地的快速道
路，讓人們即使身體遠離自然天地，也能藉由眺望穿透空間距離，隨
即賞玩勝景。這樣的方式鼓舞了人們更勇於負責地生活，不用隱遁山
林，不用告別紅塵，而精神可立即馳騁於隔絕世俗的境地。

　　空間，是一眺望者盡情揮灑彩筆的畫板。它有時是「實空間」（客
觀眞實視域）的具體呈現，但更多時候是「虛空間」（主觀心理視域）
的想像粘合。吳功正《中國文學美學》：「空間感張力在中國詩歌裡常
常通過詩人感覺變移與幻化來實現。因爲天地之大，非目力所到處，
只得憑藉心力。」，〔註78〕尤其當謝朓眺望的地點在屋宇之內，唯一能
運用的只有一扇自由開啓的窗戶，然而它有其限制的框架，所因此能
呈現的空間是有限的。詩人倘若要眺望更寬闊的景色，那麼適度地運
用想像力協助營造，亦不失一良策。法國波德來亞（C・Baudelaire）：

〔註75〕葛曉音：《山水田園詩派研究》（遼寧：遼寧大學出版社，西元 1993
　　　　年），頁 41。

〔註76〕見〔唐〕白居易著，楊家駱編：《白香山詩集》，頁 333。

〔註77〕魏耕原：《謝朓詩論》（台北：中國社會科學出版社，西元 2004 年），
　　　　頁 196。

〔註78〕吳功正：《中國文學美學》（江蘇：江蘇教育出版社，西元 1990 年），
　　　　頁 392。

「如果沒有想像，一切功能不論多麼堅強，多麼敏銳，都是枉然的。可是次要的功能要是軟弱，在強烈的想像力的刺激下，這缺陷也無關緊要。任何功能都缺少不了想像，而想像可以彌補任何功能的不足。」，〔註79〕而謝朓的視覺器官發揮了及高度的功能：「眺望」，並以想像力突破了現實的束縛，將空間拓展地十分寬廣。謝朓〈冬日晚郡事隙〉：

案牘時閑暇，偶坐 觀 卉木。颯颯滿池荷，脩脩陰窗竹。
簷隙自周流，房櫳閑且肅。蒼翠望寒山，崢嶸 瞰 平陸。
已惕暮歸心，復傷千里目。〔註80〕

謝朓在公務餘暇時刻立即切換視角，由近景觀賞至遠景眺望，層次分明。身坐斗室，而目騁寰宇，謝朓穿透空間的有形限制，以「眺望」而神游四方。從「已」、「復」可知謝朓經由眺望所興起的感懷已非初體驗，而是反覆積累、堆疊的，然而他並沒有就此斷絕眺望的習慣，依然來回地含淚領會。謝朓親手揭開思鄉的傷疤，卻也希望從中看到細胞的重生！謝朓〈後齋迴望〉：

高軒 瞰 四野，臨牖 眺 襟帶。 望 山白雲裡， 望 水平原外。
夏木轉成帷，秋荷漸如蓋。鞏洛常睠然，搖心似縣旆。

〔註81〕

「高軒」，曹融南注：「堂左右長廊之有窗者。」，〔註82〕謝朓佇立在高軒窗牖之前，極目遠眺，眼界是無止盡綿延的。在這首詩出現了四次視覺詞（其中「望」字重複）：「瞰」、「眺」、「望」，可見謝朓對眺望的確有一無法割捨的偏好。他的視線穿過有形的窗戶，投向不可及的天邊，透入雲層深處、推至平原之外，猶如經過導航設定的飛彈，準確發射。「夏木轉成帷，秋荷漸如蓋」宣揚了時間的再次流轉，而那鞏、洛（在此指建康京畿）尚是在遙不可及的遠方，因此他時常不

〔註79〕亞里斯多德等著：《論形象思維》（台北：里人書局，西元 1985 年），頁 100。
〔註80〕見〔南朝齊〕謝朓著，曹融南校注集說：《謝宣城集校注》，頁 228。
〔註81〕同上註，頁 230。
〔註82〕同上註，頁 230。

勝眷戀地眺望，心神難以安寧。謝朓藉由眺望所營造的空間是極具延
展性的，令人感受到四野蒼茫，雲山縹緲的景象，卻不致墮入神仙幻
想，這正是他透過「窗戶」眺望，所得到的妙處，它貼近日常生活經
驗。謝朓〈郡內高齋閑坐答呂法曹〉：

> 結構何迢滯，⬚曠望⬚極高深。窗中列遠岫，庭際俯齊林。
>
> 日出眾鳥散，出暝孤猿吟。已有池上酌，復此風中琴。
>
> 非君美無度，孰爲勞寸心。……。〔註83〕

「曠望」即「遠望」。謝朓由一「窗」觀賞遠岫、山林，原本就存在有
形的框架限制，他卻想要極盡遠岫、山林之高深處，可見這之中必有虛、
實空間的雙重疊合。再者「日出眾鳥散，山冥孤猿吟」兩句動、靜相合，
烘托出和諧的自然畫面，黃永武：「利用動態景物作一內一外的移動，
這種律動感，有助於詩中空間深度感覺的形成。」，〔註84〕空間隨著景
物的佈置，將呈現更廣更遠的心理感受，詩的意境才能充分顯現。

　　謝朓相關於宦居之窗與世外山水相接耳目的詩作頗多，除了上文
敘述已提及之外，尚有〈高齋視事〉：「餘雪映青山，寒霧開白日。曖曖
江村見，離離海樹出。披衣就清盥，憑軒方秉筆。」〔註85〕、〈送江水
曹還遠館〉：「高館臨荒途，清川帶長陌。」〔註86〕〈秋夜〉：「北窗輕幔
垂，西戶月光下。」〔註87〕、〈治宅〉：「闊館臨秋風，敞窗望寒旭。風
碎池中荷，霜翦江南菜。」〔註88〕〈懷故人〉：「清風動簾夜，孤月照窗
時。」〔註89〕、〈夏始和劉孱陵〉：「對窗斜日過，洞幌鮮飆入。」〔註90〕、
〈新治北窗和何從事〉：「闊牖期清曠，開簾候風景。」〔註91〕、〈遊東

〔註83〕見〔南朝齊〕謝朓著，曹融南校注集說：《謝宣城集校注》，頁282。
〔註84〕黃永武：《中國詩學──設計篇》，頁62。
〔註85〕見〔南朝齊〕謝朓著，曹融南校注集說：《謝宣城集校注》，頁280。
〔註86〕同上註，頁246～247。
〔註87〕同上註，頁265。
〔註88〕同上註，頁268。
〔註89〕同上註，頁272。
〔註90〕同上註，頁344。
〔註91〕同上註，頁359。

堂詠桐〉：「孤桐北窗外，高枝百尺餘。」〔註92〕……等。謝朓透過窗戶而呈現的視角變化，多為「近→遠」順序推移，間或再由遠回到近處，規律中帶有變化，迴旋反覆，舉凡勝景皆收羅入內。對謝朓而言，「以窗觀景」的觀景模式在他的山水詩中不但數量多，且又具有代表性。

「以窗觀景」的模式，在李白詩中也可找到，但數量較少。如〈過崔八丈亭〉：

> 高閣橫秀氣，清幽並在君。檐飛宛溪水，窗落敬亭雲。
> 猿嘯風中斷，漁歌月裏聞。閑隨白鷗去，沙上自為群。
> 〔註93〕

這扇窗猶若空間的轉軸，把觀望的視線由高閣內延伸至外部，由近處溪水推展至遠處沙洲，空間順勢轉換，景觀隨之改變。余東升《中西建築美學比較研究》認為建築物牆上的窗具有穿透的觀景效果：「在這些牆上，往往有很多的窗和各種形狀的門洞，這些門洞和窗於是就成為一個個固定的景框……突出表現某一特定的景觀，從而巧妙地把景區從一個閉合空間引渡到另一個閉合空間。」〔註94〕因此透過一個個如景框的窗戶來觀賞山水，能巧妙地營造詩作空間的層次感。除了景觀的空間變化，尚可從中體會詩人心情的轉折，黃政卿：

> 以往屋內外的分野來說，「窗」是內外空間的重要聯繫，不
> 論是景致、季節天氣，主體能透過窗戶知曉外界景況，它
> 也是主體思緒和視野延伸的通道。〔註95〕

從〈過崔八丈亭〉前四句「高閣橫秀氣，清幽並在君。檐飛宛溪水，窗落敬亭雲」之「秀氣」、「清幽」、「飛溪水」、「落亭雲」等看來，在室內的李白，心情十分平靜、淡然。不過，接下來視線穿過窗戶，停於遠處風月之間，便聽聞淒苦的風中猿鳴、寂寥的月下漁唱，雖說「閑

〔註92〕同上註，頁388。
〔註93〕〔唐〕李白著，王琦注：《李太白全集》，中冊，頁1002。
〔註94〕余東升：《中西建築美學比較研究》（台北：紅葉出版社，西元1995年），頁61。
〔註95〕黃政卿：《古典詞的時空特質及其運用研究》（高雄師範大學國文學系碩士論文，西元2005年），頁82。

隨白鷗去」，但「自為群」仍難掩心中的孤獨感。

　　李白山水詩的空間轉軸，絕大部分不是「窗」，而是「登臨高處」，舉凡高樓、高宇、高地、高山……等，均能讓李白在居高臨下的狀況，舒展他的想像自由，不受「窗」由近至遠的視角路徑所限制，呈現的空間變化更大。如同王運熙所言：「李白喜歡遼闊廣大，現實世界的狹小空間決不能容納他那吞吐宇宙的胸襟。」〔註96〕因此他喜歡登高望遠，利用多視點與多視角轉換空間。如前文已提及之〈蜀道難〉、〈夢遊天姥吟留別〉便在詩中營造了浩渺、奇麗的空間感受。黃政卿：

> 「登臨空間」是指作者登高遠眺，由高處之樓亭向遠處瞭望，伸展闊遠的視野。……登臨與天的距離拉近，易於察覺天空的變化，且在高處萬物大地彷若靜止不動，這時動態的，尤其在天空中移動的景物特別容易引起注意。憑欄臨眺大地，廣闊的景觀容易觸發作者自身的回憶，或興起對千百年人事興衰的感嘆，景物隨著主體感情的投射，呈現不同的氛圍。〔註97〕

因此，李白的登臨空間可以說是通向天上的，更難進一步說是通向他胸羅萬象、心繫神人的健偉靈魂。由於他轉換空間的方式不同於謝朓，所以創作出來的山水詩，氣勢奔騰、情狀特殊，為謝朓視角所不能拓及。如其〈贈宣州靈源寺仲濬公〉：

> 敬亭白雲氣，秀色連蒼梧。
> <u>下映雙溪水，如天落鏡湖</u>。〔註98〕

從天而降的白雲與湘南蒼梧山的秀麗景色相連一氣，展現宇宙生命渾然融合的景象。而登高下臨溪水，望見水中的映影，像整座天穹跌落在明潔如鏡的湖中，視角變化的奇妙，更讓李白的山水詩洋溢著奇幻的美感。李白也曾以相似句「兩水夾明鏡，雙橋落彩虹」形容登臨所見之宛、句溪，同樣展現美麗絕倫的山水魅力。

〔註96〕王運熙：《李白研究》（北京：作家出版社，西元 1962 年），頁 113。
〔註97〕同上註，頁 86。
〔註98〕〔唐〕李白著，王琦注：《李太白全集》，中冊，頁 631。

　　對於有形的窗，李白使用地不多。然而他卻常常藉助無形的「謝朓視窗」，眺望謝朓所曾閱歷的山水景色，將自己置身於相同的空間裡。舉凡宣城境內的謝朓樓、敬亭，或臨近的新林浦等地，均可發現李白駐足多時，流連不去的蹤跡。如謝朓有〈之宣城出新林浦向板橋〉，李白也在同樣的地點作〈新林浦阻風寄友人〉：

> 潮水定可信，天風難與期。清晨西北轉，薄暮東南吹。
> 以此難挂席，佳期益相思。海月破圓影，菰蔣生綠池。
> 旷日北湖梅，開花已滿枝。今朝東門柳，夾道垂青絲。
> 歲物忽如此，我來定幾時。紛紛江上雪，草草客中悲。
> 明發新林浦，空吟謝朓詩。〔註99〕

李白的「眺望」，總是以眼睛觀看，用心靈感受。這首詩在空間的移轉中，也記錄了時間流動的軌跡。空間自海上轉換至門前，採由遠而近，由大而小的方式，讓空間漸漸凝聚在眼前，層次鮮明，如黃永武《中國詩學──設計篇》所云：「讓畫面由遠而近移動，先寫大景物而後縮小至小景物，畫面移近來，使視野愈來愈細小，詩中的空間也就像凝聚起來一般。」，〔註100〕再加上時間的交相作用，早晨至薄暮，變遷速度極快，令人有措手不及的匆促感。而「昨日北湖海」、「今朝東門柳」兩句兼具時間、空間的變化，以此引出「歲月忽如此」的生命喟歎，頗有謝朓之思。最後以「明發新林浦，空吟謝朓詩」作結，彷彿預言著下一個空間旅程之開始。宗白華：

> 用心靈的俯仰的眼睛來看空間萬象，我們的空間意識不是希臘的有輪廓的立體雕像，不是埃及墓中的直線甬道，也不是倫伯蘭的油畫中縹緲無際追尋著的深空，而是「俯仰自得」的節奏化音樂化了的宇宙。《易經》上說：「無往不復，天地際也。」。這正是中國人的空間意識。〔註101〕

〔註99〕同上註，頁 668。
〔註100〕黃永武：《中國詩學──設計篇》，頁 58。
〔註101〕宗白華：〈中國詩畫中所表現的空間意識〉，《美學的散步 I》（台北：洪範出版社，西元 2001 年），頁 41。

宗白華認爲中國人的空間意識伴隨著時間律動感而富有自然節奏，觀景者並非聚焦於某一視點而是採取數層視點以構成節奏化的空間。〔註102〕謝朓、李白的空間佈置往往與時間交合相生，符合中國哲學中氣韻生動的宇宙觀。他們藉著「眺望」在時間之流裡穿越，在空間框架裡延展，重新尋找宇宙中自我的影像。史作檉：「做爲一切形式或方法背後，人只知其有之實體本身，仍只不過是一種形式或空間之方式罷了。于是由此不得已，人便不能不通過一切有名有關係之空間世界，與超越此空間之時間性實體存在方式或形式，而尋求于使這一切成爲可能之『人自體』或『我』的存在中來。」，〔註103〕謝朓、李白運用穿透瞳探討空間、時間、我（實體）的關係，切中人存在於宇宙的人生問題，故總是能夠引發後人省思。

　　李白之所以採用謝朓的「眺望」模式觀賞山水，實際上是一個「悲劇共感」的原理。李白徘徊在謝朓曾經停留的景點，興發共同的情緒。將對仕途不順遂的落寞，由心間傳至眼神，透過「眺望」拋諸遠處天地。

第四節　藝術之目──謝朓、李白改寫世界的想像創造

　　謝朓、李白山水詩中所描摹的景致，都有一股特殊的魔力，讓讀者掩卷之後，尚能清晰地留下山水形象。他們用自己審美的藝術眼光，改寫了世俗習以爲常的景色，使其躍發獨特的生命力。

一、捕捉刹那的永恆美感

　　謝朓、李白在眺望時，都體驗了此生短暫的虛無痛楚，於是寄望倚仗一枝山水畫筆，捕捉住稍縱即逝的美麗。俄國別林斯基：「在文學作品裡，觀念以兩種方式顯現出來。在有些作品裡，觀念延伸到形式裡面去，從而在形式的全部完美性中透露出來，溫暖著並照亮形

〔註102〕　參閱宗白華：《美學的散步Ｉ》，頁51。
〔註103〕　史作檉：《空間與時間》，頁310。

式，……這種觀念是富有生命力的，富有創造性的，不是通過理智，而是直感的，不是自然而然地，而是連同形式一起產生出來的，這種作品是典雅的、藝術的作品。」，〔註104〕謝朓認爲的好詩是「圓美流轉如彈丸」，李白認爲詩歌貴於「清眞」，因此皆極爲注重美感的經營。他們的山水眺望詩都是經過有意設計的藝術品，因此形式與內容總是搭配的十分和諧，相得益彰。他們長於「視覺藝術」的營造，以時間的流動轉化空間的物象，呈現自然生發、衰敗，再生發、再衰敗的循環節奏。對山水景物刹那之聲色躍動、光姿閃爍有極爲敏銳的感受與觀察，因此捕捉技巧可謂精準而靈妙，如此一來雲林山泉、草木花樹各有其姿態，且勃發內在生命的活力。

　　謝朓化刹那爲永恆的美感表現，讓李白心生嚮往。尤其是名句「餘霞散成綺，澄江靜如練」，最能吸引李白的注意。透過謝朓的藝術之目，讓平凡無奇的江水，散發著閃閃金光，創造了永久流傳藝術形象。李白〈金陵城西樓月下吟〉：「解道澄江靜如練，令人常憶謝玄暉。」〔註105〕、及〈秋夜板橋浦泛月獨酌懷謝朓〉：「漢水舊如練，霜江夜清澄。」，〔註106〕都能看出這一如練的江水形象，已經深植李白心田。謝朓對於湖畔夜色的摹寫方式，彷彿一註冊商標，到處貼置。導致後人所眺之月景都只能依循謝朓的目光賞玩。這一首享譽千古的〈晚登三山還望京邑〉是謝朓的代表作：

　　　灞涘望長安，河陽視京縣。白日麗飛甍，參差皆可見。
　　　餘霞散成綺，澄江靜如練。喧鳥覆春洲，雜英滿芳甸。
　　　去矣方滯淫，懷哉罷歡宴。佳期悵何許，淚下如流霰。
　　　有情知望鄉，誰能鬒不變。〔註107〕

謝朓詩藝高超，即便頗爲自負的李白，都嘆爲觀止，甘拜下風。明朝王世貞《藝苑卮言》（卷三）：「玄暉不唯工發端，撰造精麗，風華映

〔註104〕 亞里斯多德等著：《論形象思維》，頁132。
〔註105〕 見〔唐〕李白著，〔清〕王琦注：《李白全集》上冊，頁403。
〔註106〕 同上註，頁1089。
〔註107〕 見〔南朝齊〕謝朓著，曹融南校注集說：《謝宣城集校注》，頁278。

人，一時之傑。青蓮目無往古，獨三四稱服，形之詞詠。登九華山云：
『恨不攜謝朓驚人詩來。』。」〔註108〕可見謝朓善於眺望的眼睛，能
在閱景的瞬間迸發出驚人的藝術力量，攝人魂魄。王世貞又說：「玄
暉，奇章秀句，往往警遒，足使叔源失步，明遠變色。」，〔註109〕這
在在都彰顯謝朓造景之句的特殊性，傲視群傑。

　　「灞涘望長安，河陽視京縣」，以宏音開展全詩，頗有氣勢。謝
朓刻意隱藏眺望的審美主體，改用不可移動的兩組地名互望，彷彿宣
告了人身自由的喪失，只能依恃唯一能夠潛天遁地的視覺感官。謝朓
眺望時，心神是專注的，故每每在景物最炫麗奪目的那一刻及時按下
快門，沖洗出一張張令人驚艷的景緻。「白日麗飛甍」描繪白日的光
芒投射在參差有序的飛甍上，迸發出明麗輝煌的光亮。「麗」字在句
子結構中所被安排的位置，及詞性的變化，讓它瞬間充滿生命力，動
感十足。王次澄：「南朝詩人注重鍊字，詩句中的動詞與形容詞往往
成為增加趣味和提升境界的『關鍵』字，也就是後人所說的『句眼』。」，
〔註110〕五言詩的第三字往往肩負「承先啓後」的重責大任，為眾詩
家必爭之地。謝朓眺望時將所得到的具體感受藉由富有創造性的形式
表達出來。德・布萊丁格（*J.J.Breitingern*）：

> 視覺器官通過光線和顏色所能把握的一切東西，繪畫家會
> 收納在他所用以模擬的材料裡。以詩歌來描繪的藝術也是
> 如此，一切可用文字和詞藻有色有聲地、具形具體地、深
> 刻生動地摹寫出來的東西，一切在想像──靈魂的眼睛（das
> Auge der seele）裡印刻下來的東西，它有本領向生活和自
> 然界裡去擬仿。〔註111〕

謝朓詩裡所運用的描景詞彙經過他視覺印記的符應而擇選，用色單純
自然，採光明亮通澈，且兼收萬籟之音，讀來生動而富有自然韻味。

〔註108〕　丁福保輯：《歷代詩話續編》，頁996。
〔註109〕　同上註，頁1002。
〔註110〕　王次澄：〈南朝詩的修辭特色〉，《古典文學》第四冊，頁58。
〔註111〕　亞里斯多德等著：《論形象思維》，頁53。

〈晚登三山還望京邑〉中，眺望空間中的景物變化，透露出時間流轉的訊息（白日飛甍→餘霞澄江），足見謝朓並非隨意堆疊景物，而是循著時空的自然定位而精心佈置，所以各景物總是呈現鮮明的獨有形象，不衝突、不矛盾。「餘霞散成綺，澄江靜如練」已成為後人爭相朝聖的經典詩句，「餘霞」象徵著稍縱即逝的美麗，它帶有「夕陽無限好，只是近黃昏」的感傷，而遠眺此景的謝朓不同騷客在哀傷裡沉淪，反而用最永恆的藝術力量保留了剎那的美感。「餘霞」是動態的、與時飄滅的，但謝朓的藝術之目卻以「綺緞」相比附，讓美麗的景象瞬間靜止了，巧妙地化解時間所帶給人的急迫感，並緩緩流淌出一股靜謐的和諧感。承著上句「餘霞散成綺」寧靜的氣氛，「澄江靜如練」也將清澄波動的江水順理成章地比喻成白綢，好像每個人都可以剪取一段永久留存。兩句顏色對比鮮明，動靜融合相成，且形象整體一致，交互暉映，散發出驚人的藝術力量，震懾人心，且須臾間詩歌的意境悄然誕生了。宗白華：「藝術境界地顯現，絕不是純客觀機械地描摹自然，而以『心匠自得』為高。尤其是山川景物，煙雲變滅，不可臨摹，虛憑胸臆地創構，才能把握全景。」，〔註112〕謝朓的摹景造脂可謂是「心匠」了，也因為如此他才不會只是跟隨謝靈運的模仿者，而開創了自己的山水世界！

成倬雲評〈晚登三山還望京邑〉：「著色鮮妍，自成繽紛古藻。絕去癡肥，亦殊頑艷」，〔註113〕謝朓渲染山水之色的顏料乃屬「清麗」色調，魏耕原先生曾仔細研究二謝山水詩中的色澤問題：「顏色和光度在小謝詩中，雖不像大謝那樣濃烈，對比到刺激程度，光亭也不是那樣的耀眼，色澤卻更加豐富，配合的協調柔和。」，〔註114〕謝朓妝點景物從不塗抹冶豔鮮麗的濃妝來獲取讀者短暫的視覺刺激，而是輕輕撲上最柔和清新的裸妝，讓自然美麗透散出永恆的光彩。明朝鍾惺

〔註112〕 宗白華：《美學的散步 I》，頁 18～19。
〔註113〕 見〔南朝齊〕謝朓著，曹融南校注集說：《謝宣城集校注》之「集說」，頁 279。
〔註114〕 魏耕原：《謝朓詩論》，頁 230。

《古詩歸》:「謝玄暉靈妙之心，英秀之骨，幽恬之氣，俊慧之舌，一時無對。」，〔註115〕可引以爲證。謝朓山水描繪藝術的迷人之處除了上述之外，它還開啓詩人改寫眼前世界的可能性。謝朓的眺望傾注了生命的活泉，引人入勝，使得李白在登九華山眺望時也不禁大嘆:「恨不攜謝朓驚人詩來」！

李白承襲了謝朓的詩藝，亦具有改寫平凡景致的創造能力，且手法更爲創新、靈活，有過之而無不及。如〈秋登宣城謝朓北樓〉:

江城如畫裏，山曉望晴空。兩水夾明鏡，雙橋落彩虹。

人煙寒橘柚，秋色老梧桐。誰念北樓上，臨風懷謝公。

〔註116〕

謝朓北樓在宣城裡，乃以謝朓所築「高齋」故址重建，兩溪合流，雙橋並列，李白的藝術之目投向謝朓樓，將平板無奇的景物，「望」成美麗的圖畫。它是李白以心靈所繪製的圖畫，因此不細寫城廓街衢，而是採寫意方法描摹。「兩水夾明鏡，雙橋落彩虹」以活潑的動詞將靜態景物寫得活靈活現，十分奇特。如運用動詞「夾」，迸發了兩水滙流的豐沛生命力。而「落」也締造了雙橋投影於湖面的動態美感。一「夾」一「落」，蘊含自然物象的生命躍動，也結合李白內在勃發的情致與源源不絕的創造力。不同於謝朓「澄江靜如練」對流水靜態寫真的方式，李白以奇特的靈思，與景物感通，賦與其生命感，也改寫了平凡無奇的風景。美國學者宇文所安:

李白不僅通過各種面具來展露他的存在和創造力量，而且還通過描寫及詩歌技巧的其他方面來表現。同時代人和後代批評家在李白作品中看到的「奇」，其作用是引人注意詩歌後面的詩人，他的創新和獨特之處。……李白走向更大的極端，通過這樣做強調詩人的構造和改造力量。〔註117〕

〔註115〕　〔明〕鍾惺、譚元春編:《詩歸》（四庫全書存目叢書，集部三三八）（濟南:齊魯書社，西元1997年），頁28。

〔註116〕　〔唐〕李白著，王琦注:《李太白全集》，中冊，頁1000。

〔註117〕　〔美〕宇文所安:《盛唐詩》，頁163。

他認為李白創作的特色——「奇」，便是一種詩人的改造力量，使得作品散發出創新與獨特感。此股奇妙的改造力量在李白描繪山水風景時一一展現，景物面貌一再重新被創造，杜甫贊其「筆落驚風雨，詩成泣鬼神」，其來有自。

二、創造與想像的粘合

「餘霞散成綺，澄江靜如練」這兩句，謝朓自己也是十分滿意的，他發揮了極大的想像力，並且加以創造。他在〈別王丞僧孺〉也用了類似的意象入詩：「花樹雜為錦，月池皎如練。」，〔註 118〕然而卻沒有「餘霞散成綺，澄江靜如練」來得成功，筆者以為這乃因為想像與創造過程中仍存有窒礙所致，「花樹」本身即為靜景，它所用的「雜」既不具動態，又給人紛亂無章的視覺印象，自然折殺了不少美感，而月池已可想見其潔白，故用「皎」串聯「練」並無妙處。

而〈與江水曹至賓干戲〉裡也有相同句構的應用：「花枝聚如雪，蕪絲散猶網。」，〔註 119〕然而效果亦相形失色。句子中的喻體分別為「花枝」、「蕪絲」，主角一出場便氣勢羸弱，且同時喪失了空間的發展性，而喻依選擇「雪」、「網」也通俗平凡，遑論境界。因而可見想像並非漫無疆界的幻想，而必須尋找適當的連結點才能進一步加以創造。如同德國唯心主義哲學家謝林（F.W.J.Schelling）所說：「想像能做具體表現，相應地使藝術品具有外物世界出現的形象，把它們從本身發出去。」，〔註 120〕他並且認為想像是一理智的形象觀感，它能在內心世界表現具體事物。「餘霞散成綺，澄江靜如練」利用的也正是這個道理。

謝朓將眺望所得的影像，由想像思維粘合具體可感知的意象，完整地表現出來。他的想像源頭並非來自縹緲虛無的幻象仙境，而是貼

〔註 118〕 見〔南朝齊〕謝朓著，曹融南校注集說：《謝宣城集校注》，頁 420。
〔註 119〕 見〔南朝齊〕謝朓著，曹融南校注集說：《謝宣城集校注》，頁 245。
〔註 120〕 亞里斯多德等著：《論形象思維》，頁 75。

近眾人普遍認知的生活用品。想像力一旦被高度發揮時,「餘霞」與「綺羅」,「澄江」與「白練」要聯合爲一體,可能性就大爲提高了,德國美學大師保羅(Jean Paul):「它(想像)是心性裡無所不在的靈魂,是其他心理功能的基本精髓。因此,偉大的想像力可以向其他某一功能(譬如妙語、巧思)疏通、輸送,但是沒有其他功能可以擴充而成爲想像力。」〔註121〕足見想像力的重要性不可小覷。想像力,可以使片段的事物變爲完整的整體,可以改變缺陷的人生使其臻於圓滿。

〈晚登三山還望京邑〉在成功營造藝術形象後,所帶出的情感表現顯得更爲動人:「佳期悵何許,淚下如流霰。有情知望鄉,誰能鬒不變」,眺望之極,莫過於此。這樣的詩藝,連李白也爲之瘋狂,〈三山望金陵寄殷淑〉:「三山懷謝朓,水澹望長安。蕪漠河陽縣,秋江正北看。」或〈答杜秀才五松見贈〉:「還同謝朓望長安」,都可以看出李白對謝朓此詩的仰慕之情。

李白多次意識到自己情不自禁地依循著謝朓觀望的模式眺望長安,他樂於沉醉在與謝朓目光交接的藝術世界。李白除了模擬謝朓的眺望,也曾嘗試仿作其詩句,〈秋夜板橋浦泛月獨酌懷謝朓〉:「漢水舊如練,霜江夜清澄。」效果自不比原創者佳,謝朓在此類景色中,封鎖了李白眺望的視角,理所當然也侷限了他的想像力。如練的江水形象,在李白的眼中,形成一股不可凌駕的藝術力量。

因此唯有眺脫謝朓的觀景視窗,李白才能創造具有自我風格的景致。事實上,李白也努力地朝向此方向邁進。他運用更豐富的想像力,突破並改造景象的刻版描摹方式。如其〈望廬山瀑布〉:

　　日照香爐生紫煙,遙 看 瀑布掛前川。

　　飛流直下三千尺,疑是銀河落九天,〔註122〕

李白用單純的語言,加入奇幻的想像力,以譬喻的技巧、誇張的數量詞,創造了「銀河落九天」的奇特景觀,賦予瀑布壯美的藝術形象,

〔註121〕 同上註,頁 77。
〔註122〕 〔唐〕李白著,王琦注:《李太白全集》,中冊,頁 988。

呈現瀑布飛流直下的生動樣態。蘇軾〈戲徐凝瀑布詩〉:「帝遣銀河一派垂,古來惟有謫仙詞」,盛讚了李白創造飛泉形象的巧妙。此詩成功之處,在於以「聯想」綰合了瀑布與銀河的形象,童慶炳:「聯想是一心理機制,主要指人的頭腦中表象的聯繫,即其中一個或一些表象一旦在意識中呈現,就會引起另一些相關的表象。……文學作品中所用的比喻一般都是相似聯想,如『飛流直下三千尺,疑是銀河落九天』,從高高的瀑布想到銀白色的長長的銀河。飛瀑與銀河在知覺形態上有相似之處,所以詩人在這兩者之間產生了聯想。」〔註 123〕足見「聯想」在李白創造藝術形象之際,發揮極大的功用。

　　李白的藝術目光,凝聚無限的想像力,蓄積強大的創造能源,因此他「遙看瀑布掛前川」,便可讓眼前平凡景物瞬間擁有新穎、奇特的形象。徐復觀:「所謂創造之力,當即是『把現實雖不存在的東西,卻在直觀中將其表現出來的能力』。即是,能有產生新對象的能力。」〔註 124〕正是這股創造能力,使李白筆下的景物獲得嶄新的藝術生命。再如〈廬山謠寄盧侍御虛舟〉:

> 廬山秀出南斗旁,屏風九疊雲錦張,影落明湖青黛光。
> 金闕前開二峰長,銀河倒掛三石梁。香爐瀑布遙相望,
> 回崖沓障凌蒼蒼。翠影紅霞映朝日,鳥飛不到吳天長。
> 〔註125〕

此詩是李白登高遠望之作,充滿想像力。他把高疊的山峰看成聳立的屏風,並描繪鄱陽湖上美麗的倒影。「前開」、「倒掛」、「遙相望」使眼前景色依序排列,巧妙地營造了立體、多層次的空間感。「回崖」三句,以濃墨重彩描繪霞光山嵐之交映,並以「鳥飛不到」的動態意象狀摹山域之廣遠,是對前此游目環視之見的超然躍遷,餘韻悠悠不

〔註123〕　童慶炳:《中國古代心理詩學與美學》(北京:中華書局,西元 1997年),頁 123~124。

〔註124〕　徐復觀:《中國藝術精神》(上海:華東師範大學,西元 2004 年),頁 56。

〔註125〕　〔唐〕李白著,王琦注:《李太白全集》,中冊,頁 677。

盡。〔註 126〕李白登高而想像的造境模式，涵納萬里奇觀，藝術之目
投射所及，景物各自擁有獨特的樣貌。李白善於以想像視角契合自然
景致，不管是以誇張的數量詞，抑或相關的比喻技巧，都能曲盡其妙。
王運熙讚賞李白道：「詩人的想像力好像魔術家的手指，只要我們面
前輕輕一點，就會出現一個五彩繽紛的迷人世界。他又好像掌握了一
把神奇的鑰匙，可以任意打開大自然的倉庫，汲取種種特殊的材料，
用來塑造優美動人的藝術形象。」〔註 127〕所言極能體現李白不凡的
藝術創造力。

〔註 126〕　參考自韓經太：〈善游皆聖仙──李白山水詩的興象特徵與文化底
　　　　　　蘊〉，輯於《謝朓與李白研究》，頁 243。
〔註 127〕　王運熙：《李白研究》（北京：作家出版社，西元 1962 年），頁 115。

第六章　結　論

　　謝朓、李白山水詩的創作關聯歷來引起多方討論，然而卻都散見
於各單篇短文，或侷限於山水詩史的概要論述，尚未出現專著或學位
論文深入統整與探討，實為一大遺憾。仔細探究謝朓、李白的山水詩
作，存在著密不可分的創作關係，呈現的風貌同中有異，異中有同，
箇中原因可追溯至兩人迥異的時代環境。謝朓處於腥風血雨的魏晉亂
世中，政局動盪不安、人心惶懼驚恐，世族相殘的悲劇屢屢上演，人
倫已面臨脫序、崩盤的危機，這樣的時代背景使得謝朓的性格趨於怯
儒膽小，在山水詩句中時常流露著懼讒畏譏的哀傷與濃厚的憂患意
識。而李白自小成長於國力鼎盛的唐朝，社會風氣開放，並融合多元
文化，表現積極奮發的態度與昂揚進取的精神，因此李白的山水詩句
蘊含著活躍的生命力及強烈的個人色彩。時代環境的各種因素在他們
的血液裡不停流竄，造就兩人不同的個性與態度，但他們卻因為同樣
經歷仕途的蹭蹬、落寞，最後走向同一創作世界，開啟了亂世、盛世
的共同話題——山水詩，此現象並非偶然天成，而是揭示自然山水對
於詩人心靈的感通及救贖功能。謝朓、李白在人生困頓之際，選擇投
身於山林皋壤，受到哲學思潮之影響極深且廣。包括魏晉以來盛行的
「任自然」玄風，讓人們向內覺察自我存在的價值，向外則覺察自然
山水的獨立審美意義。加上儒、釋、道各家思想的交會融合，使得謝

朓、李白的山水詩不僅具有文學價值，更留下學術思想變遷的軌跡。
它展開人與自然親和、同化的新關係，也消解詩人內心的困頓，賦予
其生命堅韌不折的強度。

時代思潮的浸濡，使得謝朓、李白山水詩的藝術內涵更爲深刻，
而在文學形式的表現上，主要受到山水宗師謝靈運的影響。他極物寫
貌、曲盡幽微的描景方式，及深入荒山峻嶺的熱情，成爲謝朓、李白
山水詩的創作典範。謝朓、李白站在謝靈運的肩膀上眺望山水勝景，
能脫去玄言之累，減少模山範水之弊，並且融入個人眞摯的情感，賦
予山水景物全新的生命活力，加上樂府、民歌質樸純眞的語言及鏗鏘
的音韻節奏，使得更爲活潑、生動。除此之外，謝朓尚遠紹謝混之清
新風格，李白亦博采眾家之長，如《楚辭》誇張恣肆之浪漫筆調、《莊
子》雄奇開闊的意境、鮑照瑰麗奇特的想像等手法，使得山水詩的內
涵更爲豐富。以下就謝朓、李白山水詩的歷代評價及對後代山水詩壇
之影響，作一統整歸納：

一、山水詩藝術疆域的開拓

謝朓、李白的山水詩開啓了許多創作的可能性，諸如擴大寫作題
材、精確抉擇詩歌意象、注重音韻聲律表現、靈活錘鍊字句等方面皆
展現山水詩的清氣妙境。

綜觀兩人的山水詩在主題抉擇方面皆有開拓之功，如謝朓將謝靈
運世外的深山幽澤拉回日常的京邑林泉，使得山水詩題材更接近生
活，並揚棄傳達玄言理趣的創作目的，著重表現內心情感，語言自然
清新，在當時詩壇是一大進步。劉熙載《藝概》：

> 謝玄暉詩以情韻勝，……而語皆自然流出，同時亦未有其
> 比。〔註1〕

而李白則是突破傳統江南山水的狹小視野，廣納大江南北、黃河谷
峽、五岳仙山的壯闊景觀，表現雄奇恣肆的非凡氣勢，比起王、孟偏

〔註 1〕引自〔南朝齊〕謝朓著，曹融南校注集說：《謝宣城集校注》，頁 442。

於恬淡、靜謐的單一景象，李白的山水空間顯得擴大甚多。謝朓、李白都在自己拓展的山水詩創作疆域裡寄寓隱逸抒志、羈旅懷鄉、傷離嘆逝的情懷，使得山水詩成為詩人心靈的代言體。從這些主題的山水詩歌中反映了謝朓的吏隱矛盾、李白的不遇憂懣，具有深刻的情韻。而李白由於道教的受籙，還在山水詩裡拓展了神仙幻遊的主題，以不同凡俗的角度與視野描摹了奇異的山水勝境。

　　在意象經營方面，謝朓、李白都不約而同地選用「鳥」意象穿梭於山水畫面，不僅為靜態的山水畫面增添靈動的感覺，也展現兩人展翅翱翔的心願。唯不同的是，謝朓山水詩中點點遠逝的飛鳥，多反映其歷經接連禍事後，渴求自由、安全感的消極意念，而李白山水詩中撼動海天的大鵬，則仍然體現其雄心壯志。除了「鳥」意象，謝朓的山水詩中時常出現「落日」意象，猶如其悲劇的人生圖象，正緩緩沉隱於西山，走向生命的盡頭。「落日」將潛伏於謝朓內心深處的焦慮、苦痛誘導出來，進而宣洩。而李白山水詩中最具代表性的意象，非「月」莫屬。「月」意象在李白山水詩中出現的頻率極高，它集中表現李白對於人生的種種思維。李白把握了月亮與自我人格同構的哲理神韻，將自我與明月融合於宇宙間，以永恆的自然法則對比多變的人生遭遇，從而感悟月亮對人生的啟迪，從而淨化自我，超越自我。

　　另外，由於謝朓與永明時期諸多詩人倡導聲律，因此對於山水詩中的音韻締結亦十分講究。關於此點可從其主張「好詩圓美流轉如彈丸」充分體現。謝朓的山水名句能盡除聲病之累，平仄和諧，多採一韻到底的方式，展現詩歌聲韻的美感，成為後來唐朝近體詩相當常用的定式。而李白創作雖不泥於法度，但細察其詩句，可發現他仍舊相當注重詩歌音韻的表現。李白的句法極為靈活，不拘常規、不落窠臼，大膽嘗試多韻部的擒結，因此不乏音律精工之作。唯其不合規律之作卻能妙造自然，呈現變化萬千的創作意念，開拓了山水詩不同以往風格的獨特藝術魅力。誠如朱子所言：「李太白詩，非無法度，乃從容於法度之中，蓋聖於詩者也」。

　　而在詞句錘鍊方面，李白常常仿效謝朓之作，不但襲其意，又兼其詞。他對謝朓詩極爲熟稔，運化自如，毫不忸怩。且對於表現澄澈靜謐、清淡蕭瑟之境，總能悟其精要，其神韻。謝朓、李白皆善於用動詞活化景態，讓景物不再停留於靜態的機械寫眞，而充滿動態的生命活力。動詞的使用不僅是呈現動、靜相合的絕妙詩境，強化了山水自然的充沛畫意，也表現謝朓、李白內在情感的躍動，強化了詩人情緒毫無阻礙的流淌。除此之外，謝朓、李白尚善用疊詞美化景色，舉凡摹擬物形或狀寫聲音，皆能達到「摹景入神」、「天籟自鳴」的妙境。再搭配顏色、時間、遠近、數量、方位等對比，能加強景物形象的鮮明度，並拓展山水審美的空間。

二、清麗山水風格的確立

　　李白之所以對謝朓傾心仰慕不已，除了他們人生境遇的相似，迸發悲劇共感的情愫外，還在於兩人對山水詩歌的審美理想趨於一致，皆偏愛「清」。據筆者統計，在謝朓相關山水描繪近 70 首作品中，「清」總共出現 36 次，所佔比例超過 50%，而在李白相關山水描繪之 124 首作品中，「清」總共出現 43 次，所佔比例爲 34.7%。可見謝朓、李白在山水詩中所表現的共同審美理想便是「清」，不需麗彩錯金、濃妝豔抹，而讓山水景物保持清新自然的風貌，是謝朓、李白山水詩的一致堅持。探究他們對於山水景物的設色敷彩，均偏愛自然色系，以青、白等色系爲最多，呈現自然清雅之風格。而這些色彩除了反映謝朓、李白的審美傾向外，也成爲他們心理情緒的代碼，裨益情意的表達。謝朓、李白在不同時代的端點，連結「清麗山水」的線軸，成爲後人對他們兩人山水的總括印象，然而其中仍存在歧異。

　　關於景致之描繪手法，謝朓、李白多半以長遠鏡頭攝取山容水貌，風格清澹素樸。不同的是，謝朓多以「平遠」角度構圖取景，由近而遠觀賞景物，而李白除了承襲此法外，又創發「以天觀物」的奇特構景方式，運用立體的廣角鏡頭觀照萬物，伸縮自如，打破謝靈運

以來平面的山水觀景模式，風格別樹一格。李白「以天觀物」的視角，與其信奉道教思想關係密切，神仙幻想帶領他超脫塵世，看見不同於凡俗的景色。因此李白所鋪排的山水勝境處處鳥鳴猿啼，猶似他內心的呼喊聲參差地翏入天聽，舉目所見之峰峻水瀉，氣勢萬鈞，彷彿能直入雲霄、與天冥合。謝朓、李白的山水境界體現了道家素樸沖和的美感，不喜華麗、崇尚自然清新，並通過澄澈虛靜的思維，將自己與清山秀水結合為一，幻化成與天地相容的清和境界。

　　謝朓和李白山水詩的審美理想皆傾向「清」，在他們的山水詩中時常出現「清」字，舉凡點染物色、營造詩境都能映現此審美偏好。但因為他們兩者迥異的個性與時代背景，使得山水詩中仍存在不同的特點，形成「清麗」、「清眞」的差別。「清麗」代表了謝朓的詩歌美學，他的佳作俱皆呈現此風。他突破南朝綺辭華藻的文學困境，堅持自己的審美理想，終於成功地導正注重形式美的偏風，樹立嶄新的山水美學風範。不過，歷代詩評家對謝朓亦有所批評，如鍾嶸《詩品》：

　　　　齊吏部謝朓，其源出於謝混，微傷細密，頗在不倫。

　　　　……善自發詩端，而末篇多躓，此意銳而才弱也。〔註2〕

關於「微傷細密」，陸時雍《詩鏡總論》提出不同意見，如：「謝朓清綺絕倫，每苦氣竭，其佳處則秀色天成，非力所構。《詩品》謂其為傷細密，非也。其病乃在材不繼耳。若情事關生，形神相配，雖秋毫畢具，愈見驚奇，累幅連篇，深知博大，詩之臧否，不係疏密間也。」〔註3〕他認為謝朓詩秀色天成，不能以細密臧否之，而其提出謝朓詩的缺點乃在於「材不繼」，倒是和陸時雍所言「才弱」相差不遠。就筆者淺見以為謝朓注重詩歌音響，開篇即精心撰造，故起調雄渾遒勁，而「工於發端」，如名詩〈暫時下都夜發新林至京邑贈西府同僚〉便是一個相當典型的例子，其起句「大江流日夜，客心悲未央」氣魄

〔註2〕〔梁〕鍾嶸：《詩品》，見何文煥輯：《歷代詩話》（北京：中華書局，西元 2004 年），頁 15。

〔註3〕引自〔南朝齊〕謝朓著，曹融南校注集說：《謝宣城集校注》，頁 436。

雄健，聲響鏗鏘。明朝孫月峰評道：「此玄暉最有名詩，音調最響，造語最精階，然而氣格亦漸近唐。又曰首二句，昔人謂壓全古，信然。」〔註4〕可資佐證。至於「末篇多躓」，王夫之提出他的看法：

> 舊稱朓詩工於發端，如此發端語寥天孤出，正復宛詣，豈不夐絕千古！非但危唱雄聲已也。以危唱雄聲求者，一擊之餘，必得衰颯，千鈞之力，且無以善後，而況其餘哉！
>
> 太白學此，往往得躓，亦低昂之勢所以然也。〔註5〕

其見解鞭辟入裡，推論精到。據筆者觀察謝朓起句興象千古，發端俊偉，而篇末卻時常寄寓念歸、思隱、懼禍等纖弱情思，造成篇章首尾氣勢的嚴重落差，而有「末篇多躓」之觀感，並非謝朓材弱不繼或「無以善後」所致。

而「清眞」的審美理想是李白個性美的突出表現，它引領李白在自然純眞的世界裡自由翱翔，開創壯闊雄偉之山水氣勢，李白才氣縱橫，遍遊名山深壑，凌雲超海，呈現奇特的景觀。宋朝孫覿：「李太白周覽四海名山大川，一泉之旁，一山之阻，神林鬼冢，魑魅之穴，猿狖所家，魚龍所宮，故其爲詩，疏宕有奇氣。」，〔註6〕李白尚將自我影像及情感毫無保留地投射在山水景致裡，雖著「我」卻能相融無礙，渾然天成。加上筆端帶有仙氣，詩句總是自然靈妙，如宋朝釋德洪所言：「李太白詩語帶煙霞，肺腑纏錦繡。」〔註7〕爲謝朓山水詩中所罕見。

三、接續「眺望」山水的詩歌隊伍

謝朓是一長於遠眺，也喜愛遠眺的詩人。凡經他所眺望之景，皆烙印其個人內心的獨白，並彩繪出鮮明的形象，表現高度的感染力，李白受到此股藝術力量的感召，也鍾情於眺望。他們兩人的眼睛是其靈魂、情感的住所，散發著閃亮的藝術光芒。李白率先疊合了謝朓眺

〔註4〕同上註，頁207。
〔註5〕同上註，頁208。
〔註6〕引自〔唐〕李白著，〔清〕王琦注：《李太白全集》，下冊，頁1525。
〔註7〕同上註。

望山水的視窗，將藝術能量凝聚於目光中，不但表達內心的情感，更穿越時空限制，改寫世界之景。在李白之後，這個「眺望」山水的隊伍仍舊在山水詩壇上持續蔓延著，成為生命共感的重要媒介。

（一）藝術能量的凝聚與散發

謝朓慣於坐居齋室眺望遠方，運用視覺字詞「望」、「眺」、「瞰」……等字鋪展山水圖軸，如皆非近距離擷取的直接影像，而悉歷經平遠視角的移轉、拓展，並且通過詩人心靈的審美歷程加以疊合、形塑，因此謝朓的描景方式不循軌於謝靈運的模山範水，別有一番風味。而李白眺望山水的模式在謝朓的基礎下發展地更為靈活，尚且開創立體空間的多視角轉換，使自身抽離凡塵，如入仙境聖地。他們「眺望」的有情之眼，是回歸心願的靜默宣示，山水景物彷彿與詩人內在情感相互感通，流露回歸故里的及回歸自我本真的深摯情意。再者，透過他們「眺望」的穿透之瞳，不但記錄了時間流動的軌跡，也啟動了山水空間的轉軸，突破時間、空間、距離的隔閡。又經由他們「眺望」的藝術之目，捕捉景物剎那的永恆美感，並結合想像力，展現他們改寫世界的想像創造力。

（二）生命共感的體現

觀察在謝朓、李白的山水詩中，有一奇特的現象，那便是時常出現疊合的觀景視窗。此導因於李白追慕謝朓山水詩藝並契合其生命情調，因此時常流連徘徊於謝朓曾遊賞的舊跡遺址，而觀其所望，思其所想。李白與謝朓疊合的視窗多集中於宣城附近，舉凡謝朓樓、敬亭山、新林浦等地，均可發現其視線的交疊。宋代樓炤題《謝宣城詩集》序：「南齊吏部郎謝朓，其在宣城所賦，藻績尤精，故李太白詠『澄江』之句而思人，杜少陵亦曰：『詩接謝宣城』也。」〔註8〕謝朓、李白除了詩歌藝術、審美理想上的契合外，也有知己交心的情感依附，如明代張溥所言：「李青蓮論詩，目無往古，惟于謝玄暉三四稱服，泛月登樓，

〔註8〕引自〔南朝齊〕謝朓著，曹融南校注集說：《謝宣城集校注》，頁426。

篇詠數見，至欲攜之上華山，問青天。余讀青蓮五言詩，情文駿發，亦有似玄暉者，知其興嘆難再，誠心儀之，非臨風空憶也。」〔註9〕謝朓的山水詩有著召喚情感的獨特魅力，這個現象非常值得關注，因為它使得後世的山水詩人都不由自主地陷入其視域中。托爾斯泰在《藝術論》（What is Art）中的一段話，足以解釋這樣的心理作用：

> 一個人先在他自身裡，喚起曾經經驗過的感情來，在他自身裡既經喚起，使用諸動作、諸線、諸聲音，或諸以言語表出的形象，這樣的來傳這感情，使別人可以經驗這同一的感情，使別人可以經驗這同一的感情——這是藝術。
>
> 藝術是人類活動，其中包括的是一個人用了某一種外底記號，將他曾經體驗過的種種感情，意識地傳給別人，而且別人被這些感情所動，也來經驗他們。〔註10〕

李白接收了謝朓所傳達的感情記號——動作（眺望），而經驗了他的感情，進入了藝術的審美歷程，並深深著迷。後來的唐宋詩人亦不斷的透過謝朓的觀景視窗，或「回望」謝朓所望，或「還望」自己內心所眺，層層視線疊合未止。唐朝杜牧〈題宣州開元寺〉：

> 南朝謝朓城，東吳最深處。……青苔照朱閣，白鳥兩相語。
> 溪聲入僧夢，月色暉粉堵。閱景無旦夕，憑欄有今古。〔註11〕

「青苔」、「朱閣」、「月暉」都是謝朓詩經常出現的景物，後人重登謝朓之宣城，眺其所望之景，視線仍然不由自主地受其左右，即便今古已有時間上的差距，憑欄之情亦不相類，但仍可看出他在謝朓之眺望感懷中解脫了自我。唐朝劉長卿〈送柳使君赴袁州〉：

> 宣陽出守新恩至，京口因家始願違。……月明江路聞猿斷，
> 花暗山城見吏稀。惟有郡齋窗裡岫，朝朝空對謝玄暉。〔註12〕

〔註 9〕 同上註，頁 429。
〔註10〕 引自〔日〕廚川白村著，魯迅譯：《苦悶的象徵》（台北：昭明出版社，西元 2000 年），頁 78。
〔註11〕 〔唐〕杜牧著，陳允吉等標點：《杜牧詩集》（上海：上海古籍出版社，西元 1997 年），頁 12。
〔註12〕 〔唐〕劉長卿著，儲仲君箋：《劉長卿詩編年箋注》下冊（北京：中

謝朓倚窗眺望遠方的模式，成爲他的招牌動作，獨具特色。在他眼裡，位於紅塵俗世的窗戶並非尋幽訪勝的障礙物，反而是突破空間侷限的芝麻門。唐朝白居易〈宣城崔大夫閣老忽以近詩數十首見示吟諷之下竊有所喜因成長句寄題郡齋〉：

> 謝玄暉歿吟聲寢，郡閣寥寥筆硯閒。
> 無復新詩題壁上，虛教遠岫列窗間。〔註13〕

足見他獨特的「窗觀法」在後人心中已經根深蒂固，並有志繼承這樣的詩作方式。又其〈窗中列遠岫〉：

> 天靜秋山好，窗開曉翠通。遙憐峰窈窕，不隔竹朦朧。
> 萬點當虛室，千重疊遠空。……宣城郡齋在，望與古時同。
> 〔註14〕

白居易的眺望時無疑是接續謝朓目光而來，謝朓臨窗摹繪的景色在他心裡形成了不可磨滅的印記。他雖與謝朓相隔遙遠的時空距離，卻仍禁不住望其所望。他模仿謝朓開啓窗牖而眺，靜天、秋山、曉翠隨即映入眼簾，經過一一比對、審視，竟與當年謝朓所眺一致。依循常理，並客觀推斷景觀一旦經過數百年的風霜洗禮，即便不是滄海桑田，也應出現稍許差異，而白居易卻說「望與古時同」，無疑是一種心理空間的固著，他循軌於謝朓的眺望，因此目見之景觀便遭其鎖定，謝朓臨窗眺望而鋪寫的景色，猶如一山水畫原稿，不斷地被複印。唐朝李商隱〈和韋潘前輩〉：

> 正是澄江如練處，玄暉應喜見詩人。〔註15〕

唐朝的詩人大多被謝朓「綺霞澄練」的美感所吸引，因此只要處於月夜江前，無不暢詠謝朓詩句。這種眺望的眼光影響了許多詩人的觀景模式，唐朝杜甫〈水檻遣心〉：

華書局，西元 1999 年），頁 419。
〔註13〕見〔唐〕白居易著，楊家駱編：《白香山詩集》（台北：世界書局，西元 1979 年），頁 312。
〔註14〕同上註，頁 284。
〔註15〕見〔唐〕李商隱著，朱懷春等標點：《李商隱全集》，頁 24。

去郭軒楹敞，無村眺望賒。澄江平少岸，幽樹晚多花。

細雨魚兒出，微風燕子斜。城中十萬戶，此地兩三家。

可看出杜甫在觀景時，也用「眺望」的模式，並且不由自主地以「澄江」概括對江水的藝術形象。宋朝張耒：

坐令千里遠，近若在几研。

慚非謝宣城，攪筆賦淨練。〔註16〕

可見詩人在眺望夜色的當時早已被謝朓所制約，形成「刺激──反應」的固定連結。這已經形成一既定的思考模式，謝朓幾乎成了澄江靜練的代名詞，無怪乎宋黃庭堅呼喊道：「憑誰說與謝玄暉，莫道澄湖靜如練」！〔註17〕宋朝王安石〈寄吳正仲郤蒙馬行之都官梅聖俞太博和寄依韻酬之〉：

山水玄暉去後空，騷人還向此間窮。〔註18〕

除了顯現這由謝朓、李白所引領的「眺望」隊伍仍舊在宋朝接續之外，還透露了這些成員都是塊壘鬱積的有情詩人，他們惺惺相惜，尋找視線的交疊、生命的共感，實現了自然山水消解人生困頓的可能性。

總而言之，謝朓的山水詩歌藝術由李白傳承並且發揚、創新後，串連成一條兼具清麗、雄雋風格又體現生命情感的山水詩路線，有別於山水詩主流的謝靈運、王、孟的藝術天地，沿途風景迭有驚奇，極目所見屢有感發，後人循其徑路接續著賞愛山水的觀景隊伍，綿延不絕。

〔註16〕〔宋〕張耒：〈自離富池凡三禱順濟龍求便風皆獲應又風日清霽州行安穩委屈和所欲感而成詩〉，見〔宋〕張耒著，李逸安等點校：《張耒集》上冊（北京：中華書局，西元 2000 年），頁 68。

〔註17〕〔宋〕黃庭堅：〈題晁以道雪雁圖〉，見劉琳等校點：《黃庭堅全集》（成都：四川大學出版社，西元 2001 年），頁 225。

〔註18〕見〔宋〕王安石著，秦克等標點：《王安石全集》（上海：上海古籍出版社，西元 1999 年），頁 472。

附錄一　謝朓山水詩

〈入朝曲〉

江南佳麗地,金陵帝王州。逶迤帶綠水,迢遞起朱樓。飛甍夾馳道,垂楊蔭御溝。凝笳翼高蓋,疊鼓送華輈。獻納雲臺表,功名良可收。

〈出藩曲〉

雲枝紫微內,分組承明阿。飛艎遡極浦,旌節去關河。眇眇蒼山色,沈沈寒水波。鐃音巴渝曲,簫鼓盛唐歌。夫君邁惟德,江漢仰清和。

〈從戎曲〉

選旅辭轘轅,弭節赴河源。日起霜戈照,風迴連騎翻。紅塵朝夜合,黃沙萬里昏。寥戾清笳轉,蕭條邊馬煩。自勉輟耕願,征役去何言。

〈送遠曲〉

北梁辭歡宴,南浦送佳人。方衢控龍馬,平路聘朱輪。瓊筵妙舞絕,桂席羽觴陳。白雲丘陵遠,山川時未因。一爲清吹激,潺湲傷別巾。

〈登山曲〉

天明開秀崿,瀾光媚碧隄。風盪飄鶯亂,雲行芳樹低。暮春春服美,遊駕凌丹梯。升嶠既小魯,登巒且悵齊。王孫尚遊衍,蕙草正萋萋。

〈泛水曲〉

玉露霑翠葉，金鳳鳴素枝。罷遊平樂苑，泛鶺昆明池。旌旗散容裔，
簫管吹參差。日晚壓遵渚，採菱贈清漪。百年如流水，寸心寧共知。

〈江上曲〉

易陽春草出，踟躕日已暮。蓮葉尙田田，淇水不可渡。願子淹桂舟，
時同千里路。千里既相許，桂舟復容與。江上可採菱，清歌共南楚。

〈芳樹〉

早翫華池陰，復影滄洲枇。椅梔芳若斯，葳蕤紛可結。霜下桂枝銷，
怨與飛蓬折。不厭玉盤滋，誰憐終委絕。

〈臨高臺〉

千里常思歸，登臺臨綺翼。纔見孤鳥還，未辨連山極。四面動清風，
朝夜起寒色。誰知倦遊者，嗟此故鄉憶。

〈同王主簿有所思〉

佳期期未歸，望望下鳴機。徘徊東陌上，月出行人稀。

〈銅雀悲〉

落日高城上，餘光入總帷。寂寂深松晚，寧知琴瑟悲。

〈玉階怨〉

夕殿下珠簾，流螢飛復息。長夜縫羅衣，思君此何極。

〈王孫遊〉

綠草蔓如絲，雜樹紅英發。無論君不歸，君歸芳已歇。

〈遊山〉

託養因支離，乘閒遂疲蹇。語默良未尋，得喪云誰辯。幸蒞山水都，
復值清冬緬，淩崖必千仞。尋谿將萬轉，堅崿既峻嶒。迴流復宛澶，
杳杳雲竇深。淵淵石溜淺，傍睇鬱篁箹。還望森柟梗，荒隉被葳莎。
崩壁帶苔蘚，巋狖叫層嵾。鷗鳧戲沙衍，觸賞聊自觀。即趣咸已展，

經目惜所遇。前路欣方踐，無言蕙草歇，留垣芳可搴。尚子時未歸，邴生思自免。永志昔所欽，勝跡今能選。寄言賞心客，得性良爲善。

〈遊敬亭山〉

茲山亙百里，合沓與雲齊。隱淪既已託，靈異居然棲。上干蔽白日，下屬帶迴谿。交藤荒月蔓，樛枝聳復低。獨鶴方朝唳，飢鼯此夜啼。渫雲已漫漫，夕雨亦淒淒。我行雖紆組，兼得尋幽蹊。緣源殊未極，歸徑窅如迷。要欲追奇趣，即此陵丹梯。皇恩竟已矣，茲理庶無睽。

〈將遊湘水尋句溪〉

既從陵陽釣，掛鱗驂亦蝄。方尋桂水源，謁帝蒼山垂。辰哉且未會，乘景弄清漪。瑟汨瀉長淀，潺湲赴兩岐。輕蘋上靡靡，雜石下離離。寒草分花映，戲鮪乘空移。興以暮秋月，清霜落素枝。魚鳥余方翫，纓緌君自縻。及茲暢懷抱，山川長若斯。

〈遊東田〉

戚戚苦無悰，攜手共行樂。尋雲陟累樹，隨山望菌閣。遠樹曖阡阡，生煙紛漠漠。魚戲新荷動，鳥散餘花落。不對芳春酒，還望青山郭。

〈答張齊興〉

荊山嶐百里，漢廣流無極。北馳星斗正，南望朝雲色。川隰同幽快，冠冕異今昔。子肅兩岐功，我滯三冬職。誰知京洛念，彷彿昆山側。向夕登城濠，潛池隱復直。地迴聞遙蟬，天長望歸翼。清文忽景麗，思泉紛寶飾。勿言脩路阻，勉子康衢力。曾厓寂且寥，歸軫逝言陟。

〈暫使下都夜發林至京邑贈西西府同僚〉

大江流日夜，客心悲未央。徒念關山近，終如返路長。秋河曙耿耿，寒渚夜蒼蒼。引領見京室，宮雉正相望。金波麗鳷鵲，玉繩低建章。驅車鼎門外，思見昭丘陽。馳暉不可接，何況隔兩鄉。風雲有鳥路，江漢限無梁。常恐鷹隼擊，時菊委嚴霜。寄言蔚罹者，寥廓已高翔。

〈酬王晉安德元〉

稍稍枝早勁，塗塗露晚晞。南中榮橘柚，寧知鴻雁飛。拂霧朝青閣，
日旰坐彤闈。悵望一途阻，參差百慮依。春草秋更綠，公子未西歸。
誰能久京洛，緇塵染素衣。

〈郡內高齋閒望答呂法曹詩〉

結構何迢遰，曠望極高深。窗中列遠岫，庭際俯喬林。日出眾鳥散，
出暝孤猿吟。已有池上酌，復此風中琴。非君美無度，孰爲勞寸心。
惠而能好我，問以瑤華音。若遺金門步，見就玉山岑。

〈別王丞僧孺詩〉

首夏實清和，餘春滿郊甸。花樹雜爲錦，月池皎如練。如何當此時，
別離言與宴，留雜已鬱紆，行舟亦遙衍。非君不見思，所悲思不見。

〈新亭渚別范零陵雲〉

洞庭張樂地，瀟湘帝子遊。雲去蒼梧野，水還江漢流。停驂我悵望，
輟棹子夷猶。廣平聽方籍，茂陵將見求。心事俱已矣，江上徒離憂。

〈懷故人〉

芳洲有杜若，可以贈佳期。望望忽超遠，何由見所思。行行未千里，
山川已間之。離居方歲月，故人不在茲。清風動簾夜，孤月照窗時。
安得同攜手，酌酒賦新詩。

〈始之宣城郡〉

下帷闕章句，高談媿名理。疏散謝公卿，蕭條依掾史。簪髮逢嘉惠，
教義承君子。心跡苦未并，憂歡將十祀。幸沾雲雨慶，方轡參多士。
振鷺徒追飛，群龍難隸齒。烹鮮止貪兢，共治屬廉恥。伊余昧損益，
何用祇千里。解劍北宮朝，息駕南川涘。寧希廣平詠，聊慕華陰市。
棄置宛洛遊，多謝金門裏。招招漾輕楫，行行趨巖趾。江海雖未從，
山林於此始。

〈之宣城郡出新林浦向板橋〉

江路西南永，歸流東北鶩。天際識歸舟，雲中辨江樹。旅思倦搖搖，
孤遊昔已屢。既歡懷祿情，復協滄洲趣。囂塵自茲隔，賞心於此遇。
雖無玄豹姿，終隱南山霧。

〈休沐重還丹陽道中〉

薄遊第從告，思閒願罷歸。還印歌賦似，休汝車騎非。灞池不可別，
伊川難重違。汀葭稍靡靡，江菼復依依。田鵠遠相叫，沙鴇忽爭飛。
雲端楚山見，林表吳岫微。試與征徒望，鄉淚盡沾衣。賴此盈尊酌，
含景望芳菲。問我勞何事，霑休仰青徽。志狹輕軒冕，恩甚戀閨闈。
歲華春有酒，初服偃郊扉。

〈京路夜發〉

擾擾整夜裝，肅肅戒徂兩。曉星正寥落，晨光復泱漭。猶沾餘露團，
稍見朝霞上。故鄉邈已敻，山川脩且廣。文奏方盈前，懷人去心賞。
敕躬每跼蹐，瞻恩惟震蕩。行矣倦路長，無由稅歸鞅。

〈晚登三山還望京邑詩〉

灞涘望長安，河陽視京縣。白日麗飛甍，參差皆可見。餘霞散成綺，
澄江靜如練。喧鳥覆春洲，雜英滿芳甸。去矣方滯淫，懷哉罷歡宴。
佳期悵何許，淚下如流霰。有情知望鄉，誰能鬒不變。

〈晚登三山還望京邑〉

灞涘望長安，河陽視京縣。白日麗飛甍，參差皆可見。餘霞散成綺，
澄江靜如練。喧鳥覆春洲，雜英滿芳甸。去矣方滯淫，懷哉罷歡宴。
佳期悵何許，淚下如流霰。情知望鄉，誰能鬒不變。

〈始出尚書省〉

惟昔逢休明，十載朝雲陛。既通金閨籍，復酌瓊筵醴。宸景厭昭臨，
昏風淪繼體。紛虹亂朝日，濁河穢清濟。防口猶寬政，餐茶更如薺。
英袞暢人謀，文明固天啓。青精翼紫軑，黃旗映朱邸。還睹司隸章，

復見東都禮。中區咸已泰，輕生諒昭洒。趨事辭宮闕，載筆陪旌棨。
邑里向疏蕪，寒流自清泚。衰柳尚沈沈，凝露方泥泥。零落悲友朋，
歡娛燕兄弟。既秉丹石心，寧流素絲涕。因此得蕭散，垂竿深澗底。

〈直中書省〉

紫殿肅陰陰，彤庭赫弘敞。風動萬年枝，日華承露掌。玲瓏結綺錢，
深沈映朱網。紅藥當階翻，蒼苔依砌上。茲言翔鳳池，鳴珮多清響。
信美非吾室，中園思偃仰。朋情以鬱陶，春物方駘蕩。安得凌風翰，
聊恣山泉賞。

〈觀朝雨〉

朔風吹飛雨，蕭條江上來。既灑百常觀，復集九成臺。空濛如薄霧，
散漫似輕埃。平明振衣坐，重門猶未開。耳目暫無擾，懷古信悠哉。
戢翼希驤首，乘流畏曝鰓。動息無兼遂，岐路多徘徊。方同戰勝者，
去翦北山萊。

〈宣城郡內登望〉

借問下車日，匪直望舒圓。寒城一以眺，平楚正蒼然。山積陵陽阻，
溪流春穀泉。威紆距遙甸，巉嵒帶遠山。切切陰風暮，桑柘起寒煙。
悵望心已極，怊況魂屢遷。結髮倦為旅，平生早事邊。誰規鼎食盛，
寧要狐白鮮。方棄汝南諾，言稅遼東田。

〈冬日晚郡事隙〉

案牘時閒暇，偶坐觀卉木。颯颯滿池荷，脩脩蔭窗竹。簷隙自周流，
房櫳閒且肅。蒼翠望寒山，崢崢瞰平陸。已惕慕歸心，復傷千里目。
風霜旦夕甚，蕙草無芬馥。芸誰美笙簧，孰是厭蒿軸。願言稅逸駕，
臨潭餌秋菊。

〈高齋視事〉

餘雪映青山，寒霧開白日。曖曖江村見，離離海樹出。披衣就清盥，
凭軒方秉筆。列俎歸單味，連駕止容膝。空為大國憂，紛詭諒非一。

安得掃蓬逕，鎖吾愁與疾。

〈冬緒羈懷示蕭諮議虞田曹劉江二常侍〉
去國懷丘園，入遠滯城闕。寒燈耿宵夢，清鏡悲曉髮。風草不留霜，冰池共如月。寂寞此閒帷，琴尊任所對。客念坐嬋媛，年華稍菴薆。夙慕雲澤遊，共奉荊臺績。一聽春鶯喧，再視秋虹沒。疲驂良易返，恩波不可越。誰慕臨淄鼎，常希茂渴。依隱幸自從，求心果蕪昧。方軫歸與願，故山芝未歇。

〈落日悵望〉
昧旦多紛喧，日晏未遑舍。落日餘清陰，高枕東窗下。寒槐漸如束，秋菊行當把。借問此何時，涼風懷朔馬。已傷慕歸客，復思離居者。情嗜幸非多，案牘偏為寡。既乏瑯琊政，方憩洛陽社。

〈賽敬亭山廟喜雨〉
夕帳懷椒糈，蠲景潔膋薌。登秋雖未獻，望歲佇年祥。潭淵深可厲，狹邪車未方。朦朧度絕限，出沒見林堂。秉玉朝群帝，尊桂迎東皇。排雲接糾蓋，蔽日下霓裳。曾舞紛瑤席，安歌遶鳳梁。百味芬綺帳，四座沾羽觴。福被延民澤，樂極思故鄉。登山騁歸望，原雨晦茫茫。胡寧昧千里，解珮拂山莊。

〈移病還園示親屬〉
疲策倦人世，斂性就幽蓬。停琴佇涼月，滅燭聽歸鴻。涼簾乘暮晰，秋華臨夜空。葉低知露密，崖斷識雲重。折荷葺寒袂，開鏡眄衰容。海暮騰清氣，河關祕棲沖。煙衡時未歇，蘭去相從。

〈治宅〉
結宇夕陰街，荒幽橫九曲。迢遞南川陽，逶邐西山足。闕館臨秋風，敞窗望寒旭。風碎池中荷，霜翦江南菉。既無東都金，且稅東皋粟。

〈和何議曹郊遊〉
春心澹容與，挾弋步中林。朝光映紅萼，微風吹好音。江垂得清賞，

山際果幽尋。未嘗遠離別，知此愜歸心。流泝終靡已，嗟行方至今。
江皋倦遊客，薄暮懷歸者。揚舲浮大川，惆悵至日下。霡霂青莎被，
潺湲石溜瀉。寄語持笙簧，舒憂願自假。歸途豈難涉，翻同江上夏。

〈和劉西曹望海臺〉

滄波不可望，望極與天平。往往孤山映，處處春雲生。差池遠雁沒，
颯沓群鳧驚。囂塵及簿領，棄捨出重城。臨川徒可羨，結網庶時營。

〈和宋記室省中〉

落日飛鳥還，憂來不可極。竹樹澄遠陰，雲霞成異色。懷歸欲乘電，
瞻言思解翼。清揚婉禁居，秘此文墨職。無歡阻琴尊，相從伊水側。

〈和王著作融八公山〉

二別阻漢坻，雙崤望河澳。茲嶺復巑岏，分區奠淮服。東限瑯琊臺，
西距孟諸陸。阡眠起雜樹，檀欒蔭脩竹。日隱澗疑空，雲聚岫如複。
出沒眺樓雉，遠近送春日。戎州昔亂華，素景淪伊穀。伈危賴宗袞，
微管寄明牧。長蛇固能翦，奔鯨自此曝。道峻芳塵流，業遙年運倏。
平生仰令圖，吁嗟命不淑。浩蕩別親知，連翩戒征軸。再遠館娃宮，
兩去河陽谷。風煙四時犯，霜雨朝夜沐。春秀良已凋，秋場庶能築。

〈夏始和劉潺陵〉

威仰弛蒼郊，龍曜表皇閐。春色卷遙甸，炎光麗近邑。白蘋望已騁，
緗荷紛可襲。徒願尺波旋，終憐寸景戢。對窗斜日過，洞幌鮮飆入。
浮雲去欲窮，暮鳥飛相及。

〈新治北窗和何從事〉

國小暇日多，民淳紛務屏。闢牖期清曠，開簾候風景。泱泱日照溪，
團圓雲去嶺。岩嶢蘭橑峻，駢闐石路整。池北樹如浮，竹外山猶影。
自來彌弦望，及君臨箕潁。清文蔚且詠，微言超已領。不見城壕側，
思君朝夕頃。迴舟方在辰，何以慰延頸。

〈和徐都曹出新亭渚〉

宛洛佳遨遊，春色滿皇州。結軫青郊路，迴瞰滄江流。日華川上動，
風光草際浮。桃李成蹊徑，桑榆蔭道周。東都已俶載，言歸望綠疇。

〈和劉中書繪入琵琶峽望積布磯〉

昔余侍君子，歷此遊荊漢。山川隔舊賞，朋僚多雨散。圖南矯風翮，
曾非息短翰。移疾覯新篇，披衣起淵翫。惆悵懷昔踐，彷彿得殊觀。
賾紫共彬駮，雲錦相凌亂。奔星上未窮，驚雷下將半。迴潮漬崩樹，
輪囷軋傾岸。巖篠或傍翻，石菌蕪脩幹。澄澄明浦媚，衍衍清風爛。
江潭良在目，懷賢興累歎。歲暮不我期，淹留絕巖畔。

〈和蕭中庶直石頭〉

九河互積岨，三峻鬱旁眺。皇州總地德，回江款巖徼。井幹艷蒼林，
雲薨蔽層嶠。川霞旦上薄，山光晚餘照。翔集亂歸飛，虹蜺紛引曜。
君子奉神略，瞰迴憑重峭。

〈和江丞北戍琅邪城〉

春城麗白日，阿閣跨層樓。蒼江忽渺渺，驅馬復悠悠。京洛多塵霧，
淮濟未安流。豈不思撫劍，惜哉無輕舟。夫君良自勉，歲暮勿淹留。

〈和沈祭酒行園〉

清淮左長薄，荒徑隱高蓬。回潮且夕上，寒渠左右通。霜畦紛綺錯，
秋町鬱蒙茸。環梨縣已紫，珠榴折且紅。君有樓心地，伊我歡既同。
何用甘泉側，玉樹望青蔥。

〈奉和隨王殿下〉

高秋夜方靜，神居肅且淥。閒階堊黂露，涼宇澄月陰。嬋娟影池竹，
疏蕪散風林。淵情協爽節，詠言興德音。闇道空已積，遷直愧蓬心。

星回夜未艾，洞房凝遠情。雲陰滿池榭，中月懸高城。喬木含風霧，
行雁飛且鳴。平臺盛文雅，西園富群英。芳慶良永矣，君王嗣德聲。

眷此伊洛詠，載懷汾水情。顧已非麗則，恭惠奉仁明。觀淄詠已失，

憮然愧簪纓。

睿心重離析，岐路清江隈。四面寒飆舉，千里白雲來。川長別管思，地迴翻旗回。還顧昭陽闕，超遠章華臺。置酒巫山日，為君停玉杯。

桂樓飛絕限，超遠向江岐。輕雲霽廣甸，微風散清漪。連連絕雁舉，渺渺青煙移。嚴城亂芸草，霜塘凋素枝。氣爽深遙矚，豫永聊停曦。即已終可悅，盈尊且若斯。

玄冬寂脩夜，天圍靜且開。亭皋霜氣愴，松宇清風來。高琴時以思，幽人多感懷。幸藉汾陽想，嶺首正徘徊。愴愴緒風興，祁祁族雲布。

清房洞已靜，閒風伊夜來。雲生樹陰遠，軒廣月容開。宴私移燭飲，遊賞藉琴臺。風猷冠淄鄴，衽舄愧唐枚。

方池含積水，明月流皎鏡。規荷承日泫，影鱗與風泳。上善葉淵心，止川測動性。幸是方春來，側點游濠盛。

浮雲西北起，飛來下高堂。合散輕帷表，飄舞桂臺陽。遙階收委羽，平地如夜光。眷言金玉照，顧慚蘭蕙芳。

〈和王中丞聞琴〉

涼風吹月露，圓景動清陰。蕙氣入懷抱，聞君此夜琴。蕭瑟滿林聽，輕鳴響澗音。無為澹容與，蹉跎江海心。

〈贈王主簿〉

日落窗中坐，紅粧好顏色。舞衣襞未縫，流黃覆不織。蜻蛉草際飛，遊蜂花上食。一遇長相思，願寄連翩翼。清吹要碧玉，調弦命綠珠。輕歌急綺帶，含笑解羅襦。餘曲詎幾許，高駕且踟躕。徘徊韶景暮，惟有洛城隅。

〈和別沈右率諸君〉

春夜別清尊，江潭復為客。歎息東流水，如何故鄉陌。重樹日芬薀，芳洲轉如積，望望荊臺下，歸夢相思夕。

〈離夜〉

玉繩隱高樹，斜漢耿層臺。離堂華燭盡，別幌清琴哀。翻潮尚知恨，
客思眇難裁。山川不可盡，況乃故人杯。

〈將發石頭上烽火樓〉

徘徊戀京邑，躑躅躞曾阿。陵高遲關近，眺迴風雲多。荊吳阻山岫，
江海含瀾波。歸飛無羽翼，其如離別何。

〈望三湖〉

積水照頹霞，高臺望歸翼。平原周遠近，連汀見紆直。葳蕤向春秀，
芸黃共秋色。薄暮傷哉人，嬋媛復何極。

〈送江水曹還遠館〉

高館臨荒途，清川帶長陌。上有流思人，懷舊望歸客。塘邊草雜紅，
樹際花猶白。日暮有重城，何由盡離席。

〈臨溪送別〉

悵望南浦時，徙倚北梁步。葉上涼風初，日隱輕霞暮。荒城迥易陰，
秋溪廣難渡。沫泣豈徒然，君子行多露。

〈後齋迴望〉

高軒瞰四野，臨牖眺襟帶。望山白雲裡，望水平原外。夏木轉成帷，
秋荷漸如蓋。巹洛常睠然，搖心似縣旆。

〈與江水曹至干濱戲〉

山中上芳月，故人清尊賞。遠山翠百重，迴流映千丈。花枝聚如雪，
蕪絲散猶網。別後能相思，何嗟異封壤。

〈山下館〉

麥候始清和，涼雨銷炎燠。紅蓮搖弱荇，丹藤繞新竹。物品盈懷抱，
方駕娛耳目。零落既難留，何用存華屋。

〈落日同何儀曹煦〉

參差複殿影，氛氳綺羅雜。風入天淵池，芰荷搖復合。遠聽雀聲聚，回望樹陰沓。一賞桂尊前，寧傷蓬鬢颯。

〈還塗臨渚〉

綠水瀾清波，青山繡芳質。落景皎晚陰，殘花綺餘日。白沙澹無際，青山眇如一。傷此物運移，惆悵望還津。白水田外明，孤嶺松上出。即趣佳可淹。

〈紀功曹中園〉

蘭亭仰遠風，芳林接雲崿。傾葉順清飆，脩莖佇高鶴。連綿夕雲歸，晻曖日將落。寸陰不可留，蘭墀豈停酌。丹纓猶照樹，綠筠方解籜。永志能兩忘，即賞謝丘壑。淹留非下秩。

〈閒坐〉

雨洗花葉鮮，泉漫方塘溢。藉此閒賦詩，聊用蕩覊疾。霢霂微雨散，葳蕤蕙草密。預藉芳筵賞，沾生信昭悉。紫葵窗外舒，青荷池上出。既闔潁川扉，且臥淮南秩。流風蕩晚陰，行雲掩朝日。念此蘭蕙客，徒有芳菲質。

〈侍筵西堂落日望鄉〉

沈病已綿緒，負官別鄉憂。高城淒夕吹，時見國煙浮。漠漠輕雲晚，颯颯高樹秋。鄉山不可望，蘭卮且獻酬。旻高識氣迥，泉渟知潦收。幸遇慶筵渥，方且沐恩猷。芸黃先露早，騷瑟驚暮秋。舊城望已肅，況乃客悠悠。

〈往敬亭路中〉

山中芳杜綠，江南蓮葉紫。芳年不共遊，淹留空若是。綠山豐漣漪，青山多繡綺。新條日向抽，落花紛已委。弱蔞既青翠，輕莎方靃靡。鷺鳵沒而遊，麕麚騰復倚。春岸望沈沈，清流見瀰瀰。幸藉人外遊，盤桓未能徙。鶩枻把瓊芳，隨山訪靈詭。榮楯每嶙峋，林堂多碕礒。

附錄二　李白山水詩

〈雨後望月〉

四郊陰靄散，開戶半蟾生。萬里舒霜合，一條江練橫。出時山眼白，高後海心明。爲惜如團扇，長吟到五更。

〈對雨〉

卷簾聊舉目，露濕草綿芊。古岫藏雲毳，空庭織碎煙。水紋愁不起，風線重難牽。盡日扶犁叟，往來江樹前。

〈曉晴〉

野涼疏雨歇，春色遍萋萋。魚躍青池滿，鶯吟綠樹低。野花妝面濕，山草紐斜齊。零落殘雲片，風吹掛竹谿。

〈訪戴天山道士不遇〉

犬吠水聲中，桃花帶雨濃。樹深時見鹿，溪午不聞鐘。野竹分清靄，飛泉掛壁峰。無人知所去，愁倚兩三松。

〈贈江油尉〉

嵐光深院裡，傍砌水泠泠。野燕巢官舍，溪雲入古廳。日斜孤吏過，簾卷亂峰青。五色神仙尉，焚香讀道經。

〈尋雍尊師隱居〉

群峭碧摩天，逍遙不記年。撥雲尋古道，倚石聽流泉。花暖青牛臥，松高白鶴眠。語來江色暮，獨自下寒煙。

〈登錦城散花樓〉

日照錦城頭，朝光散花樓。金窗夾繡戶，珠箔懸銀鉤。飛梯綠雲中，極目散我憂。暮雨向三峽，春江繞雙流。今來一登望，如上九天遊。

〈春感詩〉

茫茫南與北，道直事難諧。榆莢錢生樹，楊花玉糝街。塵縈遊子面，蝶弄美人釵。卻憶青山上，雲門掩竹齋。

〈冬日歸舊山〉

未洗染塵纓，歸來芳草平。一條藤徑綠，萬點雪峰晴。地冷葉先盡，谷寒雲不行。嫩篁侵舍密，古樹倒江橫。白犬離村吠，蒼苔壁上生。穿廚孤雉過，臨屋舊猿鳴。木落禽巢在，籬疏獸路成。拂床蒼鼠走，倒篋素魚驚。洗硯修良策，敲松擬素貞。此時重一去，去合到三清。

〈峨眉山月歌〉

峨眉山月半輪秋，影入平羌江水流。
夜發青溪向三峽，思君不見下渝州。

〈自巴東舟行經瞿唐峽，登巫山最高峰，晚還題壁〉

江行幾千里，海月十五圓。始經瞿塘峽，遂步巫山巔。巫山高不窮，巴國盡所歷。日邊攀垂蘿，霞外倚穹石。飛步凌絕頂，極目無纖煙。卻顧失丹壑，仰觀臨青天。青天若可捫，銀漢去安在。望雲知蒼梧，記水辨瀛海。周遊孤光晚，歷覽幽意多。積雪照空谷，悲風鳴森柯。歸途行欲曛，佳趣尚未歇。江寒早啼猿，松暝已吐月。月色何悠悠，清猿響啾啾。辭山不忍聽，揮策還孤舟。

〈渡荊門送別〉

流遠荊門外，來從楚國遊。山隨平野盡，江入大荒流。月下飛天鏡，

雲生結海樓。仍連故鄉水，萬里送行舟。

〈荊門浮舟望蜀江〉

春水月峽來，浮舟望安極。正是桃花流，依然錦江色。江色綠且明，茫茫與天平。逶迤巴山盡，搖曳楚雲行。雪照聚沙雁，花飛出谷鶯。芳洲卻已轉，碧樹森森迎。流目浦煙夕，揚帆海月生。江陵識遙火，應到渚宮城。

〈江行寄遠〉

刳木出吳楚，危槎百餘尺。疾風吹片帆，日暮千里隔。別時酒猶在，已爲異鄉客。思君不可得，愁見江水碧。

〈望廬水瀑布水二首〉

西登香爐峰，南見瀑布水。掛流三百丈，噴壑數十里。欻如飛電來，隱若白虹起。初驚河漢落，半灑雲天裡。仰觀勢轉雄，壯哉造化功。海風吹不斷，江月照還空。空中亂潨射，左右洗青壁。飛珠散輕霞，流沫沸穹石。而我樂名山，對之心益閒。無論漱瓊液，還得洗塵顏。且諧宿所好，永願辭人間。日照香爐生紫煙，遙看瀑布掛前川。飛流直下三千尺，疑是銀河落九天。

〈登廬山五老峰〉

廬山東南五老峰，青天削出金芙蓉。
九江秀色可攬結，吾將此地巢雲松。

〈望天門山〉

天門中斷楚江開，碧水東流至北回。
兩岸青山相對出，孤帆一片日邊來。

〈登瓦官閣〉

晨登瓦官閣，極眺金陵城。鍾山對北戶，淮水入南榮。漫漫雨花落，嘈嘈天樂鳴。兩廊振法鼓，四角吟風箏。杳出霄漢上，仰攀日月行。山空霸氣滅，地古寒陰生。寥廓雲海晚，蒼茫宮觀平。門餘閶闔字，

樓識鳳凰名。雷作百山動，神扶萬栱傾。靈光何足貴，長此鎮吳京。

〈夜下徵虜亭〉

船下廣陵去，月明徵虜亭。山花如繡頰，江火似流螢。

〈別儲邕之剡中〉

借問剡中道，東南指越鄉。舟從廣陵去，水入會稽長。竹色溪下綠，荷花鏡裡香。辭君向天姥，拂石臥秋霜。

〈淥水曲〉

淥水明秋月，南湖採白蘋。荷花嬌欲語，愁殺盪舟人。

〈秋夕旅懷〉

涼風度秋海，吹我鄉思飛。連山去無際，流水何時歸。目極浮雲色，心斷明月暉。芳草歇柔艷，白露催寒衣。夢長銀漢落，覺罷天星稀。含悲想舊國，泣下誰能揮。

〈秋日登揚州西靈塔〉

寶塔凌蒼蒼，登攀覽四荒。頂高元氣合，標出海雲長。萬象分空界，三天接畫梁。水搖金刹影，日動火珠光。鳥拂瓊簾度，霞連繡栱張。目隨徵路斷，心逐去帆揚。霞浴梧楸白，霜催橘柚黃。玉毫如可見，於此照迷方。

〈山中問答〉

問余何意棲碧山，笑而不答心自閒。
桃花流水窅然去，別有天地非人間。

〈黃鶴樓送孟浩然之廣陵〉

故人西辭黃鶴樓，煙花三月下揚州。
孤帆遠影碧山盡，唯見長江天際流。

〈答長安崔少府叔封遊終南翠微寺太宗皇帝金沙泉見寄〉

河伯見海若，傲然誇秋水。小物昧遠圖，寧知通方士。多君紫霄意，

獨往蒼山裡。地古寒雲深，岩高長風起。初登翠微嶺，復憩金沙泉。
踐苔朝霜滑，弄波夕月圓。飲彼石下流，結蘿宿溪煙。鼎湖夢淥水，
龍駕空茫然。早行子午關，卻登山路遠。拂琴聽霜猿，滅燭乃星飯。
人煙無明異，鳥道絕往返。攀崖倒青天，下視白日晚。既過石門隱，
還唱石潭歌。涉雪搴紫芳，濯纓想清波。此人不可見，此地君自過。
為余謝風泉，其如幽意何。

〈登新平樓〉

去國登茲樓，懷歸傷暮秋。天長落日遠，水淨寒波流。秦雲起嶺樹，
胡雁飛沙洲。蒼蒼幾萬里，目極令人愁。

〈登太白峰〉

西上太白峰，夕陽窮登攀。太白與我語，為我開天關。願乘冷風去，
直出浮雲間。舉手可近月，前行若無山。一別武功去，何時復見還。

〈送友人入蜀〉

見說蠶叢路，崎嶇不易行。山從人面起，雲傍馬頭生。芳樹籠秦棧，
春流繞蜀城。升沉應已定，不必問君平。

〈蜀道難〉

噫吁戲危乎高哉，蜀道之難難於上青天。蠶叢及魚鳧，開國何茫然。
爾來四萬八千歲，始與秦塞通人煙。西當太白有鳥道，可以橫絕峨眉
顛。地崩山摧壯士死，然後天梯石棧方鉤連。上有六龍回日之高標，
下有衝波逆折之回川。黃鶴之飛尚不得過，猿猱欲度愁攀援。青泥何
盤盤，百步九折縈岩巒。捫參歷井仰脅息，以手撫膺坐長嘆，問君西
遊何時還，畏途巉岩不可攀。但見悲鳥號古木，雄飛雌從繞林間。又
聞子規啼夜月，愁空山。蜀道之難難於上青天，使人聽此凋朱顏。連
峰去天不盈尺，枯松倒掛倚絕壁。飛湍瀑流爭喧豗，砯崖轉石萬壑雷。
其險也如此，嗟爾遠道之人胡為乎來哉。劍閣崢嶸而崔嵬，一夫當關，
萬夫莫開。所守或匪親，化為狼與豺。朝避猛虎，夕避長蛇。磨牙吮

血，殺人如麻。錦城雖云樂，不如早還家。蜀道之難難於上青天，側身西望常咨嗟。

〈春日遊羅敷潭〉

行歌入谷口，路盡無人躋。攀崖度絕壑，弄水尋回溪。雲從石上起，客到花間迷。淹留未盡興，日落群峰西。

〈題元丹丘穎陽山居〉

仙遊渡穎水，訪隱同元君。忽遺蒼生望，獨與洪崖群。卜地初晦跡，興言且成文。卻顧北山斷，前瞻南嶺分。遙通汝海月，不隔嵩丘雲。之子合逸趣，而我欽清芬。舉跡倚松石，談笑迷朝曛。益願狎青鳥，拂衣棲江濆。

〈遊南陽白水登石激作〉

朝涉白水源，暫與人俗疏。島嶼佳鏡色，江天涵清虛。目送去海雲，心閒遊川魚。長歌盡落日，乘月歸田廬。

〈遊南陽清泠泉〉

惜彼落日暮，愛此寒泉清。西輝逐流水，蕩漾遊子情。空歌望雲月，曲盡長松聲。

〈安陸白兆山桃花岩寄劉侍御綰（作春歸桃花岩貽許侍御）〉

雲臥三十年，好閒復愛仙。蓬壺雖冥絕，鸞鶴心悠然。歸來桃花岩，得憩雲窗眠。對嶺人共語，飲潭猿相連。時升翠微上，邈若羅浮巔。兩岑抱東壑，一嶂橫西天。樹雜日易隱，崖傾月難圓。芳草換野色，飛蘿搖春煙。入遠構石室，選幽開上田。獨此林下意，杳無區中緣。永辭霜台客，千載方來旋。

〈江夏別宋之悌〉

楚水清若空，遙將碧海通。人分千里外，興在一杯中。谷鳥吟晴日，江猿嘯晚風。平生不下淚，於此泣無窮。

〈送張舍人之江東〉

張翰江東去，正值秋風時。天清一雁遠，海闊孤帆遲。白日行欲暮，
滄波杳難期。吳洲如見月，千里幸相思。

〈太原早秋〉

歲落眾芳歇，時當大水流。霜威出塞早，雲色渡河秋。夢繞邊城月，
心飛故國樓。思歸若汾水，無日不悠悠。

〈觀元丹丘坐巫山屏風〉

昔遊三峽見巫山，見畫巫山宛相似。疑是天邊十二峰，飛入君家彩屏
裡。寒松蕭瑟如有聲，陽台微茫如有情。錦衾瑤席何寂寂，楚王神女
徒盈盈。高咫尺，如千里，翠屏丹崖燦如綺。蒼蒼遠樹圍荊門，歷歷
行舟泛巴水。水石潺湲萬壑分，煙光草色俱氛氳。溪花笑日何年發，
江客聽猿幾歲聞。使人對此心緬貌，疑入嵩丘夢彩雲。

〈巫山枕障〉

巫山枕障畫高丘，白帝城邊樹色秋。
朝雲夜入無行處，巴水橫天更不流。

〈春日歸山寄孟浩然〉

朱紱遺塵境，青山謁梵筵。金繩開覺路，寶筏度迷川。嶺樹攢飛栱，
岩花覆谷泉。塔形標海月，樓勢出江煙。香氣三天下，鐘聲萬壑連。
荷秋珠已滿，松密蓋初圓。鳥聚疑聞法，龍參若護禪。愧非流水韻，
叨入伯牙弦。

〈月夜江行，寄崔員外宗之〉

飄飄江風起，蕭颯海樹秋。登艫美清夜，掛席移輕舟。月隨碧山轉，
水合青天流。杳如星河上，但覺雲林幽。歸路方浩浩，徂川去悠悠。
徒悲蕙草歇，復聽菱歌愁。岸曲迷後浦，沙明瞰前洲。懷君不可見，
望遠增離憂。

〈江上寄巴東故人〉

漢水波浪遠,巫山雲雨飛。東風吹客夢,西落此中時。覺後思白帝,佳人與我違。瞿塘饒賈客,音信莫令稀。

〈江上寄元六林宗〉

霜落江始寒,楓葉綠未脫。客行悲清秋,永路苦不達。滄波眇川汜,白日隱天末。停櫂依林巒,驚猿相叫聒。夜分河漢轉,起視溟漲闊。涼風何蕭蕭,流水鳴活活。浦沙淨如洗,海月明可掇。蘭交空懷思,瓊樹詎解渴。勗哉滄洲心,歲晚庶不奪。幽賞頗自得,興遠與誰豁。

〈秋夜宿龍門香山寺奉寄王方城十七丈奉國瑩上人從帝幼成令問〉

朝發汝海東,暮棲龍門中。水寒夕波急,木落秋山空。望極九霄迴,賞幽萬壑通。目皓沙上月,心清松下風。玉門橫網戶,銀河耿花宮。興在趣方逸,歡餘情未終。鳳駕憶王子,虎溪懷遠公。桂枝坐蕭瑟,棣華不復同。流恨寄伊水,盈盈焉可窮。

〈遊泰山六首之三首〉

四月上泰山,石屏禦道開。六龍過萬壑,澗谷隨縈迴。馬跡繞碧峰,於今滿青苔。飛流灑絕巘,水急松聲哀。北眺崿嶂奇,傾崖向東摧。洞門閉石扇,地底興雲雷。登高望蓬瀛,想像金銀台。天門一長嘯,萬里清風來。玉女四五人,飄□下九垓。含笑引素手,遺我流霞杯。稽首再拜之,自愧非仙才。曠然小宇宙,棄世何悠哉。

平明登日觀,舉手開雲關。精神四飛揚,如出天地間。黃河從西來,窈窕入遠山。憑崖覽八極,目盡長空閒。偶然值青童,綠髮雙雲鬟。笑我晚學仙,蹉跎凋朱顏。躊躇忽不見,浩蕩難追攀。

日觀東北傾,兩崖夾雙石。海水落眼前,天光遙空碧。千峰爭攢聚,萬壑絕淩厤。緬彼鶴上仙,去無雲中跡。長松入雲漢,遠望不盈尺。山花異人間,五月雪中白。終當遇安期,於此煉玉液。

〈同族弟金城尉叔卿燭照山水壁畫歌〉

高堂粉壁圖蓬瀛，燭前一見滄洲清。洪波沟湧山崢嶸，皎若丹丘隔海望赤城。光中乍喜嵐氣滅，謂逢山陰晴後雪。回溪碧流寂無喧，又如秦人月下窺花源。了然不覺清心魂，只將疊嶂鳴秋猿。與君對此歡未歇，放歌行吟達明發。卻顧海客揚雲帆，便欲因之向溟渤。

〈西岳雲台歌送丹丘子〉

西岳崢嶸何壯哉，黃河如絲天際來。黃河萬里觸山動，盤渦轂轉秦地雷。榮光休氣紛五彩，千年一清聖人在。巨靈咆哮擘兩山，洪波噴箭射東海。三峰卻立如欲摧，翠崖丹谷高掌開。白帝金精運元氣，石作蓮花雲作台。雲台閣道連窈冥，中有不死丹丘生。明星玉女備灑掃，麻姑搔背指爪輕。我皇手把天地戶，丹丘談天與天語。九重出入生光輝，東來蓬萊復西歸。玉漿儻惠故人飲，騎二茅龍上天飛。

〈望終南山寄紫閣隱者〉

出門見南山，引領意無限。秀色難爲名，蒼翠日在眼。有時白雲起，天際自舒卷。心中與之然，托興每不淺。何當造幽人，滅跡棲絕巘。

〈下終南山過斛斯山人宿置酒〉

暮從碧山下，山月隨人歸。卻顧所有徑，蒼蒼橫翠微。相攜及田家，童稚開荊扉。綠竹入幽徑，青蘿拂行衣。歡言得所憩，美酒聊共揮。長歌吟松風，曲盡河星稀。我醉君復樂，陶然共忘機。

〈夕霽杜陵登樓寄韋繇〉

浮陽滅霽景，萬物生秋容。登樓送遠目，伏檻觀群峰。原野曠超緬，關河紛雜重。清暉映竹日，翠色明雲松。蹈海寄遐想，還山迷舊蹤。徒然迫晚暮，未果諧心胸。結桂空佇立，折麻恨莫從。思君達永夜，長樂聞疏鐘。

〈杜陵絕句〉

南登杜陵上，北望五陵間。秋水明落日，流光滅遠山。

〈白雲歌送劉十六歸山〉

楚山秦山皆白雲，白雲處處長隨君。長隨君，君入楚山裡，雲亦隨君渡湘水。湘水上，女蘿衣，白雲堪君早歸。

〈東魯門泛舟二首〉

日落沙明天倒開，波搖石動水縈迴。
輕舟泛月尋溪轉，疑是山陰雪後來。
水作青龍盤石堤，桃花夾岸魯門西。
若教月下乘舟去，何啻風流到剡溪。

〈陪從祖濟南太守泛鵲山湖三首〉

湖闊數千里，湖光搖碧山。湖西正有月，獨送李膺還。水入北湖去，舟從南浦回。遙看鵲山轉，卻似送人來。

〈登單父陶少府半月臺〉

陶公有逸興，不與常人俱。築台像半月，回向高城隅。置酒望白雲，商飆起寒梧。秋山入遠海，桑柘羅平蕪。水色淥且明，令人思鏡湖。終當過江去，愛此暫踟躕。

〈夢遊天姥吟留別〉

海客談瀛洲，煙濤微茫信難求。越人語天姥，雲霓明滅或可睹。天姥連天向天橫，勢拔五嶽掩赤城。天台四萬八千丈，對此欲倒東南傾。我欲因之夢吳越，一夜飛度鏡湖月。湖月照我影，送我至剡溪。謝公宿處今尚在，綠水蕩漾清猿啼。腳著謝公屐，身登青雲梯。半壁見海日，空中聞天雞。千岩萬轉路不定，迷花倚石忽已暝。熊咆龍吟殷岩泉，栗深林兮驚層巔。雲青青兮欲雨，水澹澹兮生煙。列缺霹靂，丘巒崩摧。洞天石扇，訇然中開。青冥浩蕩不見底，日月照耀金銀台。霓為衣兮風為馬，雲之君兮紛紛而來下。虎鼓瑟兮鸞回車，仙之人兮列如麻。忽魂悸以魄動，恍驚起而長嗟。惟覺時之枕席，失向來之煙霞。世間行樂亦如此，古來萬事東流水。別君去兮何時還，且放白鹿

青崖間，須行即騎訪名山。安能摧眉折腰事權貴，使我不得開心顏。

〈鳴皋歌送岑徵君〉

若有人兮思鳴皋，阻積雪兮心煩勞。洪河凌兢不可以徑度，冰龍鱗兮
難容舠。邈仙山之峻極兮，聞天籟之嘈嘈。霜崖縞皓以合沓兮，若長
風扇海湧滄溟之波濤。玄猿綠羆，舔談崟岑。危柯振石，駭膽慄魄，
群呼而相號。峰崢嶸以路絕，掛星辰于岩嶅。送君之歸兮，動鳴皋之
新作。交鼓吹兮彈絲，觴清泠之池閣。君不行兮何待，若反顧之黃鶴。
掃梁園之群英，振大雅于東洛。巾徵軒兮歷阻折，尋幽居兮越巇崝。
盤白石兮坐素月，琴松風兮寂萬壑。望不見兮心氛氳，蘿冥冥兮霰紛
紛。水橫洞以下淥，波小聲而上聞。虎嘯谷而生風，龍藏溪而吐雲。
寡鶴清唳，飢鼯顰呻。魂獨處此幽默兮，愀空山而愁人。雞聚族以爭
食，鳳孤飛而無鄰。蝘蜓嘲龍，魚目混珍。嫫母衣錦，西施負薪。若
使巢由桎梏於軒冕兮，亦奚異乎夔龍蠖蠖於風塵。哭何苦而救楚，笑
何誇而卻秦。吾誠不能學二子沽名矯節以耀世兮，固將棄天地而遺
身。白鷗兮飛來，長與君兮相親。

〈登金陵鳳凰台〉

鳳凰臺上鳳凰游，鳳去台空江自流。
吳宮花草埋幽徑，晉代衣冠成古丘。
三山半落青天外，二水中分白鷺洲。
總為浮雲能蔽日，長安不見使人愁。

〈求崔山人百丈崖瀑布圖〉

百丈素崖裂，四山丹壁開。龍潭中噴射，晝夜生風雷。但見瀑泉落，
如潨雲漢來。聞君寫真圖，島嶼備縈迴。石黛刷幽草，曾青澤古苔。
幽緘倘相傳，何必向天台。

〈天台曉望〉

天台鄰四明，華頂高百越。門標赤城霞，樓棲滄島月。憑高登遠覽，

直下見溟渤。雲垂大鵬翻，波動巨鰲沒。風潮爭洶湧，神怪何翕忽。
觀奇蹟無倪，好道心不歇。攀條摘朱實，服藥煉金骨。安得生羽毛，
千春臥蓬闕。

〈勞勞亭歌〉

金陵勞勞送客堂，蔓草離離生道傍。
古情不盡東流水，此地悲風愁白楊。
我乘素舸同康樂，朗詠清川飛夜霜。
昔聞牛渚吟五章，今來何謝袁家郎。
苦竹寒聲動秋月，獨宿空簾歸夢長。

〈秋夜板橋浦泛月獨酌懷謝朓〉

天上何所有，迢迢白玉繩。斜低建章闕，耿耿對金陵。漢水舊如練，
霜江夜清澄。長川瀉落月，洲渚曉寒凝。獨酌板橋浦，古人誰可徵。
玄暉難再得，灑酒氣塡膺。

〈金陵城西樓月下吟〉

金陵夜寂涼風發，獨上高樓望吳越。
白雲映水搖空城，白露垂珠滴秋月。
月下沉吟久不歸，古來相接眼中稀。
解道澄江淨如練，令人長憶謝玄暉。

〈尋陽送弟昌峒鄱陽司馬作〉

桑落洲渚連，滄江無雲煙。尋陽非剡水，忽見子猷船。飄然欲相近，
來遲杳若仙。人乘海上月，帆落湖中天。一睹無二諾，朝歡更勝昨。
爾則吾惠連，吾非爾康樂。朱紱白銀章，上官佐鄱陽。松門拂中道，
石鏡回清光。搖扇及於越，水亭風氣涼。與爾期此亭，期在秋月滿。
時過或未來，兩鄉心已斷。吳山對楚岸，彭蠡當中州。相思定如此，
有窮盡年愁。

〈尋高鳳石門山中元丹丘〉

尋幽無前期，乘興不覺遠。蒼崖渺難涉，白日忽欲晚。末窮三四山，
已歷千萬轉。寂寂聞猿愁，行行見雲收。高松來好月，空谷宜清秋。
溪深古雪在，石斷寒泉流。峰巒秀中天，登眺不可盡。丹丘遙相呼，
顧我忽而哂。遂造窮谷間，始知靜者閒。留歡達永夜，清曉方言還。

〈送王屋山人魏萬還王屋〉

仙人東方生，浩蕩弄雲海。沛然乘天遊，獨往失所在。魏侯繼大名，
本家聊攝城。卷舒入元化，跡與古賢並。十三弄文史，揮筆如振綺。
辯折田巴生，心齊魯連子。西涉清洛源，頗驚人世喧。採秀臥王屋，
因窺洞天門。朅來遊嵩峰，羽客何雙雙。朝攜月光子，暮宿玉女窗。
鬼谷上窈窕，龍潭下奔□。東浮汴河水，訪我三千里。逸興滿吳雲，
飄□浙江氾。揮手杭越間，樟亭望潮還。濤卷海門石，雲橫天際山。
白馬走素車，雷奔駭心顏。遙聞會稽美，且度耶溪水。萬壑與千岩，
崢嶸鏡湖裡。秀色不可名，清渾滿江城。人遊月邊去，舟在空中行。
此中久延佇，入剡尋王許。笑讀曹娥碑，沉吟黃絹語。天台連四明，
日入向國清，五峰轉月色，百里行松聲。靈溪咨沿越，華頂殊超忽。
石梁橫青天，側足履半月。忽然思永嘉，不憚海路賒。掛席歷海嶠，
回瞻赤城霞。赤城漸微沒，孤嶼前嶢兀。水續萬古流，亭空千霜月。
縉雲川穀難，石門最可觀。瀑布掛北斗，莫窮此水端。噴壁灑素雪，
空濛生晝寒。卻思惡溪去，寧懼惡溪惡。咆哮七十灘，水石相噴薄。
路創李北海，岩開謝康樂。松風和猿聲，搜索連洞壑。徑出梅花橋，
雙溪納歸潮。落帆金華岸，赤松若可招。

沈約八詠樓，城西孤岧嶢。岧嶢四荒外，曠望群川會。雲卷大地開，
波連浙西大。亂流新安口，北指嚴光瀨。釣台碧雲中，邈與蒼嶺對。
稍稍來吳都，裴回上姑蘇。煙綿橫九疑，漭盪見五湖。目極心更遠，
悲歌但長籲。回橈楚江濱，揮策揚子津。身著日本裘，昂藏出風塵。
五月造我語，知非儓儗人。相逢樂無限，水石日在眼。徒幹五諸侯，

不致百金產。吾友揚子雲，弦歌播清芬。雖爲江寧宰，好與山公群。
乘興但一行，且知我愛君。君來幾何時，仙台應有期。東窗綠玉樹，
定長三五枝。至今天壇人，當笑爾歸遲。我苦惜遠別，茫然使心悲。
黃河若不斷，白首長相思。

〈橫江詞六首之三〉

海潮南去過潯陽，牛渚由來險馬當。
橫江欲渡風波惡，一水牽愁萬里長。
橫江西望阻西秦，漢水東連揚子津。
白浪如山那可渡，狂風愁殺峭帆人。
海神來過惡風回，浪打天門石壁開。
浙江八月何如此，濤似連山噴雪來。

〈過崔八丈水亭〉

高閣橫秀氣，清幽並在君。簷飛宛溪水，窗落敬亭雲。猿嘯風中斷，
漁歌月裡聞。閒隨白鷗去，沙上自爲群。

〈秋登宣城謝朓北樓〉

江城如畫裏，山曉望晴空。兩水夾明鏡，雙橋落彩虹。人煙寒橘柚，
秋色老梧桐。誰念北樓上，臨風懷謝公。

〈題宛溪館〉

吾憐宛溪好，百尺照心明。何謝新安水，千尋見底清。白沙留月色，
綠竹助秋聲。卻笑嚴湍上，於今獨擅名。

〈謝公亭〉

謝公離別處，風景每生愁。客散青天月，山空碧水流。池花春映日，
窗竹夜鳴秋。今古一相接，長歌懷舊遊。

〈獨坐敬亭山〉

眾鳥高飛盡，孤雲獨去閒。相看兩不厭，只有敬亭山。

〈新林浦阻風寄友人〉

潮水定可信，天風難與期。清晨西北轉，薄暮東南吹。以此難掛席，
佳期益相思。海月破圓影，菰蔣生綠池。昨日北湖梅，開花已滿枝。
今朝東門柳，夾道垂青絲。歲物忽如此，我來定幾時。紛紛江上雪，
草草客中悲。明發新林浦，空吟謝朓詩。

〈宿白鷺洲寄楊江寧〉

朝別朱雀門，暮棲白鷺洲。波光搖海月，星影入城樓。望美金陵宰，
如思瓊樹憂。徒令魂入夢，翻覺夜成秋。綠水解人意，為餘西北流。
因聲玉琴裡，盪漾寄君愁。

〈清溪行〉

清溪清我心，水色異諸水。借問新安江，見底何如此。人行明鏡中，
鳥度屏風裡。向晚猩猩啼，空悲遠遊子。

〈秋浦歌十七首之十一〉

邏人橫鳥道，江祖出魚梁。水急客舟疾，山花拂面香。

〈遊秋浦白笴陂二首〉

何處夜行好，月明白笴陂。山光搖積雪，猿影掛寒枝。但恐佳景晚，
小令歸櫂移。人來有清興，及此有相思。白笴夜長嘯，爽然溪谷寒。
魚龍動陂水，處處生波瀾。天藉一明月，飛來碧雲端。故鄉不可見，
腸斷正西看。

〈宿鰕湖〉

雞鳴發黃山，暝投鰕湖宿。白雨映寒山，森森似銀竹。提攜採鉛客，
結荷水邊沐。半夜四天開，星河爛人目。明晨大樓去，岡隴多屈伏。
當與持斧翁，前溪伐雲木。

〈涇溪東亭寄鄭少府諤〉

我游東亭不見君，沙上行將白鷺群。
白鷺行時散飛去，又如雪點青山雲。

欲往涇溪不辭遠，龍門蹙波虎眼轉。
杜鵑花開春已闌，歸向陵陽釣魚晚。

〈尋山僧不遇作〉

石徑入丹壑，松門閉青苔。閒階有鳥跡，禪室無人開。窺窗見白拂，掛壁生塵埃。使我空嘆息，欲去仍裴回。香雲遍山起，花雨從天來。已有空樂好，況聞青猿哀。了然絕世事，此地方悠哉。

〈下涇縣陵陽溪至澀灘〉

澀灘鳴嘈嘈，兩山足猿猱。白波若卷雪，側石不容舠。漁子與舟人，撐折萬張篙。

〈下陵陽沿高溪三門六剌灘〉

三門橫峻灘，六剌走波瀾。石驚虎伏起，水狀龍縈盤。何慚七裡瀨，使我欲垂竿。

〈早過漆林渡寄萬巨〉

西經大藍山，南來漆林渡。水色倒空青，林煙橫積素。漏流昔吞翕，沓浪競奔注。潭落天上星，龍開水中霧。岩注公柵，突兀陳焦墓。嶺峭紛上幹，川明屢回顧。因思萬夫子，解渴同瓊樹。何日睹清光，相歡詠佳句。

〈當塗趙炎少府粉圖山水歌〉

峨眉高山西極天，羅浮直與南溟連。名工繹思揮彩筆，
驅山走海置眼前。滿堂空翠如可掃，赤城霞氣蒼梧煙。
洞庭瀟湘意渺綿，三江七澤情洄沿。驚濤洶湧向何處，
孤舟一去迷歸年。征帆不動亦不旋，飄如隨風落天邊。
心搖目斷興難盡，幾時可到三山巔。西峰崢嶸噴流泉，
橫石蹙水波潺湲。東崖合沓蔽輕霧，深林雜樹空芊綿。
此中冥昧失晝夜，隱幾寂聽無鳴蟬。長松之下列羽客，
對坐不語南昌仙。南昌仙人趙夫子，妙年歷落青雲士。

訟庭無事羅眾賓，杳然如在丹青裡。五色粉圖安足珍，
眞仙可以全吾身。若待功成拂衣去，武陵桃花笑殺人。

〈寄當塗趙少府炎〉

晚登高樓望，木落雙江清。寒山饒積翠，秀色連州城。目送楚雲盡，
心悲胡雁聲。相思不可見，回首故人情。

〈與南陵常贊府遊五松山〉

安石泛溟渤，獨嘯長風還。逸韻動海上，高情出人間。靈異可並跡，
澹然與世閒。我來五松下，置酒窮躋攀。徵古絕遺老，因名五松山。
五松何清幽，勝境美沃州。蕭颯鳴洞壑，終年風雨秋。響入百泉去，
聽如三峽流。剪竹掃天花，且從傲吏遊。龍堂若可憩，吾欲歸精修。

〈流夜郎贈辛判官〉

昔在長安醉花柳，五侯七貴同杯酒。氣岸遙凌豪士前，
風流肯落他人後。夫子紅顏我少年，章台走馬著金鞭。
文章獻納麒麟殿，歌舞淹留玳瑁筵。與君自謂長如此，
寧知草動風塵起。函谷忽驚胡馬來，秦宮桃李向明開。
我愁遠謫夜郎去，何日金雞放赦回。

〈上三峽〉

巫山夾青天，巴水流若茲。巴水忽可盡，青天無到時。三朝上黃牛，
三暮行太遲。三朝又三暮，不覺鬢成絲。

〈早發白帝城〉

朝辭白帝彩雲間，千里江陵一日還。
兩岸猿聲啼不盡，輕舟已過萬重山。

〈至鴨欄驛上白馬磯，贈裴侍御〉

側疊萬古石，橫爲白馬磯。亂流若電轉，舉櫂揚珠輝。臨驛卷緹幕，
升常接繡衣。情親不避馬，爲我解霜威。

〈秋登巴陵望洞庭〉

清晨登巴陵，周覽無不極。明湖映天光，徹底見秋色。秋色何蒼然，
際海俱澄鮮。山青滅遠樹，水綠無寒煙。來帆出江中，去鳥向日邊。
風清長沙浦，山空雲夢田。瞻光惜頹髮，閱水悲徂年。北渚既盪漾，
東流自潺湲。郢人唱白雪，越女歌採蓮。聽此更腸斷，憑崖淚如泉。

〈與賈至舍人于龍興寺剪落梧桐枝望灉湖〉

剪落青梧枝，灉湖坐可窺。雨洗秋山淨，林光澹碧滋。水閒明鏡轉，
雲繞畫屏移。千古風流事，名賢共此時。

〈陪族叔刑部侍郎曄及中書賈舍人至遊洞庭五首之四首〉

洞庭西望楚江分，水盡南天不見雲。
日落長沙秋色遠，不知何處吊湘君。

南湖秋水夜無煙，耐可乘流直上天。
且就洞庭賒月色，將船買酒白雲邊。

洞庭湖西秋月輝，瀟湘江北早鴻飛。
醉客滿船歌白苧，不知霜露入秋衣。

帝子瀟湘去不還，空餘秋草洞庭間。
淡掃明湖開玉鏡，丹青畫出是君山。

〈陪侍郎叔遊洞庭醉後三首之二〉

今日竹林宴，我家賢侍郎。三杯容小阮，醉後發清狂。船上齊橈樂，
湖心泛月歸。白鷗閒不去，爭拂酒筵飛。卻君山好，平鋪湘水流。巴
陵無限酒，醉殺洞庭秋。

〈與夏十二登岳陽樓〉

樓觀岳陽盡，川迴洞庭開。雁引愁心去，山銜好月來。雲間連下榻，
天上接行杯。醉後涼風起，吹人舞袖回。

〈贈盧司戶〉

秋色無遠近，出門盡寒山。白雲遙相識，待我蒼梧間。借問盧耽鶴，

西飛幾歲還。

〈鸚鵡洲〉

鸚鵡來過吳江水，江上洲傳鸚鵡名。鸚鵡西飛隴山去，
芳洲之樹何青青，煙開蘭葉香風暖，岸夾桃花錦浪生。
遷客此時徒極目，長洲孤月向誰明。

〈廬山謠，寄盧侍御虛舟〉

我本楚狂人，鳳歌笑孔丘。手持綠玉杖，朝別黃鶴樓。
五嶽尋仙不辭遠，一生好入名山遊。廬山秀出南斗傍，
屏風九疊雲錦張，影落明湖青黛光。金闕前開二峰長，
銀河倒掛三石梁。香爐瀑布遙相望，回崖沓嶂凌蒼蒼。
翠影紅霞映朝日，鳥飛不到吳天長。登高壯觀天地間，
大江茫茫去不還。黃雲萬里動風色，白波九道流雪山。
好為廬山謠，興因廬山發。閒窺石鏡清我心，謝公行處蒼苔沒。
早服還丹無世情，琴心三疊道初成。遙見仙人彩雲裡，
手把芙蓉朝玉京。先朝汗漫九垓上，願接盧敖遊太清。

〈和盧侍御通塘曲〉

君誇通塘好，通塘勝耶溪。通塘在何處，遠在尋陽西。青蘿裊裊掛煙
樹，白鷴處處聚沙隄。石門中斷平湖出，百丈金潭照雲日。何處滄浪
垂釣翁，鼓櫂漁歌趣非一。相逢不相識，出沒繞通塘。浦邊清水明素
足，別有浣沙吳女郎。行盡綠潭潭轉幽，疑是武陵春碧流。秦人雞犬
桃花裡，將比通塘渠見羞。通塘不忍別，十去九遲回。偶逢佳境心已
醉，忽有一鳥從天來。月出青山送行子，四邊苦竹秋聲起。長吟白雪
望星河，雙垂兩足揚素波。梁鴻德耀會稽日，寧知此中樂事多。

〈下尋陽城泛彭蠡寄黃判官〉

浪動灌嬰井，尋陽江上風。開帆入天鏡，直向彭湖東。落景轉疏雨，
晴雲散遠空。名山發佳興，清賞亦何窮。石鏡掛遙月，香爐滅彩虹。

相思俱對此，舉目與君同。

〈送殷淑三首之二〉

白鷺洲前月，天明送客回。青龍山後日，早出海雲來。流水無情去，征帆逐吹開。相看不忍別，更進手中杯。痛飲龍筇下，燈青月復寒。醉歌驚白鷺，半夜起沙灘。

〈同族姪評事黯游昌禪師山池二首〉

遠公愛康樂，為我開禪關。蕭然松石下，何異清涼山。花將色不染，水與心俱閒。一坐度小劫，觀空天地間。客來花雨際，秋水落金池。片石寒青錦，疏楊掛綠絲。高僧拂玉柄，童子獻霜梨。惜去愛佳景，煙蘿欲暝時。

〈姑孰十詠——陵歊台〉

曠望登古台，台高極人目。疊嶂列遠空，雜花間平陸。閒雲入窗牖，野野生松竹。欲覽碑上文，苔侵豈堪讀。

〈姑孰十詠——牛渚磯〉

絕壁臨巨川，連峰勢相向。亂石流狀間，回波自成浪。但驚群木秀，莫測精靈狀。更聽猿夜啼，憂心醉江上。

〈姑孰十詠——天門山〉

迥出江山上，雙峰自相對。岸映松色寒，石分浪花碎。參差遠天際，縹緲晴霞外。落日舟去遙，回首沉青靄。

〈三山望金陵寄殷淑〉

三山懷謝朓，水澹望長安。蕪沒河陽縣，秋江正北看。盧龍霜氣冷，鳷鵲月光寒。耿耿憶瓊樹，天涯寄一歡。

〈宴陶家亭子〉

曲巷幽人宅，高門大士家。池開照膽鏡，林吐破顏花。綠水藏春日，青軒秘晚霞。若聞弦管妙，金谷不能誇。

〈送友人尋越中山水〉

聞道稽山去，偏宜謝客才。千岩泉灑落，萬壑樹縈迴。東海橫秦望，西陵繞越台。湖清霜鏡曉，濤白雪山來。八月枚乘筆，三吳張翰杯。此中多逸興，早晚向天台。

〈落日憶山中〉

雨後煙景綠，晴天散餘霞。東風隨春歸，發我枝上花。花落時欲暮，見此令人嗟。願遊名山去，學道飛丹砂。

〈題舒州司空山瀑布〉

斷崖如削瓜，嵐光破崖綠。天河從中來，白雲漲川穀。玉案赤文字，世眼不可讀。攝身凌青霄，松風拂我足。

參考書目

（古籍部分依年代排序，今人資料依姓氏筆畫排序）

一、古代典籍

1. 《南齊書》，〔梁〕蕭子顯（台北：藝文印書館，西元 1958 年）。

2. 《詩品・序》，〔梁〕鍾嶸撰，呂得中校釋（北京：北京大學出版，西元 2000 年）。

3. 《謝宣城集校注》，〔南朝齊〕謝朓著，曹融南先生校注集說（上海：上海古籍出版社，西元 2004 年 4 月）。

4. 《謝宣城詩注》，〔南朝齊〕謝朓著，郝立權注（台北：藝文印書館，西元 1976 年）。

5. 《南史》，〔唐〕李延壽（台北：德志出版社，西元 1962 年）。

6. 《梁書》，〔唐〕姚思廉（台北：藝文印書館，西元 1958 年）。

7. 《李太白全集》，〔唐〕李白著，〔清〕王琦注《（北京：中華書局，西元 2003 年 10 月）。

8. 《杜詩詳注》，〔唐〕杜甫著，〔清〕仇兆鰲注（北京：中華書局，西元 1999 年）。

9. 《李商隱全集》，〔唐〕李商隱著，朱懷春等標點（上海：上海古籍出版社，西元 1999 年）。

10. 《陸放翁全集》，〔宋〕陸游（台北：河洛圖書出版社，西元 1975 年）。

11. 《王安石全集》，〔宋〕王安石著，秦克等標點（上海：上海古籍出版社，西元 1999 年）。

12. 《詩歸》，〔明〕鍾惺、譚元春編（四庫全書存目叢書，集部三三八）

（濟南：齊魯書社，西元 1997 年）。

13. 《昭味詹言》，〔清〕方東樹撰，郭紹虞主編（北京：人民文學出版社，西元 1961 年）。

14. 《清詩話》，王夫之等撰（上海：上海古籍出版社，西元 1999 年）。

15. 《李白全集編年註釋》，安旗主編（成都：巴蜀書社，西元 2000 年 4 月）。

16. 《李白全集校注彙釋集評》，詹鍈（天津：百花藝文出版社，西元 1996 年 12 月）。

17. 《李白集校注》，瞿銳園（台北：洪氏出版社，西元 1981 年）。

18. 《謝宣城集校注》，洪順隆（台北：中華書局，西元 1969 年 10 月）。

19. 《先秦漢魏晉南北朝詩》，逯欽立輯注（台北：學海出版社，西元 1991 年）。

二、專　書

1. 《中國山水詩史》，丁成泉（台北：文津出版社，西元 1995 年）。

2. 《美術心理學》，丁寧著，鄭福星主編（哈爾濱：黑龍江美術出版社，西元 1996 年）。

3. 《歷代詩話續編》，丁福保輯（北京：中華書局，西元 2001 年）。

4. 《畫論叢刊五十一種》（上），于安瀾輯（台北：鼎文書局，西元 1972 年）。

5. 《中國李白研究》，中國李白研究會、馬鞍山李白研究所編（合肥：安徽文藝 1 出版社，西元 1997 年）。

6. 《西方美學名著引論》，木鐸出版社編輯（台北：木鐸出版社，西元 1988 年）。

7. 《唐代美學範疇研究》，王耘（上海：學林出版社，西元 2005 年 8 月）。

8. 《古體律詩學》，王力（北京：中國人民出版社，西元 2005 年）。

9. 《詩詞格律》，王力（北京：中華書局，西元 2007 年）。

10. 《南朝的唯美詩風——由山水到宮體》，王力堅（台北：商務印書館，西元 1997 年）。

11. 《魏晉詩歌的審美觀照》，王力堅（台北：文津出版社，西元 2000 年）。

12. 《仕隱與中國文學——六朝篇》，王文進（台北：台灣書店，西元 1999 年 2 月）。

13. 《中國古代文學十大主題——原形與流變》，王立（台北：文史哲出版社，西元 1994 年 7 月）。

14. 《盛唐生態詩學》，王志清（北京：北京大學出版社，西元 2007 年）。

15. 《中國山水詩研究》，王國瓔（台北：聯經出版社，西元 1996 年 7 月）。

16. 《自然的神韻——道家精神與山水田園詩》，王凱（北京：人民出版社，西元 2006 年 9 月）。

17. 《精神分析與文學》，王溢嘉（台北縣：雅鶴出版社，西元 1994 年）。

18. 《李白研究》，王運熙（北京：作家出版社，西元 1962 年）。

19. 《文學概論》，王夢鷗（台北：藝文出版社，西元 1982 年 1 月）。

20. 《空間與時間》，史作檉（新竹：仰哲出版社，西元 1984 年）。

21. 《遊山遊水——中國山水審美文化》，任仲倫（上海：同濟大學出版社，西元 1991 年）。

22. 《中國哲學發展史》，任繼愈（北京：人民出版社，西元 1988 年 4 月）。

23. 《山水與美學》，伍蠡甫（台北：丹青圖書公司，西元 1987 年）。

24. 《中國詩史》，吉川幸次郎著，章培恆等譯（上海：復旦大學出版社，西元 2001 年 12 月）。

25. 《盛唐詩》，宇文所安（北京：新華書店，西元 2005 年 4 月）。

26. 《李詩咀華——李白詩名篇賞析》，安旗、蘇天緯、閻琦（北京：北京十月文藝出版社，西元 1984 年 12 月）。

27. 《詩論》，朱光潛（北京：北京出版社，西元 2005 年 6 月）。

28. 《山水風度——六朝山水田園詩論》，朱新法（南京：南京出版社，西元 1998 年 8 月）。

29. 《中國山水詩論稿》，朱德發（山東：山東友誼出版社，西元 1994 年 5 月）。

30. 《中西建築美學比較研究》，余東升（台北：紅葉出版社，西元 1995 年）。

31. 《中國古代山水詩鑑賞辭典》，余冠英主編（台北：新地文學出版社，西元 1991 年）。

32. 《漢魏六朝鑑賞辭典》，吳小如、王運熙等編（上海：上海古籍出版社，西元 1992 年）。

33. 《中國文學美學》，吳功正（江蘇：江蘇教育出版社，西元 1990 年）。

34. 《古典詩入門》，吳玄濤（香港：萬里書局，西元 1980 年）。

35. 《兩晉南北朝史》，呂思勉（上海：上海古籍出版社，西元 2005 年）。

36. 《謝朓與李白研究》，李子龍主編、王運熙等著（北京：人民出版社，西元 1995 年）。

37. 《詩美學》，李元洛（台北：東大圖書公司，西元 1980 年）。

38. 《中國山水詩史》，李文初等編（廣東高等教育出版社，西元 1991 年）。

39. 《唐代文苑風尚》，李志慧（西安：陝西人民出版社，西元 1988 年）。

40. 《李白傳》，李長之（天津：百花藝文出版社，西元 2004 年）。

41. 《魏晉新文化運動──自然思潮》，李玲珠（台北：文津出版社，西元 2004 年）。

42. 《唐詩的美學詮釋》，李浩（合肥：安徽大學出版社，西元 2000 年 4 月）。

43. 《文學審美超越論》，李國春（長沙：湖南大學出版社，西元 2006 年 6 月）。

44. 《山水詩人謝靈運》，李森南（台北：文史哲出版社，西元 1989 年 8 月）。

45. 《禪宗與中國古代詩歌藝術》，李淼（高雄：麗文書局，西元 1993 年 10 月）。

46. 《永明體與音樂關係研究》，吳相洲（北京：北京大學出版社，西元 2006 年 7 月）。

47. 《初盛唐詩歌的文化闡釋》，杜曉勤（北京：東方出版社，西元 1997 年）。

48. 《陶謝詩之比較》，沈振奇（台北：學生書局，西元 1986 年）。

49. 《寂靜之音──漢語詩歌的音樂形式及其歷史變遷》，沈業丹（上海：上海人民出版社，西元 2007 年 3 月）。

50. 《劍橋年度主題講座──時間》，里德伯斯（K.Ridderbos）編，章邵增譯（北京：華夏出版社，西元 2006 年）。

51. 《論形象思維》，亞里斯多德等著（台北：里仁書局，西元 1985 年）。

52. 《智慧的河流──談西洋哲學的發展》，卓心美（台北：三民書局，西元 2003 年）。

53. 《詩文鑑賞方法二十講》，周振甫（台北：國文天地出版社，西元 1989 年 11 月）。

54. 《盛世情懷：天漢雄風與盛唐氣象》，屈小強（濟南：濟南出版社，西元 2004 年 5 月）。

55. 《美學的散步 I》，宗白華（台北：洪範出版社，西元 2001 年 3 月）。

56. 《美學與意竟》，宗白華（北京：人民出版社，西元 1987 年）。

57. 《藝境》，宗白華（北京：北京大學出版社，西元 1987 年）。

58. 《山水與古典》，林文月（臺北：三民書局，西元 1996 年 6 月）。

59. 《唐詩綜論》，林庚（北京：清華大學出版社，西元 2006 年）。

60. 《詩人李白》，林東海（京都：中國人民美術出版社，西元 1984 年）。

61. 《色彩學概論》，林書堯（台北：國立台灣藝術專科學校藝術叢書第一輯，西元 1971 年）。

62. 《李白詩歌抒情藝術研究》，松浦友久（上海：上海古籍出版社，西元 1996 年）。

63. 《文學研究的新進路──傳播與接受》，東華大學主編（台北：洪葉文化事業，西元 2004 年）。

64. 《審美心理學》，邱明正（上海：復旦大學出版社，西元 1993 年）。

65. 《文藝心理學概論》，金開誠（北京：北京大學出版社，西元 1999 年 7 月）。

66. 《李白詩的藝術成就》，施逢雨（台北：大安出版社，西元 1992 年 2 月）。

67. 《六朝詩論》，洪順隆（台北：文津出版社，西元 1985 年）。

68. 《意象範疇的流變》，胡雪岡（南昌：百花洲文藝出版社，西元 2002 年）。

69. 《文藝美學論》，胡經之（武漢：華中師範大學出版社，西元 2000 年）。

70. 《萬川之月──中國山水詩的心靈境界》，胡曉明（北京：北京大學出版社，西元 2005 年 1 月）。

71. 《唐代文學研詩會論文集》，香港浸會學院中國語文學系主編（台北：文史哲出版社，西元 1987 年）。

72. 《美國學者論唐代文學》，倪豪士編撰，黃寶華等譯（上海：上海古籍出版社，西元 1994 年 12 月）。

73. 《魏晉南北朝史論拾遺》，唐長孺（北京：中華書局，西元 1983 年）。

74. 《李太白研究》，夏敬觀、任半塘、張以仁、李正治等著（台北：里仁書局，西元 1985 年）。

75. 《佛教與中國文學》，孫昌武（台北：東華書局，西元 1989 年 12

月）。

76. 《隋唐五代文化史》，孫昌武（上海：東方出版中心，西元 2007 年）。

77. 《中國藝術精神》，徐復觀（台北：學生書局，西元 1998 年）。

78. 《生命直觀・先驗論四章》，格奧爾格・西美爾著，刁承俊譯（北京：生活・讀書・新知三聯書店，西元 2003 年）。

79. 《中國詩歌藝術研究》，袁行霈（北京：北京大學出版社，西元 1996 年 6 月）。

80. 《中國文學史》第二卷，袁行霈主編（北京：高級教育出版社，西元 2004 年）。

81. 《和：審美思想之維》，袁濟喜（南昌：百花洲文藝出版社，西元 2001 年 10 月）。

82. 《存在與時間》，馬丁・海德格（Martin Heidegger）著，王慶節等譯（台北：桂冠圖書公司，西元 1990 年）。

83. 《山水詩詞論稿》，高人雄（上海：上海古籍出版社，西元 2005 年）。

84. 《周易古經今註》，高亨（北京：中華書局，西元 1984 年）。

85. 《中國美典與文學研究論集》，高友工（台北：國立台灣大學出版社，西元 2004 年 3 月）。

86. 《山水詩歌鑑賞辭典》，高志忠等編（江蘇：中國旅遊出版社，西元 1998 年）。

87. 《中國文化與悲劇意識》，張法（北京：人民文學出版社，西元 1981 年）。

88. 《王士禎論詩絕句三十二首箋註》，張健著（台北：文史哲出版社，西元 1994 年）。

89. 《唐詩新賞》，張淑瓊（台北：地求出版社，西元 1992 年）。

90. 《中國山水的藝術精神》，戚維熙主編（上海：學林出版社，西元 1997 年）。

91. 《謝朓與李白管窺》，梁森（北京：人民文學出版社，西元 1995 年）。

92. 《中國旅遊史》，章必功（昆明：雲南人民出版社，西元 1995 年）。

93. 《謝朓詩歌研究》，章立群（中國武漢大學碩士學位論文，西元 2005 年）。

94. 《中國山水文學研究》，章尚正（上海：學林出版社，西元 1997 年）。

95. 《文學空間》，莫里斯・布朗肖著，顧嘉琛譯（北京：商務印書館，西元 2005 年）。

96. 《眼與心》，莫理斯・梅格——龐蒂著，楊大春譯（北京：商務印

書館,西元 2007 年)。

97. 《近體詩創作理論》,許清雲(台北:洪葉文化事業公司,西元 1999 年)。

98. 《另一種鄉愁——山水田園詩賦與士人心靈圖景》,許東海(台北:新文豐出版社,西元 2004 年 1 月)。

99. 《靈境詩心——中國山水詩史》,陶文鵬等主編(南京:鳳凰出版社,西元 2004 年 4 月)。

100. 《唐代政治史論稿》,陳寅恪(上海:上海古籍出版社,西元 1997 年)。

101. 《中國歷代文論選》,郭紹虞主編(上海:上海古籍出版社,西元 2007 年 2 月)。

102. 《晚唐鐘聲:中國文化的精神原型》,傅道彬(北京:東方出版社,西元 1996 年)。

103. 《唐代文學研究》,傅璇琮、周祖譔主編(桂林:廣西西範大學出版社,西元 1994 年)。

104. 《盛唐文化精神與詩人人格》,傅紹良(台北:文津出版社,西元 1999 年 6 月)。

105. 《美感》,喬治・桑塔耶娜(George Santayana)著、杜若州譯(台北晨鐘出版社股份有限公司,西元 1972 年)。

106. 《文藝心理學教程》,童慶炳、程正民主編(北京:高等教育出版社,西元 2001 年 4 月)。

107. 《中國古代心理詩學與美學》,童慶炳(北京:中華書局,西元 1997 年 10 月)。

108. 《魏晉思想》,賀昌群、袁行霈、劉大杰著(台北:里仁書局,西元 1995 年)。

109. 《赫遜河畔談中國歷史》,黃仁宇(台北:時報出版社,西元 1990 年)。

110. 《中國詩學——設計篇》,黃永武(台北:巨流出版社,西元 2005 年 8 月)。

111. 《古典詞的時空特質及其運用研究》,黃政卿(高雄師範大學國文學系碩士論文,西元 2005 年)。

112. 《意境論的形成——唐代意境論研究》,黃景進(台北:台灣學生書局,西元 2004 年)。

113. 《20 世紀中國古代文學研究史——詩歌卷》,黃霖編(上海:東方出社,西元 2006 年)。

114. 《李白詩色彩學》，黃麗容（台北：文津出版社，西元 2007 年）。

115. 《道教與文學》，黃兆漢（台北：台灣學生書局，西元 1994 年 2 月）。

116. 《魏晉玄學》，湯用彤（台北：佛光文化事業有限公司，西元 2001年 4 月）。

117. 《魏晉南北朝文化史》，萬繩楠（上海：東方出版社，西元 2007 年5 月）。

118. 《兩漢魏晉哲學史》，曾春海（台北：五南圖書出版有限公司，西元 2002 年 1 月）。

119. 《中國詩詞風格研究》，楊成鑑（台北：洪葉文化公司，西元 1995年）。

120. 《美學原理綱要》，楊辛、甘霖、劉榮凱（北京：北京大學出版社，西元 1989 年）。

121. 《李杜詩學》，楊義（北京：北京出版社，西元 2002 年 11 月）。

122. 《比較詩學與他者視域》，楊乃齊（北京：學苑出版社，西元 2002年 11 月）。

123. 《想像力的世界》，葛兆光（北京：現代出版社，西元 1990 年）。

124. 《李白研究管窺》，葛景春（保定：河北大學出版社，西元 2003 年）。

125. 《文學與治療》，葉舒憲（北京：社會科學文獻出版社，西元 1999年）。

126. 《葉嘉瑩說詩講稿》，葉嘉瑩（北京：中華書局，西元 2008 年 1 月）。

127. 《尋求跨中西文化的共同文學規律——葉維廉比較文學論文選》，葉維廉（北京：北京大學出版社，西元 1987 年）。

128. 《山水田園詩派研究》，葛曉音（遼寧：遼寧大學出版社，西元 1993年）。

129. 《鳥與文學》，賈祖璋（上海：上海古籍出版社，西元 2001 年 9 月）。

130. 《中國古代接受文學與理論》，鄔國平（哈爾濱：黑龍江人民出版社，西元 2005 年）。

131. 《李白詩文繫年》，詹鍈（北京：人民文學出版社，西元 1984 年）。

132. 《文鏡秘府論》，遍照金剛（弘法大師）著，簡恩定導讀，龔鵬程總策劃（台北：金楓出版社，西元 1999 年）。

133. 《文學語言美學修辭》，雷淑娟（上海：學林出版社，西元 2004 年9 月）。

134. 《心理學與文學》，榮格著，馮川等譯（上海：三聯書店，西元 1987年）。

135. 《中國藝術意境論》，蒲震元（北京：北京大學出版社，西元 2004 年 7 月）。

136. 《魏晉南北朝的社會》，蒙思明（上海：世紀出版集團——上海人民出版社，西元 2007 年）。

137. 《李白詩歌賞析集》，裴斐主編（四川：巴蜀書社，西元 1988 年 2 月）。

138. 《廿十二史札記》，趙翼（北京：中國書店，西元 1987 年）。

139. 《苦悶的象徵》，廚川白村著，魯迅譯（台北：昭明出版社，西元 2000 年）。

140. 《藝術與視知覺》（Art and Visual Perception，西元 1964 年），魯道夫·阿恩海姆（Rudolf Arnheim）著，李澤厚譯（北京：中國社會科學出版社，西元 1987 年）。

141. 《設計的色彩心理》，賴瓊琦（台北：視傳文化公司，西元 1996 年）。

142. 《讀者反應理論》，龍協濤（台北：揚智文化，西元 1997 年）。

143. 《文學心理學》，錢谷融、魯樞元主編（台北：新文教出版社，西元 1990 年）。

144. 《盛唐文學的文化透視》，霍松林、傅紹良（西安：陝西師範大學出版社，西元 2000 年）。

145. 《管錐編》，錢鍾書（北京：中華書局，西元 1996 年）。

146. 《談藝錄》，錢鍾書（北京：中華書局，西元 1984 年）。

147. 《中國詩律學》，謝雲飛（台北：文津出版社，西元 1998 年）。

148. 《李白集校注》附錄三：序跋類，瞿蛻園（台北：里仁書局，西元 1981 年）。

149. 《謝朓詩論》，魏耕原（北京：中國社會科學出版社，西元 2004 年）。

150. 《魏晉南北朝文學思想史》，羅宗強（北京：中華書局，西元 2002 年）。

151. 《二十世紀中國學術文存：古代文學理論研究》，羅宗強主編（武漢：湖北教育大學，西元 2002 年 10 月）。

152. 《唐代文學論集》上冊，羅聯添（台北：學生書局，西元 1988 年）。

153. 《情感與形式》（Feeling and Form），蘇珊·朗格（Susanne·K·Langer）著，劉大基等譯（台北，商鼎文化出版社，西元 1991 年）。

154. 《情感與形式》，轉引自《西方美學名著引論》，蘇珊·朗格（台北：木鐸出版社，西元 1988 年）。

155. 《藝術問題》，蘇珊·朗格（北京：中國社會科學出版社，西元 1983

年）。

156. 《唐詩三百首──名家集評本》，顧青（北京：中華書局，西元 2006
年 1 月）。

157. 《謝靈運集校注》，顧紹柏（台北：里仁書局，西元 2004 年 4 月）。

三、學位論文

（一）臺灣地區

1. 《謝靈運山水詩研究》，王來福（東海大學碩士論文，西元 1980 年）。

2. 《從六朝聲病說到唐朝聲律格式之完成──以五、七言詩爲研究對
象》，王和心（彰化師範大學碩士論文，西元 1993 年）。

3. 《大小謝詩之比較》，朱雅琪（台灣大學中文研究所碩士論文，西
元 1992 年）。

4. 《柳宗元山水詩研究》，何映涵（台灣大學中文究所碩士論文，西
元 2006 年）。

5. 《王維山水詩句的美學鑑賞及研究》，李及文（彰化師範大學國文
研究所碩士論文，西元 2004 年）。

6. 《謝靈運與鮑照山水詩研究》，李海元（政治大學中文所碩士論文，
西元 1987 年）。

7. 《盛唐山水詩研究》，李遠志（高雄師範大學博士論文，西元 2002
年）。

8. 《劉長卿山水詩研究》，李慧玟（南華大學文學研究所碩士論文，
西元 2006 年）。

9. 《楊萬里山水詩研究》，汪美月（高雄師範大學國文研究所碩士論
文，西元 2001 年）。

10. 《范成大山水詩研究》，林天祥（成功大學歷史語言研究所碩士論
文，西元 1990 年）。

11. 《楊萬里山水詩研究》，林珍瑩（高雄師範大學碩士論文，西元 1992
年）。

12. 《大小謝詩之研究》，林蒿山（政治大學中文研究所碩士論文，西
元 1974 年）。

13. 《盛唐山水詩田園詩研究》，金勝心（台灣師範大學國文研究所博
士論文，西元 1987 年）。

14. 《晉宋山水詩研究》，張滿足（高雄師範大學國文研究所博士論文，
西元 1990 年）。

15. 《韋應物的山水詩研究》，許絅瑩，高雄師範大學國文研究所碩士論文，1999 年。

16. 《謝靈運山水詩之研究》，陳美足（玄奘人文社會學院中國語文研究所碩士論文，西元 2002 年）。

17. 《李白山水詩研究》，陳敏詳（高雄師範大學國文研究所碩士論文，西元 1991 年）。

18. 《王維山水詩之研究》，黃偉正（玄奘人文社會學院中國語文研究所碩士論文，西元 2005 年）。

19. 《清初山水詩研究》，黃雅歆（輔仁大學碩士論文，西元 1996 年）。

20. 《謝靈運山水詩藝術美探微》，劉明昌（成功大學中國文學系碩士論文，西元 2006 年）。

21. 《謝脁山水詩研究》，鄭義雨（東海大學中文研究所碩士論文，西元 1994 年）。

22. 《蘇軾山水詩研究》，謝迺西（東海大學中文研究所碩士論文，西元 2006 年）。

23. 《王維山水詩畫美學研究》，蘇心一（中國文化大學中文研究所碩士論文，西元 2007 年）。

（二）大陸地區

1. 《論唐代思鄉詩的文化精神與藝術創造》，尹增剛（首都師範大學碩士論文，西元 2006 年）。

2. 《清前謝靈運詩歌接受史研究》，王芳（復旦大學博士論文，西元 2007 年）。

3. 《論南朝山水詩的嬗變》，王柳芳（南昌大學碩士論文，西元 2007 年）。

4. 《唐前山水詩之源起及流變》，王剛（陝西師范大學碩士論文，西元 2002 年）。

5. 《試論魏晉時期山水審美的意義》，王偉萍（陝西師范大學碩士論文，西元 2007 年）。

6. 《論六朝山水詩結構的成因及嬗變》，工琳（河北師范大學碩士論文，西元 2004 年）。

7. 《試論李白詩歌的修辭藝術特色》，王競（安徽大學碩士論文，西元 2007 年）。

8. 《唐代社會的開放風氣研究》，申紅星（西安：西北大學碩士論文，西元 2005 年）。

9. 《謝朓山水詩探微》，伍文林（安徽大學碩士論文，西元 2005 年）。

10. 《山水詩與山水畫關係論》，伍娟（湖南師范大學碩士論文，西元 2007 年）。

11. 《超越與永恒——李白的終極追求及悲劇性》，吳增輝（西南大學碩士論文，西元 2007 年）。

12. 《佛教與謝靈運的思想及其山水詩》，宋航（華東師範大學碩士論文，西元 2004 年）。

13. 《唐詩中月意象的情感內涵和藝術特徵》，宋巧芸（青島大學碩士學位論文，西元 2005 年）。

14. 《論謝朓山水詩的新變》，李金影（遼寧大學碩士論文，西元 2004 年）。

15. 《謝靈運山水詩研究》，邢宇皓（河北大學碩士論文，西元 2005 年）。

16. 《論李白"尚奇"傾向的美學淵源及成因》，范國岱（首都師范大學碩士論文，西元 2003 年）。

17. 《謝混、謝靈運、謝莊、謝朓與東晉南朝文學變遷》，徐明英（揚州大學碩士論文，西元 2004 年）。

18. 《謝朓詩歌齊梁隋唐接受史》，馬榮江（陝西師範大學碩士論文，西元 2003 年）。

19. 《李白詩歌修辭藝術二題》，張敏（西南師範大學碩士論文，西元 2003 年）。

20. 《魏晉南北朝士人自我意識的再認識》，張慧麗（首都師範大學碩士論文，西元 2004 年）。

21. 《謝朓詩歌研究》，章立群（武漢大學碩士論文，西元 2006 年）。

22. 《論李白「尚奇」傾向的美學淵源及成因》，莊國岱（首都師範大學碩士學位論文，西元 2003 年）。

23. 《失落詩意尋找中的心靈輓歌——從魯迅、沈從文、蕭紅、師陀看中國現代懷鄉文學創作》，莫珊珊（廣西師範大學碩士論文，西元 2002 年）。

24. 《謝朓山水詩研究》，麥芷琪（暨南大學碩士論文，西元 2005 年）。

25. 《論漢魏六朝隱逸詩》，漆娟（西南師範大學碩士論文，西元 2005 年）。

26. 《大小謝比較論》，趙厚均（陝西師範大學碩士論文，西元 2001 年）。

27. 《魏晉玄言詩研究》，趙微（揚州大學碩士論文，西元 2003 年）。

28. 《南朝山水詩發展的歷史考察與美學闡釋》，趙經平（北京師範大

學碩士論文，西元 2005 年）。

29. 《隱逸與南朝山水詩》，劉長雪（華東師範大學碩士論文，西元 2005 年）。

30. 《論六朝山水詩的演進》，劉娟（河北師範大學碩士論文，西元 2003 年）。

31. 《李白詩對《莊子》文學接受論稿》，竇可陽（吉林大學碩士論文，西元 2006 年）。

四、期刊論文

（一）臺灣地區

1. 〈山水詩人謝玄暉〉，方祖燊，《新時代》第 11 卷第 10 期，1971 年 10 月，頁 27──30。

2. 〈中國山水詩的萌芽〉（上，下），王國瓔，《中外文學》第 9 卷第 11 期，1981 年 4 月，頁 4～45、第 10 卷第 1 期，1981 年 6 月，頁 24～49。

3. 〈謝靈運山水詩中的審美經驗〉，朱雅琪，《華岡文科學報》第 24 期，2001 年 3 月，頁 93～117。

4. 〈南朝詩人──鮑照的山水詩〉，李文初，《書和人》第 673 期，1991 年 6 月，頁 1～2。

5. 〈謝靈運山水詩的佛學思想〉，依空，《普門學報》第 2 期，2001 年 3 月，頁 137～166。

6. 〈中國山水詩的特質〉，林文月，《中外文學》第 3 卷第 8 期，1975 年 1 月，頁 152～179。

7. 〈「山水詩起源與發展」新論〉，洪順隆，《幼獅文藝》第 46 卷第 3 期，1977 年 9 月，頁 137～154。

8. 〈謝靈運山水詩、賦的「體物寫志」〉，許東海，《中正大學中文學術年刊》第 2 期，1999 年 6 月，頁 247～273。

9. 〈謝靈運的審美素養及其山水詩的藝術美〉，陳怡良，《成大中文學報》第 12 期，2005 年 7 月，頁 111～146。

10. 〈盛唐山水詩派與禪宗體驗〉，傅正玲，《中國文化月刊》第 223 期 1998 年 10 月，頁 66～87。

11. 〈王士禎的山水詩：神韻與山水〉（上）（下），黃雅歆，《國立臺北教育大學學報：人文藝術類》第 17 第 2 期，2004 年 9 月，頁 35～63。第 19 卷第 1 期，2006 年 3 月，頁 23～49。

12. 〈山水詩意境中的空間意識——以北宋「三遠」爲例〉，楊雅惠，第 8 卷第 3 期，1998 年第 7 期，頁 396～416。

13. 〈謝靈運山水詩整體藝術風格探析〉，劉明昌，《東方人文學誌》第 5 卷第 3 期，1996 年 9 月，頁 85～107。

14. 〈晉末宋初的山水詩與山水畫〉，廖蔚卿，《大陸雜誌》第 4 卷第 4 期，1956 年 2 月，頁 12～15。

15. 〈謝朓評傳〉，謝隆生，《甲工學報》第 1 期，1984 年 3 月，頁 43 ～47。

（二）大陸地區

1. 〈山水詩興起原因新探〉，木公，《湖南師範大學社會科學學報》，第 25 卷，1996 年 4 月，頁 100～102。

2. 〈試論晉宋山水詩形成的兩點內在規定性〉，王玫，《廈門大學學報》，第 1 期，1995 年頁 72～77。

3. 〈風騷各領的山水華章——謝靈運、謝朓山水詩比較〉，白葵陽，《常州師專學報》第 20 卷第 2 期，2002 年，頁 16～37。

4. 〈論謝朓的山水詩〉，朱起予，《蘇州大學學報》，第 2 期，1996 年，頁 35～40。

5. 〈山水詩與自然美〉，成鏡深，《四川職業技術學院學報》，第 13 卷第 1 期，2003 年 2 月，頁 29～32。

6. 〈試論謝靈運山水詩作的特點〉，江振華，《三明大學學報》，第 2 期，1998 年，頁 37～39。

7. 〈風光不與四時同——試論唐宋山水詩的藝術特徵〉，沈月明，《上海師範大學學報》，第 27 卷第 1 期，1998 年，頁 66～70。

8. 〈道家的自然妙道與山水文學〉，徐應佩，《南通師專學報》，第 10 卷第 1 期，1994 年 3 月，頁 5～10。

9. 〈李杜山水詩比較論〉，張浩遜，《吳中學刊》第 4 期，1995 年，頁 35～40。

10. 〈審美感應與山水文化〉，陳水雲，《湖北大學學報》，第 1 期，1994 年，頁 103～106。

11. 〈論唐人山水詩的道意〉，黃世中，《益陽師專學報》，第 15 卷第 1 期，1994 年 1 月，頁 50～53。

12. 〈談謝靈運山水詩的景物描寫〉，馮興煒，《北京第二外國語學院學報》，第 4 期，1995 年，頁 83～！91。

13. 〈暗傳——唐人山水詩的藝法淺探〉，賈沛若，《文史雜誌》，第 2

期，1999 年，頁 36～38。

14. 〈五岳尋仙不辭遠，一生好入名山遊——李白及其山水詩散論〉，
鄭德開，《楚雄師專學報》第 14 卷第 2 期，1999 年 4 月，頁 52～
75。

15. 〈論謝朓山水詩的藝術成就——兼論謝靈運、謝朓山水詩的繼承關
係〉，關玉林，《四川師範大學學報》第 21 卷第 4 期，1994 年 10
月，頁 41～46。